燈火樓台

上

胡雪巖系列

新校版

高陽

目次

引語

前記同光年間有「財神」之號的胡光墉，與王有齡、左宗棠遇合之奇，為拙作《胡雪巖》、《紅頂商人》的主要題材。《燈火樓台》接續《紅頂商人》，寫胡雪巖的結局。

胡雪巖事業的顛峰，亦正是左宗棠「西征」收功，新疆底定，晉封二等侯，一生勛業的顛峰，時在光緒四年春天。

飲水思源，沒有胡雪巖籌餉及後勤支援之功，左宗棠的「西征」不可能獲致輝煌的成就。因此，這年四月十四日，左宗棠會陝西巡撫譚鍾麟，聯銜出奏，請「破格獎敘道員胡光墉」，歷舉他的功勞，計九款之多。前面五款是歷年各省水陸災荒，胡雪巖奉母命捐銀賑濟的實績，因而為胡老太太博得一個正一品的封典；使得胡雪巖在杭州城內元寶街的住宅，得以大起門樓；浙江巡撫到胡家，亦須在大門外下轎，因為巡撫的品秩只是正二品。

後四款是胡雪巖真正的功績。一是胡雪巖在杭州設了一座字號「胡慶餘堂」，規模宏大，聲名媲美北京同仁堂的藥店，歷年西征將士日常所需的「諸葛行軍散」、「辟瘟丹」、「神麯」、「六神丸」之類的成藥；治跌打損傷的膏藥、金創藥，以及軍中所用藥材，都由胡雪巖捐解。

其次是奉左宗棠之命，在上海設立採運局，轉運輸將毫無延誤。再次是經手購買外洋火器，物美價廉。泰西各國出有新式武器，隨時採購，運至軍前；左宗棠認為「新疆速定，雖已兵精，亦由器利」。

最後一項最重要，即是為左宗棠籌餉，除了借洋債及商債，前後合計在一千六百萬兩以上之外，各省的「協餉」，亦由胡雪巖一手經理。協餉未到，而前線不能不關餉時，多由胡雪巖代墊。湘軍、淮軍多曾出現過索餉譁變事件，只有西征將士從不「鬧餉」。

這份能維持西征士氣的功勞，左宗棠認為「實與前敵將領無殊」；事先曾問過胡雪巖，打算得個甚麼獎勵？回答是「想弄件黃馬褂穿」，所以奏摺中請予「破格優獎，賞穿黃馬褂」，奉旨准如所請。胡雪巖是捐班的道員，以軍功賞加布政使銜，從二品文官頂戴用珊瑚。乾隆年間的鹽商，有戴紅頂子的；戴紅頂而又穿黃馬褂，只有一個胡雪巖。

光緒六年十一月，左宗棠奉旨入覲，「欽差大臣督辦新疆軍務」及陝甘總督的差缺，分別由他麾下大將劉錦棠及楊昌濬接替。左宗棠於下年正月底到京，奉旨以東閣大學士管理兵部，派為軍機大臣，並在總理各國事務衙門行走。當他從甘肅啟程時，曾專函胡雪巖，約他燈節後在北京相晤，可是——。

1 出將入相

光緒七年三月初七，胡雪巖終於踐約抵達北京。同行的有兩個洋人，一個是在華經商多年，泰來洋行的經理，德國人福克；一個是英商滙豐銀行的代表凱密倫。

由於這年天氣格外冷，天津海口尚未解凍，所以胡雪巖是從陸路來的，浩浩蕩蕩十幾輛車，一進右安門，直投前門外草廠十條胡同阜康錢莊。為了接待東家，「大夥」汪惟賢十天以前就預備好了；車隊一到，胡雪巖與他的客人，還有古應春與辦筆墨的楊師爺，被接入客廳，特為挑出來的四名伶俐的學徒，倒臉水倒茶，忙個不停。胡雪巖是汪惟賢親自照料，一面伺候，一面問訊旅況。

亂過一陣，坐定下來；胡雪巖貼身小廝之一的保福，捧著金水煙袋來為胡雪巖裝煙；同時悄聲說道：「張姨太已經打發丫頭來催請了。」

「現在哪裡有功夫？」話中似嫌張姨娘不懂事。

保福不作聲；只望著屏風後面一個十六、七歲的丫頭搖一搖手，表示胡雪巖還不能進去——由南到北，通都大邑中，有阜康錢莊，就有胡雪巖的一處「行館」；大多有女主人，住在阜康後進的張姨娘，不甚得寵，所以胡雪巖有這種語氣。

「大先生，」汪惟賢來請示：「是用中菜，還是大菜。」緊接著又表功：「恐怕兩位外國客人吃不來中菜，特為跟文大人借了個做大菜的廚子，都預備好了。」

所謂「文大人」指的是刑部尚書文煜，他是正藍旗的滿洲人，同治七年出任福州將軍。清兵入關，在衝要之地設有駐防的將軍坐鎮，其中福州將軍因為兼管閩海關之故，是有名的肥缺；文煜一幹十年，宦囊極豐，有上百萬的款子，存在阜康。汪惟賢知道胡雪巖跟他是在福州的舊識，交情甚厚，所以不嫌冒昧，借了他從福州帶來的，會做大菜——西餐的廚子，來接待福克與凱密倫。

既然預備好了，自然是吃大菜。胡雪巖本有些話要問汪惟賢，但因他也是主人的身分，按西洋規矩，與汪惟賢分坐長餐桌的兩端，不便交談。直到飯罷，兩洋客由阜康中會說英語的夥計陪著去觀光大柵欄以後，胡雪巖才能跟汪惟賢談正事。

正事中最要緊的一件，便是他此行的任務，跟左宗棠談一筆三、四百萬兩銀子的借款。胡雪巖急於想知道的是，左宗棠入朝以後的境遇，「簾眷」是否仍如以前之隆；與兩王——掌樞的恭親王及光緒皇帝的生父醇親王的關係；以及在軍機中的地位等等，必須了解得清清楚楚，他才能決定哪些話可以說；哪些事不必談。

「我看左大人在京裡頓不長的。」汪惟賢也是杭州人，跟東家打鄉談，「待不長」稱之為「頓不長」；使得胡雪巖大吃一驚。

「為啥頓不長？」

「還不是他的『沃不爛、煮不熟』的老脾氣又發作了。」

「沃不爛、煮不熟」也是杭州的俚語，有剛愎自用之意。接著，汪惟賢舉左宗棠在軍機處議俄約及「海防」一事，來支持他的看法。

原來新疆回亂一起，俄國以保僑為名，出兵占領了伊犁，揚言暫時接管，回亂一平，即當交還中國，及至左宗棠西征，先後克復烏魯木齊、吐魯番等重鎮，天山南北路次第平靖，開始議及歸復伊犁、要求俄國實踐諾言，而俄國推三阻四，久假不歸的本意，逐漸暴露。於是左宗棠挾兵力以爭，相持不下；這樣到了光緒四年秋天，朝議決定循正式外交途徑以求了結，特派左都御史崇厚為出使俄國欽差大臣，又賞內大臣銜，為與俄議約的全權大臣，許他便宜行事。

這年臘月，崇厚取道法德兩國，抵達俄京聖彼得堡，立即與俄國外務部尚書格爾思展開談判。談了半年才定議，而且崇厚以「便宜行事」的「全權大臣」資格，在黑海附近的賴伐第亞，簽訂了《中俄返還伊犁條約》，內容是割伊犁以西以南之地與俄；增開通商口岸多處；許俄人通商西安、漢中、漢口，以及松花江至伯都訥貿易自由。

消息傳回國內，輿論大譁，痛責崇厚喪權辱國。而崇厚敢於訂此條約，是因為背後有兩個強有力的人在支持，一個是軍機大臣沈桂芬，他是朝中足以與「北派」領袖李鴻藻抗衡的「南派」領袖，深得兩宮太后的信任。一個是直隸總督北洋大臣李鴻章，以繼承曾國藩的衣鉢標榜，在軍務與洋務兩方面的勢力，已根深柢固，難以搖撼。在議約的半年中，崇厚隨時函商，獲得沈、李二人的同意，才敢放心簽約；而且未經請旨，即啟程回國，留參贊邵友濂署理出使大臣。

沈桂芬、李鴻章雖都贊成伊犁條約而動機不同。沈桂芬是因為僵持的局面持續，朝廷即不能不派重兵防守，左宗棠的洋債就不能不借，長此以往，浩繁的軍費會搞得民窮財盡；用心可說是委曲求全。

李鴻章就不同了，多少是有私心的，第一、如果中俄交惡而至於決裂，一旦開戰，俄國出動海軍，必攻天津，身為北洋大臣的李鴻章，就不知道拿甚麼抵擋了；其次，左宗棠不斷借洋債擴充勢力，自非李鴻章所樂見，伊犁事件一結束，左宗棠班師還朝，那就無異解甲歸田了。

無奈崇厚的交涉辦得實在不高明，兩宮震怒，士林痛詆，連恭王與沈桂芬主持的總署——總理各國事務衙門行走的諸大臣，亦覺得過於委屈，有改議的必要。

於是朝命以出使俄國大臣崇厚不候諭旨，擅自啟程回國的罪名，開缺交部嚴加議處。所議的俄約，交六部九卿、翰詹科道妥議具奏。這就是明朝的所謂「廷議」。

廷議的結果，崇厚所簽的條約，無一可許，兩宮因而召開「御前會議」，慈禧太后原想嚴辦崇厚，加以「翰林四諫」中的寶連與黃體芳，上奏力攻崇厚，而且語中侵及李鴻章與恭王；這一來，崇厚便免不了革職拿問，交刑部議罪，雖非鋃鐺入獄，而軟禁在刑部提牢司的「火房」中，這度日如年的況味，也就可想而知了。

此舉是牴觸「萬國公法」的，各國公使，群起抗議，但朝廷不為所動，一面派使英兼使法的欽差大臣、曾國藩的長子曾紀澤兼使俄，謀求改約；一面將崇厚定了「斬監」的罪名。不過，朝廷亦並未放棄和平解決的意願，備戰以外，由李鴻章策動英、法、德三國公使，出面調停；免了崇厚的死刑，但仍監禁，然後曾紀澤才在光緒六年六月，由倫敦動身赴俄。

交涉開始之時不會順利，是可想而知的。幸而曾紀澤不愧名父之子，運用他對「萬國公法」的智識，出使的經驗及關係，促請英、法駐俄公使的協助，在左宗棠到京的前兩天，與格爾思改定了約稿，伊犁收回；嘉峪通商，不明定可通至某處；松花江通航取消；只是賠償軍費增加四百萬盧布，共為九百萬。

當中俄關係緊張時，李鴻章提出「海防論」的主張，與左宗棠的「陸防論」針鋒相對。及至左宗棠到京入軍機，先議俄約，由於曾紀澤挽回利權之多，超過朝野的期望，左宗棠亦表示滿意，無甚爭執；後議李鴻章「海防」的計畫，他的話就多了，由海防談到陸防；一轉而為西陲的形勢，與他在新疆用兵的經過，滔滔不絕，目無餘子，軍機處只聽得他一個人又說又笑，「禮絕百僚」的恭王，默坐一兩個時辰，連句話都插不上。

「大先生你想，」汪惟賢說：「不要說恭王，哪個都吃不消他。恭王忍了又忍，忍到後來，索性要軍機章京把原摺收了起來，不議了，不議了。」

「不議了？」胡雪巖詫異，「李合肥的海防，規模大得很呢！要開辦北洋艦隊、電報局；多少人等著吃這塊大肥肉，哪裡就說說算數，不議了？」

「喏，」汪惟賢放低了聲音說：「毛病就出在這裡，不議不可以，要議又怕我們左大人獨講空話。那就只有調虎離了山再議。」

一聽這話，胡雪巖心冷了一半。原以為有左宗棠這樣一座靠山當大軍機，將來要借洋債，必然由他來主持，財源滾滾不絕。如今看樣子怕又要外放，自己的想法也就落空了。而且恭王似乎有些討厭左宗棠，此事頗為不妙；只不知醇王待他如何？

「醇王待他是好的。大先生曉得的，醇王是好武的一夥，左大人有這樣的戰功，拿他當個英雄看，所謂惺惺相惜，常常有往來，走得很近的。醇王還要請他到神機營去看操呢！」

「你說啥？」胡雪巖問道：「醇王請左大人到神機營看操？」

「是啊。」

「你聽那個說的？」

這話有不相信的意味，而且看得出來，胡雪巖很重視這件事；汪惟賢倒有些猜不透，只好據實作答。

「我是聽『小軍機』徐老爺說的。」汪惟賢又說：「左大人是正月底到京的，二月初醇親王就請他吃飯，逛太平湖新修好的花園；二月十幾又請，當面約他看操，左大人答應了，一定去，不過日子沒有定。大先生這一來，大概要定日子了。」

胡雪巖越發不解，不過他並未立即發問；先想了一下，何以醇親王請左宗棠看操，先不能定日子；等他一來，才可以定日子呢？

想通了才問：「你這話是聽哪個說的；徐老爺？」

「不是他還有哪個？」

胡雪巖心想，「小軍機徐老爺」——軍機章京徐用儀，跟左宗棠的關係向來密切，左宗棠應酬京官，一直都託他經手；他要談到左宗棠，話都是靠得住的。

繼而轉念，一客不煩二主，自己有好些事何不也委託了徐用儀？於是立刻關照楊師爺寫了個帖子，請徐用儀「小酌」，特別註明「盼即命駕，俾聆教益」，另外撿了四樣杭州的名物，兩隻方裕和的火腿；十把舒蓮記的檀香扇；四罈景陽觀的醬菜；還有胡慶餘堂的「本作貨」辟瘟丹、虎骨木瓜燒之類，裝了一網籃，伴著請帖，一起送到徐府。

日落時分，徐用儀來了。還是穿了官服來的；他的底缺是刑部主事，胡雪巖的頂戴是珊瑚頂子，官階差著一大截，所以用的是屬員參見長官的禮節。

「大人幾時到京的？」徐用儀見了胡雪巖，急趨蹱步，一面說話，一面撈起袍褂下襬，打算要請安了。徐用儀字筱雲，胡雪巖跟他見過一次面，稱他「筱翁」；這時急忙雙手扶住，帶著埋怨的語氣說：「筱翁，筱翁，你這樣子簡直在罵人了。趕緊請換了衣服再說。」

徐用儀的跟班，早就挾著衣包在外等候；聽得這話，便進來伺候主人更換便衣。寶藍綢夾袍；玫瑰紫貢緞琵琶襟坎肩——這是軍機章京習慣成自然而專用的服飾，在應酬場中很出風頭的。

相互作了揖，上炕落坐，徐用儀改了稱呼：「胡大先生是哪天到的？」

「剛到。我的第一位客，就是筱翁。」

徐用儀有些受寵若驚似地，抱著拳文縐縐地說：「辱承不棄，又蒙寵賜多珍，真是既感且愧。」

「小意思，小意思，何足道哉！」胡雪巖問：「筱翁跟左大人常見？」

「天天見面的，該我的班，一天要見兩回，早晨在軍機處；下午在左大人的公館賢良寺。」

「他老人家精神倒還好？」

「還好，還好。不過……」徐用儀微蹙著眉說：「好得有點過頭了，反倒不大好。」

「大概是他老人家話多之故？」

「話不但多，中氣還足。他在北屋高談闊論，我們在南屋的人都聽得到。」

胡雪巖點點頭，暫且丟開左宗棠；「筱翁，」他說：「我在京裡，兩眼漆黑，全要靠你照應。」

徐用儀知道這是客氣話，胡雪巖拿銀子當燈籠，雙眼雪亮，當下答說：「不敢當，不敢當。如果有可以效勞的地方，不必客氣，儘請吩咐。」

「太言重了。」胡雪巖說：「我是真心要拜託筱翁，想請筱翁開個單子，哪裡要應酬，哪裡要自己去；應酬是怎麼個應酬法？都請筱翁指點。還有個不情之請，這張單子要請筱翁此刻就開。」

這是委以重任了。徐用儀自然照辦；想了一下說：「第一是同鄉高官；尤其是言路上的幾位，要多送一點。」

「是的。請筱翁指示好了。說多少就是多少。」

淺交而如此信任，徐用儀不免起了報答知己之感，「我要冒昧請教胡大先生，」他問：「這趟進京，是不是來談借洋款的事？」

「是的。」

「還有呢？」

「還有，想打聽打聽洋法繅絲，京裡是怎麼個宗旨？」

「這容易，我就知道；回頭細談。」徐用儀接著又說：「如果是為借洋債的事，總理衙門的章京、戶部的司官，不能不應酬。我開個單子出來。」

於是端出筆硯，徐用儀就在茶几上開出一張單子，斟酌再三，在名字下寫上數目，自一百至五百不等——自然是銀票的數目。

「有個人，怎麼送法，要好好考究。」徐用儀擱筆說道：「為今管戶部的是寶中堂；他又是總理大臣。」

清朝有「大學士管部」的制度，勛業彪炳的左宗棠，以東閣大學士奉旨「入閣辦事」，自然是管兵部；寶鋆則是以武英殿大學士，繼去世的文祥管戶部，實掌度支大權。對於左宗棠借重息的洋債，嘖有煩言，這是胡雪巖也知道的；為今聽徐用儀提到寶鋆，正說到心事上，不由得便將身子湊了過去，聲音也低了。

「我沒有跟寶中堂打過交道。請教筱翁，有沒有路子？」

「有條路子，我也是聽說；不過可以試一試。」

「甚麼路子？」

「是這樣的——。」

「法不傳六耳」，徐用儀說得僅僅只有胡雪巖聽得見。於是，在擺點心請徐用儀，他抽個空將古應春找了來，有話交代。

「你對骨董字玩都是內行；我想託你到琉璃廠走一趟。」

古應春不免奇怪，胡雪巖到京，正事一件未辦，倒忽然有閒情逸致要物色骨董字畫，其故安在？

看出他心中的疑惑，胡雪巖便又說道：「我要買兩樣東西送人。」

原來是送禮；「送哪個？」古應春問。

胡雪巖接過他的手來，在他掌心寫了個「寶」字；然後開口：「明白？」

「明白。」

「好。」胡雪巖說：「琉璃廠有一家『海岳山房』，上海的海、岳老爺的岳。你進去找一個姓朱的夥計，是紹興人，你問他，某某人喜歡甚麼？他說字畫，你就要字畫；他說骨董，你就要骨董。並要關照：東西要好，價錢不論。」

古應春將他的話細想了一遍，深深點頭，表示會意，「我馬上去。」等他回來，主客已經入席了；胡雪巖為古應春引見了徐用儀，然後說道：「來，來，陪筱翁多喝幾杯？」接著又問：「怎麼樣？」

「明天看東西。」

胡雪巖知道搭上線了，便不再多問；轉臉看著徐用儀說：「筱翁剛才說，如今做官有四條終南捷徑，是哪四條？」

「是四種身分的人：『帝師王佐，鬼使神差』。像李蘭蓀、翁叔平都是因為當皇上的師傅起家的，此謂之『帝師』。寶中堂是恭王的死黨；以前文中堂也是，這是『王佐』。」

「文大人？」胡雪巖不覺詫異，「入閣拜相了。」

徐用儀一楞，旋即省悟。他指的是已去世的體仁閣大學士文祥；胡雪巖卻以為文煜升了協辦大學士。當即答說：「尚書照例要轉到吏部才會升協辦；他現在是刑部尚書，還早。」

「喔，喔，」胡雪巖也想到了，「筱翁是說以前的文文忠。」文忠是文祥的謚稱。

「不錯。」

「筱翁，」古應春插進來說：「『鬼使』顧名思義，是出使外國，跟洋鬼子打交道。何謂『神差』就費解了。」

「一說破很容易明白。」徐用儀指著胡雪巖說：「剛才胡大先生跟我在談神機營；『神差』就是神機營的差使。因為醇王之故，在神機營當差，保舉特優。不過漢人沒分；就偶爾有，也是武將，文官沒有在神機營當差的。」

「應春，」胡雪巖說：「剛剛我跟筱翁在談，醇王要請左大人到神機營去看操，左大人要等我來定日子，你道為啥？為的是去看操要犒賞，左大人要等我來替他預備。你倒弄個章程出來。」

古應春心想，犒賞兵丁，無非現成有阜康錢莊在此，左宗棠要支銀，派人來說一聲就是。不此之圖，自然是認為犒賞現銀不適宜，要另想別法。

「我們也不曉得人家喜歡甚麼東西？」古應春建議，「我看不如索性請榮大人到醇王那裡去老實問一問，該怎麼犒賞，聽醇王的吩咐預備。」

「榮仲華早已不上醇王的門了。」

榮仲華就是榮祿，大家都知道他是醇王一手所提拔，居然不上「舉主」的門了，寧非怪事？這就連胡雪巖也好奇地要一問究竟。

「說來話長。其中還牽涉到一樁談起來任何人都不會相信的祕密。」徐用儀放低聲音問道：「你們在南邊有沒有聽說過，西太后是甚麼病？」

「聽說是乾血癆。」胡雪巖答說：「怎麼會弄出來這個毛病？」

「是——。」徐用儀突然頓住，「這話以不說為宜，兩位亦以不聽為妙；聽了不小心傳出去會闖大禍，那就是我害了兩位了。我們談別的吧。」

說到緊要之處，徐用儀忽然賣起關子來，胡雪巖不免怏怏。但轉念覺得徐用儀如此謹慎小心，倒是可信任的。這一轉念間，心中的不快，渙然而釋。

於是又把杯閒談了片刻，徐用儀因為初次同席，不肯多飲，要了一碗粥喝完，預備告辭了。

「惟賢！」胡雪巖問道：「預備好了沒有？」

「預備好了。」

汪惟賢親自端來一個托盤，上有十幾個紅封套，另外一張名單；這是要託徐用儀代為致送的「菲敬」。

「拜託，拜託！」胡雪巖拱拱手說：「其餘的我亦照筱翁的意思辦，或我親自去拜候，或我派人送，儘明天一天辦妥。」

「好！好！」徐用儀問：「胡大先生你明天甚麼時候去看左大人？」

「一早去等他。」

「那麼明天我們在賢良寺見，有話到時候再說。」

「是，是！」胡雪巖一面說，一面向汪惟賢手一伸，接過來一個紅封套，抽出裡面的銀票來看，照他的意思，開出四百兩不誤，便悄悄塞到徐用儀手中，順勢捏住，不讓他推辭。

「不，不！沒有這個道理。」

「小意思。筱翁不收就是不拿我胡某人做朋友。」

「真是受之有愧。謝謝，謝謝。」

等客人走了，胡雪巖問起海岳山房的情形，古應春告訴他說，會到了姓朱的夥計，問起寶鋆喜歡甚麼？姓朱的答說都喜歡。古應春便照胡雪巖的話交代，價錢貴不要緊，只要東西好，當下約定次日上午看貨。

「你早點去。看過了，馬上陪洋人到賢良寺來。」胡雪巖又說：「左大人犒賞神機營，我倒想好了一個辦法，不知道辦得通，辦不通。都等明天下午再談吧！」說罷，打了一個呵欠。

海岳山房的朱夥計，外號「朱鐵口」；所以有這個彷彿星相術士藝名的外號的由來是，他對骨董、字畫、版本的鑑別，無一不精，視真必真，說偽必偽。因此，雖是受人雇用的夥計，而琉璃廠中古玩鋪、南海店的掌櫃，當面都尊稱他為「朱先生」。

古應春做事很精細，知道了朱鐵口的本事，有意拉交情，委屈自己主顧的身分，也稱他為「朱先生」，朱鐵口自然謙稱「萬不敢當」；自己建議：「叫我老朱好了。」

「恭敬不如從命。」古應春說道：「老朱，你有些甚麼東西給我看。」

那一聲「朱先生」改變了朱鐵口平時接待顧客的方式，「東西很多。」他隨手捧起一方硯池說：「古老爺，你看。」

古應春看那方硯池七寸長、五寸寬、三寸高，色如豬肝，正面兩邊各有一行篆字，右邊是「丹心貫日」；左邊是「湯陰鵬舉誌」。

「原來是岳武穆用過的。」

「不光是岳武穆用過，明太祖還用過呢！」朱鐵口微笑著說。

古應春仔細一看，硯池右側還刻著四行楷書：「岳少保硯向供宸御，今蒙上賜臣達。古忠臣寶硯也，臣何能堪？謹矢竭忠貞，無辱此硯。洪武二年正月朔日，臣徐達謹記。」

「徐達是明朝開國元勛第一位，又是明太祖的兒女親家；這方硯有這樣的來歷，明朝人的筆記當中，一定有記載的。老朱，你說是不是？」

朱鐵口笑了，「聽古老爺這話，就曉得是內行。真人面前不說傻話，是不是中山王徐達收藏過，也不必去談它了。」他將硯池置回原處又說：「古老爺，你請裡面來坐。」

所謂「裡面」是帳櫃後面的一間斗室，一關上門，就靠屋頂一方天窗透光進來，陽光斜射，恰好照亮靠壁的方桌。朱鐵口等古應春在對面坐定，方始俯身向前，低聲開口，神態頓時神祕而鄭重。

「古老爺，你是哪位介紹你來的？」

「是我的東家交代我來的；沒有人介紹。」

「貴東家是哪位？」

古應春有些躊躇，不知道能不能透露胡雪巖的姓名；因而久久未答。

「古老爺，」朱鐵口說：「貴東家是怎麼關照你的？」

「就說讓我來找你老朱，問一問寶中堂喜歡甚麼。東西要好，價錢不在乎。」

「那就怪不得你不肯說破了，貴東家沒有交代清楚。」朱鐵口說：「貴東家要買骨董字畫送寶中堂，當然是有作用的。到底是為了啥，預備送值多少錢的東西？古老爺，你老實告訴我；我來替你盤算一下，包你一錢不落虛空地，都用在刀口上。」

古應春聽出話中大有曲折；看朱鐵口意思誠懇，便老實答道：「確如你所說，敝東家沒有交代清楚。老朱，你能不能先把其中的奧妙告訴我，我再看能不能替敝東家作主。」

「這有何不可。」朱鐵口說：「我們這裡跟各王府、幾位中堂府上都有往來的；說穿了——。」

說穿了是賣官鬻爵，過付之處，公然受賄，有所不便，所以要有人居間來遮蔽形跡。

「假使說，你古老爺想放個考官，或者少爺鄉試要下場了，怕『場中莫論文』，想買個『關節』，就得要到打磨廠去請教江西金谿人開的，賣『闈墨』的書坊，他們會跟你講價錢。倘或要謀缺謀差呢，就得來找我們，我們會替你去問了來告訴你，要送甚麼東西；自然是在我們這裡買——。」

「慢慢！」古應春打斷他的話問：「你是說一定要在你這裡買？」

「是的。」

「價錢由你開？」

「當然。」

「能不能還價？」

「能還價；怎麼不能？」朱鐵口說：「古老爺承你看得起，我不忍賺你的昧心錢，所以要請你告訴我，貴東家打算謀個甚麼差缺，我好告訴你真正的行情。」

「嗯，嗯。」古應春細想了一下，還有不甚明白的地方，便又說道：「請你舉個譬仿我聽聽。」

「譬仿，你老想放上海道。我去問了來告訴你，送寶中堂一部『玉枕蘭亭』就可以了。這部帖要十二萬銀子，你買了這部帖送進去；寶中堂知道已經到手了，就會如你所願。其實呢，上海道的行情是十萬銀子；我們外加兩成帽子，內扣兩成回佣，一筆交易賺四萬。如果主顧精明，磨來磨去討價還價，頂多磨掉外加的那兩成帽子；至於放交情，像你老這樣的，我就老實告訴你，十萬銀子一文不能少。」

「喔，原來如此。」古應春又問：「如果不知道你們這裡這條門路，另外託人去活動呢？」

「他們也會告訴你，送一部『玉枕蘭亭』，而且告訴你要到哪裡去買。」朱鐵口又說：「這個法子是乾隆年間和珅發明的；他說送甚麼東西，根本就是他自己的收藏，我們去問價錢的時候，順便就把東西帶回來了。」

「多謝，多謝！我學到了一個祕訣。不過，還有一點想請教，譬如說，我倒不想討價還價，直接想送某人多少，這又該怎麼辦呢？」

「這我們也有規矩的。先問你送甚麼人，送恭王有送恭王的東西；送寶中堂有寶中堂的東西。譬如你說送恭王，我會告訴你，喏，這方岳少保硯，兩千；那部『閣帖』三千；一部宋版杜詩五千，你如果想送一萬銀子，湊起來正好。」

「有沒有帽子在裡頭？」

「貨真價實，不加帽子。」

朱鐵口解釋這種情形跟賣差賣缺不同；譬如上海道一缺值十萬銀子，收到十萬，則該到手都到手了，外加帽子吃虧的是「買主」。

倘或有人想送八萬，而實際上照底價只是七萬銀子的東西，豈不是侵吞了「賣主」應得之款？信用一失，另覓別家過付，這樣好的買賣做不成，真正貪小失大，不智之甚。

「老朱，你把話都說明了，我也不能有一點騙你。敝東家不是謀差謀缺，另有緣故；想送多少我雖還不知道，不過猜想不是三、五萬銀子的事。等我回去問清楚了，我們再進一步商量。」

古應春又加重了語氣說：「老朱，你請放心。除非不送，要送一定請你經手；即使敝東家想另找別家，我也不會答應的。」

看他說得如此誠懇，又看他的儀表服飾，朱鐵口知道遇見闊客了，這件事成功，掌櫃起碼要分他幾千銀子，大可自立門戶了。

轉念到此，心花怒放，「古老爺栽培，感激不盡。」朱鐵口站起身來請了個安說：「古老爺想來收藏很多，不知道喜歡玩點甚麼，看看我能不能效勞？」

古應春心想，既然拉交情，即不能空手而回，但一時想不起要些甚麼，便信口問道：「有沒有甚麼新奇的東西？」

「有。怎麼沒有？古老爺請到外面來看。」

朱鐵口尋尋覓覓，找出來四樣古玩，長圓方扁不一，長的是彷彿黃玉所製的簫；圓的是一具大明宣德年製的蟋蟀罐，方的是明朝開國元勛魏國公徐輝祖蒙御賜得以免死的鐵券；扁的是康熙年所製的「葫蘆器」，是一隻印泥盒。

「古老爺，你倒估估看，哪一樣最值錢？」

「應該是這一枝玉簫。」

「玉簫？你老倒仔細看一看，是不是玉？」

古應春拿起那枝簫，用手指彈了兩下，其聲鏗然，「不是玉是甚麼？」他問。

「你再看。」

再看上面有題詞：「外不滓，中不乾，受氣獨全，其音不窒不浮，品在佳竹以上。」字是墨蹟。玉器何能著墨？這就奇怪了。

「是紙箍，出在福建。」朱鐵口說：「這是明朝的東西；製法現在已經失傳。」

古應春大為驚異，隨手擺在一旁，表示中意要買；然後問道：「老朱，你說哪樣東西最難得？」

物以稀為貴，最難得的自然值錢；朱鐵口小心翼翼地拿起那具蟋蟀罐，用指輕扣，淵淵作金石之聲，很滿意地說道：「不假，五百年前的東西。」

見此光景，古應春好奇心起，接過那具陶罐細看，罐子四周雕鏤人物；罐底正中刻著「大明宣德年製」；另有一行小字：「蘇州陸墓鄒大秀敬造。」但製作雖相當精巧，畢竟只是個蟋蟀罐，經歷四五百年，也不能就算值錢的骨董。

他不好意思直抒觀感，只好這樣問：「老朱，你說它好處在哪裡？」

「好處在舊、在有土性，火氣盡脫，才不傷蟲。古老爺，你總鬥過蛐蛐吧？」

蟋蟀在北方喚做「蛐蛐」，南方亦有此稱呼，古應春雖不好此道，但鬥蟋蟀博彩，輸贏進出極大，他是知道的。

「一場蛐蛐鬥下來，銀子上千上萬算；好蛐蛐說得難聽些，真當牠祖宗看待，上百兩銀子一隻宣德盆，又算得了啥？」

古應春暗暗咋舌，「一隻瓦罐，值一百兩銀子？」他問。

了。」

「是的。不過古老爺要，當然特別克己。」朱鐵口說：「四樣東西，一共算二百兩銀子好了。」

這不應該算貴，古應春一語不發；從身上掏出來一個洋式的皮夾，取出來一疊銀票，湊好數目二百兩，收起皮夾。

朱鐵口在一旁看得很清楚，所有的銀票都是阜康所出；當下靈機一動，驚喜地說道：「原來古老爺的貴東家，就是『胡財神』。」

胡雪巖被稱為「胡財神」，已有好幾年了。古應春不便否認，只低聲說道：「老朱，你知道就好。放在肚子裡！一張揚開來，這筆交易就做不成了。」

「我知道，我知道。這種事怎麼好張揚？」

古應春點點頭，關照老朱將四樣古玩送到阜康；自己坐著車匆匆進城，趕到冰盞胡同賢良寺去作翻譯。

賢良寺本來是雍正朝怡賢親王的故居，屋宇精潔、花木扶疏，而且離東華門很近，上朝方便，所以封疆大吏入覲述職，都愛住在這裡。左宗棠下榻之處，是其中最大的一個院落；另外開門出入，門口站著七八名壯漢，服飾隨便，舉止粗率，形似廝養卒，但古應春卻絲毫不敢怠慢。

原來左宗棠平洪楊、平捻、平回，二十年指揮過無數戰役；麾下將校，百戰餘生，從軍功上保到總兵、提督的，不知凡幾？但武人誠樸，頗有不願赴任，而寧願跟著左宗棠當差官，出入相從，不說破不知道他們都有紅頂子，黃馬褂，甚至雙眼花翎。

一次，有個何總兵奉左宗棠之命，去見陝西藩司談公事。這個藩司是滿洲的世家子，架子極大，平時視部屬如僕從，呼來喝去，視作當然，因而都敬鬼神而遠之。此人本來對外事不大明白；加以部下疏遠，對各方面的情形，更加隔膜，不知道何總兵的來頭；不過看在左宗棠的分上，接見時以平禮相待。只是心裡有個想法：我是敬其上而重其下；你就該守著你的規矩，要謙虛客氣才是。

不道何總兵全不理會，「升炕」就升炕！「上坐」就上坐，而且蹺起二郎腿，高談闊論旁若無人。藩司心裡已很討厭了，及至「端茶」送客，何總兵昂然直出中門，將藩司拋在身後，竟似以長官自居了。是可忍，孰不可忍？藩司震怒之餘，第二天謁見左宗棠時，談及此事，憤憤不平之意，還現於詞色。

左宗棠笑一笑，將何總兵傳了來訓斥；他說：「你們自以為都出生入死，立過戰功，在我面前隨意坐臥談笑，固無不可。藩台大人是朝廷大員，體制何等尊貴，你怎麼可以放肆，當是在我面前一樣，何以這樣不自量。你現在趕快給藩台磕頭陪罪；不然藩台發了脾氣，我亦沒有這張臉替你再求情。」

何總兵答應一聲，跪倒在地，磕頭請罪。過了一會，左宗棠送客，藩司一出中門就看到十幾個紅頂花翎黃馬褂的武官手扶腰刀在那裡站班；其中有一個就是何總兵。

這一下，頭上藍頂子、腦後只有一條辮子的藩司，大驚失色，手足無措。還算見機，定定神傴僂著身子，一一請安招呼，步行到轅門外，方始上轎，但已汗透重棉了。

古應春從聽說這個笑話以後，就不敢小看這些「老粗」們；當時陪笑問道：「大人回來了？」

其時有個差官認識古應春，上前接話，「我們大人剛回來。」他說：「胡大先生陪著洋人早就到了，派人出來問過你兩次，趕快請進去吧！」

到得花廳，見了胡雪巖，還來不及敘話，只見角門已開，閃出來兩名差官，知道左宗棠要來了，當即招呼兩名洋人站起來迎接。

左宗棠自然是便衣，一件舊薄棉袍；頭上是蘭州織呢廠所出，一頂鼻煙色的氈帽。胡雪巖跟古應春自然磕頭請安；洋人則是一鞠躬，然後又跟左宗棠拉手。

上是左宗棠獨坐，問了些「哪天到的」、「路上如何」、「江南有甚麼新聞」之類的話，胡雪巖一一照答，一陣寒暄過後，談入正題。

正題是借洋債。胡雪巖自同治五年至光緒四年，為左宗棠借過四次外債，以充「西餉」。西陲用兵，須由各省補助軍餉，稱為「協餉」。但協餉分年解送，而打仗不能說今年餉銀用完，不打了，明年有了餉再打。因而胡雪巖想出一個借洋債的辦法，最大的「銀主」是英商滙豐銀行。還款的方式是由江海關開出期票，而由協餉省分，主要的是江蘇、浙江、廣東、福建四省的督撫，蓋上大印，表示承諾在到期以前，將協餉解交江海關，償還洋商，年限總在六年上下，半年一期，付息拔本。方式是由胡雪巖秉承左宗棠的意思，找洋商談妥細節，然後由左宗棠出奏。奏准後，以上諭飭協餉各省出具印票，交江海關；同時由總理衙門照會英國公使，轉知貸款的滙豐銀行照付。

這套手續很繁瑣，其中還有兩道關口，一道是總稅務司赫德──根據中英條約，關稅是用來賠償鴉片戰爭失敗軍費的保證，因此英國人要求控制中國新開各口岸，稱為「洋關」的海關；職稱是稅務司，都歸總稅務司赫德管轄。赫德不下命令，江海關稅務司不肯出票，錢就借不成了。

再一道關口是英國駐華公使，沒有他的核准，匯豐銀行不能撥款；有他批准了，即等於英國政府擔保匯豐銀行不會吃倒帳。赫德還好，因為他畢竟是中國的客卿，不能不賣總理衙門的帳；而且有回佣好分，亦願樂觀其成。但英國公使這一關很嚕囌，哪怕上諭批准了，各省的印票也備齊了，總理衙門跟赫德也說好了，沒有英國公使點頭，錢仍舊借不到。

以左宗棠天馬行空的性格，這當然是件不能容忍的事；中國人借洋債，要做中國官的英國人赫德同意，更起反感。因為當德國泰來洋行的經理福克，向左宗棠表示，有錢可借，手續可以節減許多，左宗棠自然是歡迎的。

福克之得以謁見左宗棠，出於胡雪巖的推薦，那是一年前的話，西陲已經平定，左宗棠準備在陝甘大興實業，關照胡雪巖招聘技師，胡雪巖找上了福克。在哈密行營一席之談，左宗棠認為福克「切實而有條理」，頗為欣賞；福克便抓住機會，為德國資本找出路，當然，要談這筆借款，仍舊需要胡雪巖。

當時正是崇厚擅自訂約，被捕下獄，中俄關係搞得劍拔弩張之時，左宗棠接到一個情報，說俄國舉了一筆「國債」達五千二百萬兩之鉅，用來擴充軍備；認為中俄難免一戰，將來兵連禍結，其勢難以停止，亦須未雨綢繆；如果能借二、三千萬銀子，分數十年償還，則餉源一廣，練兵必精，寫信給胡雪巖，要他跟泰來洋行談判，而且約他在開年燈節以後，進京面談。

不久，這件事打消了，因為由於曾紀澤斡旋，中俄形勢已趨緩和，沒有再大舉外債的理由。這是第一遍；第二遍舊事重提，又要借了。原來左宗棠內召入關進軍機時，奉旨將他的一差一缺，分別交卸，一差是「欽差大臣督辦新疆事務」，交由劉錦棠接替；一缺是「陝甘總督」交由楊昌濬署理。劉、楊都是左宗棠麾下的大將，但資望不足，難當重任；陝甘貧瘠，全靠各省協餉，各省如果不賣帳，劉、楊就一籌莫展，因此，左宗棠必須為劉錦棠、楊昌濬籌好了餉，西征的功績，才算有了著落。

照左宗棠的盤算，新疆與陝甘以玉門關為界，每年關外軍餉要三百七十萬；關內二百一十萬，全年為五百八十萬兩。光緒五年起，上諭各省協餉，必須解足五百萬兩，相差八十萬，前後套搭，總還可敷衍得過，哪知上諭歸上諭，協餉歸協餉，兩年之間，各省協餉欠解竟達四百二十萬兩之鉅。

為此，劉錦棠憂心忡忡；左宗棠為他出奏陳情說：「不慮兵機之遲鈍，而憂餉事之艱難，深懼仔肩難卸，掣肘堪虞，將來餉不應手，必致上負聖恩，悔已無及。」這也是實在情形，即令寶鋆表示：「西餉可緩，洋款不必著急。」朝廷仍舊許他再借一筆外債，彌補協餉之不足。

胡雪巖與福克，就是為這件事來的。

胡雪巖在左宗棠前面的信用，大不如前了。一則是借洋債及商款的利息過重，人言藉藉，連左宗棠都沒面子；二則是採買軍火有浮報情事。但左宗棠仍舊少不了胡雪巖；而胡雪巖亦想力蓋前愆，對這趟借洋債，格外盡心盡力，希望左宗棠能對他的成績滿意。

「雪巖，你信上說票要出給匯豐，怎麼又是匯豐呢？」左宗棠指著福克說：「不是他們泰來洋行嗎？」

「是。一大半是泰來的款子，不過要由匯豐出面。」

「這是甚麼講究？」

「匯豐是洋商的領袖，要它出面，款子調度起來才容易。這好有一比，好比劉欽差、楊制台籌餉籌不動，只要大人登高一呼，馬上萬山響應，是一樣的道理。」

左宗棠平生一癖，是喜歡人恭維；聽胡雪巖這一說，心裡很舒服，「雪巖，」他說：「你這一陣子倚紅偎翠之餘，想來還讀讀書吧？」

這話想來是指著「登高一呼」、「萬山響應」這兩句成語而說的；胡雪巖笑著答道：「大人太誇獎我了；哪裡談得到讀書？無非上次大人教導我，閒下來看看《唐詩三百首》，現在總算平仄也有點懂了；王黃也分得清了。」

「居然平仄也懂了，難得，難得。」左宗棠轉臉看著福克說：「我本來打算借個三百萬，你一定要我多借一百萬，我也許了你了，你利息上頭，應該格外克己才是。」

古應春司翻譯之責；福克與凱密倫各有所言，及至他再翻給左宗棠聽時，已非洋人原來的話了。

福克的回答是：「不早就談好了嗎？」經古應春翻給左宗棠聽是：「一分一釐。」

「還是高了。」

左宗棠的話剛完，胡雪巖便即接口：「是不是？」他向古應春說：「我早說大人不會答應的。你跟他說，無論如何不能超過一分。」

於是古應春便要求福克，就談好的利率再減若干，福克自然不悅，便有了爭執的模樣。其間當然也牽涉到匯豐的利益，所以凱密倫亦有意見發表。最後，古應春說了句：「好吧！就照原議。」洋人都不響了。

「怎麼樣？」胡雪巖問：「肯不肯減？」

「福克跟凱密倫說：以前是一分二釐五，這回一分一釐已經減了。我跟他們說：你不能讓胡先生沒面子。總算勉強答應在一分以內，九釐七毫五。」

「是年息？」

「當然是年息。」

於是胡雪巖轉眼看著左宗棠，一面掐指甲，一面說道：「年息九釐七毫五，合著月息只有八釐一毫二絲五。四百萬兩一月的息錢是三萬兩千五，六個月也不過二十萬銀子。頭兩年只付息，不還本；第三年起始，每年拔還一百萬，四年還清。大人看，這個章程行不行？」

「一共是六年。」

「是。」胡雪巖答說：「頭兩年只付息，不還本，我是磨了好久才磨下來的。這一兩年各省關有餘力還以前的洋款，就寬裕得多了。」

「好，好！」左宗棠連讚兩聲，然後俯身向前，很關切地問：「要不要海關出票？」

「不要！」胡雪巖響亮地回答。

「只要陝甘出票？」

「是。只憑『陝甘總督部堂』的關防就足夠了。」

左宗棠連連點頭，表示滿意；但也不免感慨繫之，「陝甘總督的關防，總算也值錢了！」接著還嘆口氣：「唉！」

「事在人為。」胡雪巖說：「陝西、甘肅是最窮最苦最偏僻的省分。除了俄國以外，哪怕是久住中國的外國人，也不曉得陝甘在哪裡？如今不同了，都曉得陝甘有位左爵爺；洋人敬重大人的威名，連帶陝甘總督的關防，比直隸兩江還管用。」說到這裡，他轉臉關照古應春：「你問他們，如果李合肥要借洋款，他們要不要直隸總督衙門的印票。」

古應春跟福克、凱密倫各說了一句不知甚麼話，等他們回答以後才說：「都說還是要關票。」

聽得這一句，左宗棠笑逐顏開；他一直自以為勛業過於李鴻章；如今則連辦洋務都凌駕而上了。這份得意，自是非同小可。

「好！我們就這樣說定了。三兩天後就出奏。這回寶中堂應該不會有後言了。」

胡雪巖不懂「後言」二字，不過意思可以猜得出來；而且他也有把握能使得寶鋆服貼。因而提出最要緊的一句話。

「有一層要先跟大人回明白，如今既然仍舊要匯豐來領頭調度，那就仍舊要總理衙門給英國公使一個照會。」

「這是一定的道理。我知道。」

「還有一層，要請大人的示：是不是仍舊請大人給我一道札子。」

下行公事叫「札子」，指令如何辦理。左宗棠答說：「這不行！不在其位，不謀其政；你是陝西駐上海轉運局的委員，應該楊制台下札子給你。」

「是！不過，我有句話，不知道該不該說？」

「你說，不要緊。」

「同樣是陝甘總督衙門下的札子，分量不一樣。如果是大人的札子，我辦事就方便得多了。」

「呃、呃！我明白了。」

左宗棠心想，楊昌濬的威望不夠，胡雪巖即不能見重於人；為他辦事順利起見，這個障礙得替他消除。

盤算了好一會，有個變通辦法，「這樣，」他說：「只要是牽涉到洋人，總署都管得到的，我在奏摺上特為你敘一筆，請旨下總理衙門札飭道員胡某某遵照辦理。你看如何？」

胡雪巖喜出望外，因為這一來就是受命於恭親王，身價又抬高了。不過，表面上卻不敢有何形色，而用微感無奈的神情說：「如果大人不便下札子給我，那也就只好請總理衙門下了。」

「好！這就說定了。」左宗棠接著又說：「雪巖，我們打個商量，西邊境況很窘，劉毅齋又要撤勇；打發的盤川還不知道在哪裡？你能不能先湊一百萬，儘快解到楊石泉那裡。」

毅齋、石泉是劉錦棠、楊昌濬的別號。胡雪巖責無旁貸，很爽快地答應了。

這時有一名聽差，悄然到左宗棠身邊說了句話；他便問道：「這兩個洋朋友，會不會用筷子？」

左宗棠打算留福克與凱密倫吃飯。胡雪巖覺得大可不必；便即答說：「大人不必費心了。」

「那麼，你留下來陪我談談。」

「是。」

見此光景，古應春便向洋人表示，公事已經談妥，應該告辭了。接著便站起來請了個安；洋人亦起立鞠躬。左宗棠要送客，胡雪巖勸住，說是由他代送；乘此機會可跟古應春說幾句話。

「應春，你把他們送回去了，交代給陪他們的人；空出身來辦兩件事。」

胡雪巖交代，一件是跟汪惟賢去談，能不能在京裡與天津兩處地方，籌畫出一百萬現銀？

「這件事馬上要有回音。」胡雪巖輕聲說道：「左大人一開了話匣子，先講西征功勞；再罵曾文正，這頓飯吃下來，起碼三個鐘頭，你三點鐘以前來，我一定還在這裡。」

「好！還有一件呢？」

「還有一件，你倒問問福克，王府井大街的德國洋行裡，有沒有望遠鏡、掛表。如果有，你問他有多少；先把它定下來。」

「喔，」古應春明白了，是左宗棠應醇王之邀，到神機營「看操」，作犒賞用的，便即問說：

「有是一定有的。不知道要多少？」

「現在還不知道。你先問了再說。」

古應春答應著，陪著洋人回阜康。下午三點鐘復又回到賢良寺，果然，那頓午飯尚未結束；他在花廳外面等待時，聽得左宗棠正在談「湖湘子弟滿天山」的盛況，中氣十足，毫無倦容，看來還得有些時候才會散。

古應春心想，胡雪巖急於要知道交辦兩事的結果，無非是即席可以向左宗棠報告。既然如此，就不必等著面談，寫個條子通知他好了。

打定主意，便從懷中掏出一個洋紙筆記本來，撕一張紙，抽出本子上所附的鉛筆，蘸一點口水，寫道：「現銀此間有卅萬，天津約十餘萬。鏡表各約百餘具，已付定。惟大小參差不齊。」

這張字條傳至席面時，為左宗棠發現問起，胡雪巖正好開口，「回大人，」他說：「京裡現銀可以湊五十萬，一兩日內就解出去；另外一半，等我回上海以後，馬上去想法子。不知道來得及，來不及？」

「能有一半先解；其餘慢一點不要緊。」

「是。」胡雪巖又問：「聽說醇親王要請大人到神機營去看操？」

「有這回事。」一提到此，左宗棠的精神又來了，「神機營是八旗勁旅中的精華。醇王現在以皇上本生父的身分，別樣政務都不能管，只管神機營，上頭對神機營的看重，可想而知。李少荃在北洋好幾年了，醇王從未請他去看過操；我一到京，頭一回見面，他就約我，要我定日子，他好下令會操。我心裡想，人家敬重我；我不能不替醇王做面子。想等你來了商量，應該怎麼樣犒賞？」

「大人的意思呢？」

「我想每人犒賞五兩銀子；按人數照算。」

「神機營的士兵，不過萬把人，五、六萬銀子的事，我替大人預備好了。」胡雪巖又說：「不過現銀只能犒賞士兵，對官長似乎不大妥當。」

「是啊！我也是這麼想。」

「我看送東西好了。送當然也要實用，而且是軍用。我有個主意，大人看能不能用。」

「你說。」

「每人送一架望遠鏡，一個掛表。」

話剛完，左宗棠便擊案稱讚，「這兩樣東西好！很切實用。」他說：「神機營的官長一百多，要一百多份，不知道備得齊，備不齊？」

「大人定了主意，我馬上寫信到上海，儘快送來。我想日子上一定來得及。」胡雪巖緊接著說：「大人去看操的日子，最好等借洋款的事辦妥了再定。不然，恐怕有人會說閒話；說大人很闊，西餉一定很寬裕，洋款緩一緩不要緊。」

不等他話完，左宗棠便連連點著頭說：「你倒提醒了我。此事雖小，足以影響大局。我準定照你的話辦。」

「是！」胡雪巖問：「大人還有甚麼交代？」

「一時倒想不起，想起來再跟你談。」左宗棠說：「借洋款的章程，你馬上寫個節略來，我儘明天一天辦好奏稿遞上去；倘或順利的話，大概三五天就定局了。」

「是！」胡雪巖說道：「明天我想跟大人告一天假，辦辦私事。後天來伺候。」

「後來如果沒事也不必來。有事我會隨時派人來招呼你；你儘管辦你自己的事去好了。」

於是胡雪巖告辭回阜康，先請楊師爺將借洋款的條件寫成一個節略，即刻派人送到賢良寺。然後向古應春細問到海岳山房接頭的經過。

「應春，你知道的，為了去年買水雷的價錢，福德多嘴洩了底，左大人對我已經起疑心了。這件事我心裡很難過，所以這趟借洋款，除了大家該得的好處以外，我不但分文不要，而且預備貼幾萬銀子，一定要把這件事辦成功。辦成功不算，還要辦得漂亮；要教左大人心裡舒服。倘或寶中堂嚕囌，就算辦成功，他也不會高興，所以寶中堂那裡，一定要擺平；能聽他說一句：這筆洋款借得划算。我這幾萬銀子，花得就值了。」

「小爺叔的心思，我是早看出來了。不過，我想也不必把錢花在寶中堂一個人身上；他手下的人也是要緊的。」古應春問道：「小爺叔預備花多少。」

「這個數。」胡雪巖將手一伸。

「那麼，送四萬；留一萬作開銷。」

「好的。你跟徐筱雲去商量，看這條路子應該怎麼樣走通？」

第二天三月初九，徐筱雲不待去請，自己來訪；胡雪巖不在，由古應春接待。他告訴古應春說，左宗棠的奏稿是他辦的，已經謄正呈遞。不過，三五天內，絕不會有結果，因為恭親王為福晉安葬，請了七天假；而這件大事，非恭親王來議不可。

「這樣說，寶中堂也不能起作用？」

「不，不！有作用的。恭王聽他的話。而且凡是到了這個地位，不管怎麼樣，敗事總是有餘的。」

「筱翁，這麼說，胡大先生要重重拜託你。海岳山房我去過了，跟老朱談得很好。胡大先生要我跟筱翁商量，這條路子一定要走通；你看該送多少？」

「借洋款的條件比過去都好；我的奏稿上寫得很切實，事情一定可成，不送亦可，要送，這就差不多了。」說著，徐用儀示以一指。

「筱翁，『差不多』不夠；要勢在必成。」

「多送當然更保險，不過錢要用在刀口上。」徐用儀問說：「明天你會去賢良寺不會？」

「會去。明天我帶洋人給左大人去辭行。」

「那麼，我們明天中午在賢良寺見；到時候我再跟你談。」

第二天中午胡雪巖、古應春帶著兩個洋人，都到了賢良寺，靜等左宗棠自軍機處散值回寓，以便辭行。哪知一等等到下午三點半鐘，還不見人影，亦無消息。宮門申正下鑰，申正就是四點鐘；通常軍機處自大臣至章京，最遲未正二刻，也就是兩點半鐘，一定已走得光光，而左宗棠到此時尚未出宮，是件令人百思不得其解的事。

「只怕宮裡出事了。」胡雪巖悄悄跟古應春耳語：「莫非西太后的病，起了變化？」

一語未終，只見徐用儀匆匆而來；他也顧不得行禮，一把將胡雪巖拉到僻處，低聲說道：「左大人叫我來送個信，洋人慢點走，事情或許會有波折。」

「怎麼？」胡雪巖又問：「左大人何以到現在還不出宮。」

「宮裡出了件意想不到的怪事。」徐用儀的聲音越發低了，「今天軍機沒有叫起，說太后受了寒，人不舒服。大家都當是感冒；到內奏事處看藥方，管事太監說沒有發下來。後來聽內務府的人說，是昨天下午發的病，突然之間，口吐白沫，像發羊癇瘋。今天到現在為止，已經請了三次脈，早晨一次，午時一次，未時一次，人只怕不中用了。」

「慢慢，筱翁，」胡雪巖問道：「你說是東太后，還是西太后？」

「是東太后。」

「東太后？」胡雪巖越發詫異。

「自然是東太后。西太后好久不視朝；因為東太后違和，軍機才沒有叫起。」

「喔。」胡雪巖點點頭說：「我知道了。我來把洋人留下來。」

於是胡雪巖向古應春密言經過，關照他先帶洋人回去，隨便找個理由，請他們暫留幾天。

「如果東太后真的駕崩了，宮裡要辦喪事，洋款的事就會擱下來。」胡雪巖問道：「應春，你看左大人會怎麼辦？」

「這一擱下來，」古應春答非所問地：「人家款子早已籌好了；吃利息猶在其次，倘或一擱擱得不辦了，對人家怎麼交代？」

「這不會的。」胡雪巖說：「吃利息還是小焉者也；劉毅齋、楊石泉籌餉如星火，這上頭耽誤了才是大事。」

「那麼，大先生，你看左大人會怎麼辦呢？」

「自然是獨斷獨行，辦了再說。」

以左宗棠的性情，這是可能的；但古應春終有疑惑，因為四百萬銀子到底不是個小數目，左宗棠即令有魄力，也不敢如此擅專。

左宗棠是過了四點才回賢良寺的，一到就傳胡雪巖，「國將大變！」他一開口就發感慨，接著又說：「應變要早。你告訴福克他們，事情就算定局了；請他們一回上海就預備款子，印票現成，我帶得有蓋了陝甘總督關防的空白文書，一填就是，讓他們帶了去。」

果如胡雪巖所料，但他不能不為左宗棠的前程著想，「大人，」他很直爽地說：「數目太大，將來寶大人會不會說閒話？」

「說閒話也是沒法子的事。」左宗棠又說：「將在外君命有所不受。現在連『君命』都沒有；我輩身為勛臣，與國同休戚，不能不從權處置。」

「大人，我倒有個想法。這件事，大人何妨跟醇王說一說；醇王是帶兵的，總知道『鬧餉』不是鬧著玩的。」

「通極！」左宗棠拍著膝蓋說：「有他知道這回事，諒寶佩蘅也不敢再說閒話。」

寶佩蘅就是寶鋆。胡雪巖心想，要他不說閒話，只有找海岳山房朱鐵口；否則即使不敢說閒話，也儘有刁難的手段。

「我得躺一會。」左宗棠說：「今天晚上，說不定宮裡會出大事。」

「是。」胡雪巖乘機打聽，「剛才徐筱雲來傳大人的話，說起東太后政躬違和，彷彿來勢不輕呢？」

「豈止來勢不輕，牙齒都撬不開了。」

「那麼，到底是甚麼病呢？」

「誰知道？」左宗棠將兩手一拍，「牝雞司晨，終非佳事。」

胡雪巖聽不懂他說的甚麼，站起身來告辭，「明天再來伺候。」他請了個安。

「明天，明天還不知道怎麼樣呢？」

2 深宮疑雲

左宗棠只睡得兩個時辰，剛交子時便讓老僕左貴推醒了；告訴他說：「軍機徐老爺有急信。」說著，將左宗棠扶了起來；另有一僕擎著燭台，照著他看信；信封上濃墨淋漓地寫著：「飛遞左爵相親鈞啟」；抽出信箋，上面只有八個字：「東朝上賓，請速入宮。」

原來這天軍機章京換班、徐用儀值夜，所以消息來得快。左宗棠遇到這種意外變故，最能沉得住氣；下床看到紅燭，便指著說道：「明天得換白的。」

「老爺，」左貴服伺左宗棠多年，稱呼一直未改；他怕自己聽錯了，側耳問道：「換白蠟？」

「對了。這會別多問！傳轎，我馬上進宮。」

進宮時為丑正，乾清門未開，都在內務府朝房聚集，左宗棠一看，近支親貴有惇親王、醇親王、惠親王；御前大臣有伯彥訥謨詁、奕劻；軍機大臣有寶鋆、李鴻藻、王文韶；此外便是六部尚書、「毓慶宮行走」的師傅、南書房翰林。

國家大事，權在軍機；軍機領班的恭王不在，便該左宗棠為首。他此刻才發覺自己的地位特殊；初次當京官，朝中典故，茫然莫曉，且又遇著意想不到的情況，雖說他善能應變，亦有手足無措，尷尬萬分之感。

正要開口動問，只見徐用儀疾趨而前，借攙扶的機會，貼身說道：「聽寶中堂的。」

爭勝好強的左宗棠，到此亦不能不退讓一步；與三王略略招呼後，向寶鋆拱拱手說：「我初遇大喪，軍機職司何事，都請佩翁主持。」

「這是責無旁貸的事。」

一語未畢，有人來報，乾清門開了。於是惇王領頭，入乾清門先到「內奏事處」——章奏出納、皆經此處；照規矩帝后違和，脈案藥方亦存內奏事處，王公大臣誰都可以看的。

藥方一共五張，最後一張註明「酉刻」，是左宗棠出宮以後請脈所開的，說是「六脈將脫，藥不能下。」

「賓天是甚麼時候？」惇王在問。

「戌時。」

戌時是晚上八點鐘。左宗棠心裡在想，接到徐用儀的信是十一點鐘；計算他得知消息不會早於十點鐘頭，相隔兩個鐘頭；在這段辰光之中，不知道鍾粹宮中是何境況？

「大人！」徐用儀牽著他的袖子說：「請到南書房。」

宮中定制，凡有大喪，都以乾清門內西邊的南書房為「治喪辦事處」。一到了那裡，第一件事便是將官帽上的頂戴與紅纓子都摘下來；然後各自按爵位官階大小，找適當的座位坐下來。

「真是想不到的事！」醇王向寶鋆問道：「得趕緊把六爺追回來。」

「六爺」是指恭王，「已經派人去了。」寶鋆答說：「大概明天下午才能回來。」

「得找個人來問一問才好。」惇王說道：「譬如有沒有遺言？」

「不會有的。」惠王接口：「中午的方子已經說『神識不清』；以後牙關都撬不開口，怎麼能開口說話？」

惇王默然，舉座不語；但每人心裡都有一個疑問：到底是甚麼病？

「要問甚麼病，實在沒有病。」徐用儀左右看了一下，下人都在廊上，客廳中除了胡雪巖的貼身跟班以外，別無閒人，方始低聲說道：「是中了毒。」

此言一出，胡雪巖跟古應春互看了一眼。原來胡雪巖因為創設胡慶餘堂藥號，自然而然地對藥性醫道，都不太外行；看了從內奏事處抄出來的五張藥方，又打聽了慈安太后前一日御朝的情形，向古應春談起，唯一可能的死因是中毒。此刻是證實了，只不知如何中的毒。

「毒是下在點心裡頭的。」徐用儀說：「東太后有歇午覺的習慣；睡醒以後，經常要吃甜點心。初九那天，午覺醒來，西太后派梳頭太監李蓮英，進了一盤松仁百果蜜糕，剛蒸出來又香又甜，東太后一連吃了三塊；不到半個鐘頭，病就發作了。」

胡雪巖駭然，「是西太后下的毒？」他問：「為甚麼呢？」

「這話說來就長了——。」

慈禧太后一直有椿耿耿於懷，說甚麼也無法自我譬解的事，就是為甚麼她該低於慈安太后一等；而這一等非同小可——皇后母儀天下，生日稱為「千秋」，受群臣在宮門外朝賀。下皇后一等的皇貴妃，不獨無此榮耀，甚至姓氏亦不為群臣所知。

東西兩宮——慈安、慈禧由「選秀女」進身，家世是一樣的，慈安之父為廣西右江道；慈禧之父是安徽池太廣道。起初身分雖同，但當文宗元后既崩，立第二后時，選中了慈安，便使得那時封號為「懿貴妃」的慈禧，憤不能平，因為慈安無子而她有子，且是唯一的皇子；不是她的肚子爭氣，大清朝的帝系，將從咸豐而絕。由此可知，她是大有功於宗社的人；有功之人反遭貶損，這口氣如何嚥得下？

可是文宗卻又是一種想法，正因為她生了皇子，斷送了被立為皇后的希望。原來慈禧精明能幹、爭勝攬權的性格，文宗已看得很清楚；自知在世之日無多，一旦駕崩，幼主嗣位，皇后成為太后，倘或驕縱不法，無人可制。

縱然如此，仍有隱憂，因為母以子貴，將來仍舊會成為太后，兩宮並尊，而慈安賦性忠厚，必受欺侮。這重心事，偶爾與他的寵臣肅順吐露；肅順便勸文宗行「鉤弋夫人」的故事。

「鉤弋夫人」是漢武帝的寵姬。當他六十三歲時，鉤弋夫人為他生了一個兒子，取名弗陵，生得茁壯聰明，頗為鍾愛。漢武帝晚年多病，年長諸子，看來多不成材，幾經考慮，決定傳位幼子弗陵；但顧慮得幼主在位，母后年輕，每每會驕淫亂政，春秋戰國，不乏其例；秦始皇初年的情形，更當引以為鑒。因而狠心將鉤弋夫人處死，以絕後患。

文宗也覺得肅順的建議不錯，但卻缺乏漢武帝的那一副鐵石心腸。到得病入膏肓，勢將不起時，特為用硃筆親書密諭一道，交付慈安，大意是「西宮援母以子貴之義，不得不並尊為太后，然其人絕非可倚信者，即不有事，汝亦當專決。彼果安分無過，當始終曲全恩禮，若其失行彰著，汝可召集群臣，將朕此言宣示，立即賜死，以杜後患。」

不但有硃諭，而且還口頭叮囑，倘或需要用這道密旨時，應該如何召集群臣，如何宣示；又如何可能有人為西宮求情，而絕不可稍為之動，必須當機立斷，斬草除根。慈安含淚傾聽，將硃諭珍重密藏，而心裡卻從未想過有用得到它的一天。

事隔二十年，慈禧已經四十六歲，這年──光緒六年二月初，忽然得了重病，脈案對病因的敘述，含糊不清，而所開藥方，則屬於專治胎前產後諸症的「四物湯」，群臣皆為之困惑不解。據御醫莊守和、李德立向人透露，說是「血崩」，但用血崩的藥，卻並不對症。

於是降旨徵醫。直隸總督薦山東泰武臨道無錫薛福辰；山西巡撫曾國荃薦太原府陽曲縣知杭州汪守正，此兩人都是世家子弟，飽讀醫書，精研方脈；六月間先後到京，一經「請脈」，都知病根所在；不約而同的表示慈禧太后患的是「骨蒸」；其實是「蓐勞」，產後失血過多，成了俗語所說的「乾血癆」，用溫補甘平之法，病勢日有起色。到了這年年底，已無危險，只待調養了。宅心仁厚的慈安太后，自然亦為之慶幸。有一天──就在幾天以前，在她所住的鍾粹宮，邀慈禧共餐，還喝了酒；到得席散，暗示宮女盡皆迴避，促膝深談，作了一番規勸。

據私下窺視的宮女所傳出的消息，說是慈安真的動了感情，首先追敘當年文宗逃難到熱河的種種苦楚；文宗崩後，「孤兒寡婦」受肅順欺侮，幸而「姊妹」同心協力，誅除權臣，轉危為安。接著又談同治十三年間所經歷的大風大浪，種種苦樂，到傷心之處，「姊妹」倆相對流涕，互為拭淚；看來慈禧也動了感情了。

於是慈安慨然說道：「我們姊妹也都老了，重新同侍先帝的日子，不會太遠。二十多年相處，從來沒有起過甚麼了不得的爭執，以後當然亦是平平靜靜過日子。有樣東西是先帝留下來的，我一直以為永遠也用不著；不過我怕我一死以後，有人撿到這樣東西，會疑心我們姊妹表面和好，暗底下不是那回事，那就不但你我會覺得是一大恨事，先帝亦會自悔多事。這樣東西，不如今天就結束了它吧！」

說完，從懷中掏出一個信封，遞到慈禧手裡，打開來一看，慈禧臉色大變；原來就是文宗親自以硃筆所寫的那道密諭。

「既然無用，就燒掉了吧。」

慈安取回原件，就在燭火上點燃焚燬。慈禧作出感極而泣的神情，還須慈安多方安慰，方能收淚。

但從此慈禧只要一見了慈安，便如芒刺在背，處處小心，像唯恐不能得慈安歡心似地。這一天——就是三天前的三月初九，慈安太后終於在一盤松仁百果蜜糕上送了命。

「這樣說，以後是西太后一個人作主的局面了？」胡雪巖問說：「筱翁，你看事情是比以前難辦呢，還是比以前容易？」

「我看要比以前難辦。」徐用儀答說：「東太后德勝於才，軍機說甚麼就是甚麼；西太后才勝於德，稍微馬虎一點，她就會抓住毛病，問得人無話可說。」

「這話說得不錯。不過將來只要把一個人敷衍好了，事情也不至於太難。」

「呃，」徐用儀不免詫異，「胡大先生，你說要敷衍哪一個人？」

「李蓮英。」胡雪巖說：「他立了這麼大的功勞，當然會得寵。」

「嗯，嗯！」徐用儀說：「我倒還沒有想到。」

「我也沒有想到。」古應春接口說道：「我看，這條路子如果要走，就要走得早。」

徐用儀不作聲，意思當然是「你們要走太監的路子，另請高明。」胡雪巖體會得他的心境，便向古應春遞個眼色——暗示他不必再談李蓮英。

不過，寶鋆還是要談的。古應春將胡雪巖準備送五萬銀子，而他認為其中應該留一萬銀子作

開銷，問徐用儀有何意見？

「送寶中堂不必那麼多，多了他反而會疑心，以為這筆借款中，又有多少好處。錢要花在刀口上，一文抵十文用，才算本事。」

「那麼，筱翁！」胡雪巖笑道：「你倒說說看，要怎麼樣才算花在刀口上？」

「我亦是知其然而不知其所以然。總之，如今既然左大人打算獨斷獨行了，寶中堂那裡，就不必送那麼重的禮。不然就變成『塞狗洞』了。」

「『塞狗洞』的事，我做過很多。」胡雪巖說：「既然筱翁不贊成，我們就來想它個禮輕意思重的辦法。」

「這辦法不大好想。」古應春問道：「是不是跟朱鐵口去談一談。」

「沒有用。這方面的行情他不懂。」

三個人沉默了好一會，胡雪巖突然說道：「筱翁，你倒談一談，寶中堂是怎麼樣一個人？」

「人是很念舊的——。」

因為念舊重情，寶鋆受了許多累。其中有件事，凡是浙江人無不知道：六、七年前轟動海內的楊乃武與小白菜一案，將因病暴斃的小白菜之夫葛品蓮，當作武大郎；而誣指小白菜謀殺親夫，又將楊乃武比作西門慶，教唆小白菜下毒的「滅門縣令」劉錫彤，就是寶鋆的鄉榜同年。

「寶中堂倒沒有袒護劉錫彤；不過劉錫彤總以為寶中堂一向念舊，有此大軍機的靠山，做錯就做錯了，沒有甚麼了不起。結果是害己害人，連累寶中堂也聽了好些閒話。」

「這劉錫彤呢？」胡雪巖說：「充軍在哪裡？」

「老早就死掉了。」徐用儀說：「你想七十歲的人還要充軍，不要說關外冰天雪地吃不消；自己想想，對不起祖宗，對不起自己，哪裡還有活下去的味道？」

「是啊！做人總要有味道，活下去才有勁。」胡雪巖又問：「他是哪裡人？」

「靠近滄州的鹽山。」

「家裡還有甚麼人？」

「不大清楚。」徐用儀說：「他有個兒子，本來也是牽涉在楊乃武那一案裡的，後來看看事情鬧大了，劉錫彤叫他回鹽山，哪知坐的是福星輪。」

福星輪沉沒，是在中國海域中發生的第一件重大海難事件；所以徐用儀不說，也知道劉錫彤之子已經遭難。

「哪裡有甚麼一路福星？」古應春說道：「禍福無門，唯人自召。劉錫彤居心可惡，才會遭禍。不過報應也太慘了。」

「打聽，打聽。」胡雪巖說：「劉錫彤總算在我們杭州做過父母官，子孫如果沒飯吃，應該做個好事。」

徐用儀心想，胡雪巖哪裡是為劉錫彤做過餘杭縣知縣的香火之情；無非看在寶鋆分上，做件小小的雪中送炭之事，希望見好於寶鋆。不過他亦必須有這麼個冠冕堂皇的說法，才不落痕跡，否則就會為人所識。人情世故畢竟是他識得透。

這樣轉著念頭，不由得又想起一個人，「寶中堂有個弟弟叫寶森，」他問：「胡大先生知道不知道？」

「不知道。此人怎麼樣？」

「此人去年讓言路上參了一本。參的其實不是他，是寶中堂；參寶中堂袒護親族。不過，這一來倒楣的一定是寶森，如今境況很窘。」

「呃，筱翁，你倒談談他倒楣的來龍去脈。」

原來寶鋆之弟寶森，本是直隸的候補知縣，既沒有讀多少書，也談不到才具，而且理路不大清楚。靠他老兄的面子，總常有差使派他；有時州縣出缺，派他去署理，坐堂問案，笑話百出；上官看寶鋆的分上，只有格外寬容。

後來曾國藩由兩江總督調直隸，他是講究吏治的，看寶森實在沒有用處，就想照應他亦有力不從心之感。寶森幾次找寶鋆，要他寫八行書給曾國藩討差使，寶鋆怕碰釘子，不肯出信。到得真的纏不過了，寶鋆說：「你到四川去吧！」為他加捐，由候補縣變成候補道，又在吏部說了情，得以分發四川。

四川總督名叫吳棠，此人於慈禧太后未入宮以前，有援之於窮途末路的大恩。慈禧之父惠徵，官居安徽池太廣道，是守土有責的地方官；咸豐初年，洪楊起事，舟船東下，勢如破竹，惠徵望風而逃，降旨革職查辦，旋即一病而亡。俗語說：「太太死了壓斷街，老爺死了沒人抬」，官場最勢利不過，何況惠徵是「犯官」的身分，加以外省的旗漢之別，遠較京裡來得分明。因此，慈禧以長女的身分，攜帶一妹兩弟，奉母盤靈回旗時，一路遭受白眼，那種境況，真可說是淒涼萬狀。

一天船泊江蘇淮安府桃源縣，忽然有人送來一份奠儀，而且頗為豐腆，白銀二百兩之多。慈禧再看名帖上具銜是桃源縣知縣吳棠，不由得納悶；惠徵從無這樣一個朋友，如說是照例的應酬，隔省的官員，了無淵源，充其量送八兩銀子奠儀，已是仁至義盡。一送二百兩，闊得出奇；慈禧判斷，一定是送錯了，防著人家要來索還，原封不動地擺在那裡。

她的判斷不誤，果然是送錯了。吳棠一看聽差送上來的回帖，大發雷霆；幸而他有個幕友，深明人情世故，便勸他說：「送錯了禮沒有去討回之理；就討，人家也未見得肯還。聽說這惠道台的兩位小姐，長得很齊整，而且知書識字；旗人家的閨秀，前途不可限量。東翁不如將錯就錯，索性送個整人情，去弔上一弔。」

吳棠心想，這不失為「失之東隅、收之桑榆」的打算，當下肅其衣冠，備了祭品，傳轎打道運河碼頭，投了帖上船祭靈。祭畢慰問家屬；慈禧的兩個弟弟惠祥、照祥，都還年幼，只會陪客，無從陪客；都是慈禧隔著白布靈幔，與吳棠對答，再三稱謝。

這一下足以證明吳棠的奠儀並未送錯，可以放心大膽地支用了。慈禧感激涕零之餘，將吳棠的名帖放在梳頭盒子裡，跟妹妹相誓：「倘或天可憐見，咱們姊妹也有得意的一天；可千萬別忘了吳大老爺這位雪中送炭大恩人。」

果然「皇天不負苦心人」，姊妹做了妯娌，不過十年的功夫，姊姊「以天下養」，妹妹亦貴為醇王的福晉。

辛酉政變，兩宮垂簾聽政，慈禧第一件快心之事，便是報恩；這時已升知府的吳棠，官符如火，一路超擢；吳棠既庸且貪，而凡有參劾吳棠的摺子，一概不准。不過五、六年的功夫，繼駱秉章而為四川總督；他在成都，公事委諸屬下，每天開筵演戲，頓頓魚翅雞鴨，自我豢養成一個臃腫不堪的大胖子，四川人替他起了個外號，叫做「一品肉」。

寶鋆為老弟的打算是，惟有到「一品肉」那裡當差，不必顧慮才具之短。果然，吳棠看寶鋆是大軍機，一到就派了「釐金」的差使；終吳棠之任，寶森的稅差沒有斷過，是四川官場的紅員之一。

不久，吳棠歿於任上，繼任川督的是殺安德海的山東巡撫丁寶楨。安德海在兩宮太后口中，稱之為「小安子」；他是慈禧太后寵信的太監，在「辛酉政變」中立過功勞，升任為長春宮的總管。仗著慈禧太后的勢力，招權納賄，驕恣不法；有年夏天，打著太后的旗號，擅自出京，連直隸總督曾國藩，都只能側目而視，不敢動他。不道丁寶楨卻不賣帳，等他一入山東境內，便派人嚴密監視，及至證實了他並未奉有赴江南採辦的懿旨，便不客氣地下令逮捕，飛章入奏，奉旨「毋庸訊問，就地正法」；隨即提出牢來，在濟南處決。

安德海既為慈禧所寵信，丁寶楨殺了他，就很可能得罪了慈禧。哪知事實適得其反，慈禧不但不恨，而且很感激丁寶楨，因為安德海被斬以後，丁寶楨下令暴屍三日，濟南的百姓看清了安德海是沒有「那話兒」的真太監。這一來，一直流傳著的，安德海為慈禧面首的謠言，不攻自破。慈禧心感丁寶禎為她洗刷之德，所以吳棠出缺，將他自東撫擢為川督。當然，也有看重丁寶楨清廉剛直，用他去整飭為吳棠搞壞了的四川吏治的期望在內。

果然，丁寶楨一入川便大加整頓，貪庸疲軟的劣員，參的參，調的調，官場氣象一新。像寶森這樣的人，當然也在淘汰之列，但想到他是寶鋆的胞弟，不免有投鼠忌器的顧慮，處置就不一樣了。

像這樣的情形，原有個客客氣氣送出門的辦法，譬如督撫與兩司——藩司、臬司不和，想把他們調走，而又怕傷了和氣，發生糾紛，便在年終「密考」時，加上「堪任方面」的考語。

既然才足以當方面之任，朝廷當然要將此人召進京去，當面察看。久而久之成了一個慣例，軍機處一看督撫對兩司下的是這樣的考語，便知是請朝廷將兩司調走，必如所請；因為封疆大吏的用人權是必須尊重的。

寶森只是一個候補道，不適用此例，但亦有變通之方，即以人才特薦，奏請送部引見；意思是請朝廷考慮，此人可放實缺。

那是光緒四年年底的事。其時言路上氣勢很盛，除了御史、給事中這些言官以外，翰林而兼「日講起注官」，得以專摺言事者，奏議尤為朝廷所重；其中言論最犀利者四人，號稱「翰林四諫」。而「四諫」中又以張佩綸的一枝筆最厲害，心想寶森一無才能，只以寶鋆的關係，竟由地方大吏以人才特薦，令人不平，因而上章搏擊。

上諭中嘉許張佩綸「所陳絕瞻顧，尚屬敢言」。至於丁寶楨特薦寶森，究竟有何過人之長的實績，命丁寶楨「據實具奏，毋稍迴護」。原奏又說寶森並無才能，「著李鴻章查明寶森在直隸時，官聲政績究竟如何，詳細具奏。」

其時寶森已經到京，興匆匆地真的以為丁寶楨夠交情幫他的忙，滿心打算著引見以後，靠他老兄的關係，分發到富庶的省分，弄個實缺的道員，好好過一過官癮——正印官的氣派，跟候補道畢竟是不同的。

哪知跟寶鋆見了面，他一句話就是：「你告病吧！」

「為甚麼？」

「喏，你自己看去。」

很吃力地看完了張佩綸參劾的奏摺，寶森倒抽一口冷氣，這時才明白，丁寶楨別有用心，覆奏也必是一番敷衍的空話，未見得有用。

「現在言路上囂張得很，你碰了釘子，我也幫不上你的忙。別求榮反辱吧，你先告病；過些日子，我再替你想辦法。」

日子過了兩年了，寶森靜極思動，常常跟寶鋆爭吵，弟兄已有反目的模樣。寶鋆經常望影而避，頭痛不已。

「弟兄感情到了這樣子，只有一個辦法，把他們隔開。」胡雪巖說：「見不著面，就吵不起來了；旁人勸解，話也比較聽得進去。」

「胡大先生，你的話是不錯，不過，請問怎麼個隔法？」

「那還不容易。把那位寶二爺請到那裡去住上幾個月，意氣慢慢化解了，弟兄到底是弟兄，終究會和好如初的。」

「這倒也是個辦法，可惜沒有人請他。」

「我請！」胡雪巖脫口而答：「如果寶二爺願意，我把他請到上海、杭州去逛個一年半載，一切開銷都是我的。」

徐用儀心想，這一來寶鋆得以耳根清淨，一定會領胡雪巖的情。當下表示贊成；古應春亦認為這是個別開生面的應酬寶鋆的辦法，大可行得。至於胡雪巖與寶森素昧平生，看似無由一通款曲，其實容易得很，有跟胡雪巖交情深厚的文煜在，便是現成的一條路子。

這天文煜宴客。本來他宦囊甚豐，起居豪奢，住處又有花木園林之勝，每逢開宴，必是絲竹雜陳；此時因逢國喪，八音遏密；同時也不便大規模宴客，以防言官糾彈，只約了少數知好，清談小酌而已。

主客是胡雪巖，其次便是寶森。主人引見以後，寶森頗道仰慕；胡雪巖更是刻意周旋，所以一見如故，談得頗為投機。席間談起上海「夷場」上的情形，胡雪巖與古應春大肆渲染，說得寶森嚮往不已。

看看是時候了，古應春便即問說：「森二爺有幾年沒有到上海了？」

「說起來寒蠢。」寶森不好意思地：「我還沒有去過呢！」

「那可真是想不到。」古應春看著胡雪巖說：「吃花酒如果有森二爺這麼有趣的人在，可就更熱鬧了。」

寶森是所謂「旗下大爺」，吃喝玩樂，無一不精；這兩年在京，全靠寄情聲色，才能排遣失意，自從慈安太后暴崩，歌台舞榭，絃索不聞，正感到寂寞無聊，聽得古應春的話，自然動心。

「如今是國喪，也能上堂了──。」寶森突然縮住口，倒像說錯了話似地。

原來上海人所說的「堂子」，北方稱為「窯子」。旗人口中的「堂子」，是皇室祭祖的所在；拿來作為窯子的別稱，未免褻瀆，因而覺得礙口。

「如今國喪，也能吃花酒？」他換了個說法。

「怎麼不能？」古應春答說：「一則是天高皇帝遠；再則夷場是『化外』，不管是上海道，還是松江府，都管不到；甚至於兩江總督、江蘇巡撫都莫奈何。」

「真的？」寶森有些不信。

「我只談一件事好了。」古應春問道：「聽說森二爺票戲是大行家，有齣《張汶祥刺馬》看過沒有？」

「聽說過，可沒有看過。」

「那就是上海人獨有的眼福、耳福，這齣戲只有在上海能唱，別處是禁的。」

禁演的原因是，這齣戲全非事實。兩江總督馬新貽已經慘死在張汶祥白刃之下，而竟說他奪人之妻，有取死之道，死而被誣、冤及泉台，知道真相而稍有血性的人，無不氣憤填膺。江南大吏曾謀設法禁演，但因勢力不能及於夷場，徒呼負負。

這一實例，說明了在京八音遏密，何以在上海可以不守國喪的規矩。寶森真是想去好好逛一逛，但有些說不出口。

看出他心情的胡雪巖，便即說道：「其實不說那些花花草草的花樣，森二爺也該到上海去見識見識。如今大家都講洋務，不到上海不知道洋務該怎麼講法？寶中堂是身分、地位把他絆住了，沒有機會到上海；森二爺不妨代替寶中堂去看一看。」

這為他拈出了一個正大光明的理由，寶森大為興奮，「我也不為他，為我自己。」他說：「長點見識總是好的。將來到了上海，還要請胡大哥帶一帶我。」

「言重了。」胡雪巖問道：「森二爺預備甚麼時候去？」

「這還不能走。我得先跟本旗請假。」

在京的旗人，不能隨便出京，這個規矩在雍、乾年間，極其嚴格，以後慢慢地也放寬了。不過寶森因為他老兄一再告誡，諸事謹慎，所以不敢造次。

這時一直未曾說話的文煜開口了：「老二，我准你的假。」原來文煜就是他正白旗的都統。

「啊，啊，對了。」寶森「拍」地一下，在自己額上打了一下，「看我這個腦筋！竟忘了本旗的長官，就在眼前。」

「文大人，」胡雪巖問道：「准他多少日子的假？」

「那要問他自己。」

「我想，」寶森答說：「一個月也差不多了。」

「不夠，不夠。一個月連走馬看花都談不到，起碼要三個月。」

「三個月就三個月。」文煜向寶森說道：「這得找個理由，你就寫個呈文，說赴滬就醫好了。」

寶森還在躊躇，胡雪巖搶著說道：「好了！文大人准假三個月；森二爺，這三個月歸我管，你一切不必費心。我大概還有五六天耽擱，請你料理料理，我們一起走。」

邂逅初逢，即使一見如故，這樣被邀到紙醉金迷之地，流連三月之久而不費分文，真也可說是難得的奇遇。因為如此，反而令人有難以接受之感；寶森只是搓著手，矜持地微笑著，不知道該怎麼說才好。

「老二，」文煜知道他的心情，忍不住開口：「你久在四川，對雪巖不熟；雪巖豪爽出了名的，只要投緣，像這麼請你到南邊玩上幾個月，算不了甚麼。我看你在京裡也無聊得很，不如到上海去散散心。交朋友的日子很長，你也不必覺得不好意思。」

「我可真是有點兒不好意思。」寶森乘機說道：「恭敬不如從命。我先跟胡大哥道謝。」

「說這話就見外了。」胡雪巖轉臉對古應春，「叫惟賢明天派人到森二爺公館去招呼；行李不必多帶，缺甚麼在上海預備也很方便。」

第二天午後，汪惟賢親自去拜訪寶森，執禮甚恭，自不待言；略事寒暄，談入正題，首先問說：「森二老爺預備帶幾個人？」

寶森不好意思，略想一想答說：「我只帶一個。」

「一個怎麼夠？」汪惟賢屈著手指說：「打煙的一個，打雜的一個，出門跟班的一個，至少得三個人。」

「我就帶一個打煙的。」寶森略有些不好意思地，「有一口嗜好，沒法子。」

「這是福壽膏。」汪惟賢將手邊一個長形布袋拿了起來，脫去布套，是個打磨得光可鑑人的紫檀長方盒，順手遞過去說：「森二老爺倒看看，這樣東西怎麼樣？」

寶森接來一看，盒蓋上刻著一行填綵的隸書：「吹簫引鳳」。便知是一枝煙槍；抽開盒蓋，果不其然。雖抽了三十年的鴉片，見過許多好煙具，這一支十三節湘妃竹的煙槍，所鑲的綠玉煙嘴固然名貴，但妙處卻在竹管，是用橄欖核累貫到底，核中打通，外涼內熱，抽起來格外過癮。

「好東西。」寶森愛不忍釋，「總得二百兩銀子吧？」

「森二老爺中意，就不必問價錢了。請留著用吧！」汪惟賢不容他謙辭，緊接著又說：「敝東交代，森二老爺不必帶煙盤，太累贅；都由我們預備。」

說到這樣的話，倘再客氣，就變得虛偽了。寶森拱拱手說：「胡大先生如此厚愛，實在心感不盡。不過，人，我準定只帶一個，帶多了也是累贅。」

「是，是。我們那裡有人，森二老爺少帶也不要緊。還有，現在是國喪，穿著樸素，森二老爺不必帶綢衣服；等穿孝期滿，在上海現做好了。」

他說甚麼，寶森應甚麼。等汪惟賢一走，想一想不免得意，用新得的煙槍過足了癮，看辰光未時已過，寶鋆已經下朝了，乘輿省兄，打算去談一談這件得意之事。

寶鋆家的門上，一看「二老爺」駕到，立即就緊張了，飛速報到上房；寶鋆剛想關照：說我頭疼，已經睡了。只見寶森已大踏步闖了進來，料想擋也擋不住，只能嘆口氣，揮一揮手，命門上退了下去。

「你那件事，過一陣子再說。」寶鋆一見了他老弟的面就先開口，「這會兒辦東太后的喪事，大家都忙得不可開交；我也不好意思跟人家提。」

「哪一件？」寶森要他老兄託人情的事太多了，不知他指的是哪一件，所以如此發問。

「你不是兜攬了一件幫人爭產的官司嗎？」

「喔，那一件。」寶森答說：「如今我可沒功夫管人家的事了。」

原來寶森受人之託，有件庶出之子，向嫡出長兄要求分家的官司，要求寶鋆向順天府尹說情，將庶出之子的狀子駁回。他從楊乃武那一案，受劉錫彤之累，為清議抨擊以後，凡是這類牽涉刑名的案件，不願再管，無奈寶森一再糾纏，只能飾詞敷衍；每一次要想不同的理由來拖延，深以為苦，因而此刻聽得寶森的話，頓覺肩頭一輕，渾身自在了。

「我特為來跟大哥說，我要到上海去一趟，總得兩三個月才能回來。」

「喔，」寶鋆問道：「到上海去幹甚麼？」

「有人請我去玩兩三個月。管吃管住，外帶管接管送，一共是四管；自己一個子兒都不用花。」

「好傢伙。管你到上海玩兩三個月，不要分文；誰那麼闊啊？」

「胡雪巖。」

「原來你交上『財神』了！」寶鋆立刻沉下臉來，「你可別胡亂許了人家甚麼，替我添麻煩。」

寶森愕然，「人家會有事託我？」他問：「會是甚麼事呢？」

「誰知道？此人的花樣，其大無比；這一趟是來替左季高籌畫借洋債，說不定就會託你來跟我嚕囌。」

「哼！」寶森微微冷笑，「有海岳山房在那裡，哪輪得到我來跟你嚕囌。」

寶鋆裝作不曾聽見；呼嚕嚕地抽了幾口水煙，開口問道：「你哪一天走？」

「就在這幾天。」

寶鋆點點頭，喊一聲：「來啊！」將聽差寶福喚來吩咐：「到帳房裡支二百銀子，給二老爺送了去。」

「謝謝大哥！」寶森請個安，又說了些閒話，高高興興地走了。

等他的背影剛剛消失，寶福悄然而至，走到寶鋆面前說道：「朱鐵口來過了，替胡大人送了一份禮來。」

「哪個胡大人？」

「有手本在這裡。」

一看手本上的名字是「胡光墉」；不由得就關切了，「送的甚麼？」他問。

「一個成化窯的花瓶。」

「大的還是小的？」

「大的。」

大的便是兩萬銀子。寶鋆心想，胡雪巖既然送了兩萬銀子，就大可不必再在寶森身上做人情，而居然做了，並且這個人情不輕，看起來是個很厚道的人。同時又想到寶森一走，耳根清淨，便對胡雪巖越有好感了。

「朱鐵口走了沒有？」

「還沒有。」

寶鋆便將朱鐵口傳喚到上房問道：「那胡大人是怎麼說的？」

「胡大人說想送中堂一份禮；問我有甚麼合適的東西？我問他打算送多重的禮？他說兩萬銀子。我就讓他買花瓶。他還託我代送；花瓶送來了，銀子也交到帳房裡了。」

「有甚麼話託你轉達的沒有？」

「沒有。我倒也問過他；他說只不過佩服中堂為國操勞，本想上門來求見請安，又怕中堂最近因為大喪太忙，不敢冒昧。」

寶鋆的顧慮消釋了。這兩萬銀子可以安心笑納；倘或附帶有一句甚麼請託的話，反倒不便幫忙，兩萬銀子如果捨不得退回，良心上就不免要自責。

遣走朱鐵口以後，寶鋆仍在考慮胡雪巖送的這筆重禮，不幫他的忙，良心上仍不免要自責；要幫他的忙呢，又覺得自己一向主張「西餉可緩、洋款不急」，忽然很熱心地贊成左宗棠這筆洋債，出爾反爾，啟人疑竇。如何得以籌畫出一個兩全之道，成了他這天念茲在茲的一樁心事。

第二天一早上朝，在轎子裡忽然想起寶森告訴他的，丁寶楨當年的故事，丁寶楨以清廉知名，但身為總督，開府西南，朝廷的體制不能不顧；家鄉貴州的親友，翻山越嶺，千辛萬苦來投靠，沒有那麼多閒差使可應酬，招待食宿，致送回鄉盤纏的情誼不能不盡，這些都在他每個月一萬兩左右的「養廉銀子」中支付，儘管量入為出，總也有青黃不接的時候。照一般督撫的慣例，方便得很，寫張紙條，向藩庫提銀若干，困窘即時可解；至於虧空如何彌補，不必費心，有藩司，有榷稅的候補道，甚至首府、首縣為他想辦法。但那一來，就談不到整飭吏治了。

於是，堂堂「制台大人」也不免要向當鋪求援了。可是，他又有甚麼東西能當到上千上萬銀子？想來想去只有一個當身分、當面子的辦法；取一隻皮箱，隨便找些舊衣服塞滿上鎖，再取兩張封條，蓋上「四川總督部堂」的大印，標明日期，在皮箱上十字交叉，滿漿實貼。然後派戈什哈抬到當鋪裡去當。

朝奉嚇一跳，從來沒有聽說總督也會當當的；便很客氣地請問：「要當多少銀子？」

「五千銀子。」

朝奉又嚇一跳，五千銀子不是小數目；要問一問：「是甚麼貴重東西，能不能看一看？」

「不能看。大人親手貼的封條，誰敢揭開來？」

「那麼——。」

「你不必多管。」戈什哈搶著說道：「你只憑封條好了。將來贖當的時候，只看封條完整，就是原封不動。你明白了沒有？」

朝奉自然明白了，如數照當。丁寶楨倒是好主顧，下個月藩庫將養廉銀子送到，立刻贖當。從此丁寶楨當當，成了規矩，只憑封條不問其他。

寶鋆心想，左宗棠借洋債，如果照丁寶楨的辦法，豈不省事？而且目前也正是一個機會。於是默默盤算了一陣，到得軍機處，立刻派蘇拉到「南屋」去請了徐用儀來，邀到僻處，悄悄相語。

「左帥借洋款的事，接頭好了沒有？」

「接頭好了。這一回的條件，確是比以前來得好。這也是胡雪巖力蓋前愆的緣故。」徐用儀又說：「本來早就想出奏了，為有東太后的大事，不能不暫緩一緩。」

「也不必再緩。請你轉告左相，要朝廷批准他借，必得交戶部議奏，那就要算老帳了。」

寶鋆突然問道：「丁稚璜當當的故事，你聽說過沒有？」

徐用儀不知他忽有此問的用意，陪笑答道：「那是個有名的笑話，知道的人很多。」

「不是笑話。」寶鋆正色說道：「如果我是朝奉，看幾件破爛衣服，讓他當五千銀子，怎麼對得起東家？外頭也一定有閒話，不知道我得了人家多少好處。他只有硬吃一注，不讓我掀他的底牌，我拿他沒辦法。左相借債也是如此，生米煮成熟飯，朝廷看他的老面子，不跟他計較。你懂我的意思不？」

徐用儀怎能不懂？可是他也很圓滑，不作正面回答，只說：「中堂的美意，我相信左大人一定能夠領會。」

「好。不過，」寶鋆沉著臉說：「丁稚璜當當，幾乎月月如此；左相借洋債，可就是只此一回，下不為例。請你千萬說清楚。」

「是。」

答應歸答應，說不說又另是一回事。徐用儀退值以後，先去訪胡雪巖，將寶鋆的話，告訴了他，商量最後的那句話，要不要說？

「當然不必說。」胡雪巖答道：「事情明擺在那裡，西征軍事成功了，以後也再不會借洋款了。至於海防要借，那也不是左大人跟我的事。既然如此，何必又說這話，惹左大人不高興？」

徐用儀聽從他的主張，到了賢良寺，轉達了寶鋆的意見。左宗棠本來就想這麼辦，但未想到寶鋆如此「大方」；欣慰之餘，乘興親自執筆起草奏稿。

第一段當然是陳述邊務之重要，以及各省協餉，不能及時而至，拖欠年復一年，越積越多的困難。接下來便敘此次籌借洋款的由來：說有「德國商夥福克，在蘭州織呢局聞之，自稱該國有鉅款可借，息耗亦輕，並可由陝甘總督出票」，因於上年臘月初三日具奏，接到戶部咨覆，以借數雖經奏明為四百萬，惟期限、利息，以及還款來源，應該補敘說明。

但其時左宗棠已奉旨晉京，不在其位，似乎不應再謀其政，所以此處須作一番解釋：「臣卸篆北上時，與劉錦棠、楊昌濬晤談，均以甫經接任，籌餉艱難，屬臣代為借箸。臣雖去任在即，亦不欲貽累替人，遂飛飭辦理上海採運局道員胡光墉，速向洋商議借銀四百萬，以應急需。抵都後，連接楊昌濬、劉錫棠來函，言及餉源已涸，春夏之交，斷難接續，懇即據情入告，情詞迫切異常。」

以下是根據「胡光墉偕同德國泰來行夥福克及英國滙豐行夥凱密倫」所稱，開具辦法：借款數目：庫平足色寶銀四百萬兩。

期限：六年還清。

利率：年息九釐七毫五絲。

付息辦法：每六個月一付，六年共十二期。

還本辦法：第一、第二兩年不還本，第三年起，每年還本一百萬兩。利息照減。

保證辦法：請戶部催飭各省關，將應解新舊協餉，逕交上海採運局，據付息還本。如協餉不至，上海採運局無款可撥，應准洋商憑陝甘總督所出印票，向戶部如期兌取。

這些條件與過去比較，好處有三：一是不需海關及有關各省督撫出票，可免周折；二是年息由一分二釐減至不足一分，合月息只八釐有零；三是頭兩年不還本，俾各省得以清理舊欠，「其力尚紓，並無窘迫之患。」因為如此，「已飭胡光墉、福克、凱密倫即依照定議，應仰懇天恩敕下總理衙門，札飭道員胡光墉及照會英國使臣轉行匯豐銀行，一體遵照，以便陝甘出票提銀。」

出奏那天是四月初一，當天就奉到批覆：「該衙門知道。」也就是准予備案的意思，「該衙門」指總理各國事務衙門。這個衙門與軍機處互為表裡，辦事司官，亦稱章京，待遇優厚，亦與軍機章京相同，規制不同的是，軍機章京分為頭班、二班、輪班入直，而所辦之事並無兩樣；總督章京則各有專司，此案歸「英國股」及「德國股」所管，自有徐用儀代為接頭；同時因為有匯豐銀行的凱密倫同來，英國公使館批准匯豐銀行照借的手續，亦很順利，不過三天功夫，一切都齊備了。

但賦歸卻還有待。原因很多，第一是南歸決定坐輪船，班期有定，而最近一班船的「大餐間」，已為人定下了；胡雪巖認為招待寶森，甚麼都是要「最好的」，寧願再等一班，那要在十天以後。

第二是胡雪巖要定製一批膏藥帶回去。從經管西征糧台，在上海設轉運局開始，胡雪巖無事不順手，常是一夕之間，獲利鉅萬，財是怎麼發的，連他自己都不甚清楚。但精神卻漸漸差了，飲食漸減，夜臥不安，人一天比一天瘦了下來，急得胡老太太以下，全家女眷都是到處燒香許願，大做好事，祈求上蒼保佑，然而沒有甚麼用處。

有一次在應酬場中，遇見一個在湖北候補，而到上海來出差的捐班知縣，名叫周理堂，善於看相；遍相座客，談言微中，看到胡雪巖，說他往後十年大運，猶勝於今；將來會有「財神」之號。

「不瞞理翁說，我的精神很壞；事情要有精神來做的，沒有精神只會交墓庫運，哪裡會有甚麼大運。」

「這是因為雪翁想不開的緣故，一想開了，包你精神百倍。」

聽得這話，胡雪巖先就精神一振，「理翁，倒要請教，我是怎麼想不開。」他問：「要怎麼樣才想得開？」

「此中之理，非倉促之間能談得透澈的。雪翁公館在哪裡，等我勾當了公事，稍微閒一閒，登門拜訪，從容呈教。」

胡雪巖心想，官場上專有那種讀了一本《麻衣相法》，信口開河，目的是為了奉承上司，討得歡心，企求謀得一缺半差的候補州縣班子。而看周理堂的談吐，不像是那一流人物；當即答說：「不敢請理翁勞步。」接著又說：「恕我冒昧，理翁這趟是啥公事？」

「今年皇上大婚，我奉撫憲之命，到上海來採辦貢品；東西都看好了，無奈湖北應該匯來的款子數目弄錯了，連日為此事奔走，總還要四、五天首尾才會清楚。」

「喔！理翁是說公款不夠。」

「是的。」

「差多少？」

「一萬三千多兩。」

「喔，喔，」胡雪巖問說：「總快到了吧？」

「是的。」

「那好。」

第二天上午，胡雪巖到周理堂所住的祥和客棧去拜訪；只聽得有人在他屋子裡大辦交涉，聲音很熟，想不起來是甚麼人？及至偶然一照面，認出來了，是方九霞銀樓的檔手老蕭。

「胡大先生，」老蕭丟開周理堂奔了出來，笑嘻嘻地打了個千問：「你老怎麼也來了。」

「你這話問得奇怪！」胡雪巖因為看剛才那番光景，老蕭對周理堂不甚禮貌，所以有意板著臉說：「就許你來，不許我來？」

「不是這話，不是這話！」老蕭急忙辯解，「我是有生意來跟周大老爺接頭。」

「接頭生意？莫非你不曉得和氣生財？嘩喇，嘩喇啥事體。」

訓斥完了，轉身與周理堂敘禮，客氣而親熱；將個老蕭乾擱在一旁，置之不理。

倒是周理堂有點過意不去，「雪翁，你請稍坐。」他說：「我跟這蕭掌櫃先打個交道。」

「請便。」

有胡雪巖在座，那老蕭不似剛才那樣囂張了，但話仍說得很硬。原來周理堂在方九霞定了一柄玉鑲金如意，工料總計九千銀子；只付了兩千定金。如意製就，來催交貨，周理堂無以為應。

就在這時候，廣西巡撫亦派人來採辦貢品，因為時間迫促，頗為焦急；老蕭打聽到這件事，上門兜攬生意。說湖北巡撫訂的玉鑲金如意，願照原價轉讓。如意上所鏨的「天保九如」字樣，以及上款都可不動，下款只改動省名、姓名便能合用，毫不費事。

廣西的差官辦事很乾脆，也很精明，估價九千銀子不貴，願意照價收買，但必須能夠證明，湖北的差官確是放棄了才能成交。

為此，老蕭便來逼周理堂，限期取件，否則沒收定金，作為補償損失。周理堂手頭不硬，口頭上就不能不軟，正在磨得心煩意亂之時，胡雪巖來了。

弄清楚了是怎麼回事，胡雪巖便開口了，「老蕭，」他問：「你打算怎麼樣？」

胡雪巖一出頭，老蕭便知如意算盤落空了，「胡大先生曉得的，這兩天金價又漲了。」他說：「打周大老爺的這柄如意，說實話已經虧本了；而且吃本很重，再拖下去，利息上又是損失，我對我們東家不好交代。」

「那麼怎麼樣呢？」

「我想，再等三天。」

「不必。」胡雪巖轉臉對周理堂說：「理翁，這是筆小數，你為啥早不跟我講，寧願來受他們的氣！」說著，從馬褂口袋裡掏出一個信封，遞了過去。

抽出來一看，是一萬四千兩的一張銀票，心裡又甜又酸，幾乎掉淚。

胡雪巖怕他說出甚麼過於謙卑的話，當著老蕭面連自己也失面子，所以很快地說道：「老蕭，你快回去，把金如意送來；周大老爺驗收不錯，自然分文不少你的。」

「是，是！」老蕭諾諾連聲，「馬上送來，馬上送來。」

「慢慢！」胡雪巖將老蕭喚住；轉臉說道：「理翁，我想送了來也不好，一則要擔風險；再則也怕招搖。不如我陪理翁到方九霞驗貨，果然不錯，就把餘款付清了它，叫方九霞出張寄存金如意的條子，動身的時候直接送上船，豈不省事。」

「說的是。不過不敢勞雪翁相陪，我派人去辦這件事就是。」

當下將他隨帶的一名司事找了來，拿胡雪巖的銀票交了給他，一一交代清楚。等司事跟老蕭一走，方始開口道謝。

「小事，小事！」胡雪巖問道：「理翁還有甚麼未了？」

「多謝，多謝。沒有了。」周理堂緊接著問：「這筆款子，如何歸還？」

「悉聽尊便。」胡雪巖緊接著說：「倘或理翁沒有急事要辦，我想請理翁指點、指點迷津，我是怎麼想不開？我自己倒不覺得有甚麼事老掛在心裡。」

「以雪翁的智慧，自己覺得，就不至於想不開了。正因為那個念頭隱而不顯，所以居恆鬱鬱。」周理堂又說：「看相這件事，本無足奇；不過在臉上看到心裡，也要有些閱歷。雪翁心中有賊，此賊不除，精神就好不起來。」

「喔！」胡雪巖也聽說過「去山中賊易，去心中賊難」這句成語，當即問說：「我心中之賊是指啥？」

「錢。一個錢字。」周理堂問：「雪翁是不是常常想到它？」

「我是開錢莊的。」胡雪巖笑道：「我們這一行，稱之為『銅錢眼裡翻觔斗』，不想到錢，想甚麼？」

「是不是？我說雪翁心中有賊！雪翁是大英雄，何以亦為孔方兄所困，跳不出來？」

聽得這話，胡雪巖不免慚愧；想了好一會說：「理翁的話，我聽出點味道來了。就不知道怎麼才能跳得出來。要我不想到錢這一個字，只怕不容易；從小學生意就是學的這個，根深柢固，跟本性一樣了，怎麼能不去想它。」

「想也可以。只要不是想賺錢，而是想花錢，就跳出來了。」

「這話，還要請理翁明示。」

「道理很簡單。」周理堂說：「譬如雪翁想造一座花園，這是花錢；可是所想的是如何起造樓台，如何羅致花木、如何引泉入園、如何請人品題。這些東西想起來是很有趣的，自然而然把個『錢』字忘掉了。當然，這也不是人人辦得到的，力量不夠，要為錢犯愁，反而是自尋煩惱；雪翁根本不必愁錢，當然也就不會有煩惱。」

這使得胡雪巖想起了一個人的話；此人姓雷，江西人，他家從康熙年間開始，世世代代在內務府當差，凡有宮殿營造之事，都先找他家設計，然後按照尺寸，用硬紙版燙出樣子來，出了名的「樣子雷」，真姓名反而不為人所知了。

有一年胡雪巖進京，在應酬場中認識了「樣子雷」，聽他談先世的掌故，說他家全盛時代是在乾隆十六年以後，主要的職司是擴建一座圓明園，建成了請皇帝來看，某處不妥，立即拆掉改建，改得不滿意，復又拆去，這樣建了拆，拆了建，不知多少遍，總之終乾隆六十年，圓明園無一日不在大興土木之中。

乾隆年間，國庫充盈，皇帝只要覺得甚麼事能夠怡情悅性，盡可以放手去做，不必愁錢，這也許就是他能夠克享天年的道理。聽周理堂的話，印證乾隆皇帝的作為，胡雪巖的行事大改常度，雖仍然不忘如何賺錢，但想得更多的是，如何花錢？大起園林，縱情聲色；以前眠食不安，鬱鬱寡歡的毛病倒是消失了，卻另添了一樣病：腎虧。

好的是開設著一家海內第一的大藥鋪；連帶也認識了無數名醫、祕方珍藥，固本培元，差能彌補。補藥中最為胡雪巖所重視的是一種膏藥，名稱很難聽，叫做「狗皮膏」，但效用神妙；有了它，胡雪巖多娶幾房姬妾也不要緊了。

這狗皮膏，只有在北京一家祖傳的藥鋪才有。胡雪巖曾不惜重金，想聘請這家藥鋪的主人南下，到胡慶餘堂去專製狗皮膏，卻未能如願；想買他的祕方，便更是妄想了。因此，胡雪巖每逢春天，就得派專人到北京來採辦狗皮膏；這年自己進京，就不必再派人了。一到就關照汪惟賢訂購三百帖狗皮膏，只以一樣重要藥材缺貨，尚未製就，胡雪巖可堅持要隨身攜藥南歸，這一來就不能不等了。

及至等到了藥，卻因徐用儀帶來的一個消息，胡雪巖決定再在京裡住一陣，要看一個人的神通到底大到如何程度？

「你帶著洋人陪森二爺先走。我倒要看看他這一關過得了，過不了？」胡雪巖說：「他的這套把戲，只有我頂清楚，說不定左大人會問我；也說不定另外還會有機會。」

另外會有甚麼機會呢？古應春明白，如果「他」倒了，不獨胡雪巖去了一個商場上的勁敵，而且也可能接辦招商局。

胡雪巖口中的「他」，是個常州人，名叫盛宣懷，字杏蓀。他的父親單名康，字旭人。盛康是道光二十四年的進士，由州縣做起，做到漢口道告老還鄉，在蘇州當紳士，因為盛宣懷需要利用老父的這種身分，在江蘇官場上為他打交道。

盛宣懷是一名秀才，年輕時跟有名的「孟河費家」學過醫；醫家要有割股之心，而盛宣懷只要有機會，就要打人家的主意，自覺不宜入這一行，所以進京捐了個主事，準備入仕。時當同治末年，直隸總督北洋大臣李鴻章大興洋務；盛宣懷在這方面的腦筋特別快，而且記性好，口才更好，鑽頭覓縫，得以見了李鴻章一面；相談之下，大蒙賞識，便加捐了「花樣」，以候補道的身分，為李鴻章奏調到北洋當差，不久被派為招商局的會辦，以直隸的候補道，久駐上海，亦官亦商，花樣百出。

招商局創辦於同治十一年，出於李鴻章的建議，為了抵制外商輪船，「擬准官造商船，由華商雇領，並准其兼運漕糧，俾有專門生意，而不為洋商所排擠。」奉旨准予試辦，即由北洋撥借經費，另招商股，派浙江海運委員候補知府朱其昂籌辦，定名輪船招商局，向英國買了一條輪船，開始營業；由於經營不善，不過半年功夫，老本虧得光光。胡雪巖是股東之一，也送了幾萬銀子在裡頭。

同治十二年夏天，天津海關道陳欽建議李鴻章，派候補同知林樾到上海整理。陳、林都是廣東人，林樾在上海自然亦是找廣東同鄉，一個是怡和銀行的買辦唐廷樞；另外一個是富商徐潤，由他們募集商股四十餘萬兩銀子接辦。但本有官本，且又領官款為運費，所以仍然是官督商辦，由北洋控制；此所以盛宣懷得以由李鴻章派去當會辦。

改組後的招商局，業務日有起色；徐潤又別組保險公司，承保本局船險，假公濟私，大發利市。洋商輪船公司，遇到勁敵，業務大不如前；美商旗昌洋行的股票，本來票面百兩升值已近一倍，結果跌到五十幾兩，且有繼續下跌的趨勢。

於是徐潤起意收買旗昌，但在盛宣懷的策畫之下，變成了一個騙局。騙誰呢？騙曾當過江西巡撫、福建船政大臣的兩江總督南洋大臣沈葆楨；而實際上是騙公家的錢。

盛宣懷的設計很巧妙。第一步是利用招商局的官款，祕密收買旗昌的股票，到得有相當把握，可以接收旗昌時，盛宣懷偕同唐廷樞、徐潤連袂到了南京，首先是說動藩司梅啟照。

江蘇有兩個藩司，一個稱為江蘇藩司隨江蘇巡撫駐蘇州；一個稱為江寧藩司，隨兩江總督駐江寧——南京。梅啟照的關節打通了，方始向總督衙門上了一個呈文，說旗昌洋行甘心歸併，開價二百五十餘萬；倘能收買，獲利之豐，一時難以估計。

沈葆楨亦是勇於任事之人，當時雖在病中，以大利所在，不願延擱，在病榻召見盛宣懷、徐潤等人，聽取說明。這天是光緒二年十一月十三日。

盛宣懷善於玩弄數字，講得頭頭是道，且有佐證，沈葆楨聽得滿心歡喜。但招商局南洋雖亦管得到，而一向以北洋為主，所以沈葆楨表示，這件事應該會商北洋大臣，共同具奏。

「機不可失！」盛宣懷為沈葆楨解釋，洋人以冬至後十日為歲終，在這年便是四天以後的十一月十七。公司主管三年更換一次；現任的主管任期到那一天為止。過了十一月十七，新任主管一到，重新談判，便撿不到這個便宜。或者新任主管，另集鉅資，重整旗鼓，招商局便會遭受威脅，惟有乘機歸併旗昌，招商局始能立於不敗之地是：「事有經權，何況招商局在南洋通商的範圍之內，大人不但當仁不讓，且須當機立斷。」

沈葆楨盤算之下，還有顧慮，美商的旗昌固然歸併了，英商的太古、怡和又將如何？

「太古、怡和船少，不足為慮；旗昌歸併以後，招商局的船有二十七號之多，助力大增，洋人做生意一向以大吃小，太古、怡和只有跟著招商局走。招商局從前吃虧的是，自己沒有碼頭棧房，有時不能不遷就太古、怡和，現在有了旗昌的碼頭、棧房，不必再遷就他人，主客之勢，自然就不同了。還有，船一多了，自己可以辦保險，利權不外溢，就等於另開了一條財源。」

沈葆楨完全被說服了，命盛宣懷當天就回上海，跟旗昌談判，儘量壓低「受盤」的價格，先把交易敲定下來。至於收買旗昌的資本，原呈中提出官商合辦之議，命盛宣懷盡力先招商股，不足之數以「官本」補足，如何籌畫，另作計議。

獲得這樣的授權，騙局已必可實現。盛宣懷一到上海，復又調動官款，收買旗昌股票，取得百分之五十一的股權以後，一面委託一名外國律師擔文，辦理接管的手續；一面趕到南京，向沈葆楨覆命，事情已經定局了。

據盛宣懷的書面報告，說是「議定碼頭、輪船、棧房、船塢、鐵廠，及一切浮存料物、器皿等項一概在內，現銀二百萬兩。其餘漢口、九江、寧波、天津各碼頭、洋樓、棧房，作價二十二萬兩。」總計二百二十二萬兩，較原來的開價，減了三十萬兩之多。

至於付款的辦法，在十一月十九日已先付定銀二十萬兩；約定十二月十八日續付二十萬；明年正月十七再付三十萬，即行交盤。餘數如何分期交付，亦已商定。

至於商股，盛宣懷說已招到一百二十二萬兩；短缺「官本」一百萬兩，盛宣懷亦已借箸代籌，某處可撥多少，一一指明，當然這也是預先跟梅啟照商量好的。

談停當了，便須出奏，類此案例，倘為北洋主稿，便須南洋會銜；南洋主稿，自然亦須北洋會銜。盛宣懷極力申說，時機迫促，往返磋商，誤了二批交款之期，所付二十萬定洋將遭沒收，勸沈葆楨單銜出奏；又說李鴻章與沈葆楨是同年，遇到這樣的好事，只會贊成，不會反對。沈葆楨想想也不錯，同意單銜出奏：在摺尾上聲明：「時值凍阻，不及函商北洋大臣。」

運道冰封，陸路仍可通行；顯然的，這是一個很牽強的理由。沈葆楨做夢也沒有想到，這是盛宣懷特設的圈套，先則以「十七之期」勸沈葆楨「當仁不讓」；繼而以恐誤二批交銀之期，會遭損失，迫使沈葆楨單銜出奏，這種種設計，都是為了要出脫李鴻章，以便將來騙局敗露時，李鴻章得以未與聞共事的局外人身分，易於迴護。

果然，四年以後騙局敗露了。發難的是一個湖南籍的名士，國子監祭酒王先謙，上摺嚴劾招商局管事道員盛宣懷等蒙蔽把持，營私舞弊。當時言路上很有力量，朝廷對一般「清流」的議論與主張，十分重視，當即飭下兩江總督「痛加整頓，逐一嚴查」。

其時的兩江總督名叫劉坤一，湖南新寧人，對於李鴻章久懷不滿。原來李鴻章自從「用滬平吳」後，一直視兩江是他的地盤，官拜直隸總督北洋大臣，卻能巧妙地運用洋人，以及實際上辦理洋務的關係，在兩江安插私人，直接指揮；最使劉坤一不能忍受的是，李鴻章的妻舅趙繼元在兩江的胡作非為。

趙繼元是安徽太湖人，他的祖父名叫趙文楷，是嘉慶元年丙辰科的狀元，趙繼元本人亦點了翰林，但肚子裡一團茅草，如何僥倖而得列清班，一直是個謎。不過，他本人倒也有自知之明，知道憑他的那枝筆，做京官絕無出頭之日，因而以翰林捐班為道員，在吏部走了門路，分發江南候補。那時的兩江總督是曾國藩，當洪楊初平時，怕功高震主，決定急流勇退，遣散湘軍，扶植李鴻章的淮軍來替代；所以趙繼元一到江寧「稟到」，便派他一個極重要極肥的差使：兩江軍需總局坐辦。趙繼元凡事自作聰明，自恃有妹夫李鴻章作靠山，在曾國藩以後歷任兩江總督馬新貽、李宗羲、沈葆楨，都不大能指揮得動他，沈葆楨病歿，繼任的劉坤一，資格比較淺，就更不在他眼裡了。

除了趙繼元，對身在南洋而唯北洋之命是從的盛宣懷等人，劉坤一亦耿耿於懷，久已想動手了。因此，一奉朝旨，立刻派上海道劉瑞芬及上海製造局總辦李興銳，「調看該局帳目，逐款嚴查」。

劉瑞芬是安徽貴池人，出身是個秀才，同治元年從李鴻章援滬，主管軍械的採購與轉運，以軍功保到道員，曾經督辦淞滬釐金，署理過兩淮鹽運使，是淮軍系統中很重要的文官。

劉瑞芬跟李鴻章的關係很密切，但奉命查辦此案，卻很認真，因為他為人比較正派，看不起盛宣懷那種奸詐取巧的小人行徑；加以劉坤一為人精明，在授命之前將他找了去，率直警告：如果查得不確實，他會另外派人再查，「那時老兄面子上不好看，可別怪我。」

其實盛宣懷搞的那套把戲，知道的人很多，劉瑞芬即令想為他掩飾也辦不到；及至調出帳目來一看，疑問到處都是。劉瑞芬為了慎重起見，特為找了幾個內行朋友來研究，其中之一就是古應春。

「帳本說商股只有四萬多銀子，可是盛杏蓀當時具稟兩江，說『已於十一月十八日公商定議，即於十九日付給定銀二十萬兩』，這二十萬兩銀子是哪裡來的？」

「根本沒有這回事。」古應春說：「只要算一算日子，就知道他是假話。」

光緒二年十一月十七日，照西曆算是公元一八七七年元旦，盛宣懷當初跟沈葆楨說：「若逾十七之期，則受代人來，即無從更議。」即指新的年度開始而言。然則中曆的十一月十八、十九，即是西曆的正月初一、初二，洋人猶在新年假期之中，旗昌公司固然無人辦事，外商銀行亦一律封關，所謂「定議」，所謂「付給定銀二十萬兩」，全屬子虛烏有。

其次是各省所撥的官款，總計一百萬兩，照數轉付旗昌洋行，銀數固然分毫不短，但古應春深知內幕，指出這一筆百萬銀子中，盛宣懷等人中飽了四十四萬兩。

證據呢？「各省官款是實數，都是由阜康匯來，招商局派人來提走了白花花的現銀，轉存外國銀行。可是，付給旗昌的，不是現款，是旗昌的股票。」古應春有「申報」為憑，載明當時旗昌股票的行情是，票面一百兩，實值五十六兩。

這就是說，盛宣懷只須五十六萬兩銀子買進旗昌的股票，便可抵一百萬銀子的帳，豈非中飽了四十四萬兩。光是這兩點，舞弊的證據便確實了。

徹查的結果，掀開了整個的內幕，盛宣懷與徐潤等人所玩的花樣是：第一，以定銀二萬五千兩，與旗昌訂定收買的草約。

第二，挪用招商局的官款，收購每一百兩已貶值至五十六兩的旗昌股票。

第三，以對抗洋商輪船公司，挽回利權的理由，捏詞已集商股一百二十二萬，說動沈葆楨撥給官本。

第四，捏稱已付定銀二十萬兩，造成既成事實，並以運道湅阻，無須咨商北洋為藉口，迫使沈葆楨單獨負責。

第五，取得旗昌百分之五十一以上的股權，委託英籍律師擔文，依法接收旗昌。

第六，官本一百萬兩匯到招商局後，盛宣懷等以旗昌股票，照面額十足抵換現銀。

第七，應付旗昌餘款，先由招商局官款中墊付四十餘萬兩，尚短六十九萬，由「官本緩息」、「商股存息」，以及保險費盈餘等陸續給付。事實上現銀與股票之間，仍有很大的一個差額，飽入私囊。

所謂「官本緩息」是江南各省撥交招商局的官款一百九十餘萬兩，應付利息，暫時停止；

「商股存息」是商股利息暫付一半，所餘一半改為股本。這樣陸陸續續，東挪西湊牽扯不清，根本是一盤糊塗帳。

哪知劉坤一尚未出奏，盛宣懷等人先發制人，列舉了十八條申辯的理由，具稟北洋，由李鴻章搶先出奏，希望造成朝廷的先入之見，發生排拒劉坤一的意見的作用。加以盛宣懷的大肆活動，劉坤一的覆奏，果然「留中」了。

李鴻章的覆奏，照例要抄送南洋；劉坤一一看，真正是「歪理十八條」。他的筆下很來得，當下親自草擬奏稿，駁斥李鴻章。首先說明：李鴻章認為劉瑞芬等，查案不無錯誤，為盛宣懷極力剖辯，奏請免議；此則朝廷自有權衡，非臣下所能置議。不過，劉瑞芬等所稟盛宣懷的貪詐情形，頗為明確，「有不敢不再陳於聖主之前者」。

首先要駁的是，李鴻章所陳，當初收買旗昌，請撥官本銀一百萬，並飭兩淮鹽運使勸鹽商就「鹽引」派搭股份，預計可得銀八十萬兩，再通飭南洋各省藩司、各海關道，隨時勸諭富商搭股，並無已集商股一百二十二萬兩之說。

劉坤一先引沈葆楨當年所奏，「臣於病榻傳見盛宣懷等，續據稟稱，各商盡力攢湊，祇能集成銀一百二十二萬兩，所短之數，擬請南洋各省，盡力籌撥一百萬兩」的原文，向李鴻章提出質問：「如盛宣懷無此湊集一百二十二萬兩之說，則沈葆楨何所據而云然？如謂此一百二十二萬兩即係原稟請飭藩運海關勸商搭股之項，則事既經官，沈葆楨何以不於摺內明晰聲敘；又何以不札飭各司道查照辦理？」

李鴻章又說，藩司、運使、關道並未「幫同勸諭，各商亦未即附本，僅集股銀四萬餘兩」。雖有「官本緩息」等項，可以彌補此一百二十二萬兩的一部分，所短尚多，因而盛宣懷等不得不暫向錢莊借款來付旗昌，這也就是招商局利息負擔甚重的由來。

對這一點，劉坤一分兩方面來駁，一是由沈葆楨方面來看，倘如盛宣懷不是表明已集有商股一百二十二萬兩，而要動用官方力量勸諭商人附本，如此渺茫之事，沈葆楨能「輕擲百萬庫款」嗎？

再是從盛宣懷方面來看，如果商股是照他所說的方法來湊集，那麼「鹽引」上派搭股份之事如何？各藩司關道勸諭富商附股，已有多少？理當具呈催問，而竟無一字之稟，甘願以重息在外稱貸，這是合理的嗎？

由此分析，劉坤一作一論斷：「是盛宣懷先有湊集百二十二萬兩之言，故不敢復有所請；而沈葆楨信以為實，無俟他謀也。」又說：「此等重大事件，往往反覆籌商，至於數目，必須斟酌盡善，而後上聞，似不得執盛宣懷等飾詞而抹殺沈葆楨奏案，以劉瑞芬等為未查原卷也。沈葆楨於光緒三年陳奏餉事，論及提撥招商局之款，自悔孟浪，固有難言之隱矣。」

接下來又說：「臣之所以奏參盛宣懷者，原不獨此兩端，」而是因為另有更不堪容忍的弊端，旗昌公司當時已瀕臨倒閉邊緣，即欲收買，應照西洋「折舊」之例，為何照原價承受。劉坤一最有力的指責是：「盛宣懷等收買旗昌輪船，原謂去一勁敵，可以收回利權，乃局面愈寬，而虛靡更鉅，去年係第五屆，竟虧銀至二十四萬六千有奇，國帑高貲，勢將付之烏有。」

「隨經候選道員葉廷春入局經理，是為第六屆，遂餘銀至二十九萬有奇，短長併計，實多出銀五十三萬二千兩，其收效如是之鉅而且速，悉由力求節省而來，則盛宣懷等之濫用濫支，一年之內數十萬兩，豈不駭人聽聞，即將盛宣懷查抄，於法亦不為過，僅請予以革職，已屬格外從寬。」

原來此騙局成功後，局本大增、利息日重，而舊船、碼頭、倉庫的管理，亦須大筆費用，成了個無法收拾的爛攤子。

盛宣懷、唐廷樞計議，不如找個人來接辦，以便脫身。

多方物色，找到一個江蘇的候補道葉廷春，同意接手，其時為光緒四年夏天；依照西洋會計年度跨年的算法，稱之為「一屆」，這年是第六屆。

葉廷春接辦後，實事求是，力求節流，至年底盈餘二十九萬兩；到第二年會計年度屆滿，實盈五十三萬餘兩，即是劉坤一所說的「短長併計」。

盛宣懷等人的原意是，金蟬脫殼，將葉廷春當作「替死鬼」，不過葉廷春居然能將這個爛攤子經理得有聲有色，貪念一動，便又設計排擠；葉廷春一看不是路，知道盛宣懷心狠手辣，又有北洋的奧援，說不定會惹禍上身，因而急流勇退，招商局便又歸盛宣懷等人把持了。

劉坤一此奏，事實俱在，理由充足，盛宣懷本萬無可免，哪知奏報到京，適逢慈安太后暴崩，這件案子便壓了下來。胡雪巖原以為慈安的「大事」一過，會有結果，盛宣懷等人撤職，招商局或者會派他接辦。可是他沒有想到，盛宣懷另外走了一條路子；同時李鴻章亦正有用他之處，兩下一湊，竟得化險為夷。

盛宣懷新走的一條路子，便是慈禧太后的親信、長春宮的總管太監李蓮英。此人本學的皮毛行生意，京師稱之為「毛毛匠」；又以製皮需用硝，所以李蓮英的外號叫做「皮硝李」。他是二十幾歲時賭輸了為債主所逼，無可奈何，「淨身入宮」，作為逃避。原是「半路出家」，早先的許多同行、朋友，仍有往來，所以盛宣懷得以找到關係，大事結納。

至於李鴻章有重用盛宣懷之處是，正在開辦電報。早在同治三年，俄國要求自恰克圖鋪設陸線，直達北京，朝廷斷然拒絕，俄國改變計畫，採取迂迴的辦法，先將西伯利亞陸線延伸至海參崴，然後與丹麥大北公司合作，先在公海上敷設單心水線三條，一條是海參崴至長崎；一條是長崎至吳淞口外的大戢山島；又一條是香港至大戢山島。先後在同治十年完工。大戢山島已在中國領海之內，但朝廷認為無足輕重，置之不問。

於是大北公司得寸進尺，由大戢山島沿長江伸一條水線進來，直通上海，在黃浦灘登陸，而且公然設局營業。這一來，俄國經海參崴、長崎而達上海；對於中國的政情、商務，瞬息之間便能傳到聖彼得堡。當然歐洲各國，也能經由聖彼得堡的轉運，獲得同樣的便利。

這條名為北線。大北公司另有一條南線，由大戢山島經廈門鼓浪嶼而達香港，長九百五十海里，再由香港通新加坡、檳榔嶼以達歐洲。南北兩線的電報最初只用洋文，後來發明四個阿拉伯字編組的中文碼，一共七千字，印刷成書，普遍發售，於是，不識洋文的中國人，也能分享電報的便利了。

其次英國亦不甘讓大北公司獨擅利藪，同治九年由英國公使威妥瑪策動英商東方電報公司，自英國設海線經大西洋、紅海及印度洋而達印度；再另組大東電報公司，由印度南境，延伸這條海線經新加坡、越南西貢等處至香港。及至正式向中國申請自香港鋪線經汕頭、廈門、福州、寧波至上海時，卻一直未獲成議。到同治十二年大北公司既在黃浦設局營業，大東公司毫不客氣地自香港經福州，設海線至上海寶山，再轉接至英租界，開張營業。

盛宣懷是早已看出電報這項萬里一瞬、恍同晤對的通信利器，必有前途；但在內地架設陸線，頗為不易，最大的障礙是，破壞了人家的風水，一定會發生衝突，即令勉強架設好了，亦會遭人拔桿剪線，所以對此事的進行，一直心有餘而力不足。

這樣到了光緒五年，機會終於來了。當時因為伊犁交涉，中俄關係大為緊張，除西北以外，東北及朝鮮的情勢亦頗為不穩。李鴻章統籌軍務全局，看人家有電報之利，掌握軍情，占盡先機，未戰已先輸一著，因而接納盛宣懷的建議，延聘大北公司的技術人員，架設自大沽口北塘海口炮台起，到天津北洋公所的陸線，試辦軍報，效果良好。這一來，盛宣懷自然要進一步建議，創設由天津至上海的陸線電報。光緒六年七月，李鴻章上奏：「用兵之道，必以神速為貴，是以泰西各國於講求槍炮之外，水路則有快輪，陸路則有火輪車，飛行絕跡數萬里。海洋欲通軍信，則又有電報之法，於是和則玉帛相親，戰則兵戎相見，海圍如戶庭焉。

「近來俄羅斯、日本均效而行之，故由各國以至上海，莫不設立電報，瞬息之間，可以互相問答，獨中國文書尚恃驛遞，雖日行六百里加緊，亦以遲速懸殊，望塵莫及。」

最明顯的實例是，曾紀澤從俄國打回來的電報，到上海只須一天；而上海至北京，由輪船傳遞，要六、七天，如果海道不通，由陸路驛遞，最快也得十天，「是上海至京僅二千數百里，較之俄國至上海數萬里反遲十倍。」電報的靈捷，真令人夢想不到。

至於軍務上的用途，李鴻章舉大沽北塘海口炮台至天津的軍報為例，說是「號召各營，頃刻響應。」這兩句話對醇親王來說，真有莫大的魅力，全力支持李鴻章的要求，亦即是接納了盛宣懷的策畫，決定建設天津至上海的陸路電線，當然是委任盛宣懷負責籌備。

其時他在招商局舞弊的案子，已將發作，盛宣懷看得很清楚，籌辦內陸電報一事辦成功，可以將功折罪；但必須從速進行，而且要諸端並舉，頭緒搞得非常複雜，非由他一手經理，換個人就無從措手不可，因為那一來即令有了處分，亦不能馬上執行。只要一拖下來，等大功告成，李鴻章奏請獎敘，自然可以抵銷原有的處分。

因此，盛宣懷首先在天津設立電報總局，奉到總辦的差委外，立刻到上海聘請丹麥教席，在天津開辦電報學堂；同時向外洋採買機器；三天一個稟帖，五天一個條陳，把場面搞得非常熱鬧，至於最要緊的勘查線路，卻不妨慢慢進行，他知道這件事很麻煩，不願一上來便遭遇一片反對的聲浪，且等機器買到了，人也訓練好了，諸事就緒，就差架線，那時用一道上諭，責成沿路各省督撫實力奉行，自然暢通無阻。

胡雪巖料事，一向總有七八分把握；在他以為盛宣懷這一關就算能過得去，「電報總局總辦」這個差使，一定不保。哪知這一回的預料，完全落空。

依然是徐用儀那裡來的消息，劉坤一的奏摺，讓慈禧太后塞在抽斗裡了。凡是外省的奏摺，由各省駐京的「提塘官」，直接送交內奏事處，用黃匣呈送御前——目前是送到長春宮由慈禧太后先看，在軟而厚的摺子上，用指甲掐出記號，內奏事處的太監看掐痕用硃筆代批，不外乎「知道了」，「該部知道」，「交議」，以及請安摺子上批一個「安」字之類。凡是重要事件，一定「交議」亦就是交軍機處議奏；在第二天一清早發交值班的軍機章京，名為「早事」。奏摺留中，「早事」不下，軍機處根本不知有此一摺，自然也就無從催問，當然也可以假作不知，故意不問；盛宣懷在軍機處都打點到了，所以絕無人談論劉坤一有這麼一個覆奏。

能使得慈禧太后作此釜底抽薪的措施，有人說是李蓮英的功勞；但據徐用儀說，卻得力於醇王的庇護；而醇王的肯出大力，主要還是盛宣懷那三寸不爛之舌厲害。

由於李蓮英的保薦，醇王特地在宣武門內太平湖的府邸接見盛宣懷，原來從光緒皇帝接位以後，醇王是「皇帝本生父」的身分，大家怕他以「太上皇」自居，所以近支親貴及朝中重臣，都認為他不宜過問政務，投閒置散，只管著神機營，六七年下來，不免靜極思動；如今慈安太后駕崩，慈禧太后大權獨攬，而恭王當政二十年，已有倦勤的模樣，看樣子起而代之的日子已不會遠。一旦接了軍機處，必定同時也接總理衙門，當今政事，最要緊的是洋務，聽說盛宣懷在這方面是個難得的人才；又聽說電報是最得力的「耳目」，究竟如何得力？卻還茫然不解，因而聽得李鴻章談起盛宣懷的能幹，以及籌辦電報總局如何盡心盡力，當即欣然表示：「我很想找他來談一談。」

盛宣懷以前雖沒有見過醇王，但醇王信任的一個門客「張師爺」，卻早為盛宣懷所結納，逢年過節，必有禮物；不一定貴重，但樣數很多，而且常常有新奇之物，顯得情意殷勤，張師爺對盛宣懷頗有好感，所以在他未見醇王以前，特別關照兩點：第一、醇王跟恭王不同，恭王認為中國要跟西洋學；醇王不以為中國人不如洋人。第二、醇王雖然好武，但自己覺得書也讀得很好，詩文都不差，所以說話時要當心，千萬不能讓他覺得人家以為他但明武略，並無文采。

盛宣懷心領神會，想起素有往來的工部尚書翁同龢，身為帝師，與醇王走得很近，常常吟詩唱和，便去抄了些醇王的詩稿來，念熟了好幾首，以備「不時之需」。

在府中撫松草堂，大禮謁見了醇王，自然是站著回話；略略報了履歷，靜聽醇王發問。

「那電報到底是怎麼回事？」

「回王爺的話，電報本身並沒有甚麼了不起，全靠活用；所謂『運用之妙，存乎一心』如此而已。」

醇王聽他能引用岳武穆的話，不免另眼相看，便即問說：「你也讀過兵書？」

「在王爺面前，怎麼敢說讀過兵書？不過英法內犯，文宗顯皇帝西狩，憂國憂民，竟致於駕崩。那時如果不是王爺神武，力擒三凶，大局真不堪設想了。」盛宣懷略停一下又說：「那時有血氣的人，誰不想湔雪國恥；宣懷也就是在那時候，自不量力，看過一兩部兵書。」

所謂「力擒三凶」，是指「辛酉政變」時，醇王受密命在熱河回鑾途中，夜擒肅順；到京以後，又主持逮捕怡親王載垣、鄭親王端華。那是醇王早年很得意的事，聽盛宣懷提到，不由得就面露笑容了。

「宣懷在想，當年英法內犯時，如果也像去年那樣，由大沽口到天津架設了電線，大局就完全不同了。」

「喔，」醇王很注意地問：「你倒說其中的道理。」

「有了電報，就是敵暗我明了。兵貴神速；制勝的要訣在『出其不意，攻其不備』，洋人剛剛上岸，兩眼漆黑，全靠他的器械精良，往前硬闖。可是他的耳目不靈，就可以智取；譬如他們有多少人？槍炮有多少？打算往哪一路進攻？我們打聽好了，發電報過來，就可以在險要之處，部署埋伏，殺他個片甲不留。」

「啊，啊！」醇王不斷握拳，彷彿不勝扼腕似地。

「僧忠親王的神武，天下聞名，八里橋那一仗，非戰之罪；當時如果有電報，洋人絕不能僥倖。」

「我想想。」醇王閉上眼，過了好一會才睜開來，「照你的說法，洋人的兵輪來了，如果炮台擋不住，一上了岸，行蹤就完全在我掌握之中，簡直是寸步難行了？」

「是！王爺真是明見萬里。有了電報，不但洋人內犯，寸步難行，就是海口的炮台也擋得住。譬如說，登州到大沽口，沿線如果有電報，就可以把洋人兵輪的方向、大小，還有天氣好壞，逐段報了過來，以逸待勞，有備無患，哪裡會有擋不住的道理？」

「嗯，嗯。這道理也通。」醇王問道：「電報還有甚麼用處？」

「用處要自己想，中國人的腦筋比洋人好，所以想得到的用處比洋人多。不過利用電報也可以做壞事，所以請王爺千萬記住，將來管電報的人，一定要是王爺信得過的親信。」

「喔，」醇王問道：「怎麼能用電報做壞事？」

「要防到捏造消息。」盛宣懷說：「打仗的時候，謊報軍情，是件不得了的事。」

「說得不錯，這一層倒真要當心。」醇王又問：「用電報還能做甚麼壞事？」

「有。」盛宣懷想了一下，「我說個笑話給王爺聽。」

在他人看是笑話，身歷其境的人卻是欲哭無淚——數年前有個姓胡的候補道，被派到外國去當參贊，無意間得罪了同僚；一個姓呂的庶務，在使館經手採買，營私舞弊，為胡參贊在不經意中所揭發，於是公使以此人「水土不服」為理由，奏請調遣回國，仍回原省候補。京中照准的公事一到，呂庶務方知其事，私下打聽，才知道是吃了胡參贊的虧，自然恨之入骨。

這姓呂的城府極深，表面聲色不動，對胡參贊的態度，一如平時，彷彿根本就不知道他之回國，是由於胡參贊多嘴的緣故。臨行之時，問胡參贊是否要帶家信？萬里重洋，難得有便人回國，使館同事都託他帶家信、帶物品；胡參贊如果獨成例外，顯得彼此倒像有甚麼芥蒂似地，所以也寫了家信，另外還買了兩個錶，託他順便帶回國去轉寄。

姓呂的是捐班知縣，原在江蘇候補；胡參贊家住吳江，密邇蘇州，因此，信上雖寫了吳江的地址，並且關照只須託民信局轉遞即可，而姓呂的情意殷勤，特為跑了一趟吳江，拜見胡參贊的封翁，大談異國風光。胡封翁心繫遠人，得到這些親切珍貴的信息，自然很高興，也很感激，寫給胡參贊的家信中，對這位「呂公」盛讚不已。姓呂的得暇便去看胡封翁，走動得很勤。胡參贊也常跟姓呂的通信，竟結成了至好。

此人之謀報復，是一開頭就打定了主意的，但採取甚麼手段，卻須看情況，視機會而定。不過他也深知情況愈了解，機會就愈容易找的道理；認為只要常去胡家，熟悉了全家上下，就一定會有機會。果然，機會來了。

這機會其實也就是利用他所了解的情況，胡封翁在家具有絕對的權威地位，全家亦無不重視「老太爺」的一言一動，有一次胡封翁「發痧」，這不是甚麼大不了的事，但已鬧得天翻地覆。姓呂的看在眼裡，不由得在肚子裡做功夫。幾經考慮，定下了一計，只是要等，等胡封翁生病。

兩年前的夏天，天時不正，疫癘流行，胡家病倒了好幾個人，胡封翁並未感染時疫，只是年紀大了，看家有病人，且不只一個，內心不免抑鬱，因而眠食不安，精神大不如前。姓呂的便寫了一封極懇切的信給胡參贊，細述胡封翁的頹唐老境，卻又勸慰胡參贊，「為國宣勞，自有天助」；全家孝順，對老人照顧得極周到，何況還有朋友在，緩急之濟，必當全力相助；胡參贊大可放心。

估量這封信已寄到了胡參贊手裡了，同時判斷胡參贊亦已接到家書，所述胡封翁的情形，跟他的話絕無矛盾時，他發了一個電報，只有八個字：「老伯病故，速定行止。」胡參贊自然深信不疑，所謂「速定行止」，意思是催他回來奔喪。胡參贊便向公使陳明；公使電奏：參贊丁憂，請予開缺；並聲明派何人代理參贊的職務。哪知電奏到達上海之日，姓呂的又發了一個電報，更正前電。

可是已經奏了丁憂開缺，卻無法更正。胡參贊吃了一個啞巴虧，只有請公使備交呈報總理衙門，轉咨吏部備案，否則將來到了胡封翁壽終正寢時，胡參贊連發喪守制都不能，那才真的成了空前絕後的笑話。

醇王由於這個笑話的啟發，想到了許多事該警惕，「水能載舟，亦能覆舟，電報亦是如此，非得託付給很妥當的人不可；否則機密容易外洩。」他說：「疆臣窺探朝廷意旨，尚且不可，何況廷寄未到，已先有所知，得以事先彌縫，那一來朝廷的號令不行，國將不國，太可怕了。」

聽得這話，盛宣懷以言多必失自警；同時覺得有消除醇王的恐懼，只讓他想到電報的好處的必要。

於是他略想一想答說：「王爺想得深、想得透，不是我們知識淺薄的人所能及。不過由王爺的開示，宣懷倒想起西洋的一個法子，不知道有用沒有用？」

「甚麼法子？」

「就是密碼。」盛宣懷答說：「現在漢字的電報，每個字四碼，有現成的書，照碼譯字，那是明碼，如果事先約定，碼子怎麼拿他變化一下，譬如加多少碼、或者減多少碼，只有彼此知道，機密就不容易外洩了。」

「原來還有這個法子！」醇王問道：「這個加碼、減碼的法子，是不是跟『套格』差不多？」

「比『套格』方便得多了。」

所謂「套格」是挖出若干空格的一張厚紙。使用的方法是，通信雙方預先約定，用多大的紙、每頁幾行、每行幾字；其次是看用那種套格，挖空的位置在何處？然後就要花心思了，猶如科場考試的「關節」那樣，把要說的一兩句話，嵌在一大篇不相干的廢話之中。收信的人，將套格在原信上一覆，空格中露出來的字，連綴成文，就是對方要說的話。

「套格」確有保密的功效，但用起來很不方便，第一，必得肚子裡有墨水，嵌字貴乎嵌得很自然，不用套格絕不知其中的奧妙；第二是，不能暢所欲言，數百言的一封長函中，也許只說得五六句話。

「比較起來，加碼、減碼就方便得太多了。」盛宣懷又說：「還有一層，套格一定要預先做好，送交對方；加碼減碼，只要先有一句話的約定，可以做成好多密碼本，當然頭兩個字要用明碼，不然對方就不知道要用哪一個密碼本了。」

「這話我不大懂。」盛宣懷字杏蓀，醇王很客氣地稱他，「杏翁，請你說清楚一點兒。」

「是。譬如說吧，王爺交代我『天地玄黃』四個密碼本——實際上是交代一句話，『天』字減一百二；『地』字減三百三；『玄』字加一百二；『黃』字加三百三。到得王爺給我密碼時，頭兩個明碼是『地密』，我就知道，下面所有的數碼都要減三百三十，原碼一千五百八十九。其實是一千二百五十九；找到這個碼子的字，才是王爺要用的字。」

「那麼，旁人只要知道了加減多少，密碼不就不密了嗎？」

「是，是！王爺一語破的。」盛宣懷答說：「所以最保密的辦法，就是自己編一本密碼本；

不按部首，隨意亂編。這個密碼本一樣也可以加減數碼，密上加密，就更保險了。」

接著盛宣懷又講了許多使用電腦的方法與訣竅，譬如像「洪狀元」——洪鈞發明的韻目代日，配合十二地支，用兩個字來表明月日，如「寅東」就是正月初一，正月建寅，東為「一東」；當然也可以再加上時辰，「寅東寅」為正月初一寅時，第二個寅字與第一個寅字的用法不同，一望而知，不會弄錯。

「聽君一席話，勝讀十年書。」醇王完全為電報著迷了，「杏翁，」他說：「你能不能把電報怎麼發、怎麼收、演練給我看看？」

「王爺怎麼說『能不能』？王爺吩咐，宣懷自然遵辦；不過先得預備預備。」

「要預備多少日子？」

看他迫不及待的模樣，盛宣懷計算了一下，允以五日為期。辭出王府，立即遣派專人到天津，調了兩名電報學堂的教習，帶同得力學生及工匠，運用收發報機、發電機之類，在醇王府中，臨時架線，布置妥當，恰好是第五天自設的限期。

醇王府的範圍很廣，花園題名「適園」，正廳名為「頤壽堂」，是恭王所題；內懸同治皇帝御筆「宣德七德」的匾額。

這是極嚴肅的所在，堂前立有「神杵」，不便再設電桿；所以在頤壽堂後拉線，一端通往堂東的風月雙清樓，一端通往撫松草堂。醇王自己在風月雙清樓寫了一通很長的電碼交發；盛宣懷親自在撫松草堂照料，收到電碼，交由兩名學生分譯。

這兩個學生程度很不壞，電碼更是熟得不須翻書，便能識字，一個唸、一個寫；盛宣懷站在他們身後細看，只見寫的是：「京華盛冠蓋，車馬紛長衢，十日黃塵中，女足女足意不舒，何期朝事繁，忽見林壑疏，朱邸開名園，別在城西隅，東風二三月，雜花千萬株，俯檐弄嘉禽，出沼窺文魚，追陪竟日夕，暫欲忘簪裾。此少荃相國春日遊適園詩也。即錄送風月雙清樓。九思堂主人。」

「少荃相國」指李鴻章，「九思堂主人」是醇王的別署，都容易明白，然而「女足女足意不舒」這句詩竟不成話說了。盛宣懷便指著字面問：「這是不是錯了？」

「不錯。」

「可是意思不通。」

筆錄的那學生想了一下，將「女足女足」四字塗去，另寫了「娖娖」二字。盛宣懷恍然大悟，六千八百九十九字的「電報新書」中，並無「娖」字；所以醇王用測字法，寫成「女足」。

這是不得已，但也是情理中的一個小小的變通辦法。醇王對於自己初次使用電報，遇到難題，而能應變，且為人所接受，證明他的變通辦法是行得通的這一點，非常得意。同時電報在他的感覺中，不僅是可靠的，也是可親的了。

這使他記起許多往事，有些得自傳聞，有些則是親身的經歷。清宮中對祕密通訊的方法，一向重視，尤其是在得失榮辱，甚至生死存亡，決於俄頃的緊要關頭，能夠運用獨特的祕密通信方法，或者防患未然，或者求得外援，那出入是太大了。

在他的記憶中，早年聽說過康熙末年奪嫡的許多故事，有的使用「譬書」；有的用羅馬字代替滿洲話的「字頭」來拼音，「九阿哥」胤禟的門客中，有一個是「東正教」的教士，因而發明了用俄文拼音來表達滿洲話，傳遞反抗雍正的信息，雖為雍正截獲了，卻不知說些甚麼？因而胤禟所部署的「造反」的策略，始終是個謎。

醇王親身所經歷的是「辛酉政變」。那時肅順等人將兩宮太后與諸王隔離開來，尤其是對恭王，監視更嚴；以至於不得已用太監安德海使一條苦肉計，偽裝他犯了嚴重的過失，痛責一頓板子，打發回京，實際上是攜帶兩宮太后的密旨，面交恭王。如果當時有電報，能用密碼通信，調遣神機營到熱河「勤王」，可以堂而皇之地逮捕「三凶」，根本就不必他半夜裡帶人到旅舍，將肅順從他的姨太太身邊拉起來那種有欠光明磊落的手段。

就這樣，由於醇王直接向慈禧太后進言，說盛宣懷目前總辦電報局的差使，極其要緊，且亦無人替代，不宜對他有所處分。而況就算他有過失，能將電報辦好了，亦足以將功折罪。同時李蓮英亦一再說盛宣懷如何有良心，一定會感恩圖報；如何能幹，可資以為耳目，終於使得慈禧太后決定將劉坤一的奏摺「留中不發」，只是由總理衙門給了北洋一道咨文，飭令盛宣懷不得干預招商局局務。

獲知了這些內幕，胡雪巖在內心中激起了很大的波瀾。數年以來，他雖看出盛宣懷機詐百出，不是個好惹的人，但總覺得此人還不成氣候，無需過慮；而此刻他覺得遇到了一個勁敵了。「將來上海、天津的電報一通，盛杏蓀在管這件事，消息比我們靈通，已經占先一著。」胡雪巖對汪惟賢說：「這還在其次；更要防他在電報上動手腳，弄些偽消息、偽行情過來，一相信了它，豈不大上其當。這一點，你要格外當心。」

「我知道。」汪惟賢答說：「電報學堂我也有熟人，到時候我會想辦法，也弄它幾套密碼出來，行情我們自己報。」

「不錯。將來絲的行情，一定要自己報。」

3 元寶街

八月初，在西湖上正是「一年好景君須記，最是橙黃橘綠時」；在上海已略感厭倦酒綠燈紅、脂香粉膩的寶森，為胡雪巖接到了杭州。

他是由古應春陪著來的。船到望仙橋埠頭上早有一乘綠呢、一乘藍呢的大轎在等候，另外一匹頂馬、兩匹跟馬，四名兵丁，都穿著布政司的號衣，四散排開，擋住了行人，留出一片空地，容寶森登岸。

船家將船泊穩，搭好跳板，船家與岸上胡家的聽差合作，伸出一條粗竹桿，捏穩兩端，高及腰際，寶森以竹桿作扶手，自跳板登上埠頭，立即便有一個穿得極體面的中年人，含笑迎上前來——寶森在上海也見過此人，名叫陶敦甫，字厚齋，捐了個候補知縣，做胡雪巖的清客，專責是接待賓客。

「森二爺到底到了，胡大先生盼望了好幾天了。森二爺路上還舒服？」

「舒服得很。」寶森舒了口氣，遊目四顧，看過往輻輳的行人，不由得讚嘆：「都說杭州是洞天福地，真是名不虛傳。」

「森二爺只看到今天的熱鬧，哪知道十六、七年前滿目淒涼，慘不忍睹。」

「長毛」兩番破杭州，被災獨重，善後復興之功，推胡雪巖為首。做清客捧賓客以外，亦須不忘捧東主，但以不著痕跡為貴。聽得這話，寶森連連點頭，「雪巖之有今日，實在是積德之報。」他跟胡雪巖的交情已很厚了，所以逕以雪巖相稱。

陶敦甫覷空跟古應春招呼過了，請寶森坐上胡雪巖自用的綠呢大轎；古應春坐藍呢轎，由頂馬引導前行，陶敦甫乘一頂小轎自間道先趕往「元寶街」等候。

「元寶街」滿鋪青石板，足容四馬並行；街中突起，兩頭低下，形似元寶心，因而得名。不過，胡雪巖當初鋪這條街時，卻並未想到這個能配合他的「財神」之號的俗氣的街名，只是為了便於排水；當然，四周的陰溝經過細心修建，暢通無阻，每遇夏日暴雨，他處積水兩三尺，元寶街卻只要雨停，便即水消。

由望仙橋到元寶街，只是一盞茶的功夫，坐在綠呢轎中的寶森，由左右玻璃窗中望出去，只見五、六丈高的一大圈圍牆牆腳基石，竟有一人多高。大轎抬入可容兩乘轎子進出的大門，穿過門樓，抬入二門歇轎，胡雪巖已站在大廳滴水簷前等候了。

「森二爺，」胡雪巖拱拱手說：「一路好吧？」

「很好，很好。」寶森扶著他的手臂，偏著臉細看了一下說：「雪巖，一個多月不見，你又發福了。」

「託福，託福。請裡面坐。」

寶森點點頭，已把臉仰了起來，倒不是他擺架子不理人而是因為胡家的廳堂過於宏敞，必須仰著臉才能看清楚。

未看大廳，先回顧天井；天井有七開間大，而且極深，為的是可以搭台唱戲。大廳當然也是七開間，估計可擺三十桌席；由於高敞之故，堂奧雖深，卻很明亮；正中樹一方藍地金底，四周龍紋的大立匾，擘窠大書「積善衍慶」四個黑字，正中上端一顆大方印，一望即知是御璽，上下款卻因相距得遠，看不清楚，不知是慈禧皇太后，還是先帝的御筆。

轉眼看去，東西兩面板壁上，各懸一方五尺高、丈餘寬的紫檀掛屏，西面是一幅青綠山水，東面是貝子奕謨寫的〈滕王閣序〉，旁有兩扇屏門，料想其中當是家祠；旗人向來重禮節，當即表示，理當瞻拜。

胡雪巖自然連稱「不敢當」。只是寶森意思誠敬，當下喚人開了屏門，點燃香燭；寶森向神龕中「胡氏列祖神位」恭恭敬敬地磕了三個頭，胡雪巖一旁陪禮，最後又向寶森磕頭道謝。

「還要見見老太太。」

「改天吧！」胡雪巖說：「家母今天到天竺寺燒香去了。」

「森二爺剛到，先請歇一歇。」陶敦甫插嘴說道：「我來引路。」

於是出了大廳，由西面走廊繞出去，往北一折，一帶粉牆上開著個月洞門，上榜「芝園」二字，迎門一座玲瓏剔透的假山；陶敦甫由東面繞了過去，豁然開朗，寶森放眼一望，但見樹木掩映，樓閣參差，窗子上的五色玻璃，為偏西的日光照耀得光怪陸離，真有目迷五色之感。

「請過橋來！」

寶森跟著陶敦甫經過一道三曲的石橋，踏上一座極大的白石露台，中間便是三開間大，正方的楠木「四面廳」，上懸一方黃楊木藍字的匾額，榜書「迎紫」二字。

進門可是一番光景，用紫檀隔板，隔出兩開大小的一個長方形房間，裡面是西式布置，四周紅色絲絨的安樂椅，配著白色鬃金漆的茶几，中間一張與茶几同一質料式樣的大餐檯，上面已擺好了八隻純銀的高腳果盤。

等主客坐定，隨即有兩個面目姣好的丫頭來奉茶敬煙；至此才是開始寒暄的時候。

「森二爺這一晌的酒興怎麼樣？」

「很好哇！」寶森笑道：「從天津上船那天起，酒興就沒有壞過。」

「要這樣才好。」胡雪巖問古應春，「森二爺怎麼沒有把花想容帶來？」

「多謝，多謝！」寶森搶著回答：「我到府上來作客，沒有把她帶來的道理。」

原來花想容是「長三」上的「紅倌人」，為寶森所眷；古雪巖邀他來一賞西湖秋色，原曾在信上寫明，不妨挾美以俱，而寶森卻認為於禮不合，沒有帶花想容來。

接下來便縱談上海聲色與新奇之事，寶森興味盎然地說他開了多少眼界，看了外國的馬戲、東洋女子「天勝娘」的戲法。一面談，一面不斷有丫頭送點心來；寶森喜歡甜食，最中意又香又糯用冰糖煮的桂花栗子。

「雪巖，」寶森是衷心嚮往，「我看當皇上都沒有你舒服；簡直是神仙嘛！」他指著窗外，聳起於假山上的那座「百獅樓」，忽然想起一句唐詩，便唸了出來：「『樓閣玲瓏五雲起』。」

「森二爺談詩，我就接不上話了。」胡雪巖轉臉說道：「厚齋，你看那一天，把我們杭州城裡那幾位大詩翁請了來，陪森二爺談談。」

「不，不！」寶森急忙搖手，「我哪裡會做詩？千萬不必，免得我受窘。」

看他是真心話，胡雪巖一笑置之，不再多說。陶敦甫怕場面冷落，便即問說：「森二爺，上海消息靈通，不知道劉制台的參案怎麼樣了？」

聽得這話，寶森突然站了起來，「嘿！」他驀地裡一拍雙掌，聲音極大，加以動作近乎粗魯，倒讓大家都嚇一跳，再看到他臉上有掩抑不住的笑容，便越發奇怪了。

「森二爺，」胡雪巖說：「請坐下來，慢慢談起。」

「談起劉峴莊的參案，可真是大快人心！」他摩腹說道：「我肚子裡的積滯都消了——。」

劉峴莊便是兩江總督劉坤一。自從出了盛宣懷的案子，李鴻章便覺得此人在兩江，對他是一大妨礙；而盛宣懷更是耿耿在心，企圖中傷。但劉坤一的官聲不錯，封疆大吏又不比京官，號稱「都老爺」的監察御史，見聞不足，無法參他；就上摺參劾，慈禧太后亦未必見聽。幾經籌畫，認為只有一個人夠資格參他，而且一定見效。

此人就是「彭郎奪得小姑回」的彭玉麟，湘軍水師的領袖。洪楊既平，彭玉麟淡於名利，外不願當督撫，內不願當尚書；於是有人建議，長江水師龍蛇混雜，鹽梟勾結，為害地方不淺。彭玉麟清剛正直，嫉惡如仇，在長江威望素著，不如仿照旗營「專操大臣」的制度，派他專門巡閱長江水師，得以專摺奏事，並頒給「王命旗牌」，遇有不法官吏，得以便宜行事。

彭玉麟接受了這個差使，一年一次巡閱長江水師，其餘的日子，便住在西湖上，與他的孫兒女親家俞曲園唱酬盤桓，消閒如鶴。

不過到得彭玉麟出巡時，威名所播，確能使貪官墨吏，相顧斂跡；他所管的事，亦不限於整頓水師紀律，長江沿岸各地他看不順眼的事都要管，職權彷彿明朝「代天巡狩」的巡按御史。曾經在武昌請王命旗牌立斬不法的水師總兵譚祖綸；至於地方官經他參劾，革職查辦的，亦頗不乏人。總之，只要彭玉麟參誰，誰就非倒楣不可。

盛宣懷想到了這個人，李鴻章亦認為可加利用，於是摭拾浮言，激動了彭玉麟的脾氣，真個以密摺嚴劾劉坤一，大致是：第一、鴉片癮大，又好逸樂，精神不濟，無力整頓公事；第二、姨太太很多，稀賓客，又縱容家丁，收受門包；第三點最厲害，亦是彭玉麟親眼所見，最感不滿而又是他應該管的事：「沿江砲台，多不可用，每一發砲，煙氣瞇目，甚或坍毀。」

密摺到京，慈禧太后召見軍機，決定派彭玉麟進一步密查；同時內召來京覲見，打算不讓他回任了。據說恭王曾經跟李鴻章商量過這件事，其時陝甘總督改派曾國荃，而曾國荃嫌地方太苦，又怕無法指揮左宗棠的嫡系部隊，一直不願就任，使得朝廷深感為難，不如乘此機會，改派劉坤一當陝甘總督。

至於兩江總督則以清望素著的四川總督丁寶楨調補；遺缺由李鴻章的胞兄李瀚章接任。

這是李鴻章的一把如意算盤，原來清朝的制度，封疆大吏、畫疆而治；總督往往亦僅管得一省，不比明朝的總督、巡撫是有流動性的。這種制度之形成，當然有許多原因，其中之一是，皇帝認為各有專責，易於考察，也就是易於駕馭。因此，儘管常有「不分畛域」的上諭，實際上限制甚嚴，不准有越權的行為。及至洪楊亂起，這個相沿兩百年而不替的傳統被打破了。清朝在道光以前，凡有大征伐、調兵遣將，權皆操之於皇帝；軍餉亦由國庫撥發，統帥功成還朝，繳還兵權，受賞而回本職，並無私有的軍隊。但自曾國藩創立湘軍，而軍餉又須帶兵將帥就地自籌以後，整個情況大變；變成官不符職、守非其地、財難己用、兵為私有。曾國荃進圍金陵時，他的官銜是浙江按察使，一省司法長官，帶兵打仗，豈非「官不符職」？

而打仗又非為浙江畫守土之責，這就是「守非其地」。

「財難己用」就更微妙了，本秦人視越、肥瘠漠不相關，但在左宗棠西征時，卻非希望浙江豐收不可，因為浙江按月要交西征協餉十四萬銀子，而本省修理海塘，反須另籌財源。

至於「兵為私有」，則以湘、淮兩軍原為子弟兵，父子兄弟叔姪，遞相率領，成為規例；淮軍的這個傳統，更是牢不可破。

因為打破了疆域與職守的限制，李鴻章才能運用手腕，伸張其勢力於兩江——南洋。直督兼北洋大臣；江督兼南洋大臣，李鴻章一直強調，無論籌辦防務或者與外洋通商，南北洋必須聯絡一致，不分彼此。話是如此，卻只有北洋侵南洋之權，南洋的勢力達不到北洋，因為北洋近在畿輔，得地利之便，可直接與各國駐華公使聯絡交涉，這樣，有關南洋的通商事務，自然而然地由北洋代辦了。同時「總理各國事務衙門」，為了在交涉上留有緩衝的餘地，往往先委託北洋從事初步談判，保留著最後的裁決權，這一來使得李鴻章更易於擴張勢力。

如此這般，李鴻章就不能不關心兩江總督的人選了。最好是能聽他指揮；其次也要能合作。像劉坤一這樣，李鴻章就覺得有許多不便，因而希望丁寶楨接任江督。丁寶楨是他會試的同年，李鴻章一直很拉攏他；丁寶楨每次奉召述職時，京中上自王邸軍機，下至同鄉京官都要打點，無不是由李鴻章預備了整箱的現銀，這樣的交情，他相信丁寶楨調任江督，一定能跟他合作無間。至於李瀚章，除了貪黷之外，別無他能；而四川經丁寶楨整頓以後，是個可以臥治的省分，李鴻章是想為他老兄找個奉母養老的好地方。

這把算盤打得極精，那知真如俗語所說的「人有千算，天有一算」，彭玉麟的覆奏到京，大出李鴻章的意外，竟是痛劾李鴻章的至親趙繼元。

趙繼元是安徽太湖人，他的祖父叫趙文楷，嘉慶元年的狀元。趙繼元本人也是個翰林，但肚子裡一團茅草，「散館」時考列三等，分到部裡當司官。做官要憑本事、講資格，趙繼元倒有自知之明，自顧當司官既不能「掌印」；而兩榜出身雖可派為考官，卻又須先經考試，這一關又是過不去的；不如當外官為妙。

於是他加捐了一個道員，走門路分發兩江。江督正是李鴻章的老師曾國藩；愛屋及烏，所以趙繼元一到江寧「稟到」，立即「掛牌」派了他軍需總辦的肥差。

從此趙繼元便把持著兩江軍需總局，歷任總督都看李鴻章的面子，隱忍不言。這一次到底由彭玉麟無情地揭發了他的劣跡，覆奏中說：「兩江軍需總局，原係總督札委局員，會同司道主持。自趙繼元入局，恃以庶常散館，捐道員出身，又係李鴻章之妻兄，賣弄聰明，妄以知兵自許，由是局員營員派往修築砲台者，皆惟趙繼元之言是聽。

「趙繼元輕前兩江總督李宗羲為不知兵，忠厚和平，事多蔑視，甚至督臣有要務札飭總局，趙繼元竟敢違抗不遵，直行己意。李宗羲旋以病告去，趙繼元更大權獨攬，目空一切。砲台坍塌，守台官屢請查看修補，皆為趙繼元蒙蔽不行。」

李宗羲字雨亭，四川開縣人，道光二十七年進士，是李鴻章的同年。同治十二年曾國藩歿於兩江總督任上，由於李鴻章的推薦，李宗羲竟能繼任此一要缺。其人才具平常，李鴻章可以遙制；兩江諸般設施，每聽北洋指揮。盛宣懷以直隸候補道得以派到招商局去當會辦，便是李宗羲任內之事。這樣的一個人，趙繼元自然不會將他放在眼裡。

至於對劉坤一，據彭玉麟在覆奏中說：「臣恐劉坤一為其所誤，力言其人不可用。劉坤一札調出局，改派總理營務，亦可謂優待之矣，而趙繼元敢於公庭大眾向該督力爭，仍舊幫理局務。本不知兵，亦無遠識，嗜好復深，徒恃勢攬權，妄自尊大，始則炫其長，後則自護其短，專以節省軍費為口實，惑眾而阻群言。」

彭玉麟說，在趙繼元看，跟洋人如果發生了糾紛，到頭來無非歸之於「和」之一字。既然如此，「江防」也好，「海防」也好，都是白費心血，不過朝廷這樣交代，不能不敷衍而已。

但是真的節省經費、粉飾表面，也還罷了。實際上浪費甚多，只是當用不用而已。彭玉麟認為趙繼元持這種論調，是件極危險的事，防務廢弛，盡屬虛文，一旦有警，無可倚恃，必至貽誤大計。最後又說：「黜陟之柄，操自朝廷；差委之權，歸於總督，臣不敢擅便，惟既有見聞，不忍瞻徇緘默，恐終掣實心辦事者之肘，而無以儆局員肆妄之心。」這意思是很明白的，如果他有權，即時會將趙繼元撤差革職。

此奏一上，慈禧太后震怒；初攬大權，正想整飭綱紀立威之時，當即批了個「劣跡昭著，即行革職」，再一次為彭玉麟顯一顯威風。

這一來，李鴻章亦大傷面子；不便對兩江總督的人選，再表示意見，那把如意算盤，竟完全落空了。

聽寶森談完這段剛出爐的新聞，胡雪巖便即問道：「這麼說，劉峴帥還會回任？」

「回任大概不會了。」

「那麼是誰來呢？」

「當然是曾九帥。」

「曾九帥」便是曾國荃。江寧是他在同治三年攻下來的，加以湘軍舊部遍布兩江——上江安徽、下江江蘇，所以每逢江督出缺，總有人把他列入繼任人選。這一回，看起來真的要輪到「曾九帥」了。

「曾九不相宜。」寶鋆說道：「他嫌陝甘太苦不肯去；最後拿富庶的兩江給他，且不說人心不服，而且開挾持之漸，朝廷以後用人就難了。」

寶鋆是恭王的智囊，聽他說得不錯，便即問道：「那麼，你看是讓誰去呢？」

「現成有一個人在那裡：左季高。」

「啊，啊！好。」恭王深深點頭。

原來左宗棠在軍機處，主意太多，而又往往言大而夸，不切實際；寶鋆一直在排擠他。左宗棠一氣之下，上摺告病，請開缺回籍養痾；朝廷賞了他兩個月的假。恭王畢竟忠厚，雖也討厭左宗棠喋喋不休，但擠得他不安於位，也不免內疚神明，如今有兩江這個「善地」讓他去養老，可以略補疚歉，因而深為贊成。

於是九月初六那天，由恭王面奏，說海防之議方興，勢在必行，主其事者是北洋、南洋兩大臣，北洋有李鴻章在，可以放心；南洋需要有威望素著的重臣主持，幾經考慮，認為以左宗棠為最適宜。而且，江南政風疲軟，亦須像左宗棠那樣有魄力的人去當總督，才能大肆整頓。

慈禧太后亦很討厭左宗棠的口沒遮攔，甚麼事想到就說，毫無顧忌，不過她很念舊，總想到左宗棠是艱難百戰、立過大功勞的人，既然不宜於在朝，應該給他一個好地方讓他去養老，所以同意了軍機的建議，外放左宗棠為兩江總督。

這個消息傳到時，恰好胡雪巖陪著暢遊了西湖上六橋三竺之勝的寶森回到上海。對他來說，這自然是個喜訊，不由得又在心裡激起了好些雄圖壯志。

照例的，胡雪巖每一趟到上海，起碼有半個月的功夫，要應付為他接風而日夜排滿了的飯局，第一是官場；第二是商場；最後才輪到至親好友。古應春和七姑奶奶夫婦是「自己人」，挨到他們做主人請客，已經是十月初，將近慈禧太后萬壽的日子了。

這天請了兩桌客，陪客也都是「自己人」，其中有劉不才——他如今管著胡慶餘堂藥店，這一回到上海是要轉道北方去採辦明年要用的藥材；有宓本常，他是阜康雪記銀號上海總號的「大夥」。

此外也都是胡雪巖私人資本開設的絲號、典當的檔手。

酒闌人散，為時尚早，胡雪巖想趁此機會跟古應春夫婦好好談一談自己這幾天的見聞與想法，所以決定留宿在古家。

古家原替他預備得有宿處，是二樓後房極大的一個套間，一切現成，便將他的轎伕與跟班都打發了回去，只留下一個貼身的小跟班，名叫阿成的，隨他住在古家。

「應春，這回湘陰放兩江，等於合肥摜了一大跤；你看，我們有點啥事情好做？」

「小爺叔，」古應春答說：「我看你現在先不必打甚麼主意，不妨看看再說。」

「為啥？」

「事情明擺在那裡，合肥、湘陰一向是對頭，湘陰這趟放兩江，第一，他不會像以前的幾位制台那樣，讓北洋來管南洋的事；其次，湘陰跟劉峴帥是湖南同鄉，劉峴帥吃了合肥的虧，湘陰只要有機會，自然要替他報復，這是湘陰這方面；再說合肥那方面，當然也要防備。論手段是合肥厲害，說不定先發制人；我們要防到『吃夾檔』。」

「『吃夾檔』？」胡雪巖愕然，他想不通左李相爭，何以他會受池魚之殃？

「兩方面鉤心鬥角，不外乎兩條計策，一種是有靠山的，擒賊擒王；一種是有幫手的，翦除羽翼。湘陰是後面一種；小爺叔，合肥要動湘陰，先要翦除羽翼，只怕你是首當其衝。」

胡雪巖悚然動容，但亦不免困惑，「莫非你要叫我朝合肥遞降表？」他問：「我要這樣做，怎麼對得起湘陰？」

「遞降表當然說怎麼樣也不行的。我看，小爺叔要聯絡聯絡邵小村。」

邵小村名友濂，浙江餘姚人，也算是洋務人材，一向跟李鴻章接近；新近放的上海道——上海道本來是李鴻章的親信劉瑞芬，因為劉坤一參盛宣懷一案，劉瑞芬秉公辦理，因而得罪了李鴻章，設法將他調為江西藩司。劉去邵來，足以看出上海道這個管著江海關的肥缺，等於是由李鴻章在管轄。

「聯絡邵小村，不就是要吊合肥的膀子？莫非真的要磕了頭才算遞降表？」

「吊膀子」是市井俚語；語雖粗俗，但說得卻很透澈。古應春默然半晌，突然提出一個驚人的建議。

「小爺叔，一不做，二不休，你索性花上二、三十萬銀子，把邵小村攻掉！」

這一下，胡雪巖更覺錯愕莫名，「你是說，要我去當上海道？」他問。

「是啊！」

胡雪巖無從置答，站起來蹀著方步盤算了好一會，突然喊道：「七姐，七姐！」

七姑奶奶正在剝蟹粉預備消夜點心，聽得招呼，匆匆忙忙出來問道：「小爺叔叫我？」

「應春要我去做上海道。你看他這個主意，行得通，行不通？」

七姑奶奶楞了一下，「怎麼一樁事情，我還弄不清楚呢？」她看著她丈夫問：「上海道不是新換的人嗎？」

這一下倒提醒了古應春，自覺慮事不周；邵友濂到任未幾，倘非有重大過失，絕無開缺之理，因而點點頭答說：「看起來不大行得通。」

「而且，我也不是做官的人。」胡雪巖問：「你看我是起得來早去站班的人嗎？」胡雪巖雖戴「紅頂」，畢竟是「商人」。如今發了大財，起居豪奢，過於王侯；分內該當可擺的官派，也不過是他排場的一部分。倘說補了實缺，做此官，行此禮，且不說像候補道那樣，巴結長官，遇到督撫公出，早早趕到地方去站班伺候，冀邀一盼；至少大員過境，上海道以地方官的身分，送往迎來，就是他視為畏途的差使。

七姑奶奶有些弄明白了，她也是聽古應春說過，邵友濂是李鴻章的人；跟胡雪巖是左宗棠的人，算是敵對的。現在古應春建議胡雪巖去當上海道，取邵而代之，不是上海道對胡雪巖有何好處，只是要攻掉邵友濂而已。

「不管行得通，行不通；也不管小爺叔舒服慣，吃不吃得來做官的苦頭，根本上就不該動這個念頭！」

七姑奶奶說話向來爽直而深刻：因此何以不該動這個念頭，在古應春與胡雪巖都要求她提出解釋。

「我倒先請問你，」七姑奶奶問她丈夫：「上海道是不是天下第一肥缺？」

「這還用你問？」

七姑奶奶不理他，仍舊管自己問：「小爺叔是不是天下第一首富？」

這就更不用問了，「不然怎麼叫『財神』呢？」古應春答說：「你不要亂扯了。」

「不是我亂扯。如果小爺叔當了上海道，就有人會亂扯。小爺叔是做生意發的財，偏偏有人說他是做官發的財；而偏偏上海道又是有名的肥缺，你說，對敲竹槓的『都老爺』，如果應酬得不周到，硬說小爺叔的錢是做貪官來的，那一下跳到黃河都洗不清了。」

這一說，嚇出古應春一身冷汗；如果胡雪巖當了上海道，真的說不定會替他惹來抄家之禍。

「應春，你聽聽。」胡雪巖說：「這就是為啥我要請教七姐的道理。」

「小爺叔，你不要替我戴高帽子！倒是有句話，我——。」七姑奶奶突然頓住，停了一會才說：「慢慢再談吧！」說完，轉身走了。

胡雪巖並不曾留意於她那欲言又止的態度，重拾話題說道：「對邵小村，敷衍我不肯；要攻掉他，大可不必，那麼，應春，你說，如何是好？」

「當然只有不即不離。」

「也就是一切照常？」

「是的。」

「那好。我們回頭再來談湘陰來了以後的做法。」胡雪巖說：「我想湘陰來後，我可以對怡和下殺手了。」

怡和是指英商怡和洋行。這家洋行的在華貿易，發展得很快；跟胡雪巖的關係是亦友亦敵。胡雪巖為左宗棠採辦軍需，特別是西洋新式的軍火，頗得力於怡和的供應；但在從事絲的出口方面，怡和是胡雪巖的第一勁敵。

本來胡雪巖做絲生意，「動洋莊」是以怡和為對象。但怡和認為透過胡雪巖來買絲，價格上太吃虧，不如自己派人下鄉收購，出價比胡雪巖高，養蠶人家自然樂意賣出，而在怡和，仍舊比向胡雪巖買絲來得划算。換句話說，養蠶人家跟怡和直接交易，彼此分享了胡雪巖的中間利益。

不過，這一點胡雪巖倒不大在乎，因為他講究公平交易，而且口頭上常掛一句話：「有飯大家吃」。養蠶人家的新絲能賣得好價錢，於他有益無損——青黃不接，或者急景凋年辰光放出去的帳，能夠順利收回，豈非一件好事。

只是眼前有一樣情況，非速謀對策不可，光緒五年怡和洋行在蘇州河邊，設了一家繅絲廠；今年——光緒七年，有個湖州人黃佐卿也開了一家，字號名為公和永；還有一家公平繅絲廠，由英商公平洋行投資，亦在密鑼緊鼓地籌備之中。

怡和與公和永這兩家繅絲廠，都還沒有開工，主要的原因是，反對的人太多。一部機器抵得上三十個人，換句話說，機器開工一日的產量，用人工要一個月。這一來，浙西農村中，多少絲戶的生計，有斷絕之虞。因此絲業公所發起抵制；實際上是胡雪巖發起抵制，絲業公所的管事，都唯他馬首是瞻的。

但這三家新式繅絲廠，勢成騎虎，尤其是怡和、公平兩家；倘或不辦新式繅絲廠，他們在歐洲的客戶，都會轉向日本去買高品質的絲。

因為如此，三家新式繅絲廠，居然聯成一起，共同聘請義大利人麥登斯為總工程師，指導三廠的技師，操作購自義大利或法國的機器；同時派人下鄉，預付價款，買明年的新絲。這一下，可以說與胡雪巖發起的抵制，進入短兵相接的局面了。

胡雪巖手下的謀士，對這件事分成兩派，大多數贊成抵制；少部分主張順應潮流，古應春就曾很剴切地勸過他。

「小爺叔，如今不是天朝大國的日子了，天外有天，人外有人，再狠也不能不看看潮流。機器繅絲，不斷不毛，雪白發亮，跟發黃的土絲擺在一起看，真像大小姐跟燒火丫頭站在一起，不能比了。這是沒法子的事，當年英國發明蒸汽機，還不是多少人反對，可是到後來呢？」

「你說的道理不錯，不過鄉下那許多絲戶，手裡沒有『生活』做，叫他們吃甚麼？」胡雪巖說：「我盡我的心，能保護住他一天，我盡一天的心。真的潮流衝得他們立腳不住，我良心上也過得去了。」

這不是講良心的事！古應春心裡在想，如果真的能將三廠打倒，關門拍賣機器，那時不妨找幾個人合夥接手，撿個現成的大便宜。當然，胡雪巖如果願意，讓他占大股，不過此時還不宜說破。

於是古應春一變而為很熱心地策劃抵制的步驟，最緊要的一著是，控制原料，胡雪巖以同樣的價錢買絲，憑過去的關係，當然比工廠有利。無奈怡和、公平兩廠，財力雄厚，後又提高收購價格；胡雪巖一看情勢不妙，靈機一動，大量出貨；及至怡和、公平兩行高價購入，行情轉平，胡雪巖搶先補進，一出一進很賺了一筆。

這第一回合，怡和、公平吃了虧，手中雖有存貨，初期開工，不愁沒有原料；但以後勢必難乎為繼。而就在這時候，胡雪巖又有機會了。機會就是左宗棠來當兩江總督，「應春，」他說：「我們現在講公平交易。怡和、公平用機器，我們用手，你說公平不公平？」

「這不公平是沒法子的事。」

「怎麼會沒有法子？當然有，只看當道肯不肯做，如果是合肥只想跟洋人拉交情，不肯做；湘陰就肯做了。等我來說動他。」

「小爺叔，」古應春笑了，「說了半天，到底甚麼事肯做不肯做？」

「加繭捐。要教他們成本上漲，無利可圖；那就一定要關門大吉了。」

這繭捐當然是有差別的，否則成本同樣增加，還是競爭不過人家。古應春覺得用這一著對付洋商，確是很厲害；但須防洋商策動總稅務司英國人赫德，經由李鴻章的關係，向總理衙門提出交涉。

「不會的。」胡雪巖另有一套看法：「合肥碰了兩個釘子，不會再像從前那樣多管閒事了。再說，我們江浙的絲業，跟他北洋風馬牛不相及，他就要想管閒事，你想，湘陰會賣他的帳嗎？」

正談到這裡，七姑奶奶來招呼吃消夜。古家是很洋派的，飯廳中正擺一張桃花心木的長餐桌，六把法國宮廷式的椅子；不過坐位還是照中國規矩，拿長餐桌兩端的主位當作上座；古應春夫婦分坐他的左右首作陪，弄成個反客為主的局面。

消夜粥菜是火腿、皮蛋、肉鬆、蝦子腐乳、糟油蘿蔔之類的醬菜，在水晶吊燈照耀之下，色彩鮮豔，頗能逗人食欲，「我想吃點酒。」胡雪巖說：「這兩天筋骨有點發痠。」

筋骨發痠便得喝「虎骨木瓜燒」，這是胡慶餘堂所產馳名南北的藥酒。胡雪巖的酒量很淺，所以七姑奶奶只替他在高腳玻璃杯中倒了半杯。

「七姐，」胡雪巖啣杯問道：「你啥辰光到杭州去？老太太一直在牽記你。」

「我也牽記老太太。」七姑奶奶答說：「年裡恐怕抽不出功夫；開了春一定去。」

「喔，有件事我要跟你們商量。明年老太太六十九，後年整七十；我想趁湘陰在這裡，九也要做，十也要做。」

胡雪巖的門客與屬下，早就在談論，胡老太太七十整壽，要大大熱鬧一番；如今胡雪巖要借左宗棠兩江總督的風光，明年就為胡老太太做生日，這一點七姑奶奶倒不反對，不過俗語有「做九不做十」之說，如果「九也要做，十也要做」就不免過分了。

心裡是這樣想，可是不論如何，總是胡雪巖的一番孝心，不便說甚麼殺風景的話，只是這樣答說：「九也好，十也好，只要老太太高興就好。」

「場面撐起來不容易，收起來也很難。」胡雪巖說：「這幾年洋務發達，洋人帶來的東西不少，有好的，也有壞的；學好的少，學壞的多，如果本來就壞，再學了洋人那套我們中國人不懂的花樣，要起壞來，真是讓他賣到金山去當豬仔，都還不知道是怎麼樣到了外國的。七姐，你說可怕不可怕？」

七姑奶奶不明他的用意，含含糊糊答一聲：「嗯。」

「前一晌有個人來跟我告幫。」胡雪巖又說：「告幫就告幫好了，這個人的說法，另有一套，他說：『胡大先生，你該當做的不做，外頭就會說你的閒話，你犯不著。』我說：『人生在世，忠孝為本；除此以外，有啥是該當做的事？我只要五倫上不虧，不管做啥，沒有人好批評我。』他說：『不然。五倫之外，有一件事是你胡大先生該當做的事。』我問：『是啥？』你們道他怎麼說？他說：『花錢。』」

此人的說法是：胡雪巖以豪奢出名，所以遇到花錢的事，就是他該做的事。否則就不成其為胡雪巖了。接下來便要借五百兩銀子；問他作何用途？卻無以為答。

「我也曉得他要去還賭帳，如果老實跟我說，小數目也無所謂。哪曉得他說：『胡大先生，你不要問我啥用途，跟你借錢，是用不著要理由的。大家都說你一生慷慨，冤枉錢也不知道花了多少。你現在為五百兩銀子要問我的用途。傳出去就顯得你胡大先生「一錙不落虛空地」，不是肯花冤枉錢的人。』你們想，我要不要光火？」

「當然要光火。」古應春答說：「明明是要挾；意思不借給他，他就要到處去說壞話。可惡！」

「可惡之極！」胡雪巖接著往下談：「我心裡在想，不借給他，用不著說，當然沒有好話；

借給他呢？此人說話向來刻薄，一定得便宜賣乖，說是『你們看，我當面罵他冤大頭，他還是不敢不借給我。他就是這樣子，不點不亮的蠟燭脾氣。』你們倒替我想想，我應該怎麼辦？」

「叫我啊！」七姑奶奶氣鼓鼓地說：「五百兩銀子照出，不過，他不要想用，我用他的名字捐了給善堂。」

胡雪巖嘆口氣，「七姐，」他說：「我當時要有你這點聰明就好了。」

「怎麼？」古應春問：「小爺叔，你是怎麼做錯了呢？」

「我當時冷笑一聲說：『不錯，我胡某人一生冤枉錢不曉得花了多少；不過獨獨在你身上是例外。』我身上正好有一張北京『四大恆』的銀票，數目是一千兩；我說，『今天注定要破財，也說不得了。』我點根洋火，當著他的面，把那張銀票燒掉了。」

「他怎麼樣呢？氣壞了？」

「他倒沒有氣壞；說出一句話來，把我氣壞了。」

「他怎麼說？」

「他說：『胡大先生，你不要來這套騙小伢兒的把戲；你們阜康跟四大恆是同行，銀票燒掉可以掛失的。』」

古應春夫婦默然；然後七姑奶奶說道：「小爺叔，你吃了啞巴虧了。」

確是個啞巴虧。胡雪巖根本沒有想到可以「掛失」；及至此人一說破，卻又絕不能去掛失，否則正好坐實了此人的說法，是「騙小伢兒的把戲」。

「後來有人問我，我說有這樁事情；問我有沒有掛失？我只好笑笑，答他一句：『你說呢！』」

「能有人問，還是好的，至少還有個讓人家看看你小爺叔態度的機會。就怕人家不問，一聽說有這件事，馬上就想到一定已經掛失了，問都不用問的。」古應春說：「阿七說得不錯，小爺叔，你這個啞巴虧吃得很大。」

「吃了虧要學乖。」胡雪巖接口說道：「我後來想想，這位仁兄的確是有道理，花錢的事，就是我該當做的事，根本就不應去問他的用途。如果說我花得冤枉了，那麼我掙來的錢呢？在我這面說，掙錢靠眼光、靠手腕、靠精神力氣，不過我也要想想虧本的人，他那面蝕本蝕得冤枉，我這面掙就是冤枉錢。」

「小爺叔的論調，越來越玄妙了。」古應春笑道：「掙錢也有冤枉的？」

「掙了錢不會用，掙的就是冤枉錢。」胡雪巖問道：「淮揚一帶有種『磬響錢』，你們有沒有聽說過？」

古應春初聞此「磬響錢」三字，七姑奶奶倒聽說過，有一那班錙銖必較，積資千萬，而惡衣惡食，一錢如命的富商，偏偏生個敗家子，無奈做老子的錢管得緊，就只好到處借債了。利息當然比向「老西兒」借印子錢還要凶，卻有一樣好處，在敗家子還不起錢的時候，絕不會來催討。

「那麼要到甚麼時候還呢？」七姑奶奶自問自答地為古應春解釋，「要到他老子死的那天。人一嚥氣，頭一件事是請個和尚來唸『倒頭經』；和尚手裡的磬一響，債主就上門了，所以叫做磬響錢。」

「與其不孝子孫來花，不如自己花，自我得之，自我失之本來也無所謂。不過，小爺叔，你說花錢的事，就是該當你做的事，這話，」古應春很含蓄地說：「只怕也還有斟酌的餘地。」

「我想過好幾遍了，既然人家叫我『財神』，我就是應該散財的，不然就有煩惱。」胡雪巖急轉直下地回入本題，「譬如說明年老太太六十九，我一定要做。不做，忌我的人就有話說了，怎麼說呢？說胡某人一向好面子，如今兩江總督是左大人，正好借他的威風來耍一耍排場；不做不是他不想做，是左大人對他不比從前了，胡老太太做生日，禮是當然要送的，不過普普通通一份壽禮，想要如何替他做面子，是不會有的事。倒不如自己識相為妙。七姐，你說，如果我不做，是不是會有這種情形。」

七姑奶不能不承認，卻換了一種說法：「做九原是好做的。」

「明年做了九，後年還要做。」胡雪巖又說：「如果不做，又有人說閒話了；說胡老太太做七十歲是早已定規了的。只為想借左大人招搖，所以提前一年。做過了也就算了；他這兩年的境況不比從前，能省就省了。七姐，你要曉得，這比明年不做還要壞！」

「為甚麼呢？」

「這點你還不明白？」古應春接口，「這句話一傳開來，阜康的存款就要打折扣了。」

「豈止打折扣？」胡雪巖掉了句文：「牽一髮而動全身，馬上就是一個大風浪。」

七姑奶奶無法想像，會是怎樣的一種「大風浪」？只是看他臉上有難得一見的警惕之色，忍不住將她藏之心中已久的一句話說了出來。

「小爺叔，我也要勸你，好收收了。不過，我這句話，跟老太太說的，意思稍微有點不同，老太太是說排場能收則收，不必再擺開來；我說的收一收是能不做的生意不做；該做的生意要好好兒做。」

此言一出，首先古應春覺得十分刺耳，不免責備：「你這話是怎麼說的？小爺叔做生意，還要你來批評？」

「應春！」胡雪巖伸手按著他擺在桌上的手，攔住他的話說：「現在肯同我說真話的，只有七姐。我要聽！」說著還重重地點一點頭。

古應春原是覺得胡雪巖的性情，跟以前不大一樣了，怕七姑奶奶言語過於率真，惹他心中不快；即或不言，總是件掃興的事。既然他樂聞逆耳之言，他當然沒有再阻撓的必要；不過仍舊向妻子拋了個眼色，示意她措詞要婉轉。

「有些話我擺在肚皮裡好久了；想說沒有機會。既然小爺叔要聽，我就實話直說了，得罪人我也不怕；只要小爺叔有一句兩句聽進去，就算人家記我的恨，我也是犯得著的。」

由這一段開場白，胡雪巖便知她要批評他所用的人。對這一點，他很在意；也很自負，他認為他之有今日立下這番乾嘉年間，揚州鹽商全盛時期都及不上的局面，得力於他能識人，更能用人，這當然要明查暗訪，才能知道一個人的長處何在；毛病在哪裡？不過，他聽人月旦人物，胸中卻自有丘壑，首先要看批評人的人，自己有沒有可批評之處？然後才來衡量那些批評，哪一句是可以聽的；哪一句是對方希望他能聽的。七姑奶奶是極少數他認為應該佩服的人之一，她對人的批評，不但要聽，而且唯恐她言之不盡，因而覺得有鼓勵她的必要。

「七姐，沒有人會記你的恨；因為沒有人會曉得你同我說的話。你有見到的地方，儘管說；就是我有錯處，你亦不必客氣，你說了實話，我只有感激，絕不錯怪你。」

有這樣誠懇的表示，反使得七姑奶奶覺得光是批評某些人，猶不足以盡其忠悃，要批評就要從根本上去批評毛病的由來。

「小爺叔，說實話，跟前個十來年比起來，我對你的敬重打折扣了；不過小爺叔，對你的關心，是有增無減。思前想後，有時候為你想得一夜睏不著。」

這話說得胡雪巖悚然動容，「七姐，」他說：「我們是患難之交；我最佩服你是女中丈夫。我自己也知道，做人處世，沒有十幾年前那樣，處處為人著想，不過，總還不算對不起人。場面雖然扯得大，用的人是得力的，裡裡外外都繃得牢，不曉得七姐是為啥為我愁得一夜睏不著。」

「我愁的是樹大招風。小爺叔，你是丈八燈台，多少人沾你的光，照出一條路來，走得又快又穩；可惜你照不見自己。」

「丈八燈台」這句俗語，是如此用法，胡雪巖覺得格外貼切，因而也就更重視她的下文了。

「七姐，虧得還有你看得清楚。今天沒有外人，請你老實說，我有哪些毛病要改？」

七姑奶奶沉吟不語。她本想著：你認為你用的人都得力，裡外都能繃得住；這一點就要改。不過這好像一概抹殺，會惹胡雪巖起反感，何況事實上也有困難，如果他這樣說一句：照你說起來，我用的人統統要換過：請問，一時三刻哪裡去找這麼多人？找來的人是不是個個靠得住。

這就無辭以答了。

古應春多少看出她的心思，怕她說得過分徒亂人意，無裨實際，便暗示她說：「阿七，你談一兩件小事；小爺叔心裡自然有數。」

「好！」七姑奶奶接受了這個建議，略想一想說道：「小爺叔，我講兩件你自己不知道，人家替你得罪了人，都記在你帳上的事。」

第一件花園落成以後，胡雪巖對其中的假山不滿意，決心改造。請了幾個專工此道的人來看，畫了圖樣，亦不見得有何出色之處，最後打聽到京中有個大名家，姓應單名一個崇字，河南人，咸豐初年是怡親王載垣門下的清客。辛酉政變，載垣家破人亡，應崇眼看他起高樓，眼看他樓坍了，感慨甚深；因而遁入西山，閉門課子，不聞外事。好在當年載垣炙手可熱時，應崇曾獲厚贈，粗茶淡飯的生計，維持個幾年，還不至於拮据。

這應崇本來不想出山，禁不起胡雪巖卑詞厚幣，加以派去延請的劉不才，能言善道，終於將他請到了杭州。

實地看了已造好的假山，又看了好些繪而未用的圖樣，應崇覺得也不算太壞，只須修改，不必重造。但胡雪巖不以為然，堅持全盤更新；應崇心想，這是錢太多的緣故，不過，這話不便說破；交淺言深，會使得胡雪巖誤會他胸中本無丘壑，所以不敢拆了重造。

也就是這好強爭勝的一念，應崇關起門來，一個月不下樓，畫成了一幅草圖，卻還不肯出以示人，每天在六橋三竺之間，策杖徜徉，或者深入南北高峰，探幽搜奇，回來挑燈展圖，細細修改。到得三個月後，終於殺青了。

這一套圖一共十七張，一幅總圖、十六幅分圖，奇巖怪壑，百折千迴，方丈之地，以小見大，令人拍案叫絕。胡雪巖大喜過望，設盛筵款待，當面約請監工，應崇也答應了。

造假山當然要選奇石。杭州是南宋的都城，名園甚多，也有廢棄了的；應崇一一看過，卻都不甚當意。這天到了貢院西橋，一處廢園，據說原是嚴嵩的乾兒子趙文華的祠堂，其中有塊臥倒在地的石頭，卻大有可觀。

論石之美，有個三字訣，叫做「瘦、縐、透」，應崇看這塊石頭雖一半埋在土中，但露出地面的部分，足以當此三字，判斷另一半亦復如是。

正在反覆觀賞之時，只見有個鬚眉全白老者，短衣草鞋，手裡捏著一枝湘妃竹的旱煙袋，意態蕭閒地踱了過來。應崇看他打扮不似縉紳先生，那氣度卻似退歸林下的大老；頓時肅然起敬地問訊。

「老先生尊姓？」

「不敢當。我姓趙。足下貴姓？」

「敝姓應。」應崇問道：「請問趙老先生，這廢園可有人管？」

「怎麼沒有？我就是。」

「喔！失敬，失敬。」應崇連連拱手。

趙老者一面擎著旱煙袋還禮；一面問道：「足下要找管園的，有何見教。」

「想請教、請教這塊石頭。」

趙老者點點頭，將應崇自上而下端詳了一番問道：「足下想來亦有米顛之癖。既承下問，不敢不告；提起這塊石頭，大有來歷，原是從大梁艮嶽運來的。」

原來是宋徽宗艮嶽的舊物，千里迢迢，從開封運來，亙歷六、七百年之久，名貴可知。

「足下恐怕還不知道這塊石頭真正的妙處。」趙老者回頭喊道：「小四兒，拿根『浪竿』來！」

晾衣服用的竹竿，杭州叫做「浪竿」。小四兒知道要「浪竿」作何用途，取了來一言不發，從石頭的一端伸進竹竿去——這時應崇才發現石頭中間有個碗大的孔，貫通兩頭；竹竿很容易地從另一面冒出頭來。

「這才是真正的『一線天』。」應崇很快地想到這塊石頭疊在假山上，到得正午，陽光直射入山洞，圓圓的一道光柱，豈非很別致的一景。

「趙老，」應崇率直問道：「這塊石頭能不能割愛？」

趙老者又細看了幾眼，開口問道：「足下是自己起造園林，還是為人物色材料。」

「實不相瞞，我是應胡財神之邀，替他來改造花園。得此奇石，我的圖樣又要修改了。」

「原來是他！」趙老者搖搖頭說：「我不造這個孽。」

應崇愕然，「趙老，」他問：「這話怎麼說？」

「說起來，這位胡大先生倒是值得佩服的，好事也做得不少。可惜，這幾年來驕奢淫逸，大改本性；都是他手下那班卑鄙小人奉承得他不知道天高地厚。從來勤儉興家，驕奢必敗；只看這塊石頭，當年道君皇帝，如果不是要起艮嶽，弄出甚麼『花石綱』來，金兵哪裡到得了汴梁？足下既以此為業，想來平生也替達官貴人造過不少花園，不知道這幾家的主人，有哪幾家是有賢子孫的？至於這位胡大先生，尾大不掉，真是他的好朋友要勸勸他，趁早收山；倘或依舊攛掇他揮霍無度，遲早有受良心責備之一日。」

這番侃侃而談，使得應崇汗流浹背，深悔出山之非計。但事已如此，總不能說退還聘金，收回圖樣；只好託詞家鄉有急事，堅辭監工的職務。

胡雪巖再三挽留留不住，只好請他薦賢自代。應崇卻不過情，而且畢竟是一番心血所寄，也怕為俗手埋沒；看胡家的清客中，有個名叫曾笑蘇的，對此道不算外行，有時談起來頗有創見，因而說了句：「曾笑蘇堪當此任。」

胡雪巖用人，一定要先摸清此人的本事；隨即將曾笑蘇請了來，當著應崇的面，要他細看圖樣，然後問道：「照應先生的圖樣，不曉得要多少日子，才能完工？」

「這，」曾笑蘇笑道：「當著大行家在這裡，哪有我置喙的餘地。」

「不敢，不敢！」應崇接口，同時拋了個眼色給他，「笑蘇兄，請你估計。」

曾笑蘇會意，監工這個有油水的好差使，多半可以撈得到手了；當下聚精會神地盤算了好一會，方始問道：「大先生想多少日子完工？」

「五十天如何？」

「五十天就得要用一百二十個人。」曾笑蘇屈著手指計算，「照圖施工，四處山洞，每洞工匠二十名；下餘四十名，專運石料。舂漿五天；施工二十天；預備改作十天；結頂十天。如果一切順利，四十五天可以完工。大先生要大宴賓客，日子挑在五十天以後好了。」

胡雪巖不置可否，轉臉問道：「應先生看怎麼樣？」

「算得很精明。不過稍微緊了一點，施工的時候，稍一放鬆，五十天就不夠用了。」

「原有五天的餘裕打在裡面。」曾笑蘇答說：「應先生，你老有所不知，倘或是在別處施工，也許石料不齊、人手不足，我不敢說哪天一定可以完工；在我們胡大先生府上，要人有人、要錢有錢、要料有料，五十天完工，是有把握的。」

「說得是。」

有應崇這句話，就像朝廷逢到子午卯酉大比之年，放各省鄉試主考，先欽派兩榜出身的大員，將夠資格派充考官的京官，集合起來，考上一考，合格了方能放出去當正副主考那樣，曾笑蘇能充任監工之職，已由應崇認可，胡雪巖自是信任不疑。

於是擇吉開工，一百二十名工匠，在早經將原有假山拆掉的空地上，分做十二圈，開始舂漿；事先有總管胡雲福關照：「舂漿不能出聲；老太太討厭那種聲音。」

原來其中有個講究。所謂舂漿的漿，杭州人稱之為「㠯漿」，專有一種樹葉子，用水一泡，稠稠地像婦女梳頭用的刨花水；然後用石灰、黃泥摻合，加入這種稠汁，就可以開始舂了。

舂漿的法子是，幾個人繞著石灰、黃泥圍成一圈，每人手裡一把齊腰的丁字錘，錘身是飯碗粗的一根栗木柱，柱底鑲半圓形的鐵錘；柱頂有條兩尺長鑲得很牢固的橫木，以便把握。到得圍攏站齊，為頭的一聲訊號，往後退步，腰身挺起，順勢將丁字錘往上一翻，翻到朝天往下落，同時進步彎腰，錘頭重重舂在石灰、黃泥土——另有人不斷地用木杓舀著稠汁往上澆。起始是白灰、黃泥灼然可見，從來渾然融合，舂得愈久，韌性愈佳。杭州人修造墳墓，棺木四周，必實以㚘漿，乾燥以後，堅硬異常，真正是「刀槍不入」，杭州盜墓之風不熾，即因得力於㚘漿。至於有哪要遷葬的，另有一個破㚘漿之法；法子是打開墳頭，遍澆烈性燒酒，用火點燃，等酒盡火熄，泥質發脆，自能下鋤。

從前明太祖造南京城，責成元末鉅富沈萬三施工，城牆用巨石堆砌，接縫用糯米熬漿黏合，所以能歷數百年不壞；㚘漿居然亦有此功用，最要緊的是，舂得勻、舂得久；所以為頭的訊號，關係不淺，而訊號無非「邪許」之聲，從宣洩勞苦的「力笨之歌」中，音節上自然有指揮下錘輕重徐疾，計算錘數，以及移動步伐「尺寸」的作用在內——舂㚘漿的人，一面舂，一面慢慢向右轉，為的是求均勻，同時亦為計算功夫的一種方法，大致總要轉到十二至十六圈，那㚘漿的功用，才能發揮到頂點。

除了修造墳墓以外，㚘漿另外的用途，就是起造假山，石料與石料的接合，非用㚘漿，不能堅固。但這一有特殊音節的「邪許」之聲，舂秋每聞於定山；自然而然地使人意識到，附近又有一座新墳在造。

胡老太太年紀大了，惡聞此聲，所以由胡雲福交代下來，不准出聲。

這一來便如軍隊失去號令，自然混亂不齊，手腳慢了。曾笑蘇求功心切，不免責罵叱責；工匠敢怒不敢言，到得散工出門，議論紛紛，不說曾笑蘇不體恤人，卻說胡家刻薄。

刻薄之事，不是沒有，只是胡雪巖根本不知。從來大戶人家有所興作，包工或者工頭，總難免偷工減料；起造假山，料無可減，工卻可偷，只以曾笑蘇頗為精明，不敢虛報人數，只以學徒下手混充熟練的工匠。頭兩天還好，到第三天情形就不大對了；曾笑蘇挖空心思，定了個規矩，工錢不許先支，當日發給。散工時，園門口置特製的八尺多高條凳一張，每班十二人，上置十二份工錢，各人自取，不得接手代遞；手不夠長拿不到的，就算白做。不但未成年的學徒，只好眼淚汪汪，空手出門；就是身矮的，也是徒呼奈何。曾笑蘇還得意洋洋地表功，道是「身長力不虧。矮子縱有氣力也有限；試問堆假山沒有力氣，有何用處？這是存優汰劣的不二法門。」

可是外頭的輿論就不堪聞問了，傳來傳去，說是胡雪巖仗勢欺人，叫人做了工，不發工錢。有人不信，說「胡大先生做好事出名的，哪裡會有這樣刻薄？」無奈人證俱在，想替他說好話的人，也開不得口了。

還有件事，更為荒唐。一年胡雪巖為亡父冥壽作佛事，時逢初冬，施衣施食，只要自己捨得下臉的，都可以排隊來領，每人藍布棉襖一件；飯碗大的白麵饅頭四個。棉襖、饅頭都經胡雪巖自己看過，嘗過，毫不馬虎；這場好事，應該做得很好，不道有人咬牙切齒在痛罵。

說來說去，還是胡雪巖用人不當；主事的膽大妄為。原來有那貪小的，排了一次隊，第二次再來，多領一份。這往寬處說，他也是花了功夫氣力，多換得一份施捨，不算白撿便宜；就算從嚴，訓斥幾句，亦就至矣盡矣，誰知主事者別出心裁，等人頭一次來領了棉襖、饅頭，到出口處有一班「待詔」在等著——剃頭匠別稱「待詔」，每人一把剃刀，頭髮剃去一塊，作為已領施捨的記號；倘或不願，除非不領。

「小爺叔，」七姑奶奶談到這件事，猶有餘憤，「你倒想想，有的天不亮去排隊，輪到日中才輪到，料不到有這麼一個規矩，要不領呢，白吃一場辛苦，於心不甘；要領呢，頭髮缺一塊，掛了塊穿捨衣的招塊在那裡，真叫進退兩難，有個不咬牙切齒的嗎？」

這幾句話說得胡雪巖臉上紅一陣、青一陣，深秋天氣，背上卻溼漉漉地冒汗，「七姐，」他說：「你說的情形，我一點都不知道。我回去要查，查出來我要狗血噴頭，罵他一頓。」

「你也不必去查。這個人已經不在小爺叔你那裡了，我才說的。」

「這樣說，還有這樣子的人在那裡？」

七姑奶奶默然，也就是默認。古應春覺得話既說到如此，就索性再勸一勸他。

古應春追隨胡雪巖多年，當初創業維艱的經過大多熟悉，所以勸他的話不但很多，而且也很深刻，「小爺叔，」他說：「你的事業當中，典當在你看，完全是為了方便窮人，不想賺錢。話是這樣說，天下哪有不賺錢的典當？不過，因為你有這番意思在那裡，明明應該賺的也不賺了。小爺叔，這一層，不知道你想過沒有？」

「我想過。我同他們說：錢莊是有錢人的當鋪；當鋪是窮人的錢莊。有錢的人，我來對付，他『當信用』、『當交情』，能不能當，能當多少，我大致有數。窮人太多，我照顧不到，都託你們了，大家要憑天良。我想，那班『徽州朋友』我待他們不壞，應該不至於沒良心。」

當鋪朝奉都出在徽州；所以胡雪巖稱之為「徽州朋友」。古應春聽他這一番話，便知他對自己的典當的積弊，一無所知；同時也覺得自己的看法，對胡雪巖確實有用。

「小爺叔，你有多少爿典當，你自己知道不知道？」

胡雪巖一楞，搔搔頭說：「二十家總有吧？」

「小爺叔，」七姑奶奶慫恿著說：「你倒算算看！從杭州算起。」

從杭州算起，首先便是公濟，這是胡雪巖所設的第一家當鋪，然後是廣順；武林門外拱宸橋，運河起點，專為方便漕幫的泰安——浙江的杭州、胡州、嘉興、海寧、金華、衢州；江蘇的蘇州、鎮江；還有湖北、湖南，一共二十三家。

當鋪的資本，稱為「架本」，向例不用銀數，而以錢數計算；一千文准銀一兩，一萬銀子便稱為一萬千文。典當有大有小，架本少則五萬千文；大則二十萬千文，通扯以十萬計，二十三家典當的架本，便是兩百三十萬銀子；如果以「架貨」折價，至少要加一倍。

「小爺叔，架本總共算它四百五十萬銀子好了，做生意打他一分息，算低了吧，一個月就是四萬五千銀子；怎麼樣用也用不完。小爺叔叫我別樣生意都不必做，光是經營這二十三家典當好了。」

胡雪巖心想一個月四萬五，一年就是五十四萬，在他記憶中，每年年底結總帳，典當部分的盈餘，從未超過二十萬；照此說來，每年有三十多萬銀子，為「徽州朋友」吞掉了。

「我一個月的開銷，連應酬統統算在內，也不過四五萬銀子。典當弄好了，我可以立於不敗之地。」胡雪巖問道：「應春，你看我應該從那裡下手來整頓。」

「自然是從盤查著手。」

「查了一家再查一家呢？還是一聲號令一起查？」

「自然是一起查。」

「你是不是在信口開河？」七姑奶奶插嘴道：「二十三家典當一起查，人手呢？不光是查帳，還要查架子上的貨，不是外行做得了的。」

「七姐，」胡雪巖攔住她的話說：「應春出這個主意，當然有他的訣竅。」

「小爺叔說得對！」古應春得意地說：「我有個訣竅，不但快，而且切實；而且還不會得罪人。這話怎麼說呢？譬如一家一家查，當然就要從靠不住的那幾家先下手，為的是叫他措手不及；但這一來，查出毛病來不必說，倘或倒是乾乾淨淨的，人家心裡就會不舒服，以後就不容易得力了。」

「閒話少說。」七姑奶奶性急，「你既然有訣竅，趕快說啊！」

「這個訣竅，不著痕跡。小爺叔，我勸你來個大扳位，二十三家的『管總』、『管包』，統統調動；調動要辦移交，接手的有責任，自然不敢馬虎，這一來帳目、架貨的虛實，不就都盤查清楚了？」

「這個法子倒真巧妙。不過以小調大，沒有話說；以大調小，難免會有閒話。」

「這也有個法子。典當大小，拿它分成三等，同等的抽籤互換，好壞相差有限，各憑運氣，大家也就沒話說了。」

「再說，」七姑奶奶有補充的意見，「真正幾個得力、做得好的，小爺叔不妨私下安慰獎賞他們。」

「說得是，我回杭州就辦。」

4 美人計

胡雪巖在上海，一直等得到左宗棠的確實信息，已於十月十八日出京，但不是由天津乘海輪南下，經上海轉江寧去接兩江總督的任，而是先回湖南掃墓，預計要到年底快封印時，才會到任。胡雪巖本打算在上海迎接左宗棠，等他動身赴江寧後，再回杭州；見此光景，決定先回去了再來。

回到杭州的第二天，他就將公濟典的管總唐子韶約了來，將打算全盤調動廿三家典當的管總，趁彼此移交的機會，自然而然作了一次大清查的計畫，告訴了他。

「子韶，」他說：「我這廿三家典當，你算是他們的頭兒。這件事，我要請你來做，你去擬個章程來；頂好在年裡辦妥當，明年開頭，家家都是一本新帳，界限分明，清清楚楚。你說呢！」

唐子韶一楞，心裡七上八下，念頭很多；定一定神說：「大先生，年底下，景況好的要來贖當頭；年過不去的，要求當當，生意正忙的時候，來個大調動，不弄得天下大亂？」

「這話倒也不錯。不過章程可以先擬，叫大家預備起來；一過了年，逢到淡月，再來調動。」

「是的。這樣子才是正辦。」

奉命回來，唐子韶立即找到管包潘茂承，關起門來密談。原來唐潘勾結舞弊，已歷多年；毛病最多的是滿當的衣服——公濟典為了滿當的衣服太多，特為設了一家估衣鋪，招牌叫做「公濟衣莊」；各典滿當的衣服，都發衣莊去叫賣，有的原封不動，有的是掉了包的，明明一件八成新「蘿蔔絲」的羊裘，送到衣莊，變了一件「光板」。當鋪「寫票」，向來將值錢的東西寫得一文不值，明明是個金打簧表，當票上卻寫的是「黃銅爛表一個」。那筆龍飛鳳舞的狂草，除了朝奉自己，無人能識，所以從無顧客提過抗議；而因為如此「寫票」記帳，滿當之物要掉包，亦就無從查考了。

公濟典掉包掉得最凶，紫貂換成紫羔，紡綢換成竹衣，拿來跟公濟衣莊的進貨帳一對，清弊畢現，那時就會弄得難看了。

談來談去，唯一的挽救之道，便是根本打消這個計畫。但除了以年底生意忙碌，不宜大事更張的說法，將此事緩得一緩以外，別無可以駁倒此一計畫的理由。潘茂承一籌莫展；唐子韶卻想到了一個萬不得已的主意，不過這個主意只能悄悄去做，絕不能聲張；而且能不能做，還要看他的姨太太肯不肯。

原來唐子韶是徽州人，徽州朝奉到外地謀生，都不帶家眷；胡雪巖看他客中寂寞，三年前送了他一個名叫月如的丫頭做姨太太。月如自從嫁了唐子韶，不到半年功夫，竟似脫胎換骨變了另一個人，頭髮本來發黃，變黑變多了；皮膚本來粗糙，變白變細了；她的身材本來不壞，此時越發顯得蜂腰豐臀，逗人遐思；尤其是那雙眼睛，本來呆滯失神，老像沒有睡足似的，忽然變得水汪汪的，顧盼之間，彷彿一道閃光，懾人心魄。

為此，胡雪巖頗為動心，言談神氣之間，每每流露出躍躍欲試之情；唐子韶早已發覺，只是裝做不知而已。如今事急無奈，才想到這條美人計，若能說服月如，事成一半了。

事先經過一番盤算，決定脅以利害，「月如，」他說：「禍事臨頭了。」

「禍事？」月如自不免吃驚，急急問說：「你闖了甚麼禍？」

「也可以說是我自己闖的禍。」他指著月如頭上插的一支翠玉釵；手上戴的一個祖母綠的戒指問道：「你知不知道，這些東西哪裡來的？」

「不是滿當貨嗎？」

「不錯，應該是滿當貨；我當作原主來贖了回去了。」唐子韶說：「這就算做手腳舞弊，查出來不得了。」

「不會的，大先生為人頂厚道，你跟他老實說一聲，認個錯，他不會為難你的。」

「沒有用，不是我一個人的事，一定會查出來。到那時候，不用大先生開口請我走路，我自己也沒有這張臉再在杭州混了，只好回家吃老米飯。」唐子韶緊接著又哭喪著臉說：「在我自己是自作孽；心裡難過的是害了你。」

「害了我？」月如大驚，「怎麼會害了我？」

「你想，第一，作弊抓到，自然要賠，你的首飾只怕一樣都不會剩；第二，你跟我回徽州要吃苦。那種苦，你怎麼吃得來？」

月如平時聽唐子韶談過家鄉的情形，徽州在萬山叢中，地少人多，出產不豐，所以男人都出外經商；女人就要做男人做的事，挑水劈柴，樣樣都來，比江浙那個地方的女人都來得辛苦。而況，她又想到自己的身分，見了唐子韶的元配，要她做低服小，早晚伺候，更是件寧死也不願的事。

轉念到此，不由得大為著急，「你也真是！」她埋怨著說：「正薪俸以外，每個月分『存箱』、『使用』、『公抽』、『當釐』、『贖釐』，外快已經不少了，年底還有分紅；舒舒服服的日子不過，何苦又另外去搞花樣？」

月如嫁過來雖只三年，當鋪的規矩，已經很熟悉了。典當從「內缺」的管總、管包、管錢、管帳；到「外快」站櫃台的朝奉；以下「中缺」的寫票、清票、捲包、掛牌，還有學徒，每月正薪以外，還有「外快」可分。貴重衣服，須加意保管，例收當本百分之一的酬勞，稱為「存箱」；滿當貨賣出，抽取六釐，歸夥友所得，稱為「使用」；典當寬限，例不過五，贖當時不超過五天，不另計息，但如超過六天，要付兩個月利息。遇到這種情形，多出來的一個月利息亦歸夥友，稱為「公抽」。至於「當釐」是照當本抽一釐，「贖釐」是照贖本抽三釐，譬如這個月當本支出十萬兩銀子；贖本收回五萬銀子，就有一百兩銀子的「當釐」，一百五十兩銀子的「贖釐」。這些外快，彙總了每月公分，所得多寡的比例不同，唐子韶是管總，當然得大份，每個月少則五、六十兩，多則上百，日子過得著實寬裕。

唐子韶自然亦有悔意，不過，「事情做也已經做了，你埋怨也沒用。」他說：「如今只有想法子來補救。你如果願意，我再來動腦筋。」

「我願意有甚麼用？」

「當然有用。只要你說一句，願意不願？」

「哪裡會不願意？你倒說，為啥只要我說一句願意，就有用處？」

「這因為，你身上就有一樣有用處的東西，只問你肯不肯借出來用一用？你要肯，拿出來就是。」

月如將他的話，細細體味了一會，恍然大悟；板起臉問：「你要我借給哪個用？」

「還有哪個？自然是胡大先生。」

「哼！」月如冷笑，「我就曉得你會出這種不要臉的主意！」

「人人要臉，樹樹要皮，我哪裡會不要臉？不過事急無奈，與其讓同行罵我不要臉，不如在胡大先生面前不要臉。你說，我的打算莫非錯了？」

「你的打算沒有錯。不過，你不要臉，我要臉。」

「這件事，他知、你知、我知，沒有第四個人曉得，你的臉面一定保得住。」

月如不作聲，顯然是同意了。

「大先生。」唐子韶說：「這件事我想要跟蓉齋商量；他的腦筋好，一定有妥當辦法想出來。」

蓉齋姓施，此人是湖州德清城內公順典的總管。為人極其能幹，公順典在他一手經營，每年盈餘總是居首，論規模大小，本來在廿三家典當中排列第五、六，如今是最大的一家，架本積到三十萬千文之多，胡雪巖心想，唐子韶要跟施蓉齋去商量，是辦事的正道；所以毫不遲疑地同意了。

「大先生，有沒有話要我帶給蓉齋？」

「有的。」胡雪巖問道：「你哪一天走？」

「我隨時可以走。」

「好的。等我想一想再告訴你。」

「這樣好了，」唐子韶問：「大先生哪天中午有空？」

這要問胡雪巖十二個姨太太中，排行第五的宋娘子；胡雪巖有應酬都歸她管，當下叫丫頭去問，回話是一連十天都不定，而且抄了一張單子來，哪天人家請，哪天請人家，寫得清清楚楚。

「你問我哪天中午有空，為啥？」

「是月如，總想弄幾個菜孝敬大先生。我想不如請大先生來便飯；有甚麼交代蓉齋的話，順便就可以告訴我了。」

聽這一說，胡雪巖心裡高興，因為不但可以看看月如，而且也很想吃月如所做的菜。於是拿起單子來，仔細看了一會說：「後天中午的兩個飯局，我都可以不去。就是後天中午好了。」

「是，是。」唐子韶又說：「請大先生點幾個菜。」

原來月如本在廚房中幫忙，雖非灶下婢，也只是往來奔走，傳遞食盒；只是她生性聰明，耳濡目染，也做得一手好菜。當初胡雪巖挑這個貌不出眾的丫頭送唐子韶，就因為他講究飲饌，而她善於烹調之故。這三年來，唐子韶拿《三荒十月慾餘》、《隨園食單》中開列的食譜，講給月如聽了，如法炮製，復加改良，頗有幾味連胡家的廚子都佩服的拿手菜；只是月如頗自矜其手藝，不肯輕易出手，因而不大為人所知而已。

「月如的菜，樣樣都好；不過有幾樣做起來很費事。」

「不要緊。大先生儘管吩咐。」

胡雪巖點點頭說：「做一樣核桃腰子。」

這就是頗費功夫的一樣菜。先拿羊腰或豬腰用鹽水加生薑煮熟，去膜切片；再挑好核桃肉剝衣搗爛，與腰片拌勻，下鍋用極小的火，不停手地炒，直到核桃出油，滲入腰片，再用好醬油、陳酒、香料烹透。是下酒的妙物。

「還有呢？」

「有一回月如做來孝敬老太太的燕蛋，也不錯。」

「喔，那是三鮮蛋，不費事，還有呢？」

「我就想到這兩樣。」胡雪巖又說：「菜千萬不要多，多了糟蹋。再說，一個人的功夫到底有限，菜多了，照顧不到，味道總不免要差。」

「是，是。後天中午，請大先生早早賞光。」

唐子韶就住在公濟典後面，分租了人家一進房子，三樓三底，前後廂房；後廂房朝東的一間，月如用來做廚房。樓上外面兩間打通，作起坐之用；最裡面一間，才是臥室。

胡雪巖一到，接到樓上去坐，雪白鍋的火盆，生得極旺；窗子是新糊的，雖關緊了，屋子裡仍舊雪亮，胡雪巖卸了玄狐袍子，只穿一身絲棉襖袴，仍舊在出汗。

坐定不久，樓梯聲響，上來的月如，她上身穿一件紫色湖縐襖袴，下面是散腳的貢呢夾袴——胡雪巖最討厭年輕婦女著裙子，胡家除了胡老太太，全都是襖袴；月如也是如此。

見了胡雪巖，斂衽為禮，稱呼一直未改，仍舊叫「老爺」，她說：「發福了，氣色更加好，紅光滿面。」

「紅光是太熱的緣故。」胡雪巖摸著臉說。

「老爺穿的是絲棉，怪不得了。」月如轉臉向唐子韶說：「你快去看看，老爺的衣包裡面，帶了夾襖袴沒有？」

「對，對，」唐子韶猛然拍一下自己的額角，「我早該想到的。」說著，起身就走。

於是，月如坐下來問老太太、太太；當家的大姨太太——姓羅行四，家住螺螄門外，因而稱之為「螺螄太太」。再就是「少爺」、「小姐」，一一問到；唐子韶已經從胡雪巖的跟班手裡，將衣包取來了。

「老爺，」月如接過衣包說道：「我伺候你來換。」

當著唐子韶，自然不便讓她來執此役；連連說道：「不敢當，不敢當。我自己來。」

「那就到裡面來換。」

月如將胡雪巖引入她的臥室，隨手將房門掩上。胡雪巖便坐在床沿上，脫棉換夾，易衣既畢，少不得打量打量周圍，家具之中只有一張床最講究；是張紅木大床，極厚的褥子，簇新的絲棉被，雪白的枕頭套，旁邊擺著一枚蠟黃的佛手，拿起來聞一聞，有些桂花香，想來是沾了月如的梳頭油的緣故。

「換好了沒有？」房門外面在問。

「換好了。」

「換好？我來收拾。」接著，房門「呀」地一聲推開，月如進來將換下的絲棉襖袴，摺齊包好。

胡雪巖這時已走到外面，正在吸水煙的唐子韶站起來問道：「大先生，是不是馬上開飯？」

「好了就吃。」胡雪巖問道：「你啥辰光到湖州。」

「今天下半天就走。」

「喔，那我要把交代蓉齋的話告訴你，第一，今年絲的市面不大好，養蠶人家，今年這個年，恐怕很難過，你叫他關照櫃檯上，看貨稍微放寬些。」

「是的。」

「第二，滿當的絲不要賣——。」

「滿當的絲，大半會發黃，」唐子韶搶著說：「不賣掉，越擺越黃，更加不值錢了。」

「要賣！」胡雪巖說：「也要先把路腳打聽打聽清楚，如果是上海繅絲廠的人來收，絕不可賣給他們。」

「是的。」唐子韶答應著，卻又下了一句轉語：「其實，他們如果蓄心來收，防亦無從防起。」

「何以見得？」

「他們可以收了當票來贖啊！」

「我就是要這樣子。」胡雪巖說：「人家贖不起當頭，當票能賣幾個錢，也是好的。」

「大先生真是菩薩心腸。」唐子韶感嘆著說。

「也不是啥菩薩心腸，自己沒有啥損失，能幫人的忙，何樂不為？說老實話，一個人有了身價，惠而不費的事，不知道有多少好做；只在有心沒有心而已。」

「大先生是好心，可惜有些人不知道。」

「何必要人家曉得？惠而不費而要人家說一聲好，是做官的訣竅；做生意老老實實，那樣做法，曉得的人在背後批評一句沽名釣譽，你的金字招牌就掛不牢了。」

「是，是。大先生真見得到。不過——。」

「你不要『白果』、紅棗的，談得忘記辰光！」月如大聲打斷他的話，「開飯了。」

抬頭看時，已擺滿了一桌的菜，除了胡雪巖所點的核桃炙腰與三鮮蛋以外，另外蒸的是松子雞；炒的是冬筍魚；燴的是火腿黃芽菜，再就是一大碗魚圓蒓菜湯與杭州到冬天家家要製的醃菜。

「老爺吃啥酒？」月如說道：「花雕已經燙在那裡了。」

「好，就吃花雕。」

斟上酒來，月如又來布菜，「我怕方裕和的火腿，老爺吃厭了。」她說：「今天用的是宣威腿。」

「你的話也說得過分了，好火腿是吃不厭的。」胡雪巖挾了一塊宣威腿，放在口中，一面咀嚼，一面說道：「談起宣威腿，我倒說個笑話你們聽聽。盛杏蓀最喜歡吃宣威腿，有人拍他馬屁，特為託人從雲南帶了兩條宣威腿，送到他電報局；禮帖上寫的是『宣威腿一雙』，這一來已犯了他的忌諱——。」

「盛杏蓀名字叫盛宣懷。」唐子韶乘間為月如解釋。

「犯他的忌諱，他自然不高興囉？」月如問說。

「是啊！」胡雪巖答道：「當時他就發脾氣：『甚麼宣威不宣威腿的？拿走！拿走！』過了幾天，他想起來了，把電報局的飯司務叫了來問：『我的腿呢？』飯司務聽懂了，當時回報他：『大人的兩條腿，自己不要；局裡的各位老爺把大人的兩條腿吃掉了。』」

胡雪巖說得極快，像繞口令似地，逗得月如咯咯地笑個不停。「笑話還沒有完。」胡雪巖又說：「盛杏蓀這個人很刻薄，專門做得便宜賣乖的事。有人恨在心裡，存心尋他的開心，叫人送了一份禮去，禮帖上還是『宣腿一雙』。看那兩條火腿，墨黑，大小比不上金華腿，更不要說宣威腿了。心想，這是啥火腿？就叫了飯司務來看。」

「飯司務懂不懂呢？」月如又問。

「飯司務當然識貨；當時就說：『大人，你的這兩條腿是狗腿！』」

這一來，月如自然又大笑；笑停了說：「原來是『戌腿』！我也只聽說，沒有見過。」

「本來就難得見的。」唐子韶說：「一缸火腿當中，只攏一條『戌腿』，為的是取它的香味。」

「狗肉是真香。可惜老太太不准進門。」胡雪巖轉臉看著月如說：「老太太常常提起你燉的蛋，你明天再弄一碗去孝敬、孝敬她。」

「唷！老太太真是抬舉我。她老人家喜歡，我天天做了送去。」

「蒸蛋要現蒸現吃。」唐子韶有個更好的辦法，「倒不如你把訣竅傳授了小劉媽，老太太想吃就有，多少好？」

原來胡家也彷佛宮中那樣，有好幾個小廚房；胡老太太專用的小廚房，歸小劉媽管，訣竅傳了給她，就省事得多了。

「子韶這話，通極。」胡雪巖深以為然，「月如，我倒要問你，凡是蒸蛋，不管你加多少好作料，端上桌來，總歸上清下渾，作料沉在碗底，結成綳硬一塊。只有你蒸的這碗三鮮蛋，作料都勻開在蛋裡面，嫩而不老，訣竅在哪裡？」

「訣竅是分兩次蒸——。」

月如的方法是，第一次用雞蛋三枚，加去油的湯一茶杯、鹽少許，打透蒸熟，就像極嫩的水豆腐；這時才加作料、火腿屑、冬菇屑、蝦仁之類，另外再打一個生雞蛋，連同蒸好的嫩蛋，一起打勻，看濃淡酌量加冬菇湯。這樣上籠蒸出來的蛋，就是此刻胡雪巖所吃的三鮮蛋。

「凡事說破不得。」唐子韶笑道：「說破了就不值錢了。」

「不然。」胡雪巖說：「光曉得訣竅，不用心、不下功夫，弄出來也是個『三不像』，更不必說勝過人家。月如，你說我這話是不是？」

月如聽了他的話，心裡很舒服，綻開的笑容很甜，「老爺這麼說，就趁熱再吃點。」說著，用湯匙舀了一匙，伸到胡雪巖口邊。

「我自己來。」胡雪巖捏住她的手，不讓她將湯匙送入他口中。

見此光景，唐子韶便回頭關照侍席的丫頭：「你替我盛碗飯來，吃完了，我要趕上船，辰光已經很偪促了。」

「兩點鐘。」

「呃，這倒是要快了。已經一點過頭了。現在小火輪拖航船，一拖七八條，到時候不等的。」

於是唐子韶匆匆吃完了飯，向胡雪巖告辭；月如要送他下樓，到得樓梯口，卻讓唐子韶攔住了。

「你陪陪大先生。辰光夠的，航船一定趕得上。去了總有三天耽擱，你火燭小心。」

「我曉得，你放心去好了。」月如又叫那丫頭，「你送老爺下樓，就到廚房裡去幫陳媽的忙，這裡有我。」

月如說完了，卻仍站在原處，直待腳步聲消失，方始回身，順手把樓梯間的門關上，活絡門門一撥，頓時內外隔絕。

胡雪巖心中一動，這倒有點像《金瓶梅》開頭的那種情形了。「胡大先生」變了「西門大官人」；不過唐子韶雖說看起來像王婆，倘或航船趕不上，回家來撞見了，一下變成了武大郎，那不是開玩笑的事。

「會不會唐子韶起黑心，做好仙人跳的圈套要我來鑽？」胡雪巖在心中自問；同時抬眼去看月如的臉色。

她的臉色很平靜，使得胡雪巖心裡也平靜了；想想唐子韶即令「起黑心」，也還沒有這樣的膽子。月如更沒有理由陪唐子韶扮演仙人跳；看起來是有所求，出此下策，沒有甚麼大不了的。

這樣想著，心思便野了，「月如，」他說：「我好懊惱，不該把你許給老唐的。」

「為啥？」

「還要我問？」胡雪巖捏著她的手說：「你是不是裝糊塗？」

「我不是裝糊塗，我是怨我自己命苦。一樣是做小，為啥不配住『十二樓』？」

胡雪巖造了一座走馬樓，共分十二區，安置十二個姨太太，所以這座走馬樓又稱十二樓。

聽她話中有怨懟之意，胡雪巖便即說道：「你也不要怪我。哪曉得你今天會是這樣子的！」

「我怎樣？月如還不是月如。」

「蘇秦不是舊蘇秦。女大十八變；不過人家沒有你變得厲害。你除了——。」胡雪巖將話嚥住了。

月如卻要追問：「除了甚麼？除了會弄幾樣菜，沒有一樣中老爺的意的。」

「樣樣中意。除了——。」

「喏，說話又不說了。我頂不歡喜話說半句。」

「你不動氣，我就說。你美中不足的是，一雙大腳。」

「腳大有甚麼，李中堂的老太太就是一雙大腳。」

李中堂是指李鴻章。據說李瀚章當湖廣總督時，迎養老母；李鴻章亦先期由天津趕到武昌去迎接，官船靠岸，碼頭上擠滿了一城文武。上岸到總督衙門，頂馬、跟馬幾十匹，職事銜牌加上「導子」，長到前面鳴鑼喝道，後面聽不見。李太夫人的綠呢大轎，左右扶轎槓的是兩個當總督的兒子；傾巷來觀的武昌百姓，無不羨慕，說：「李老太太真好福氣。」

那李老太太自然也很得意；得意忘形，不知不覺間將腳尖伸出轎簾以外，原來李老太太是天足，看熱鬧的百姓，不免竊竊私議，李鴻章發覺了，自不免有些窘，當下向轎中說道：「娘，請你把腳伸進去，露出來不雅觀。」

誰知一句話惱了李老太太；實在也是因為她最恨人家說她大腳，不免惱羞成怒，當時大聲說道：「你老子不嫌我大腳，你倒來嫌我！」

這是很有名的一個笑話，所以月如也知道；胡雪巖便即笑笑說道：「好，好，我不嫌你。」

「實在也沒啥好嫌的。你不曉得大腳的好處。」

「喔，你倒說說看。」

月如眨著眼思索著，突然臉一紅，而且白了他一眼說：「偏不告訴你。」

胡雪巖心裡有點發癢，笑嘻嘻地說道：「你倒把腳伸出來讓我看看。」

「不要！」月如答得很簡截，同時將一雙腳往椅子後面縮了去。

於是胡雪巖又想到了《金瓶梅》，很想照西門慶的辦法，故意拂落筷子，俯身去撿時，便好捏一捏她的腳。不道念頭還未轉定，月如卻開口說話了。

「我的一雙腳，你總看得見的。」

「喔，」胡雪巖問：「啥辰光？」

月如不答話。

「月如，」胡雪巖伸過手去，握著她的手說：「你坐過來，我有話跟你說。」

「你坐在那裡，不也好說？」

「不！這話要『咬耳朵』才有味道。」

杭州話「咬耳朵」是耳語之意，「又沒有人，要咬啥耳朵？」月如話雖如此，還是將一張紅木圓凳移了過來，坐在胡雪巖身邊。

胡雪巖將左手伸了過去，攬著她那又細又軟的腰，湊過頭去，先好好聞一聞她的頭髮，然後低聲說道：「你現在就去洗腳，好不好？」

「不好！」月如很快地回答。

「咦！不是你自己說的。」

「不錯，我說過的。不過不是今天。」

「那麼，哪一天呢？」

月如不答，但任由胡雪巖越摟越緊，卻並無掙拒之意；好久，才說了聲：「好熱。」接著略略坐直了身子，伸左手去摘衣鈕，從領子到腋下那一顆，都解開了，衣襟半掀，薌澤微聞；胡雪巖坐在她的右面，要探摸她的胸前，只是一舉手之勞，但他寧願先把話問清楚。

「你為甚麼不說話？」

「叫我說啥？螺螄太太曉得了，我怎麼還有臉到元寶街？」

「她從哪裡去曉得？跟我出來的人，個個都是嘴緊的人。」

月如又不作聲了；看樣子是肯了，胡雪巖便耐心地等著。

「我燉了鴨粥在那裡，要不要吃一碗？」

「等歇再吃。」胡雪巖站起身來，順手拉了她一把。

月如收拾了床鋪，又洗了手；然後開樓門叫丫頭從廚房裡將一鍋鴨粥端了來。隨即遣走丫頭，親手盛了一碗捧給胡雪巖，她自己也盛了半碗，在一旁相陪。

「老爺，」月如閒閒問道：「是不是說廿三家的管總，要來個大扳位？」

「是啊！老唐到德清就是商量這件事去的。」

「你預備把老唐調到哪裡？」

「這還不曉得。」

「怎麼你會不曉得呢？」

「『憑天斷』我怎麼會曉得？」

「啥叫『憑天斷』？」

「抽籤。」胡雪巖答說：「廿三家典當分做大中小三等，分等抽籤。譬如頂大的有八家，這八家的管總合在一起抽籤，抽到哪裡是哪裡。」

「這樣說，老唐抽到蘇州到蘇州；抽到鎮江到鎮江？」

「不錯。」

聽得這話，月如將筷子一放，掩著臉踉踉蹌蹌地奔回臥室。胡雪巖大吃一驚，隨即也跟了進去，只見她伏在床上，雙肩聳動著在哭。

「月如，月如！」

他儘管推著她的身子，她卻不理；但哭聲彷彿止住了。

「你到底為啥？無事端端地哭得好傷心。」

「我怎麼不要傷心？」月如臉朝裡床口發怨言：「你死沒良心！把我騙到手，嘗過新鮮了，馬上想這麼一個法子！叫老唐帶著我充軍充到外縣，你好眼不見為淨！」

「這是從哪裡說起？」胡雪巖不由得失笑，「我做夢也沒有想到，你會把毫不相干的兩樁事情扯在一起！」

「哪裡是毫不相干？老唐調到外縣，我自然要跟了去，你好像一點都不在乎，玩過就算數了。」

這番指摘，不能說她沒有道理；胡雪巖細想了一會說道：「你也不一定要跟老唐去；我替你另外買一幢房子。」

「做你的小公館？」

「也不是啥小公館——。」

胡雪巖有些詞窮了，月如卻毫不放鬆。

「不是小公館是啥呢？」她說：「就算作為是老唐買的房子，我一個人住在杭州，別人問起來，我怎麼回覆人家？而且你要來了，總歸有人曉得的；跟你的人不說，自然會有人到螺螄太太面前去說，總有一天帶了人打上門來。那時候我除了投河跳井，沒有第二條路好走。」

話說得駁不倒，胡雪巖楞了好半晌說：「月如，你曉得的，廿三家管總調動的事在前；我們今天會睡在一床，是我連昨天都沒有想到的事。本來是兩樁不搭界的事情，現在倒好像扯在一起了。你倒說說看，有啥好辦法？」

月如故意沉吟了一會，方始說道：「辦法是有。先要問你，你是只想今天撿撿便宜呢，還是仍舊要我？」

「仍舊要你。」

「那就只有一個辦法，原樣不動。」

「怎麼叫原樣不動？」

「別家的管總，你儘管去調動，老唐仍舊管公濟，」月如又說：「老唐是幫你管典當的頭腦，跟別家不同，他不動是說得過去的。」

「那怎麼說得過去？一有了例外，大家不服。」

「那就大家不動。」月如又說：「我是不懂做生意，不過照我想，做生意全靠人頭熟，忽然之間到了陌生地方，兩隻眼睛墨黑；等到你看清楚，生意已經讓別家搶走了。」

胡雪巖心裡七上八下，盤算來盤算去，苦無兼顧的善策；最後嘆口氣說：「只好大家不動。」

唐子韶的「美人計」，元寶街的下人很快地都知道了；不過胡老太太治家極嚴，將「來說是非者，便是是非人」這句俗語，奉為金科玉律，所以沒有人敢到十二樓去說這個祕密。

但近處未傳，遠處卻傳到了；古應春以抑鬱的語氣，將這件事告訴了七姑奶奶，而七姑奶奶不信。

「小爺叔不是這種人。如果為了女人會把生意上商量好的事，推翻不算；小爺叔哪裡會有今天這種場面，老早敗下來了。」

「我懶得跟你爭。好在他就要來接左大人了，你不妨當面問問他。」

「我當然要當面問他。」七姑奶奶繼續為胡雪巖辯護，「廿三家典當管總仍然照舊，一定有他的道理。小爺叔的打算不會錯的。」

第二天，胡雪巖就到了，仍舊住在古家；應酬到半夜十一點多鐘才跟古應春一起回家，七姑奶奶照例預備了消夜在等他們。

把杯閒談之際，七姑奶奶閒閒問道：「小爺叔，你廿三家典當管總調動的計畫，聽說打消了，是為啥？」

「唔，七姐，請你不要問了。」

一聽這話，七姑奶奶勃然變色，立即問說：「為啥不要問？」

「七姐，有趣的事，大家談談；沒趣的事談起來，連帶你也不高興，何苦？」

「這樣說，是真的了。真的姓唐的做了圈套，請你胡大先生去鑽。小爺叔，你怎麼會做這種糊塗事？」

說到「糊塗」二字，嘴已經歪了，眼睛也斜了，臉紅如火；古應春叫聲：「不好！」趕緊上前去扶，七姑奶奶已在凳子上坐不住，一頭栽在地上，幸好地上鋪了極厚的波斯羊毛地毯，頭沒有摔破。

「是中風！」胡雪巖跳起身來喊道：「來人！」

於是一面叫進人來，扶起七姑奶奶；一面打發人去延醫——胡雪巖關照去請在咸豐年間曾入宮「請脈」，號稱太醫的曹郎中，但古應春相信西醫，且有一個熟識的醫生，名叫艾禮脫，所以另外派人去請。

時已夜半，叩門將醫生從床上叫起來，自然得費些功夫。古應春倒還沉得住氣，反是胡雪巖異樣地焦急不安，望著躺在軟榻上，閉著眼「呼嚕、呼嚕」只在喉間作痰響的七姑奶奶，搓著手蹀躞不停。他知道七姑奶奶是聽到他做了沒出息的事，氣惱過度，致生此變。倘或不治，則「我雖不殺伯仁，伯仁由我而死」，會一輩子疚歉在心，日子還過得下去？

好不容易將醫生等到了，先來的是艾禮脫，一看姑奶奶躺在那裡，用英語跟古應春說中風的病人，不宜橫臥。古應春隨即叫兩名僕婦，把七姑奶奶扶了起來，靠在安樂椅上，左右扶持。西醫看病，沒有「男女授受不親」那一套，艾禮脫打開皮包，取出聽診器掛在耳朵上，關照古應春解開七姑奶奶的衣鈕，拿聽筒按在她胸前聽心跳。診斷完了，撬開牙關，用溫開水設法將他帶來的藥丸，讓她吞了下去。然後告訴古應春，六小時以後，如能甦醒，性命可保；他天亮後再來覆診。正在談著，曹郎中到了；艾禮脫臉色不大好看，抗議式地對古應春說，看西醫就不能看中醫。這一下，讓古應春為難了，跟胡雪巖商量，應該怎麼辦？「你相信西醫，自然是你作主。曹郎中，病情他照看，方子由他照開；不吃他的藥就是了。」

「不錯，不錯！這法子好。」古應春照他的話辦。

艾禮脫的本領不錯，到了天亮，七姑奶奶居然張開眼睛了；但胡雪巖卻倦得睜不開眼睛。

「小爺叔，你趕緊去睡一覺，下午還要去接左大人。」古應春說：「儘管放心去睡，到時候我會叫你。」

「能放心睡得著倒好了。」

「小爺叔，死生有命；而且看樣子也好轉了，你不必擔心。」

話雖如此，胡雪巖如何放心得下？雙眼雖澀重得睜不開，睡卻睡不好，時時驚醒，不到中午就起身了。

「艾禮脫又來看病，說大致不要緊了，不過風癱恐怕不免。帶病延年，活上十幾年的也多的是。」古應春說道：「小爺叔辦正事去吧，可惜我不能陪你；見了左大人，代我說一聲。」

「好，好！我會說。」

左宗棠等過了慈禧太后的萬壽，方始出京，奉准回籍掃墓；十一月廿五日到湖南省城長沙；第一件事是去拜訪郭嵩燾。

郭嵩燾與左宗棠有一段重重糾結的恩怨。當咸豐八年左宗棠在湖南巡撫駱秉章幕府中時，一切獨斷獨行；一天駱秉章在簽押房裡看書，忽然聽見轅門放銃，看辰光不是每天正午的「午時炮」，便問是怎麼回事？聽差告訴他：「左師爺拜摺。」連上奏摺他都不知道，湖南巡撫等於左宗棠在做；因而得了個外號，叫做「左都御史」。巡撫照例掛「右副都御史」銜；叫左宗棠為左都御史，意思是說他比「右副都御史」巡撫的權還要重。

其時有個湖南永州鎮總兵樊燮，湖北恩施人，聲名不佳，有一次去見左宗棠，談到永州的防務情形，樊燮一問三不知；而且禮貌上不大周到，左宗棠大為光火，當時甩了他一個大嘴巴，而且立即辦了個奏稿，痛劾樊燮「貪縱不法，聲名惡劣」，其中有「目不識丁」的考語，也不告訴駱秉章就發出去了。樊燮是否「貪縱不法」，猶待查明，但「目不識丁」何能當總兵官？當下先革職、後查辦。這「目不識丁」四字，在樊燮心裡，比烙鐵燙出來的還要深刻，「解甲歸田」以後，好在剋扣下來的軍餉很不少，當下延聘名師教他的獨子讀書，書房裡「天地君親師」的木牌旁邊，貼一張梅紅箋，寫的就是「目不識丁」四字。他告訴他的兒子說：「左宗棠不過是個舉人，就這麼樣的神氣；你將來不中進士，不是我的兒子。」他這個兒子倒也很爭氣，後來不但中了進士，而且點了翰林，早年就是名士；此人就是樊增祥。

一方面教子，一方面還要報仇；樊燮走門路，告到駱秉章的上司，湖廣總督官文那裡，又派人進京，在都察院遞呈鳴冤。官文為此案出奏，有一句很厲害的話，叫做「一官兩印」，意思是說有兩個人在做湖南巡撫。名器不可假人，而況是封疆大吏；這件事便很嚴重了。

其時郭嵩燾是南書房翰林，他跟左宗棠的胞兄左宗植是兒女親家，與左宗棠當然很熟，深知他才氣過人；便跟同為南書房的翰林潘祖蔭說：「左季高如果不在湖南，一定保不住；東南大局，不復可問。我跟他同鄉，又是姻親，不便進言，老兄何妨上個摺子。」

潘祖蔭聽他的話，果然上了個摺子，鋪敘他的功績以後，作了個結論：「國家不可一日無湖南，即湖南不可一日無左宗棠。」咸豐一看，為之動容，當即傳旨問曾國藩，左宗棠是仍舊在湖南好呢？還是調到曾國藩大營中，以便盡其所長。曾國藩回奏，左宗棠「剛明耐苦，曉暢兵機」。於是奉旨隨同曾國藩襄辦軍務。

左宗棠因禍得福，多虧得潘祖蔭、郭嵩燾，但他對潘、郭的態度，大不相同。潘祖蔭除了「三節兩壽」必送一份極厚的禮金以外，知道潘祖蔭好收藏金石碑版，當陝甘總督時，凡是關中有新出土的碑，初拓本一定專差賫送潘祖蔭，有時甚至連原碑都送到潘家。

郭嵩燾是在洪楊平後，奉旨出任廣東巡撫。兩廣總督名瑞麟，與巡撫同駐廣州；「督撫同城」，常不和睦，瑞麟貪而無能，但為內務府出身，有事可直接訴諸兩宮太后，靠山很硬，所以郭嵩燾深受其掣肘之苦而無可如何。

哪知處境本已很難的郭嵩燾，萬想不到多年好友，且曾加以援手的左宗棠還跟他為難，為了協餉，除致函指責以外，且四次上奏摺，指摘郭嵩燾，措施如何不然。郭、左失和的原因，有種種傳說，流傳最盛的一個說法是，當郭嵩燾放廣東巡撫時，湘陰文廟忽產靈芝；郭嵩燾的胞弟郭崑燾寫給老兄，以為是他開府的吉兆。左宗棠得知其事，大為不悅，說：「文廟產靈芝，如果是吉兆，亦當應在我封爵一事上面，與郭家何干？」由此生了意見。

其實，湘陰文廟產靈芝，是常有之事；左宗棠亦不致小氣到連這種事都要爭。真正的原因是，洪楊軍興以後，帶兵大員，就地籌餉，真所謂「有土斯有財」。李鴻章最懂得這個道理，所以始終霸住江蘇，尤其是上海這個地盤不放；左宗棠卻只得浙江一省，每苦不足，看出廣東是大有生發之地，所以狠狠心不顧感誼友情，一再攻訐郭嵩燾。最後終於如願以償，由他的大將蔣益澧接了郭嵩燾的手。不過蔣益澧的廣東巡撫，幹不多久就被調走了。

郭嵩燾因此鬱鬱不得志。光緒建元，起用在籍大員，他跟曾國荃同被徵召至京，曾國荃放了陝西巡撫，因為不願與陝甘總督左宗棠共事，改任河東河道總督；郭嵩燾則奉派為福建按察史；這在當過巡撫的人來說，是很委屈的，不過他還是接了事。不久，詔命開缺，以侍郎候補，充任出使英國欽差大臣。

其時雲南發生英國公使繙譯馬嘉理，赴滇緬邊境迎接來自印度的探險隊，不意為官兵所戕，因而引起很嚴重的交涉。英國公使威妥瑪表示，郭嵩燾出使英國，如果在國書上表明中國認錯字樣，可即赴任；否則應候雲南案結後再赴英國。總署諸大臣都認為中國不能認錯，郭嵩燾亦不能出國；奉旨署理兵部侍郎，並在總署行走。

郭嵩燾對辦洋務，一面主張公平合理，認為非此不足以折服洋人。他認為馬嘉理被戕一案，雲南巡撫岑毓英不能說沒有責任，當案發以後，意存掩護，又不查明殺害情由，據實奏報，一味諉罪於深山中的野人。而朝中士大夫又因為官兵所殺的是洋人，群起袒護岑毓英，以至於英國更覺不平，態度亦日趨強硬。這件糾紛固結不解，全由不講公平、不講事理之故，因而奉命入總署之日，便單銜上奏，請旨「將岑毓英先後釀成事端之處，交部嚴加議處，以為恃虛驕之氣，而不務沉心觀理、考察詳情，以貽累國家者戒。」

郭嵩燾平時講洋務，本已為守舊的「衛道君子」所不滿；如今居然參劾殺洋人的岑毓英，在他們看，顯然是私通外國，因而引起了公憤，連他平素往來密切的朋友、門生，對他亦很不諒解，湖南則有許多人不認他是同鄉。此外京師有人做了一副對聯罵他：「出乎其類，拔乎其萃，不容於堯舜之世；未能事人，焉能事鬼，何必去父母之邦？」

到得第二年七月底，中英訂立《煙台條約》，「滇案」解決；郭嵩燾可以啟程赴英國了，當時稱為「放洋」；而「放洋」以前又發生了一件很不愉快的事。

有個廣東人叫劉錫鴻，原任刑部員外郎；此人是郭嵩燾在廣東的舊識，談起洋務來，頗為投機，此時希望跟郭嵩燾一起放洋。但談洋務是一回事；辦洋務又是一回事，郭嵩燾認為劉錫鴻脾氣太剛、好意氣用事，而辦洋務是「水磨功夫」，頗不相宜。哪知劉錫鴻不死心，託出郭嵩燾的一個好友朱孫詒來關說。朱孫詒向郭嵩燾說：「你批評他不宜辦洋務的話，我都跟他說了，他亦很有自知之明，表示一切不問，你只當帶一個可以談談，以解異國寂寞的朋友好了。」

聽得這樣說，郭嵩燾可憐錫鴻窮困不得意，便上奏保他充任參贊。劉錫鴻是個司員，而且只是六品的員外郎，論資格只能當參贊。

不過上諭下來，竟是「刑部員外郎劉錫鴻著即開缺，以五品京堂候補，並加三品銜，充出使英國副使。」這種例子，殊為少見；其中有個內幕，軍機大臣李鴻藻對郭嵩燾的態度，有些懷疑，怕他出使後，處處幫英國人講話，因而提拔劉錫鴻，以副使的身分去箝制正使。

這劉錫鴻是個不明事理的人，以為李鴻藻派他去當「打手」，所以謝恩以後，便去看郭嵩燾，責問他為何不保他當副使而當參贊？說他不夠朋友，另外還有很難聽的話，於是罵了郭嵩燾一頓。

郭嵩燾氣得半死，遇到這種恩將仇報的人，只好自怨命中注定。後來劉錫鴻果然處處跟他為難，而且大吵大鬧，不顧體統，郭嵩燾寫信給李鴻章，形容共事為「鬼嘷於室，狐嘯於梁」，公使館的上下不安，可想而知。

其時劉錫鴻已調充駐德公使，可以單銜上奏，彼此互劾，而由於劉錫鴻有李鴻藻撐腰，占了上風。李鴻藻的門下，赫赫有名的「翰林四諫」之一張佩綸，上奏「請撤回駐英使臣」。郭嵩燾大為洩氣，一再求去，終於在光緒五年七月改派曾國藩的長子曾紀澤接替郭嵩燾，不過劉錫鴻亦同時垮台，改派郭嵩燾所欣賞的李鳳苞使德。這是李鴻章力爭的結果。

郭嵩燾在英國博得極好的聲望，所以於郭之去，多表惋惜。郭嵩燾元配早死，繼室下堂，只帶了個姓梁的姨太太趙英，照她的身分是不能覲見維多利亞女王的，竟亦破例特許。但在英國如此，回國後郭嵩燾自知李鴻藻這班人不會放過他，而且已六十二歲，因而決意引退，一到上海即稱病，不回京覆命，而請開缺，終得如願以償，回湖南後住在長沙。身雖在野，並不消極，關於時政，特別是洋務方面，常跟李鴻章、曾國荃書信往來，細作討論。日子過得也還閒適。

這一年——光緒七年，郭嵩燾年初年尾有兩件比較快意之事，一件是二月間，調回國充任通政使司參議的劉錫鴻，因為李鴻章敲掉了他的「洋飯碗」記恨在心，奏劾李鴻章跋扈不臣，儼然帝制。李鴻章正在紅的時候，劉錫鴻自不量力，出以此舉，自然是自討沒趣，上諭斥責其「信口誣衊，交部議處」。結果竟落得個革職的處分。

再一件就是左宗棠來拜訪。排場闊極，頂馬、跟馬、高腳牌、前呼後擁一頂綠呢大轎，內中坐的是頭戴寶石頂、雙眼花翎；身穿四開褉袍黃馬褂；鼻架一副大墨晶鏡的東閣大學士恪靖侯；首府長沙知府及首縣長沙縣，早就在郭嵩燾家附近，清道等候；湖南省的藩臬兩司、候補道等等，亦來站班。可是郭家雙扉緊閉，拒而不納，左宗棠只好在大門口下轎，由戴紅頂子的「材官」上門投帖。

「不敢當，不敢當！」郭家門上到左宗棠面前，打千說道：「請大人回駕。」

左宗棠早已料到有此一著，一點都不生氣，和顏悅色地答說：「你跟我家老爺去問，說我是來看五十年的故人；便衣不恭敬，所以穿了官服來的。」

門上一進去，久無消息；首縣看「爵相」下不了台，硬闖進去跟郭嵩燾打躬作揖，說是「如果不見，全城文武亦都僵在那裡了。請他體恤下情。」總算說動了郭嵩燾，開正門迎接，不過他自己只是站在大廳上等候。

「老哥！」左宗棠見面便說：「宗棠無狀，特來請罪。」接著，拂一拂馬蹄袖，撈起四開禊袍下襬，跪了下去。

「不敢，不敢！」郭嵩燾也只好下跪答禮。

隨從官員，將主客二人都攙扶了起來，左宗棠便自責當年的不是；也不解釋是為了軍餉，「有土斯有財」的緣故，只連聲：「是我該死，是我荒唐。」

左宗棠一向健談，談西征、談邊防、談京裡的新聞；又從曾國藩談起往事，一直到中午都沒有告辭的意思，郭嵩燾也不便像督撫會客那樣「端茶碗送客」，便只好留飯。

隨從倒是有首縣辦差，從長沙第一家大館子玉樓東去叫了酒席來，在附近的關帝廟接待；左宗棠卻必須是郭嵩燾的家庖，才是待客之道。好在湘軍出身的達官，除了胡林翼以外，都不甚講究飲食；左宗棠喜歡吃狗肉，稱之為「地羊」，有此一味，加上臘味，再炒一盤去骨的東安雞，在他便是盛饌了。

一頓飯吃到未末申初，左宗棠方始興盡告辭。臨行時做個手勢，材官遞上一個紅封套：左宗棠雙手奉上，口中說道：「不腆之儀，聊助卒歲，務請賞收。」

郭嵩燾不肯收；左宗棠非送不可。當著好些湖南的文武官兒，郭嵩燾覺得起了爭執，有失體統，便收了下來，不過，心裡已經打算好了；拆開封套一看，是阜康錢莊所出的一萬兩銀票，當即提起筆來批上「註銷」二字，拿個信封裝了，送到左宗棠的行轅。照道理是要回拜的，郭嵩燾也免了這套俗禮。左宗棠到頭來，還是討了個沒趣。

十二月初二到湘陰，當天晚上，就收到一道由湖南巡撫衙門派專差送來的軍機處的「廷寄」。

廷寄中說，有人參劾湖廣總督李瀚章「任用私人，縱容劣員，該省防軍缺額，虛糜帑金，貽害地方；李瀚章本人黷貨無厭，民怨日深。」原奏臚列了李瀚章許多劣跡，其中情節重大者四款：一、湖北全省釐金，歲收三、四百萬，報部則僅四萬。

二、竹木稅年收百萬，報部僅三萬。湖廣總督衙門每日用銀七百五十兩，即在此中開支，年耗帑銀二十七萬餘兩。

三、以公家輪船，載運私貨，公然販賣。

四、李瀚章在揚州、蕪湖均設有當鋪。

清朝的規制，凡是督撫被參，視情節輕重作不同的處置。情節較重者，常由京裡特派大員，至少是尚書，且須資格較被參督撫為深的，前往查辦。為了防備被參督撫事先湮滅證據，所以明發上諭中只說派某人往某地出差；所謂「某地」絕非被參督撫所管的省分，譬如說派到四川出差，湖北是必經之地；一到武昌，立即傳旨，隨帶司員馬上動手，封庫的封庫，查帳的查帳，來他一個措手不及。

情節輕微，或者有意把案情看得不重，便就近派官階資格較高者查辦或查覆。左宗棠奉到的上諭是：「將所奏各節，確切查明，據實具奏。」這是查覆，不是查辦，可是左宗棠不理這一套。

十二月十三日到武昌時，李瀚章已經接到李鴻章的通知，知道左宗棠要來查案。須先示意布政使銜候補道楊宗濂告假回籍。此人在咸豐末年，以戶部員外郎在原籍江蘇金壇辦團練。同治元年，江蘇仕紳湊集了十八萬銀子，雇用英國輪船到安慶，接淮軍到上海打長毛時，楊宗濂就是往來奔走接頭的人；以此淵源，與李鴻章的關係很深，李鴻章剿捻匪那兩年，楊宗濂替他管過營務處。以後一直在湖北當道員；李氏兄弟相繼督鄂，楊宗濂由「李二先生」的部屬變為「李大先生」的部屬，管理漢口「新關」。

「關差」一向是好差使，漢口是長江的第一個大碼頭，收入以竹木稅為大宗。西南深山中的木材，以湘西辰州為集散地，紮成「木排」，由沅江入洞庭湖，經岳陽入長江，在漢口交易。左宗棠早就聽湘西的「排客」談過，漢口「新關」收竹木稅的種種弊端，所以一到武昌，就要找楊宗濂。

由於是奉旨查案，所以左宗棠跟李瀚章不作私人的交往，在行轅以一角公文咨湖廣總督衙門，「請飭楊宗濂到案備詢」；而覆文是「該員業已告假回籍，無從傳飭」。

這一下左宗棠大為光火，用「札子」下給漢黃德道及武昌府，「催令楊宗濂」迅赴江寧問話。一面出奏：「臣前次回湘，路過新關，楊宗濂避而未見；此次又先期告假回籍，是否有規避，雖未可知，而查詢楊宗濂素日聲名平常、性情浮動，則眾論相同，無代其剖白者。」至於經收竹木稅有無弊端，「應俟查取票根底簿，傳楊宗濂到案質詢，方昭核實。」接著聲明：因為須赴兩江接任，所以傳楊宗濂到江寧備詢，同時以「貪鄙狡詐」的考語，請旨將楊宗濂「先行革職，聽候查辦」。

此外漢黃德道何維鍵、候補知府李謙，都是李瀚章的私人，左宗棠亦毫不客氣，對何維鍵以「庸軟無能」四字考語，奏請「開缺送部引見」，意思是請慈禧太后親自考查；對李謙則謂之「性善圓通、難期振作」，請旨交湖北巡撫彭祖賢「察看」。

奏摺中還將李瀚章訓了一頓，他說：李瀚章一門，遭逢聖時，功名大顯，親黨交遊，能自立的亦頗不乏人。不過依附者亦很多，當時隨從立功，身致富貴者，又各有其親友，輾轉依附，久而久之恃勢妄為，官府處置為難，不能不作姑息；鄉里受其欺凌，亦惟有敢怒而不敢言。由於「賢者不肯規之以正、懦者畏其忌嫉，謠諑紛興、事端疊起，洵非家門之福。宜以身作則，毋與鄉邦人士爭勢競利，遇事斂抑，免為怨府。其李鴻章、李瀚章所難盡言者，臣等添仕疆圻，亦當盡心化誨，俾知以義為利、如思保世承家，為報國之本，則李氏親友之福，亦李鴻章、李瀚章一門之福也。」

話說得很不客氣，但左宗棠自以為對李瀚章多所開脫，幫了他很大的忙。十二月十九日拜發奏摺以後，隨即坐長江輪船，鼓棹東下，到江寧拜印接任。

因為如此，使得胡雪巖撲了個空。原來左宗棠原先的計畫是：回湖南原籍祭祖掃墓以後，南下由廣東至福建，自廈門坐特派的南洋兵艦到上海，再轉江寧接任。這是為了一履舊日百戰立功之地；同時還有「南洋大臣」巡海之意。不想一到湘陰，有奉旨查覆李瀚章縱容劣員一案，前後耽誤了十一天，不能不走捷徑，在年前趕到江寧接任。

「既然如此，小爺叔你回杭州過年吧。」古應春說：「過了年，我陪小爺叔專程到南京去一趟。」

「也只好這樣子。不過，七姐的病，我實在不放心。」

「不要緊的。人是醒過來了，只要慢慢調養，逐漸會好的。醫生說：中風這種病，全靠調理。將來總歸帶病延年了。」

胡雪巖跟七姑奶奶情如兄妹，看她人雖醒了，卻還不能說話；不過人是認得的，一見雙淚交流，嘴唇翕動，不知多少有苦難言，胡雪巖忍不住也掉眼淚。

「小爺叔，小爺叔，千萬不要如此。」古應春勸道：「這樣子反讓病人心裡難過。」

胡雪巖點點頭，抹掉眼淚，強作歡顏，坐在病榻前向七姑奶奶說道：「七姐，年底下事情太多，我不能不走。你慢慢調養，我記得你的八字上，說你四十四歲有一關，來勢雖凶，凶而不險，過了這一關，壽至七十八。今年年內春，算壬午年，你正好四十四；你這一關應過了，明年秋天，老太太等你來吃壽酒。」

七姑奶奶口不能言，卻聽得懂，只在枕上擺頭，表示會意。

「還有句，七姐，那種荒唐事情，偶爾一回，以後絕不會再做了。」

七姑奶奶致疾之由，便是由於氣惱胡雪巖的荒唐，所以這句對她是最好的安慰，居然含著淚笑了。

離了病榻，打點回鄉；當天晚上，古應春為胡雪巖餞行，只為七姑奶奶在病中，所以在家由廚娘備了幾味精緻的肴饌，也不邀陪客，只是兩人對酌。

在餐桌上，採運局的司事送來了一封信，是左宗棠自湘陰所發，告訴胡雪巖因為奉旨赴武昌辦案，原來的行程取消；武昌事畢，逕赴江寧，約胡雪巖燈節以後，在江寧相會。

此外又託胡雪巖查一件事，說是「江蘇司關釐局，及鄂湘皖西為督銷局，每月均有專撥之餉，其細數如何，乞為密訪見示。」

胡雪巖看完信，沉吟了好一會說：「我看，左大人對李合肥要動手了。」

「喔，小爺叔看出苗頭來了？」古應春問道：「怎麼樣動手法？」

「這還言之過早。而且動手也要看機會，不過左大人現在已經有這個意思了。」

原來李鴻章的淮軍有好些部隊，駐紮在江蘇，湘淮軍都是子弟兵，先命將，後招募；募兵成營，即以統率將官之名命名，吳長慶所部名「慶字營」，有一營在江蘇；「劉六麻子」劉銘傳雖已挾其宦囊，在合肥原籍構築「大潛山房」，飲酒賦詩，大過儒將的癮，但「銘字營」的番號依舊，不過由李鴻章拿他們一分為二，一部分由記名提督劉盛休統帶，駐山東張秋一帶，防守運河要口；一部分交福建提督唐定奎率領，駐防江蘇、靖江兩縣，另有銘字先鋒馬隊三營，駐紮江蘇宿遷，主要的任務，亦是防運河沿岸一帶有警，可以迅速赴援。

李鴻章的淮軍中，亦有原為湘軍的將領，此人名叫郭松林，他的舊部名為「武毅軍」，有十營為江防軍，亦駐江陰、靖江境內，有五營為海防軍，駐紮上海、寶山兩縣境內。

這些部隊，都由江蘇發餉。所謂「司關釐局」，司指藩司，關指海關，釐指釐金，局指捐局、稅局以及淮鹽督銷局。

兩淮出鹽，鹽課收入為兩江一大財源。但上江安徽、下江江蘇兩省的人吃不完兩淮的鹽，所以淮鹽有指定的銷售地區，稱為「引局」；分布在鄂、湘、西、皖四個省分，西非山西而是江西。這四省都有淮鹽督銷局，收入亦歸兩江。

「也不回杭州查，也不叫採運局去辦，我有個極方便的法子。叫老宓寫信到各處問一問，就差不多了。」

胡雪巖口中的「老宓」，名叫宓本常，寧波人。他是阜豐雪記滬莊的檔手；滬莊是阜豐總號，由他分函各地阜豐聯號一查「司關釐局」近幾個月匯款到淮軍後路糧台的數目，每個月的負擔，大致就可以算出來了，確是個很方便的辦法。

「不過，」古應春說：「既然左大人是要攻李合肥，這件事就要隱密，這樣子做法，會不會有風聲傳出去？」

「有啥風聲傳出去？」胡雪巖說：「譬如，你是南昌阜豐的檔手，我問你江西淮鹽督銷局每個月匯到江寧淮軍後路糧台的款子有多少？你怎麼會想到這是左大人要查了有作用的？」

「不錯，不錯。我是知道了有這麼件事，才會顧慮；不知道，我做夢也想不到的。不過，小爺叔，既然各處都是匯到江寧，那又何必費事，只要江寧阜豐查一查，總帳不就出來了？」

「啊！啊！」胡雪巖在自己額頭上拍了一下，「腦筋不靈了！『脫褲子放屁』，真是多餘的。」

於是第二天在上船之前，胡雪巖就辦好了這件事，只不過寫兩封信，一封是寫給左宗棠，說江蘇各處解交淮軍後路糧台的款項，似乎除了委託阜豐以外，別無更簡易的通匯之法，所以已發函江寧阜豐開單逕呈轅門，如有缺漏，另再設法查報。此外敘明，准明年燈節以後，到江寧叩謁。一封是寫給江寧阜豐的檔手，照辦其事。

「小爺叔，」古應春問：「開年甚麼時候來？」

「總在上燈前後。」

「好！到時候我陪小爺叔一起到南京。」

「我當然巴不得你陪了我去，不過，也要看七姐的情形。」

「那時候一定不要緊了。」古應春又說：「阿七得病，小爺叔回去了不必提。過年了，何必讓老太太記罣。」

胡雪巖不答，沉吟了好一會，嘆口氣說：「我實在沒有想到，七姐為了我，會這樣子在意。」

古應春欲言又止，考慮了一會，終於說了出來，「小爺叔，既然你看出來了，我就索性說吧！阿七為小爺叔擔心，也不是一天兩天的事了。她常說：樹大招風。小爺叔無心結下的怨家，大概不少。這倒還在其次，這幾年小爺叔用的人，大不如前，有的本事有限；有的品性不好。她說，她還真不知道小爺叔的眼光，為啥不大靈了？是事情太多太雜，還是精神不濟，照顧不到，或者是有別的緣故？」

胡雪巖臉一紅，心知道「別有緣故」四字，是古應春說得含蓄，這「緣故」，說來說去總由於狗皮膏藥在作怪。

「七姐為我好，我曉得。不過，她實在也擔心得稍微過頭了。」胡雪巖又說：「等七姐稍微好一點，你同她說：她說我的毛病，我要仔仔細細想一想，結結實實拿它改掉。」

「小爺叔這麼說，阿七心裡一定寬得多。」古應春欣然答說。

5 「螺螄太太」

胡雪巖這年過年的心境，不如往年，自然是由於七姑奶奶中風，使他有一種難以自解的疚歉之故。

不過，在表面上是看不出來的，胡家的年景，依舊花團錦簇，繁華熱鬧。其中最忙的要數「螺螄太太」——這個稱呼，由來已久；她本姓羅，行四，未嫁以前，是個極能幹的小家碧玉，認識她的人，不管老少，都叫她「羅四姐」，算是個尊稱。這羅四姐慧眼識英雄，在胡雪巖潦倒的時候，接濟過他。可惜胡雪巖已經娶了妻子，彼此雖都有愛慕之意，卻無從結合。

不久，長毛作亂，紛紛逃亂，音信不通；一別九年，方始重逢。

胡雪巖記得很清楚，那年是同治六年；他已經奉委主持西征採運局，長駐上海。清明之後不久，胡雪巖的舊侶張胖子去世，在靜安寺作佛事；他跟古應春夫婦去祭弔時，看見有個在燒香的淡妝少婦，異常面善，卻怎麼樣也想不起來是在那裡見過。

那少婦燒完香，帶著個十三、四歲的大小姐走了。胡雪巖不死心，悄悄跟在後面，一路走，一路想，到底是甚麼人？

靜安寺是上海第一古剎，建於吳大帝赤烏十年，地方很大，原有「靜安八景」之稱，但那時已只剩下「湧泉」一景，湧泉又稱沸井，井中之水終年翻翻滾滾，有如水沸；上海說它是個海眼。初禮靜安寺的人，少不得都要去望一望。那少婦亦不例外；胡雪巖亦步亦趨地跟了過去，裝作來看沸井的遊客，駐足不行，以觀動靜。

「阿華，當心、當心，跌到井裡，把你小命送掉！」

原來那大小姐探頭下望沸井，走得很近，身子又往前傾，這個動作很危險，所以那少婦大聲警告——一口杭州話幫胡雪巖敲開了記憶之門；又驚又喜地在想：這不是羅四姐？

本想冒叫一聲，證實了再上前招呼。但遊客甚多，而上海的風氣雖然比較開通，也還不到西洋人男女可以在稠人廣眾間公然招呼的程度；因而考慮了一下，回頭關照書僮桂生，趕快將七姑奶奶所帶來的小大姐叫一個來，越快越好。

桂生飛奔而去，他亦不必先告訴七姑奶奶；在七姑奶奶帶來的兩個小大姐中，找到跟他比較好的彩鳳，說一聲：「跟我來，有要緊事，快，快！」

彩鳳只當他闖了甚麼禍，急急忙忙跟在他身後；桂生等看到胡雪巖的影子，方始停住腳。

「是我們老爺要叫你。」

「彩鳳，」胡雪巖悄悄指點：「你上去問她，是不是杭州的羅四姐？如果她說是，你就說我們奶奶是胡老爺的親戚，請她跟你們奶奶去見一見。」

彩鳳很伶俐，想了一下問：「如果她不肯去呢？」

「你就回過頭來看我；她就一定肯去了。」

果然，一如胡雪巖的估計，只見彩鳳上前搭話時，彷彿有難以溝通的情狀，然後是彩鳳先回頭來看胡雪巖，接著是那少婦隨著她的視線所示來搜索，遙遙望去，顯得相當震動似地。

胡雪巖知道成功了，趕緊轉身直奔作為堂客休憩之地的一座禪房，找到七姑奶奶的另一個小大姐，關照請她的主母出來敘話。

「七姐，我同你談過的羅四姐，你還記得記不得？」

七姑奶奶想了一下，點點頭說：「記得。」

「她今天在這裡，我叫彩鳳『假傳聖旨』，說你同我是親戚，請她來見面。馬上就要來了。七姐，你請她到你那裡去，仔仔細細問問她；她好像居孀在那裡。」

「好，好！」七姑奶奶連連答應，又問：「小爺叔，你呢？」

「我到錢莊裡，有樁要緊事情料理好了，馬上來。」

等胡雪巖走了好一會，才看到彩鳳領著蓮步姍姍一個俏括括的素服少婦，扶著小大姐的肩頭，冉冉而來。七姑奶奶性子急，撇開一雙大腳，迎了上去。

「是不是羅四姐？」

「不敢當。我姓羅；尊姓？」

「我夫家姓古，娘家姓尤，行七，我們小爺叔叫我『七姐』。羅四姐你也這樣叫我好了。」

七姑奶奶是直性子，一古腦兒都說了出來，在羅四姐聽，卻有些牛頭不對馬嘴，既是「小爺叔」，何以又叫她「七姐」？但這個疑團，還在其次；眼前有句最要緊的話先要問清楚，才談得到其他。

「請問：古太太你的『小爺叔』是哪個？」

「還有哪個？不就是你老早認識的胡雪巖；鼎鼎大名阜康錢莊的老闆。」

羅四姐又驚又喜。她也聽說過，阜康錢莊的老闆，就是從前在張胖子那裡做夥計的胡雪巖，一直想打聽，苦無機會。不想真的有這回事。

「羅四姐，」七姑奶奶說：「你聽我叫他小爺叔，就曉得我們是自己人。你一定要請到我那裡去坐一歇。你當年待我們小爺叔的好處，他也跟我說過。等下他也要來的。」

羅四姐心想：胡雪巖倒真是有良心的！就這一轉念間，心裡頓時七上八下在翻動了。

「羅四姐，」七姑奶奶催問著：「你肯不肯賞面子。」

「唷，古太太，你的話太客氣了。真正不敢當。」

於是七姑奶奶向喪家致意告辭，將羅四姐主婢二人帶回家。一看她家的氣派，七姑奶奶又熱心伉爽，羅四姐決心要結交，因而改了稱呼，同時深談身世。

原來羅四姐當年隨父母逃難，轉徙千里，流離途中，父母雙亡；孑然一身，不是了局，只有擇人而事——結伴同行，一共有三家，其中兩家都有個尚未婚娶的廿來歲的兒子，當然亦都時時在找機會向她獻殷勤。這兩家一富一窮，而羅四姐挑了窮的那家，姓程，是獨子。

「七姐，我是因為他雖窮，肯上進；只要他肯上進，我就有把握幫他出頭。再說，上頭只有一個老娘；不比另外一家，父母雙全，還有三個兄弟，兩個妹妹，嫁過去做媳婦，一定像頂石臼做戲，吃力不討好。」

「羅四姐，換了我，也會像你一樣，寧願挑這一位。」七姑奶奶早就發現她鬢邊戴一朵白頭繩結的菊花，卻故意問說：「我們程姊夫呢？幾時請過來見一見。」

「不在了。」羅四姐淒然說道：「是前年這個時候去世的。」

「可憐，可憐！」七姑奶奶緊握著她的手，但有無言的慰藉。

「說起來也怪我不好。」羅四姐說：「他學的是刻字匠手藝。有一回他跟我談起，說是長毛打到杭州的前兩年，鄉試考舉人，他跟他師父一起到考場裡去刻題目紙，熬夜熬到天亮，心裡在想：『我也讀過書，一樣是熬夜，為啥不是去考舉人，坐在這裡當個低三下四的刻字匠。人家舉子寫錯了字，頂多貼出「藍榜」；我刻錯一個字要打手心，「吃生活」？』我就說：『你果然有心，把招牌收起來，好好兒讀書。開門七件事都是我管，用不著你費心。』他真的就聽我的話，三更燈火五更雞，悶到頭讀書──。」

「羅四姐，」七姑奶奶打斷她的話問：「你這開門七件事，怎麼管法？」

「我繡花。不光是繡花，還替繡莊去收；到後來做『小包』，一批繡貨包下來，再分給人家去做，日子過得很舒服。七姐，上海灘繁華地方，遍地銀子，只要你肯花功夫去撿。不瞞你說，我就不相信，世界上有餓死的人。餓死的人是有的，那是因為有錢買不到米，不是沒有銅錢買米。這不一樣的。七姐，你說是不是？」

「怎麼不是？」七姑奶奶笑道：「你的說法，倒跟小爺叔很像。」她緊接著又問：「後來呢？」

「後來杭州光復了。他同我說，考秀才要到杭州去考，將來舉人也是到杭州考，家一搬到杭州，你的這點基礎，就要拋掉了。不如捐個監生，下回直接進京去考舉人；頭一年秋天考中了，第二年春天再考進士。如果在浙江考中了舉人；考進士還是要進京。一番手續兩番做，反而不划算。我想想不錯，湊了二百兩銀子，替他捐了個監生；他就更加用功了。唉！」羅四姐嘆口氣，說不下去了。

「用功用出毛病來了？」練達人情的七姑奶奶問說。

「先是吐血。」羅四姐用低幽但很平靜的聲音說：「他還瞞著我，吐血吐在手帕裡；手帕自己去洗。臉色越來越白，到了下半天，顴骨上倒像搽了胭脂，我懵懵懂懂，還不當它一回事。有一天他有應酬回來，我替他脫袍子，隨手在口袋裡一摸，摸出一條上有血跡的手帕，才曉得他是癆病。」

「癆病？」七姑奶奶神色緊張，「後來呢？照樣還是趕考去了？」

「沒有。他這樣子怎麼能趕考？」

「以後呢？」

以後自然是養病。癆病俗稱「饞癆病」，想吃這個，想吃那個，羅四姐總依著他的性子去辦；辦來了，卻又淺嘗即止，剩下來的不僅是食物，還有他的歉疚。

「我聽人說，癆病只要胃口好，還不要緊，像他那樣子，饞是饞得要命，胃口一點都沒有。人一天比一天瘦，不過三個月的功夫。唉！」羅四姐又是一聲長嘆。

七姑奶奶不必再談她的丈夫；覺得要關心的是羅四姐，「你現在住在哪裡？」她問。

「南市。天主教堂後面。」

「日子過得很艱難吧？」

「也還好。」羅四姐淡淡地答說。

「有沒有伢兒？」

「沒有。」羅四姐口中乾脆，內心不免抱歉。

「既無兒女，年紀也離『老』字還早——。」七姑奶奶突然噤住；畢竟還是第一次見面，哪裡能談得那麼深。

看看沒有話了，羅四姐便即告辭：「七姐，我要走了。」一面說，一面站了起來，「明天我再來看你。」

「不，不！」七姑奶奶急忙攔阻，「何必等到明天？我們一見如故，你不要見外，在我這裡吃了飯，我再拿馬車送你回去。」

羅四姐原是沒話找話，並沒有想走的意思；見她留客之意甚殷，落得將順。

「七姐的話，一點不錯。」她復又坐了下來，「我也覺得我們一見如故。大概是前世的緣分。」

「羅四姐，你說到『前世的緣分』，我就更不肯放你回去了。」七姑奶奶的心又熱了，「你這樣子不是個了局。守寡這回事，看起來容易，其實很難；我勸你——。」

她的話沒有說完，但要勸的是甚麼？卻無須明言，就會知道。於是很坦率地答說：「我也不想造『節孝坊』，不過，這回是要好好挑一挑了。」

正在談著，胡雪巖來了，「果然是羅四姐！」他怔怔地望著她，心中百感交集，有無數的話要說，但都堵在喉頭，竟不知說哪一句好。

相形之下，羅四姐反顯得比較沉著，站起來說道：「從前我叫你的名字；現在不曉得叫你啥好？」

「你仍舊叫我雪巖好了。」

「這不像樣。你現在是大老闆，哪裡好直來直去叫名字，也忒嫌沒分寸。」

「這樣好了。」七姑奶奶插嘴說道：「大家都叫他胡大先生，或者大先生；羅四姐，你也這樣叫好了。」

「好的，好的。這是尊稱。大先生，我們沒有見面有九年了吧？」

胡雪巖默默算了一下，「九年！」他說：「雖說九年，同隔世一樣。杭州光復之後，左大人叫我辦善後，我叫人到處訪你，音信毫無，那時候你在哪裡？」

「我已經在上海了。」

「喔，怎麼會到了上海了呢？」

「這話說起來就長了。」

七姑奶奶心想，羅四姐這一談身世遭遇，要費好些辰光，她是已聽說過了，不必在此白耗功夫，便即起身說道：「羅四姐，小爺叔，你們都在這裡便飯；我去料理一下，你們慢慢談。」

所謂料理，只是交代幾句話的事，一是到館子裡叫菜；二是通知古應春，家中有客，胡雪巖也在，晚上有飯局最好辭掉，回家來陪客。然後坐在客廳間壁的小房間中，打開了房門，一面閉目養神，一面聽他們敘舊。

「羅四姐，」她聽見胡雪巖在說：「你從前幫過我許多忙。現在我總算立直了，不曉得有啥地方可以幫你的忙，請你儘管說。」

「多謝你。我也還混得落；到我混不落去的時候，再請你大先生幫忙。」

「你一個人這樣混也不是一個了局。」

聽得這話，七姑奶奶心中一動；悄悄起身，遙遙相望，只見胡雪巖與羅四姐四目凝視，心裡在想：他們那一段舊情，又挑起來了。

她猜得不錯。胡雪巖覺九年不見，羅四姐變過了，從前是一根長辮子甩來甩去，走路腰扭得很厲害，左顧右盼，見了陌生人不會臉紅的小家碧玉；如今沉靜得多了，皮膚也白淨得多了，瓜子形的清水臉上，那一雙黑白分明的眼睛，不似從前那麼靈活，但偶爾瞟他一眼，彷彿有無數心事要傾訴似地。

最動人的是墮馬髻旁戴一朵白頭繩結的菊花——胡雪巖選色，喜歡年輕孀婦，所以這朵帶孝白菊花，最逗人遐思。

「這樣好不好，」胡雪巖說：「我幫你杭州開一家繡莊。」

「不！我不想回杭州。」

「為啥呢？」

「在上海住慣了。」

「那麼，繡莊就開在上海？」

「多謝你。」羅四姐說：「等我想一想。」

七姑奶奶很想再聽下去，但古應春回來了，不能不搶先一步截住他，略略說了生客的來歷，方始帶他到客廳，與羅四姐見面。

「喔，」羅四姐很大方地檢衽為禮，口中叫一聲：「七姐夫。」是這樣親近的稱呼，使得古應春很快地消失了陌生感，像跟熟人那樣談了起來。不久，館子裡送了菜來，相將入席，大家都尊羅四姐上坐，她說甚麼也不肯，結果依舊是胡雪巖首座；一張八仙桌，主客四人，各占一方。

「羅四姐會吃酒的。」胡雪巖對七姑奶奶說：「而且酒量好得很。」

「這樣說，葡萄酒是太淡了。」七姑奶奶問說：「羅四姐，你喜歡那種酒；燙花雕來好不好？」

「謝謝。我現在酒不吃了。」

「為啥要戒酒？」七姑奶奶說：「你一個人，正要吃酒，一醉解千愁。」

「你看你！」古應春埋怨地說：「你沒有吃酒，倒在說醉話了。人家羅四姐日子過得好好地，何必借酒澆愁？」

「好！算我說錯了。」七姑奶奶讓步，復又勸客人：「你為我開戒，我陪你吃兩杯。」

「不敢當、不敢當。七姐一定要我吃，我就吃。」

「這才好。你說、吃啥酒？」

「你吃啥，我吃啥。」

「我是吃了好玩兒的。只怕你不喜歡。」

七姑奶奶到櫃子裡取來一瓶薄荷酒，葫蘆形的瓶子，碧綠的酒，非常可愛，倒將羅四姐的酒興引發了。

「我也吃杯薄荷酒。」胡雪巖湊趣；舉杯在手，看著七姑奶奶說：「我勸羅四姐開一家繡莊，你們看好不好？」

「大先生，我想過了。」羅四姐接口說道：「多謝你的好意，我是力不從心。本錢雖歸你出，也要人手，我一個人照應不過來。」

「那怕甚麼？請七姐幫你的忙；外場請應春照應。另外我再派兩個老成靠得住的夥計給你。你做現成的老闆好了。」

「吃現成飯也沒啥意思。」

言語有點談不攏。古應春覺得這件事暫時以不談為妙，便將話扯了開去；做主人的當然要揀客人熟悉或感興趣的話題，所以自然而然地談到了「顧繡」。

中國的刺繡分三派，湖南湘繡、蘇州蘇繡以外，上海獨稱「顧繡」，其中源遠流長，很有一段掌故，羅四姐居然能談得很清楚。

「大家都曉得的，顧繡是從露香園顧家的一個姨太太傳下來的。我現在住的地方，聽他們說就是露香園的基址──。」

露香園在上海城內西北角，先是明朝道州知府顧名儒所建，本名「萬竹山居」。顧名儒的胞弟叫顧名世，嘉靖三十八年的進士，官拜尚寶丞，告老還鄉，宦囊甚豐，看萬竹山居東面的空地尚多，於是拓寬來開闢一座池塘，哪知此地本來就是池，有掘出來的一塊石碑為證。碑上刻的是「露香池」三字，而且是趙子昂的手筆。因此，顧名世將萬竹山居改名「露香園」；那座池塘當然一仍其舊，依然叫做「露香池」。

顧名世的姬妾很多，其中有一個姓繆，她在京城的時候，學會了刺繡，而且是宮中傳出來的訣竅；繆姨娘在這方面有天才，更加改良，益見精妙。五色絲線擘，細針密縷，顏色由淺入深，渾然一體，配色之美，更不在話下。最見特色的是，顧繡以針代筆，以絲線作丹青，以名蹟作藍本，山水、人物、花鳥，無不氣韻生動，工細無匹，當時稱為「畫繡」。繆姨娘曾經仿繡趙子昂的〈八駿圖〉，董其昌認為即使是趙子昂本人用筆，亦未見得能勝過她。又繡過一幅〈停鍼圖〉，真是窮態極妍，而且無法分辨是畫、是繡；後來由揚州的一位鹽商，拿一個漢玉連環，及南唐名家周昉作畫的一幅美人圖交換了去。

由於繆姨娘的教導，露香園的女眷，下至丫頭，都會刺繡，而且極精，「畫繡」之名大著，顧名世本人的名字，反而不為人所知，以至於顧名世有一次酒後大發牢騷，說他「寄名於汝輩十指之間」。

不過稱為「顧繡」是入清以後的事。顧名世有個孫女兒，嫁夫姓張；二十四歲居孀，有個一歲的兒子。撫孤守節，全靠纖纖十指；繡件不輸於繆姨娘，但除繡畫以外還繡普通的花樣，生意很好，「顧繡」便取「畫繡」之名而代之，傳遍南北。同時「顧繡」也成了上海的一樣名產，家學戶習，甚至男子也有學刺繡的。

羅四姐講得頭頭是道；胡雪巖與七姑奶奶也聽得津津有味。不過古應春卻有些心不在焉；他關心的是胡雪巖這天在長三堂子中有六七處應酬，每處坐半點鐘，連路上的功夫，至少亦要四個鐘頭，所以等羅四姐談得告一段落，便提醒他說：「應該去了。」

一聽這話，胡雪巖便皺起了眉，「可以不去的，有哪些地方？」他問。

「最好都去。萬不得已，那麼，有兩處非去不可。」

「好吧！就去這兩處。」胡雪巖問道：「羅四姐呢？應該有人送。」

「不要了。」七姑奶奶說：「城裡這麼遠，又是晚上。」

七姑奶奶是不由分說要留客過夜了。羅四姐也想留下來，不過家裡只有一個老蒼頭看門，她一夜不回去，害老蒼頭著急，亦覺於心不忍。

「這倒容易。」古應春說：「請羅四姐把府上的地址告訴我，我派人去通知。」

於是胡、古二人先行離席；七姑奶奶陪著羅四姐吃完飯，領她到專為留堂客的客房，檢點了被褥用具，請羅四姐卸了妝，再舒舒服服喝茶閒談。

一談談到午夜，古家照例每天必有消夜，正在吃粥時，古應春回來了，同行的還有胡雪巖。

「小爺叔沒有回去？」七姑奶奶信口說了一句。

「我想來吃粥。」胡雪巖也信口回答。

其實，大家都明白，他是特為來看羅四姐，卸了妝的她，梳一條鬆鬆的大辮子，穿的是散腳褲，小夾襖，照規矩是臥室中的打扮，見不得「官客」的。不過既然讓官客撞見了，也就只好大大方方地，視如無事。

「你們走了哪兩家？」七姑奶奶問。

「會樂里雅君老家。還有畫錦里秋月樓老四家。」古應春答說。

「秋月樓老四不是從良了嗎？」七姑奶奶問說：「莫非『淴了個浴』又出來了？」

「倒不是她要『淴浴』，」胡雪巖答說：「是讓邱家的大太太趕出來的。」

「喔。」七姑奶奶問：「老四還是那麼瘦？」

「稍微發福了。」

「那好，她是要胖一點才好看。」

他們在交談時，羅四姐的眼光不斷掃來掃去，露出詫異的神色，七姑奶奶覺察到了，「羅四姐，」她問：「你逛過堂子沒有？」

「沒有。」羅四姐答說：「聽都沒有聽說過。」

「女人逛堂子，只有我們這位太太。」古應春有點不好意思地說：「羅四姐，要不要讓她帶你去開開眼界？」

「謝謝，謝謝！」羅四姐一面笑，一面瑟縮斂手，「我不敢。」

「怕啥？」七姑奶奶鼓勵她說：「不經一事，不長一智，你要到堂子裡去過，才曉得為啥五、六十歲的老頭子，會交墓庫運？你懂了其中的道理，你家老爺也就不會交墓庫運了。」

「這又是啥道理呢？」

「因為你懂了，女人家要怎麼個樣子，才能收男人的心？他不喜歡的事情，你不要逼了他去做；他不喜歡聽的話，你少說。他喜歡的事情，你也要當自己的事情那樣子放在心上。到了這個地步，你儘管放他出去逛堂子，吃花酒；他一顆心還是在你身上的。」

「怪不得！」羅四姐笑道：「七姐夫這樣子聽你的話。」

「聽她的話倒不見得。」古應春解嘲似地說：「不過大概不至於交墓庫運。」

「是不是？」七姑奶奶慫恿著說：「我們去打個茶圍；有興致再吃它一檯酒，你也長長見識。又不跟他們男人家在一起，怕啥？」

「我用不著長這個見識了。孤家寡人一個，這番見識也用不著。」

說著，抬起頭來，視線恰好跟胡雪巖碰個正著。趕緊避開，卻又跟七姑奶奶對上了；看她似笑非笑的神情，羅四姐無緣無故地心虛臉紅，竟有些手足無措了。

於是胡雪巖便叫一聲：「七姐，應春！」接著談一件不相干的事，目的是將他們夫婦倆的視線吸引開去，為羅四姐解圍。

「我的酒不能再吃了。」羅四姐找個談話的空隙，摸著微微發燒的臉說；「再吃要醉了。」

「不會的。酒量好壞一看就看出了。」七姑奶奶說：「只怕是酒不對你的胃口。」

「大概是。薄荷酒帶甜味；酒量好的人，都不喜歡甜味道。」古應春問道：「羅四姐，你吃兩杯白蘭地好不好？」

「吃兩種酒會醉。」

「不會，不會！」七姑奶奶接口，「外國人一頓飯要吃好幾種酒，有的酒在飯前，有的酒在飯後；雜七雜八都吃在肚皮裡，也沒有看他們有啥不對。」

「真的？」

看樣子並不堅拒，古應春便起身去取了一瓶三星白蘭地；拿著螺絲鑽在開瓶塞時，羅四姐開口了。

「我聽人家說，這種酒上面那塊月牙形招頭紙，拿濕手巾擦一擦，會有三個藍印子出來。沒有藍印子的就是假酒。」

「這我們還是第一回聽說，試試看。」

叫人拿塊濕手巾來擦了又擦，毫無反應，羅四姐從從容容地說：「可見得聽來的話靠不住。府上的酒，哪裡會有假的？」

「這也不見得，要嘗過才算數。」七姑奶奶起身去拿了兩個水晶酒杯來，向她丈夫說：「只有你陪羅四姐了。」

「胡大先生，你呢？」羅四姐問。

「我酒量淺，你請。」

「羅四姐，」七姑奶奶又提逛堂子的事了，「怎麼樣，哪一天？」

「七姐，」胡雪巖玩笑地插嘴：「幫襯我打個『鑲邊茶圍』好不好？」

「哪個要你『鑲邊』？不但不要你鑲邊；我們還要『剪』你的『邊』呢！」

羅四姐看他們這樣隨意開玩笑，彼此都沒有絲毫做作或不自然的神色，知道他們的交情夠深了。而且看七姑奶奶不但爽朗熱心，似乎胡雪巖很聽她的話。她心裡在想，如果對胡雪巖有甚麼盤算，一定先要將七姑奶奶這一關打通。

於是，她的語氣改變了，先是提到「堂子」就覺得是個不正經的地方，談都不願談；這時候卻自動地問道：「七姐，甚麼叫『剪你的邊』？」

「『剪邊』就是把人家的相好奪過來。」七姑奶奶湊過去，以一種頑皮好奇的神態，略略放低了聲音說：「我帶你去看看小爺叔的相好，真正蘇州人，光是聽她說說話，你坐下來就不想走了。」

「真正蘇州人？」羅四姐不懂了，「莫非還有假的蘇州人？」

「怎麼沒有？問起來都說是蘇州木瀆人，實在不過學了一口『堂子腔』的蘇白而已。」

「蘇白就是蘇白，甚麼叫堂子腔的蘇白？」

「我不會說，妳去聽了就知道了。」

「好啊！」一直堅拒的羅四姐，趁此轉圜，「幾時跟七姐去開開眼界。」

「你們去是去，」古應春半真半假地警告：「當心《申報》登你們的新聞。」

「喔，」胡雪巖突然提高了聲音說：「應春提到《申報》，我倒想起一件事來了。從去年冬天天津到上海的電報通了以後，我看《申報》上有些新聞是打電報回來的。盛杏蓀當電報局總辦，消息格外靈通；有些生意上頭，我們消息比人家晚，哪怕只不過晚一步，虧就吃得很大了。所以，我有個念頭，應春，你看能不能託《申報》的訪員幫忙？」

「是報行情過來？」

「是啊。」

「那，我們自己派人在天津，每天用密碼發過來好了。」

「那沒有多少用處。」胡雪巖說：「有的行情，只有訪員才打聽得到。而且，也不光是市面上的行情，還有朝廷裡的行情。像去年冬天，李大先生的參案——。」

「李大先生」是指李鴻章。七姑奶奶的性情，外粗內細，一聽談到這些當朝大老的宦海風波，深知有許多有關係的話，不宜為不相干的人聽見，傳出去會惹是非，對胡雪巖及古應春都沒有好處，所以悄悄拉了羅四姐，同時還做了個示意離席的眼色。

「他們這一談就談不完了，我們到旁邊來談我們的。」

羅四姐極其知趣，立刻迎合著七姑奶奶的意向說：「我也正有些話，不便當著他們談。七姐，我心裡頭有點發慌。」

「為啥？」

羅四姐不即回答，將七姑奶奶拉到一邊，在紅絲絨的長「安樂椅」上並排坐了下來，一隻手執著七姑奶奶的手，一隻手只是摸著因酒而現紅暈的臉。

「是不是身子不舒服？」七姑奶奶不安地問：「怎麼好端端地，心裡會發慌？」

「不是身子不舒服。」羅四姐彷彿很吃力地說：「我做夢也沒有想到，忽然會有像今天這樣子一天，又遇見雪巖，又結識了七姐你；好比買『把兒柴』的人家，說道有一天中了『白鴿票』，不曉得怎麼好了。」

七姑奶奶雖是松江人，但由於胡雪巖的關係，也懂杭州話；羅四姐的意思是，升斗小民突然中了獎券，也就是拿窮兒暴富的譬喻，來形容她自己的心境。七姑奶奶覺得她的話很中聽；原來就覺得她很好，這下便更對勁了。

不過要找一句適當的話來回答倒很難，所以她只是笑嘻嘻地說：「怎麼會呢？怎麼會呢？」

「怎麼不會？我一個寡婦，哪裡有過這種又說又笑又吃酒的日子。他要幫我開繡莊，你要請我逛堂子；不要說今生今世，前世都不曾想到過的。」

躊躇滿志之意，溢於言表，七姑奶奶當然看得出來，抓住她一隻手，閤攏在她那雙只見肉、不見骨的溫暖手掌中，悄悄問道：「羅四姐，他要幫你開繡莊，不過一句話的事，你的意思到底怎麼樣呢？」

羅四姐不答，低垂著眼，彷彿有難言之隱，無法開口似地。

「你說一句嘛！願意就願意，不願意就不願意，勉強不來的事。」

「我怎麼會不願意呢？不過，七姐，」羅四姐倏然抬眼，「我算啥呢？」

「女老闆。」

「出本錢是老闆，本錢又不是我的。」

七姑奶奶始而詫異，做現成的老闆，一大美事，還有甚麼好多想的？繼而憬然有悟；脫口說道：「那麼是老闆娘？」

羅四姐又把頭低了下去，幽幽地說：「我就怕人家是這樣子想法。」

不說自己說人家，言外之意就很微妙了。遇到這種時候，七姑奶奶就不會口沒遮攔了，有分寸的話，她拿把握住分寸，才肯出口。

「羅四姐，」她終於開口探問了，「你年紀還輕，又沒有兒女，守下去沒有意思嘛。」

在吃消夜以前，羅四姐原曾談過身世，當時含含糊糊表示過，沒有兒女；此時聽七姑奶奶這樣說，她覺得應該及時更正，才顯得誠實。

「有個女兒。」她說：「在外婆家。」

「杭州。」

「女兒不比兒子，總是人家的。將來靠女婿，他們小夫婦感情好還好，不然，這碗現成飯也很難吃。尤其是上有婆婆，親家太太的臉嘴，實在難看。」

「我是絕不會靠女婿的。」羅四姐答說；聲音很平淡，但字字清楚，顯得很有把握。

「那麼你靠哪個呢？」

「靠自己。」

「靠自己就更要有一樣靠得住的東西了。」

意在言外，是勸她接受胡雪巖的資助，但羅四姐就在這一頓消夜前後，浮動在心頭的各種雜念，漸漸凝結成一個宗旨：要接受胡雪巖的好處，就不止於一家繡莊；否則寧可不受。因而明知其意，卻裝作不解。

七姑奶奶當然不相信她不懂這話，沉默不答，必是別有盤算；便追問著說：「你說我的話是不是？靠自己是有志氣的事，不過總也要有一樣東西抓在手裡。繡花這樣本事，全靠年紀輕、眼睛亮、手底下準；沒有幾年，你就靠它不住了。」

靠得住的便是繡莊。羅四姐不會再裝不懂了；想一想說：「要說開繡莊，我再辛苦兩三年，邀一兩個姊妹淘合夥，也開得起來。」

莫非是嫌胡雪巖的忙幫得不夠？還是性情耿介，不願受人的好處？七姑奶奶一時還看不出來，便也就保持沉默了。

「七姐，」羅四姐忽然問道：「胡家老太太還在？」

「健旺得很呢。」七姑奶奶問：「你見過？」

「見過。」

「那麼，胡太太呢？也見過？」

「也見過。」羅四姐忽然幽幽地嘆了口氣。

這一下，七姑奶奶恍然大悟。胡雪巖未忘舊情，羅四姐舊情未忘。胡雪巖那邊不會有甚麼障礙；如果羅四姐這方面肯委屈，倒也未始不是一件美事。

感情上的事，要兩相情願。七姑奶奶當時便作了個決定，給他們機會，讓他們自己去接近。果然有緣，兩情相洽，那時看情形，再來做現成媒人，也還不遲。

「阿七，」古應春在喊，「小爺叔要走了。」

七姑奶奶轉臉看時，小大姐已在伺候胡雪巖穿馬褂了，「小爺叔，」她說：「今天不算數，明天晚上我正正式式請羅四姐，你有沒有空？」

胡雪巖尚未答話，羅四姐搶在前面謙謝，「七姐，七姐，」她說：「你太客氣了。」

「不是客氣，道理上應該。」七姑奶奶又說：「就算客氣，也是這一回。」

羅四姐不作聲了，胡雪巖便笑著問她說道：「你看，七姐就有這點本事，隨隨便便一句話就能夠把你的嘴封住，沒話可說。」

「我話還是有的，」羅四姐說：「恭敬不如從命。」

「你這話，」七姑奶奶說道：「才真的太客氣了。」

「那麼，還有句不客氣的話：只此一回，下不為例。」

「好，好。下不為例。」

古應春與胡雪巖互相看了一眼，有同感的默契；羅四姐也是個角色，針鋒相對，口才上並不遜於七姑奶奶。

「閒話少說，」七姑奶奶問道：「小爺叔，明天晚上你到底有沒有空？」

「沒有空，也要抽出空來啊！」

「羅四姐，你看，你多有面子！」

「哪裡，我是沾七姐你的光。」

「地方呢？」胡雪巖插嘴問說。

「你看呢？」七姑奶奶徵詢丈夫的意見，「我看還是在家裡吧！」

「也好。」

「那就說定了。」七姑奶奶又說：「小爺叔，還有句話，我要言明在先。羅四姐今天住在我這裡，明天早晨，我送她回去；下午再去接她。不過，晚上送她回家，小爺叔是你的差使了。」

這是試探羅四姐，如果她對胡雪巖沒有意思，一定會推辭；一個男人，深夜送單身女子回家，那會在鄰居之中引起極多的批評；羅四姐果真以此為言，七姑奶奶是無法堅持一定胡雪巖要送的。

推辭也很容易，最簡捷的辦法，便是說夜深不便，仍舊想住在古家。可是，她不是這樣說；說的是：「胡大先生應酬多，不要再耽誤他的功夫了。」

「沒有，沒有！」胡雪巖趕緊接口：「明天晚上我沒有應酬。」

七姑奶奶看著羅四姐笑了；這一笑倒使得她有些發窘，將視線避了開去。

第二天，七姑奶奶送羅四姐回家；她家住南市，一樓一底的石庫房子，這條弄堂是小康之家集居之地。

樓上住家、樓下客廳。客廳中已坐滿了人，大多挾著一個平平扁扁的包裹；有個中年婦女首先迎上來埋怨似地說：「羅四姐，你昨天一天哪裡去了？我兒子要看病，急著要交貨等錢用。」

「喔，」羅四姐歉然答說：「昨夜我住在我姐姐那裡。」

誰也沒有聽說過羅四姐有個姐姐，所以不免好奇地注視七姑奶奶，看她一副富態福相；衣服華麗不說，腕上一雙翠鐲，指上黃豆大一枚閃光耀眼的金剛鑽戒指，便使得大家另眼相看了。

七姑奶奶卻毫無架子，而且極其爽朗，「你先不要招呼我，大家都在等妳。」她對羅四姐說：「你趕緊料理，我來幫你。」

「再好沒有。」羅四姐高喝：「老馬、老馬！」

老馬是她請的幫手，五十多歲，幫她管帳兼應門，有時也打打雜，人很老實，但語言木訥，行動遲緩。這麼多交貨領貨的人，無以應付，索性在廂房裡躲了起來，此時聽得招呼，方始現身。

平時收貨發貨，只有羅四姐跟他兩個人，這天添了一個幫手，便順利得多，但也一直到中午，方能畢事。

「真對不起。」羅四姐說：「累你忙了半天。」接著便關照老馬，到館子裡叫菜，要留七姑奶奶吃飯。

「不必客氣。我來認一認地方，等下再來接你。家裡還有事要料理，我索性樓上都不上去了；下半天來了再來看你的臥房。」

這在羅四姐倒是求之不得，因為臥房中難免有凌亂不宜待客之處。「既然這麼說，我也不留七姐了。」她說：「下半天七姐派車子來好了，自己就不必勞駕了。明天晚上，我請七姐、七姐夫來吃便飯；不曉得七姐夫有沒有空。」

「等下再說好了。」

客人一走，羅四姐便從容了；吃過飯，她有午睡的習慣。一覺醒來，想起胡雪巖晚上要來，當即喚小大姐，連老馬都叫了上來，幫著拖地板、抹桌子、擦窗戶，換了乾淨的被褥；又把一套平時難得一用的細瓷茶具亦找了出來；另外備了四個果盤。等預備停當，開始妝扮；好在她一向是一張清水臉，只加意梳好一個頭，便可換衣服坐等了。

等到五點鐘，只聽樓下人聲；小大姐匆匆忙忙奔上來說：「胡老爺來了。」

羅四姐沒有想到是他來接；好在都已經預備好了，不妨請他上樓來坐。於是走到樓梯口說道：「胡大先生，怎麼勞你的駕？要不要上來坐一坐。」

「好啊！」影隨聲現，羅四姐急忙閃到一邊。江浙兩省，男女之間的忌諱很多，在樓梯上，上樓時必是男先女後；下樓正好相反，因為裙幅不能高過男人頭頂，否則便有「晦氣」。羅四姐也是為此而急忙閃開；等胡雪巖上了樓梯，她已經親自打著門簾在等了。

胡雪巖進了門，先四周打量一番，點點頭說：「收拾得真乾淨；陽光也足，是個旺地。」

「寡婦人家，又沒有兒子，哪裡興旺得起來？」

胡雪巖沒想到她一開口就是很直也很深的話，一時倒不知該持何態度？便只好笑笑不答。

這時小大姐已倒了茶來，羅四姐便照杭州待客之禮，將高腳果盤中的桂圓、荔枝、瓜子、松子糖之類，各樣抓一些，放在胡雪巖面前，一個說：「不好吃。」一個連聲：「謝謝。」

「羅四姐，有點小意思。你千萬要給我一個面子。」胡雪巖又說：「跟我來的人，手裡有個拜匣，請你關照小大姐拿上來。」

取來一個烏木嵌銀絲的拜匣，上面一把小小的銀絲鑰匙就繫在搭扣上，打開來看，裡面是三扣「經摺」，一個小象牙匣子。

胡雪巖先拿起兩扣，一面遞給羅四姐；一面交代：「一個是源利的；一個是汪泰和的。」

源利與汪泰和是上海有名兩家大商號，一家經營洋廣雜貨；一家是南北貨行。羅四姐接過經摺來看，戶名是「阜康錢莊」；翻開第一頁，上面用木戳子印著八個字：「憑摺取貨，三節結帳。」意思是羅四姐不管吃的、穿的、用的，憑摺到這兩家商號隨便索取；三節由阜康付帳。

這已經是厚惠了，再看另一扣經摺，羅四姐不由得心頭一震——是一扣阜康的定期存摺，存銀一萬兩；戶名叫做「維記」。

「本來想用『羅記』，老早有了；拆開來變『四維記』，哪曉得這個戶名也有了，只好把『四』字擱起，單用『維記』。喏，」胡雪巖拿起小象牙匣子，「外送一個圖章。」

羅四姐接過經摺與牙章，放在桌上，既非辭謝，亦未表示接受，只說：「胡大先生，你真的闊了。上萬銀子，還說小意思。」

「我不說小意思，你怎麼肯收呢？」

「我如果不收，你一定要跟我爭，空費精神。」羅四姐說：「好在送不送在你，用不用在我。這三個經摺，一顆圖章，就放在我這裡好了。」

她做事說話，一向胸有丘壑，胡雪巖認為不必再勸；便即說道：「那麼，你把東西收好了，我們一起走。」

「怎麼走法？」

「你下去就曉得了。」

胡雪巖是坐轎子來的，替羅四姐也備了一乘很華麗的轎子；他想得很周到，另外還加了一頂小轎，是供她的女僕或小大姐乘坐的。

胡雪巖還帶了三個跟班，簇新的藍布夾袍；上套玄色軟緞坎肩；腳下薄底快靴。由於要騎馬的緣故，夾袍下襬都掖在腰帶中，一個個神情軒昂，禮節周到。羅四姐也很好面子；心裡不由得在想：出門能帶著這樣子的「底下人」，主人家自然很顯得威風了。

正要上轎時，羅四姐忽然想到一件事，還得回進去一次。原來她是想到應該備禮送古家；禮物現成，就是繡貨。送七姑奶奶的是兩床被面，一對枕頭、一堂椅披、兩條裙子；這已經很貴重了，但還不如送古應春的一條直幅，是照宋徽宗畫的孔雀，照樣繡下來的，是真正的「顧繡」。

到得古家，展現禮物，七姑奶奶非常高興；「你這份禮很重，不過我也不客氣了。」她說：「第一，我們的日子還長，總有禮尚往來的時候。第二，我是真正喜歡。」當時便先將繡花椅披，陳設起來，粉紅軟緞，上繡牡丹，顯得十分富麗。

「七姐，」羅四姐說：「你比一比這兩條裙子的料子看，是我自己繡的。」

一條是紅裙，上繡百蝶，色彩繁豔，令人目眩，「好倒是好，不過我穿了，就變成『醜人多作怪』了。」七姑奶奶說：「這條裙子，要二十左右的新娘子，回門的時候穿，那才真叫出色。我留起來，將來給我女兒。」

「啊！」胡雪巖從椅子上一下站了起來，大聲說道：「應春，你要請我吃紅蛋了？」

原來古應春夫婦，只有一個兒子；七姑奶奶卻一直在說，要想生個女兒。胡雪巖看她腰身很粗，此刻再聽她說這話，猜想是有喜了。

古應春笑笑不答，自然是默認了；羅四姐便握七姑奶奶的手說：「七姐，恭喜、恭喜！幾個月了。」

七姑奶奶輕聲答了句：「四個月。」

「四個月了！唷、唷，你趕快給我坐下來，動了胎氣，不得了。」

「不要緊的。洋大夫說，平時是要常常走動、走動，生起來才順利。」

「唷！七姐，你倒真開通，有喜的事，也要請教洋大夫。」羅四姐因為七姑奶奶爽朗過人，而且也沒有外人，便開玩笑地問：「莫非你的肚皮都讓洋大夫摸過了。」

「是啊！不摸怎麼曉得胎位正不正？」

原是說笑，不道真有其事；使得羅四姐撟舌不下，而七姑奶奶卻顯得毫不在乎。

「這沒有啥好稀奇的，也沒有啥好難為情的。」

「叫我，死都辦不到。」羅四姐不斷搖頭。

「羅四姐！」古應春笑道：「你不要上她的當，她是故意逼你。洋大夫倒是洋大夫，不過是個女的。」

「我說呢！」羅四姐舒了口氣，「洋人那隻長蠻黑毛，好比熊掌樣的手，摸到你肚皮上，你會不怕？」

七姑奶奶付之一笑，拿起另一條裙子料子看；月白軟緞，下繡一圈波浪；上面還有兩隻不知名的鳥。花樣很新，但也很大方。

「這條裙子我喜歡的，明天就來做。」七姑奶奶興致勃勃地說：「穿在身上，裙幅一動，真像潮水一樣。羅四姐，你是怎麼想起來的。」

「也是我的一個主顧，張家的二少奶奶，一肚子的墨水，她跟我很投緣，去了總有半天好談。有一天不知道怎麼提起來一句古話，叫做『裙拖六幅湘江水』，我心裡一動，回來就配了這麼一個花樣。月白緞子不耐髒，七姐，我再給你繡一條，替換了穿。」

「這倒不必，我穿裙子的回數也不多。」

這時古應春跟胡雪巖在看那幅「顧繡」，開屏的孔雀，左右看去，色彩變幻；配上茶花、竹石，令人觀玩不盡。胡雪巖便說：「何不配個框子，把它掛起來？」

「說得是。」古應春立刻叫進聽差來吩咐：「配個紅木框子；另外到洋行裡配一面玻璃。最好今天就能配好。」

接著又看被面、看枕頭，七姑奶奶自己笑自己，說是「倒像看嫁妝」。惹得婢僕們都笑了。

「餓了！」胡雪巖問：「七姐，快開飯了吧？」

「都預備好了，馬上就開。」

席面仍舊像前一天一樣。菜是古應春特為找了個廣東廚子來做的，既好又別致，羅四姐不但大快朵頤，而且大開眼界；有道菜是兩條魚，一條紅燒、一條清蒸，擺在一個雙魚形的瓷盤中，盤子也很特別，一邊白、一邊黃，這就不僅羅四姐，連胡雪巖都是見所未見。

「這叫『金銀魚』，」古應春說：「進貢的。」

胡雪巖大為詫異，「哪個進貢？」他問：「魚做好了，送到宮裡，不壞也不好吃了。」

「自然是到宮裡，現做現吃。」古應春說：「問到是甚麼人進貢，小爺叔只怕猜不到，是山東曲阜衍聖公進貢的。」

「啊！」胡雪巖想起來了，「我聽說衍聖公府上，請第一等的貴客，菜叫『府菜』，莫非就是這種菜？」

「一點不錯。府菜一共有一百三十六樣；菜好不稀奇，奇的是每樣菜都用特製的盤碗來盛。餐具也分好幾種，有金、有銀、有錫、有瓷；少一樣，整桌檯面都沒用了，所以衍聖公府上請貴客，專有個老成可靠的老家人管餐具。」

「那麼進貢呢？當然是用金檯面？」

「這是一定的。」古應春又說：「宮裡有喜慶大典，像同治皇帝大婚，慈禧太后四十歲整生日，衍聖公都要進京去道喜，廚子、餐具、珍貴的材料都帶了去。須先請旨，預備那一天享用府菜，到時候做好送進宮；有的菜是到宮裡現做——這要先跟總管太監去商量；當然也要送門包。好在衍聖公府上產業多，不在乎。」

胡雪巖聽了大為嚮往，「應春，」他問：「你今天這個廚子，是衍聖公府出身？」

「不是，他是廣東人；不過，他的爺爺倒是衍聖公府出身。這裡面有段曲折，談起來蠻有趣的。」說著，他徐徐舉杯，沒有下文。

「喔，」七姑奶奶性急，「有趣就快說，不要賣關子！」

「我也是前兩天才聽說，有點記不太清楚了，等我好好想一想。」

「慢慢想。」羅四姐挾了塊魚敬他，「講故事要有頭才好聽。」

「好！先說開頭，乾隆末年——。」

乾隆末年，畢秋帆當山東巡撫；阮元少年得意，翰林當了沒有幾年，遇到「翰詹大考」，題目是乾隆親自出的，「試帖詩」的詩題是「眼鏡」。這個題目很難，因為眼鏡是明朝末年方由西洋傳入中土，所以古人詩文中，沒有這個典故；而且限韻「他」字，是個險韻，難上加難，應考的無不愁眉苦臉。

考試結果，阮元原為一等第二名，乾隆拔置為第一；說他的賦做得好，其實是詩做得好，內中有一聯：「四目何須此，重瞳不用他」，為乾隆激賞，原來乾隆得天獨厚，過了八十歲還是耳聰目明，不戴眼鏡，平時常向臣下自詡。因此，阮元用舜的典故「四目」、「重瞳」來恭維他，意思是說他看人看事，非常清楚，根本用不著借助於眼鏡。

大考第一，向來是「連升三級」，阮元一下子由編修升為詹事府少詹，不久就放了山東學政，年紀不到三十，斷絃未娶。畢秋帆便向阮元迎養在山東的「阮老太爺」說：「小女可配衍聖公，請老伯作媒；衍聖公的胞姐可配令郎，我作媒。」阮元就此成了孔家的女婿。

衍聖公府上的飲饌，是非常講究的，因為孔子「食不厭精」，原有傳統。因此，隨孔小姐陪嫁過來的，有四名廚子，其中有一個姓何，他的孫子，就是古應春這天邀來的何廚。

「那麼，怎麼會是廣東人呢？」胡雪巖問。

「阮元後來當兩廣總督，有名的肥缺，經常宴客；菜雖不如府菜，但已經遠非市面上所及。不過不能用『府菜』的名目，有人便叫它『滿漢全席』。總督衙門的廚子，常常為人借了去做菜；這何廚的爺爺，因此落籍，成為廣東人。」

正談到這裡，魚翅上桌；只見何廚頭戴紅纓帽，開席前來請安。這是上頭菜的規矩，主客照例要犒賞，胡雪巖出手豪闊，隨手拈了張銀票，便是一百兩銀子。

「這盤魚翅，四個人怎麼吃得下？」

羅四姐說：「我真有點替七姐心痛。」

魚翅是用二尺五口徑的大銀盤盛上來的，十二個人的分量，四個人享用，的確是太多了，七姑奶奶有個計較，「都是自己人，不必客氣。」她說：「留起一半吧！」

就一半也還是多了些，胡雪巖吃了兩小碗，摩腹說道：「我真飽了。」接著又問：「這何廚我以前怎麼沒有聽說過？」

「最近才從廣州來。」古應春答說：「自己想開館子，還沒有談攏。」

「怎麼叫還沒有談攏？」

「有人出本錢，要談條件。」

「你倒問問他看，肯不肯到我這裡來。」胡雪巖說：「我現在就少個好廚子。」

「好的。等我來問他。」

吃完飯圍坐閒談，鐘打九點，七姑奶奶便催胡雪巖送羅四姐回家。在城開不夜的上海，這時還早得很；選歌徵色、紙醉金迷的幾處地方，如畫錦里等等「市面」還只剛剛開始。不過，胡雪巖與羅四姐心裡都明白，這是七姑奶奶故意讓他們有接近的機會，所以都未提出異議。

臨上轎時，七姑奶奶關照轎伕，將一具兩屜的大食盒，納入轎箱；交代羅四姐說：「我們家請人吃夜飯有規矩的，接下來要請吃消夜。今天我請我們小爺叔做主人，到你府上去請。食盒裡一瓷罎的魚翅，是先分出來的，不是吃剩的東西。」

「謝謝，謝謝，」羅四姐說：「算你請胡大先生，我替你代做主人好了。」

「隨便你。」七姑奶奶笑道：「哪個是主，哪個是客，你們自己去商量。」

於是羅四姐開發了傭人的賞錢，與胡雪巖原轎歸去。

到家要忙著做主人，胡雪巖將她攔住了。

「你不必忙，忙了半天，我根本吃不下；豈不是害你白忙，害我自己不安。依我說，你叫人泡壺好茶，我們談談天最好。」

「那麼，請到樓上去坐。」

樓上明燈燦然，春風駘蕩，四目相視，自然逗發了情思；羅四姐忽然覺得胸前有透不過氣的感覺，急忙挺起胸來，微仰著臉，連連吸氣，才好過些。

「你今年幾歲？」她問。

「四十出頭了。」

「看起來像四十不到。」羅四姐幽幽地嘆了口氣，「當初我那番心思，你曉得不曉得？」

「怎麼不曉得？」胡雪巖說：「我只當我們沒有緣分；哪曉得現在會遇見，看起來緣分還在。」

「可惜，我已經不是從前的我。『人老珠黃不值錢』。」

「這一點都不對，照我看，你比從前更加漂亮了，好比柿子，從前又青又硬；現在又紅又軟。」胡雪巖嚥了口唾沫，「吃起來之甜，想都想得到的。」

羅四姐瞟了他一眼，笑著罵了句：「饞相！」

「羅四姐，」胡雪巖問道：「你記不記得，有年夏天，我替你送會錢去，只有你一個人在家——？」

羅四姐當然記得，在與胡雪巖重逢那天晚上就回憶過；那天，是七月三十日地藏王菩薩生日，插了地藏香，全家都出去看放荷花燈，留她一個人看家，胡雪巖忽然闖了進來。

「你怎麼來了？」

「我來送會錢。」胡雪巖說：「今天月底，不送來遲一天就算出月了。信用要緊。你們家人呢？」

「都看荷花燈去了。」羅四姐又說：「其實，你倒還是明天送來的好。因為我這筆錢轉手要還人家的，左手來，右手去，清清爽爽，你今天晚上送來，過一夜，大錢不會生小錢，說不定晚上來個賊，那一來你的好意反倒害人。」

「這一層我倒沒有想到，早知如此，我無論如何要湊齊了，吃過中飯就送來。」胡雪巖想了一下說：「這樣子好了，錢我帶回去，省得害你擔心。這筆錢你要送給哪個，告訴我；明天一早，我替你去送。」

「這樣太好了。」羅四姐綻開櫻唇，高興地笑著，「你替我賠腳步，我不曉得拿啥謝你？」

「先請我吃杯涼茶。」

「有，有！」

原來是借著插在地上的蠟燭光，在天井中說話；要喝茶，便須延入堂屋。她倒了茶來，胡雪巖一吸而盡，抹抹嘴問道：「你說你不曉得拿啥謝我？」

「是啊！你自己說，只要我有。」

「你有，而且現成。」胡雪巖涎著臉，「羅四姐，你給我親個嘴。」

「要死！」羅四姐滿臉緋紅，「你真下作！」

如果羅四姐板起臉叫他出去，事便不諧；這樣薄怒薄嗔，就霸王硬上弓，亦不過讓她捏起粉拳，在他背上亂捶一通而已。

主意打定，一個猛虎撲羊勢，摟住了羅四姐；她掙扎著說：「不要，不要！我的頭髮。」

一聽這話，胡雪巖知道不必用強，略略鬆開手說道：「不會，不會。不會把你的頭髮弄亂。」

說著，手在她腰上緊一緊，將嘴唇湊了上去；哪知就在這時候，門外有人大喊：「羅四姐，羅四姐！」

羅四姐趕緊將他一推，自己退後兩步，抹一抹衣衫，答應一聲：「來了！」同時努一努嘴，示意胡雪巖躲到一旁。

來的是鄰居，來問一件小事；羅四姐三言兩語，在門外把他打發走了。等回進來時，站得遠遠地；胡雪巖再要撲上來時，她一閃閃到方桌對面。

「你好走了。剛剛那個冒失鬼一叫，我嚇得魂靈都要出竅了。」羅四姐又說：「快，快，快點走。」

兩人都回憶著十年前的這一件往事；而且嘴角亦都出現了不自覺的笑意，只是羅四姐的笑意中，帶著明顯可見的悵惘與落寞。

「這句話有十年了吧？」

「十一年。」羅四姐答說：「那年我十六歲。」

「那麼，欠了十一年的債好還了。」胡雪巖笑道：「羅四姐你欠我的啥，記得記不得？」

「不記得了。」羅四姐又說：「就記得也不想還。」

「你想賴掉了？」

「也不是想賴。」羅四姐說：「是還不到還的時候。」

「要到啥時候呢？」

「我不曉得。」羅四姐忽然問道：「你看我的本事，就只配開一家繡莊？」

問到這句話，胡雪巖的綺念一收，「我們好好來談一談。」他說：「你的本事，十幾歲我就曉得了，那時候『搖會』，盤利息，哪個都沒有你精明。說實話，你如果是男的，我要請你管錢莊。」

「賣高帽子不要本錢的。」羅四姐笑道：「不過你說一定要男的才好管錢莊，這話我倒不大服氣。」

「你不要誤會。我不是說你本事不如男的，是女人家不大方便；尤其是你這樣子漂亮，下面的夥計為了你爭風吃醋，我的錢莊就要倒灶了。」

「要死！」羅四姐的一雙腳雖非三寸金蓮，但也是所謂「前面賣生薑，後面賣鴨蛋」裹了又放的半大腳，笑得有些立足不穩，伸出一隻手扶桌沿，卻讓胡雪巖一把抄住了。

「不要說夥計，」胡雪巖笑道：「就是我，只怕也沒心思在生意上頭了；一天到晚擔心，哪個客人會把你討了去。」

杭州人叫「娶親」為「討親」；這最後一句話，又勾起羅四姐的心事，「不要說了！」她奪回了手，坐到一旁，幽幽地說：「總怪我自己命苦。」

「我也難過啊！」胡雪巖以同感表示安慰，「我遲兩年討老婆就好了。」

「哼！」羅四姐微微冷笑，「你嘴裡說得好聽。」

「好聽不好聽，你等著看將來。」胡雪巖說道：「言歸正傳，你說你的本事不止於開一爿繡莊，那麼，還有啥大生意好做？你說來我聽聽看。」

羅四姐不作聲，低著頭看桌面，睫毛不住眨動，盤算得好像出神了。

「明天再說。」羅四姐抬眼說道：「你明天來吃便飯好不好？」

「怎麼不好？我明天下半天早一點來，好多談談。」

「不！你明天來吃中飯，下半天早一點走。晚上總不方便。」

胡雪巖想了一下說：「明天中午我有兩個飯局；有一個是要談公事，不能不到。這倒麻煩了。」

「那麼後天呢？」

「後天中午也有應酬，不過可以推掉的。」

「那就後天。」

胡雪巖無奈，只好答說：「後天就後天。」

「後天我弄兩個杭州菜給你吃。」羅四姐又說：「現在我代七姑奶奶做主人，請你吃消夜。」

胡雪巖胃口不太好，本不想吃，但想到第二天不能會面，便有些不捨之意，借吃消夜盤桓一會也好，便點點頭：「不必費事！」

「現成的東西。」羅四姐說：「到樓下去吃好不好？」

原要在樓上小酌才夠味，但那一來比較費事，變成言行不符，只好站起身來，跟著羅四姐下樓。「你吃甚麼酒？」

「隨便。」胡雪巖說：「我又不會吃酒，完全陪你。」

「謝謝。既然你陪我，就陪我吃我自己泡的藥酒。」

「喔，我倒想起來了——。」

「慢點！」羅四姐說：「等我把桌子擺好了再說。」

桌子上擺出來四個碟子，火腿、脆鱔、素雞、糟白鯗是七姑奶奶送的。羅四姐另外捧來一個白瓷罈，倒出來的藥酒，顏色不佳，但香味撲鼻，發人酒興。

「你這酒看樣子不壞，有沒有方子？」

「有。名叫周公百歲酒。你要，我抄一個給你。」

「有這種方子，越多越好。」胡雪巖說：「我想開一家藥店，將來要賣藥酒。」

羅四姐不由得詫異，「怎麼忽然想起來要開藥店？」她問。

「其中有好些緣故。有個緣故是有人要我辦各樣成藥，數量很大；我心裡在想，不如自己開一家藥店，既方便，又道地。」

「這個人是哪個？要那許多成藥，做啥用場？」

原來左宗棠的西征將士，已發現有水土不服的現象，寄信到上海轉運局，要採辦大批丸散膏丹，因而觸發了胡雪巖自己設一座大規模的藥鋪的構想。目前已請了一道陝甘總督衙門所發、請予免稅的公文，派人到生藥最大的集散地，直隸安國縣採辦道地藥材去了。

對於這個計畫，胡雪巖最感興趣，認為是救世濟民、鼓勵士氣最切實的一件事；一談起來，滔滔不絕。羅四姐很用心地傾聽著，遇有他說得欠明白之處，會要言不煩地提出疑問。這表示她不但能夠領會他的計畫，而且也關心他的事業，胡雪巖便越加興奮了。

一談談到三更天，胡雪巖發現左右鄰居看她家半夜裡燈火輝煌，門前轎班高聲談笑，都好奇地在張望，不免抱愧，也不好意思再作流連。

「好了，後天中午再來。」胡雪巖站起身來說：「再談下去，鄰居要罵人了。」

到得第三天上午，胡雪巖照例先到阜康錢莊辦事；有人告訴他說，「維記」來提了九千兩銀子，開出數目大小不等的十七張莊票。胡雪巖記在心裡，並未多問。

由於那天到羅四姐家，自覺太招搖了，這天只帶了一個跟班，亦未乘轎，而是坐了一輛「亨斯美」馬車，在羅家弄口下車，將馬車打發回去，步行赴約。本未過午，羅家客廳裡還坐著七、八個客戶在等候發落。

「胡大先生請坐。」羅四姐大大方方地站起來說：「我馬上就好了。」

「不忙，不忙！你儘管請洽公。」

胡雪巖捧著一杯茶，悄悄坐在一邊，看羅四姐處事，口講指畫，十分明快；她的客戶似乎也服她，說如何便如何，絕無爭執，所以不過一盞茶的功夫，都打發走了。

「佩服，佩服。」胡雪巖笑道：「實在能幹。」

「能幹不能幹還不曉得。等我替你買的地皮漲了價，你再恭維我。」

胡雪巖摸不著頭腦，「羅四姐，」他問：「你在說啥？」

「等等吃飯的時候再同你講。你請坐一坐，我要下廚房了。」

廚房裡菜都預備得差不多了，爐子上燉著魚頭豆腐；「件兒肉」在蒸籠裡；涼菜鹽水蝦、蔥㸆鯽魚和素雞，是早做好了的；起油鍋炸個「響鈴兒」，再炒一個薺菜春筍，就可以開飯了。

「沒有啥好東西請你。」羅四姐說：「不過我想，你天天魚翅海參，大概也吃膩了，倒不如清清爽爽幾樣家常菜，或許反倒可以多吃一碗飯。」

「一點不錯。」胡雪巖欣然落座，「本來沒有啥胃口，現在倒真有點餓了。」

羅四姐笑笑不作聲，只替他斟了一杯藥酒，然後布菜；胡雪巖吃得很起勁，羅四姐當然也很高興。

「你剛才說甚麼地皮不地皮，我沒有聽懂。請你再說一遍。」

羅四姐點點頭，「你給我的摺子，我昨天去提了九千兩銀子。」她問：「你曉得不曉得？」

「他們告訴我了。」

「從前年英租界改路名的辰光，我就看出來了，外國人辦事按部就班，有把握的，馬路修到哪裡，地價漲到哪裡，可惜我沒有閒錢來買地皮。前兩個月還有人來兜我，說山東路——。」

「慢點！」胡雪巖問道：「山東路在啥地方？」

「就是廟街。」原來英租界新造的馬路，最初方便他們自己，起的是英文名字，例如領事館集中之處，名為Consulate Road；江海關所在地名為Customs Road。上海在戰國時，原為楚國春申君黃歇的封邑，當時為了松江水患，要導流入海，春申君開了一條浦江，用他的姓，稱為黃江，或稱黃歇浦；此外春申浦、春申江、申江，種種上海的別稱，都由此而來。後人為了崇功報德，曾建了一座春申侯祠，又稱春申君廟，但年深月久，遺址無處可尋。

相傳建於明朝，地在三茅閣橋，供奉「三茅真君」的延真觀，原來就是春申君廟，英國人便將開在那裡的一條馬路，稱為Temple Street，譯成中文便是「廟街」。

英租界的地名很亂，工部局早就想把它統一起來，將界內的馬路，分為兩類，橫的一類從東到西，用中國主要的城市命名；縱的自南至北，以中國的省分命名，因此領事館路改名北京路；而第二個大城市是南京，便將外灘公園向西延伸的馬路，改名南京路。

廟街是南北向，改名山東路。那是前兩年的事，胡雪巖未嘗留意於此，所以羅四姐提起這個新地名，他茫然莫辨。

廟街他是知道的，「呃，」他問：「有人兜你買廟街的地皮？」

「廟街現在是往南在造馬路，那裡的地皮，一定會漲價，所以我提了九千兩銀子出來，買了二十多畝地皮，已經成交了。」

胡雪巖大為詫異，求田問舍，往往經年累月，不能定局，她居然一天功夫就定局了，莫非受人哄騙不成？

羅四姐看他的臉色，猜到他的心理，「你不相信？」她問。

「不是我不相信，只覺得太快了。」胡雪巖問：「你問的地皮，有沒有啥憑證？」

「怎麼沒有，我有『道契』；還有『權柄單』。」

胡雪巖更為驚異，「你連『小過戶』都弄好了？」他說：「你的本事真大。」

「你不相信，我拿東西給你看。」

於是羅四姐去取了三張「道契」來。原來鴉片戰爭失敗，道光二十二年訂立《南京條約》，開五口通商，洋人紛紛東來，但定居卻成了疑問。「普天之下，莫非王土」，中國的土地是不能賣給洋人的，這就不能不想個變通辦法了。

於是道光二十五年由英國領事跟上海道訂立了一份「地皮章程」，規定了一種「永租」的辦法。洋人跟土地業主接頭，年納租金若干，租得地皮，起造房屋，另外付給業主約相當於年租十倍的金額，稱為「押手」，實際上就是地價。

租約成立後須通知鄰近的地主，由地保帶領，會同上海道及領事館所派人員，會同丈量，確定四至界限，在大約上附圖寫明白，由領事轉送上海道查核。如果查明無誤，即由上海道在「出租地契」加蓋印信，交承租人收執，這就是所謂「道契」。

這種「道契」，產權清楚，責任確實，倘有糾葛，是非分明，比中國舊式的地契，含糊不清，一生糾葛，涉訟經年，真是「有錢不置懊惱產」，悔不當初。因此就有人想出一個辦法，請洋人出面代領道契；這原是假買假賣的花樣，所以在談妥條件，付給酬勞以後，洋人要簽發一張代管產業，業主隨時可以自由處置憑證，名為「權柄單」。而這種做法，稱之為「掛號」，上海專有這種「掛號洋商」。地皮買賣雙方訂約成交之前，到「掛號洋商」那裡，付費改簽一張「權柄單」，原道契不必更易，照樣移轉給買方，一樣有效。這就叫「小過戶」。

羅四姐這三張道契，當然附有三張「權柄單」，是用英文所寫；胡雪巖多年跟洋人打交道，略識英文，一看洋人所簽的「抬頭」是自己的英文名字，方始恍然，怪不得羅四姐有「我替你買的地皮」的話。

「不要，不要！地皮是你的。」胡雪巖將道契與權柄單拿到手中，「我叫人再辦一次『小過戶』，過得你的名下。」

「你也不必去過戶，過來過去，白白挑洋人賺手續費。不過，你把三張權柄單去拿給七姐夫看看，倒是對的。他懂洋文、洋場又熟悉，看看有甚麼不妥當的地方，趁早好同洋人去辦交涉。」

「我曉得了。」胡雪巖問道：「羅四姐，我真有點想不通，你哪裡學來的本事，會買地皮，而且一天功夫把手續都辦好了。說真的，叫專門搞這一行的人去辦，也未見得有你這麼快。」

「沒有的話。洋人做事情最爽快，你們雙方談好了，到他那裡去掛個號，簽個字就有多少銀子進帳，他為啥要推三阻四？不過搞這一行的人，一定要拖兩天；為啥呢？為的是顯得他的腳步錢賺得辛苦。像我——。」

羅四姐拿她自己的經驗為證。談妥了山東路的那塊地皮，找個專門替人辦「小過戶」的人要去掛號，講妥十兩銀子的「腳步錢」，卻說須五天才能辦得好。羅四姐聽人講過其中的花樣，當即表示只請他去當翻譯，她自己跟洋人打交道，腳步錢照付；果然，一去就辦妥當了。

「我還說句笑話給你聽，那個洋人還要請我吃大菜。他說他那裡從來沒有看見我們中國的女人家上門過。他佩服我膽子大，要請請我。」

「那麼，你吃了他的大菜沒有呢？」胡雪巖笑著問說。

「沒有。」羅四姐說：「我說我有膽子來請他辦事；沒有膽子吃他的飯，同去的人翻譯給他聽了，洋人哈哈大笑。」

胡雪巖也笑了，「不要說洋人，我也要佩服。」他緊接著又說：「羅四姐，我現在才懂了，你是嫌開繡莊的生意太小，顯不出你的本事是不是？」

「也不敢這樣子說。」羅四姐反問一句：「胡大先生，你錢莊裡的頭寸很多，為啥不買一批地皮呢？」

「我從來沒有想過買地。」

胡雪巖說他對錢的看法，與人不同，錢要像泉水一樣，流動才好；買了地等漲價，就好比池塘裡的水一樣，要靠老天幫忙，多下幾場雨，水才會漲。如果久旱不雨，池塘就乾涸了。這種靠天吃飯的事，他不屑去做。

「你的說法過時了。」羅四姐居然開口批評胡雪巖，「在別處地方，買田買地，價漲得慢，脫手也不容易，錢就變了一池死水；在上海，現在外國人日日夜夜造馬路，一造好，馬路兩邊的田就好造房子，地價馬上就漲了。而且買地皮的人，脫手也容易，行情俏，脫手快，地皮就不是不動產而是動產了。這跟你囤絲囤繭子有啥兩樣？」

一聽這話，胡雪巖楞住了，想不到她有這樣高明的見解，真有自愧不如之感。

「我要去了。」胡雪巖說：「吃飯吧！」

羅四姐盛了淺淺一碗飯來，胡雪巖拿湯泡了，唏哩呼嚕一下子吃完；喚跟班上來，到弄口叫了一輛「野雞馬車」到轉運局辦公會客。晚上應酬完了，半夜來看古應春夫婦。

「說件奇事給你們聽，羅四姐會做地皮生意，會直接跟洋人去打交道。你們看！」

古應春看了道契跟權柄單，詫異地問道：「小爺叔，你託她買的。」

「不是！」胡雪巖將其中原委，細細說了一遍。

「這羅四姐，」七姑奶奶說道：「真正是厲害角色。小爺叔——。」她欲言又止，始終沒有再說下去。

胡雪巖有點聽出來了，並未追問，只跟古應春談如何再將這三塊地皮再過戶給羅四姐的事。

「這個掛號的洋人我知道，有時候會耍花樣，索性花五十兩銀子辦個『大過戶』好了。」

胡雪巖也不問他甚麼叫「大過戶」，只說：「隨便你。好在託了你了。」

「羅四姐的名字叫甚麼？」

「這，把我問倒了。」

「羅四姐就是羅四姐。」七姑奶奶說：「姓羅名四姐，有啥不可以？」

胡雪巖笑道：「真是，七姐說話，一刮兩響，真正有裁斷。」

古應春也笑了，不過是苦笑；搭訕著站起來說：「我來把她的名字，用英文翻出來。」

等古應春走入書房，胡雪巖移一移座位靠近七姑奶奶，輕聲說道：「七姐，有件事，我想跟你商量。自從兩個小的，一場時疫去世以後，內人身子又不好，家務有時候還要靠老太太操心，實在說不過去。這羅四姐，我很喜歡她，不曉得──七姐，你看有沒有法子好想？」

「我已經替你想過了，羅四姐如果肯嫁你；小爺叔，你是如虎添翼，著實還要發達。不過，她肯不肯做小，真的很難說。」

「七姐，你能不能探探她的口氣？」

「不光是探口氣，還要想辦法。」七姑奶奶問道：「『兩頭大』呢？」

「『兩頭大』就要住兩處，仍舊要老太太操勞。」胡雪巖又說：「只要她肯在名分上委屈，其餘的，我都照元配看待她。」

「好！我有數了。我來勸她。好在嬸娘賢慧，也絕不會虧待她的。」

「那麼──。」

「好了，小爺叔！」七姑奶奶打斷他的話說：「你不必再關照，這件事我比你還心急，巴不得明天就吃這杯喜酒。」

七姑奶奶言而有信，第二天上午就去看羅四姐，幫她應付完了客戶，在樓上吃飯，隨意閒談，看她提到胡雪巖，神氣中有著一種掩抑不住的仰慕與興奮，知道大有可為，便定了一計，隨口問道：「你屬蛇，我是曉得的。」七姑奶奶閒閒問道：「月份呢？」

「月份啊？」羅四姐突然笑了起來，「七姐，我的小名叫阿荷——。」

「原來六月裡生的。」七姑奶奶看她笑容詭異，話又未完，便又問說：「你的小名怎麼樣？」

「我小的時候，男伢兒都要跟我尋開心，裝出老虎吃人的樣子，嘴裡『啊嗬』、『啊嗬』亂叫；又說我大起來一定是雌老虎，所以我一定不要用這個小名。那時候，有人有啥事情來尋我幫忙，譬如來一腳會，如果叫我阿荷，就不成功。這樣子才把我羅四姐這個名字叫開來的。」

「原來還有這麼一段掌故。」七姑奶奶笑道：「說起來，雌老虎也不是啥不好的綽號，至少人家曉得丈夫怕你，也就不敢來欺侮你了。」

「我倒不是這種人。為啥要丈夫怕？」羅四姐搖搖頭，「從前的事不去說他了！現在更談不到了。」

「也不見得。一定還會有人怕你。」

羅四姐欲言又止，不過到底還是微紅著臉說了出來：「七姐，你說哪個會怕我？」

七姑奶奶很深沉，點點頭說：「人是一定有的，照你這份人才，普普通通的人不配娶你；娶了就怕你也是白怕。」

「怎麼叫白怕？」

「怕你是因為你有本事。像你這種人，一看就是有幫夫運的；不過也要本身是塊好材料，幫得起來才能幫。本身窩窩囊囊，沒有志氣，也沒有才具，你幫他出個一等一的好主意，他懶得去做，或者做不到，心裡覺得虧欠你，一味是怕，這種怕，有啥用處？」

羅四姐聽得很仔細，聽完了還想了想，「七姐，你這話真有道理。」她說：「怕老婆都是會怕。」

「就是這個道理。」七姑奶奶把話拉回正題，「運是由命來的，走幫夫運，先要嫁個命好的人；自己的命也要好。有運無命，好比樹木沒有根，到頭來還是空的。」

「七姐，命也靠不住。」羅四姐說：「我小的時候，人家替我算命，都說命好；你看我現在，命好在哪裡？」

「喔，當初算你的命，怎麼說法？」

「我也不大懂，只說甲子日、甲子時，難得的富貴命。」

「作興富貴在後頭。」

「哪裡有甚麼後頭，有兒子還有希望，好比白娘娘，吃了一世的苦，到後來兒子中了狀元，總算揚眉吐氣了。我呢？有啥？」

「你不會再嫁人，生一個？」七姑奶奶緊接著又說：「二馬路有個吳鐵口，大家都說他算命，靈極了，幾時我陪你去看看他。」

「七姐，請他算過？」

「算過。」

「靈不靈呢？」

「當然靈。」七姑奶奶說：「他說我今年上半年交的是『比劫運』，果然應驗了。」

「甚麼叫『比劫運』？」

「比劫運就是交朋友兄弟的運，我跟你一見就像親姊妹一樣，不是交比劫運？」

羅四姐讓她說動心了，「好啊！」她問：「哪一天去？」

「吳鐵口的生意鬧猛得不得了！算命看流年，都要預先掛號的。等我叫人去掛號，看排定在啥辰光，我來通知你。」

七姑奶奶回到家，立刻就找她丈夫問道：「二馬路的吳鐵口，是不是跟你很熟？」

「吃花酒的朋友。」古應春問道：「你問他是為啥。」

「我有個八字——。」

「算了，算了！」古應春兜頭澆了她一盆冷水，「完全是江湖訣，見人說人話，見鬼說鬼話，你相信他就自討苦吃了。」

「我就是要他『見人說人話，見鬼說鬼話』。我有個八字在這裡，請他先看一看，到時候要他照我的說法。」

「照你的說法？」古應春問道：「是甚麼人的八字？」

「羅四姐的。她屬蛇，六月望生日。甲子日、甲子時。」

古應春有些會意了，「好吧！」他說：「你要他怎麼說？」

「你先不要問我；我要問你兩件事：第一、他肯不肯照我的話說；第二、說得圓不圓？」

「好，那麼我告訴你：第一、一定肯照你的話說；不過潤金要多付。」

「這是小事；就怕他說得不圓，甚至於露馬腳，那就誤我的大事了。」

「此人鬼聰明，絕不會露馬腳；至於說得圓不圓，要看對方是不是行家。」

「這是啥道理呢？」

「行家會挑他的毛病，捉他的漏洞。他們這一行有句話，叫做『若要盤駁，性命交脫。』」

「你叫他放心，他的性命一定保得住。」第三天下午，七姑奶奶陪了羅四姐去請教吳鐵口。

他住的二馬路，英文名字叫做Rope Walk Road，翻譯出來是「繂道路」，當初洋涇浜還可以通船，不過水淺要拉繂；這條繂路改成馬路，就叫繂道路。本地人叫不來英文路名，就拿首先開闢的Garden Lane叫做大馬路；往南第二條便叫二馬路；以下三馬路、四馬路、五馬路，一直到洋涇浜，都是東西向。前兩年大馬路改名南京路，二馬路改名杭州路；有人跟洋人說，南京到杭州的水路是兩條，一條長江、一條運河，南京是長江下游，要挑個長江上游的大碼頭當路名，跟南京路才連得起來，因而改為九江路；三馬路也就是「海關路」，自然成為漢口路。不過上海人叫慣了，仍舊稱做大馬路、二馬路。二馬路開闢得早，市面早就繁華了。吳鐵口「候教」之處在二馬路富厚里，進弄堂右首第一家就是，二座石庫房子打通，客堂很大，上面掛滿了達官巨商名流送的匾額；胡雪巖也送了一塊，題的是「子平絕詣」四字，掛在北面板壁上，板壁旁邊有一道門，裡面就是吳鐵口設硯之處。

那吳鐵口生得方面大耳，兩撇八字鬍子，年紀只有三十出頭，不過戴了一副大墨晶眼鏡，看上去比較老氣；身上穿的是棗紅緞子夾袍；外套玄色團花馬褂；頭上青緞小帽，帽簷上鑲一塊極大的玭霞；手上留著極長的指甲，左手大拇指上套一個漢玉扳指；右手無名指上還有一枚方鑽白金戒指；馬褂上又是黃澄澄橫過胸前的一條金錶鍊，打扮得像個花花公子。

「古太太，」吳鐵口起身迎接，馬褂下面垂著四個大小荷包；他摘下眼鏡笑道：「你的氣色真好。」

「交比劫運了，怎麼不好。」七姑奶奶指著羅四姐說：「這位是我的要好姐妹，姓羅。吳先生，你叫她羅四姐好了。」

「是，是！羅四姐。兩位請坐。」

紅木書桌旁邊，有兩張凳子，一張在對面，一張在左首；七姑奶奶自己坐了對面，示意羅四姐坐在吳鐵口身旁，以便交談。

吳鐵口重新戴上墨晶眼鏡，在那張紅木太師椅上落坐，挽起衣袖，提筆在手，問明羅四姐的年月日時；在水牌上將她的「四柱」排了出來：「己巳、辛未、甲子、甲子。」

然後批批點點，擱筆凝神細看。

這一看，足足看了一刻鐘；羅四姐從側面望去，只見他墨晶鏡片後面的眼珠，眨得很厲害，心裡不由得有些發毛。

「吳先生，」她終於忍不住了，「我的命不好？」

吳鐵口摘下眼鏡，看著羅四姐說：「可惜了！」接著望對面的七姑奶奶，加重語氣說：「真可惜！」

「怎麼？」七姑奶奶說：「吳先生，請你實說。君子問禍不問福；羅四姐很開通的，你用不著有啥忌諱。」

吳鐵口重重點一點頭，將眼鏡放在一邊，拿筆指點著說：「羅四姐，你是木命，『日元』應下一個『正印』；時辰上又是甲子，木『比』『印』庇，光看日時兩柱，就是個逢凶化吉、遇難成祥的『上造』。」

羅四姐不懂甚麼叫「上造」，但聽得出命是好命；當即說道：「吳先生，請你再說下去。」

「木命生在夏天，又是巳火之年，這株樹本來很難活，好得有子水滋潤，不但可活，而且是株大樹。金木水火土，五行俱備，『財』『官』『印』『食』四字全，水是正官正印，這個八字，如果是男命，就同蘇州的潘文榮公一樣，狀元宰相，壽高八十，兒孫滿堂，榮華富貴享不盡。可惜是女命！」

羅四姐尚未開口，七姑奶奶抗聲說道：「女命又怎麼樣？狀元宰相還不是女人生的？」

「古太太，你不要光火！」吳鐵口從從容容地答道：「我說可惜，不是說羅四姐的命不好。這樣的八字如果再說不好，天理難容了。」

聽這一說，七姑奶奶才回嗔作喜，「那麼，可惜在哪裡呢？吳先生，」她說：「千萬請你實說。」

「我本來要就命論命，實話直說的，現在倒不敢說了。」

「為啥呢？」

「古太太火氣這麼大，萬一我說了不中聽的話，古太太一個耳光劈上來，我這個台坍不起。」

「對不住，對不住！」七姑奶奶笑著道歉，「吳先生，請你放心。話說明白了，我自然不會光火。」

說完，吳鐵口叫小跟班拿水煙袋來吸水煙，又叫小跟班裝果盤招待堂客。七姑奶奶一面連聲：「不客氣，不客氣。」一面卻又喚小大姐取來她的銀水煙袋，點上紙媒，好整以暇地也「呼嚕呼嚕」地吸將起來。

她跟吳鐵口取得極深的默契而扮演的這齣雙簧，已將羅四姐迷惑住了；渴望想聽「可惜」些甚麼？見此光景，心裡焦急，而且有些怪七姑奶奶不體諒她的心事，卻又不便實說，只好假裝咳嗽，表示為水煙的煙子嗆著了，藉以暗示七姑奶奶可以歇手了。

「把窗戶開開。」吳鐵口將水煙袋放下，重新提筆，先看七姑奶奶，將她的注意力吸引過來，方始開口說道：「女命跟男命的看法不同。女命以『剋我』為『夫星』，所以男命的『正官』、『偏官』，在女命中都當丈夫來看。這是一句『總經』，要懂這個道理，才曉得羅四姐的八字，為啥可惜？」

七姑奶奶略通命理，聽得懂他的話，羅四姐不十分了了，但為急於聽下文，也微微頷首，表示會意。

「金剋木，月上的這個『辛金』，就是『甲木』的夫星。壞就壞在時辰上也有個甲，這有個名堂，叫做『二女爭夫』。」

七姑奶奶與羅四姐不約而同地互看了一眼，羅四姐有所示意；七姑奶奶也領會，便代她發言。

「吳先生，你是說另外有個女人，跟羅四姐爭？」

「不錯。」

「那麼爭得過，爭不過呢？」

「爭得過就不可惜了。」吳鐵口說：「二女爭夫，強者為勝。照表面看，你是甲子，我也是甲子，子水生甲木，好比小孩打架，這面大人出來幫兒子，那面也有大人出來說話，旗鼓相當扯個直。」

「嗯，嗯。」羅四姐這下心領神會，連連說道：「我懂了，我懂了。」

「羅四姐，照規矩說，時上的甲子本來爭不過你的，為啥呢，你的夫星緊靠在你，近水樓台先得月，應該你占上風。可惜『庚子望未』，辰戌丑未『四季土』，土生金，對方就是『財星官』，對夫星倒是大吉大利，對你大壞；壞在『財損印』！好比小孩子打架，一方面有父母，一方面父母不在了，是個孤兒。你想，打得過人家、打不過人家？」

這番解說，聽得懂的七姑奶奶覺得妙不可言：「吳先生，我看看。」

吳鐵口將水牌倒了過來，微側著向羅四姐這面，讓她們都能得見；七姑奶奶細看了一會，指點著向羅四姐說：「你看，庚下這個未，是土；緊靠著你的那個子，是水，水剋土。水是財、土是印，所以做財損印。沒有辦法，你命中注定，爭不過人家。」

「爭不過人家，怎麼樣呢？」羅四姐問。

這話當然要吳鐵口來回答：「做小！」兩字斬釘截鐵。

羅四姐聽他語聲冷酷無情，大起反感，提高了聲音說：「不願意做小呢！」

「剋夫。」

「剋過了。」

「還是要做小！」

「偏要做大！」

「做大還是要剋，嫁一個剋一個。」

羅四姐臉都氣白了，「我倒不相信——。」

一個鐵口，一個硬碰，看看要吵架了，七姑奶奶趕緊拉一拉羅四姐的衣服說：「寧可同爺強；不可同命強，你先聽吳先生說，說得沒有道理再駁也不遲。」

「我如果說得沒有道理，古太太、羅四姐請我吃吃耳光不還手。」吳鐵口指著水牌說：「羅四姐剋過了，八字上也看得出來的，『印』是蔭覆，在家從父，出嫁從夫，這印是個靠山，丈夫去世，不就是靠山倒了？」說著，抬眼去看。

羅四姐臉色比較緩和了；七姑奶奶便說：「為啥還是要做小呢？」

「因為未土剋了第一個子水，過去就剋第二個子水了，逃不掉的。真的不肯做小，也沒有辦法，所謂『人各有志，不能相強』。不過，這一來，前面的『財』、『官』、『食』就不必再看了。」

「為啥不必再看？」

「人都不在了，看它何用？」

羅四姐大吃一驚，「吳先生，」她問：「你說不肯做小，命就沒有了？」

「當然。未土連剋子水；甲木不避，要跟它硬上，好，木剋土，甲木有幫手，力量很強，不過你們倒看看未土，年上那個己土是幫手，這還在其次；最厲害是巳火，火生土，源源不絕，請問哪方面強？五行生剋，向來剋不到就要被剋。這塊未土硬得像塊石頭一樣，草木不生，甲木要去鬥它，就好比拿木頭去開山，木頭敲斷，山還是山。」

聽得這番解說，羅四姐像鬥敗了的公雞似地，剛才那種「偏要做大」的倔強之氣，消失得無影無蹤，但心裡卻仍不甘做小。

於是七姑奶奶便要從正面來談了，「那麼，做了小就不要緊了。」她問。

「不是不要緊。是要做了小，就是說肯拿辛金當夫星，然後才能談得到前面那四個字的好處。」

「你是說，年上月上哪四個字？」

「是啊！土生金好比母子，木既嫁了金，就是一家眷屬，沒有再剋的道理——。」

「吳先生，」七姑奶奶打斷他的話說：「我是問那四個字的好處。」

「好處說不盡。這個八字頂好的是巳火那個『食神』；八字不管男女，有食神一定聰明漂亮。食神足我所生；食神生己、未兩土之財，財生辛官，這就是幫夫運。換句話說，夫星顯耀，全靠我生的這個食神。」

「高明、高明。」七姑奶奶轉臉說道：「四姐，你還有甚麼話要請教吳先生。」

羅四姐遲疑了一下，使個眼色；七姑奶奶知道她要說悄悄話，隨即起身走向一邊，羅四姐低聲說道：「七姐，你倒問他，那種命跟我合得來的。」

「我曉得。」七姑奶奶回到座位上問道：「吳先生，如果要嫁，哪種命的人最好？」

「自然是金命。」

「土命呢？」說著，七姑奶奶微示眼色。

吳鐵口機變極快，應聲而答：「土生金更好。」

「喔。」七姑奶奶無所措意似地應聲；然後轉臉問道：「四姐，還有啥要問？」

「一時也想不起。」

說這話就表示她已經相信吳鐵口是「鐵口」，而且要問的心事還多。七姑奶奶覺得到此為止，自己的設計，至少已有七、八分把握，應該適可而止，便招招手叫小大姐將拜匣遞上來，預備取銀票付潤金。

「吳先生，今天真謝謝你，不過還要請你費心，細批一個終身。」

「這——，」吳鐵口面有難色，「這怕一時沒有功夫。」

「你少吃兩頓花酒，功夫就有了。」

吳鐵口笑了，「這也是我命裡注定的。」他半開玩笑地說：「『滿路桃花』的命，不吃花酒，就要赴閻羅王的席，划不來。」

「哼！」七姑奶奶撇撇嘴，做個不屑的神情；接著說道：「我也知道你忙，慢一點倒不要緊；批一定要批得仔細。」

「只要不限辰光，『慢工出細貨』一定的道理。」

「那好。」七姑奶奶一面撿銀票；一面問道：「吳先生該酬謝你多少？」

「古太太，你知道我這裡的規矩的。全靠託貴人的福，命不好，多送我也不算；命好，我又不好意思多要，隨古太太打發好了，總歸不會讓我白送的。」

「白送變成『送命』了。」七姑奶奶取了一張五十兩銀票，放在桌上說道：「吳先生，你不要嫌少。」

「少是少了一點。不過，我絕不嫌。」

「我也曉得依羅四姐的八字，送這點錢是不夠的。好在總還有來請教你的時候，將來補報。」

告辭出門，七姑奶奶邀羅四姐去吃大菜、看東洋戲法。羅四姐託辭頭疼，一定要回家。七姑奶奶心裡明白，吳鐵口的那番斬釘截鐵的論斷，已勾起了她無窮的心事，要回去好好細想，因而並不堅邀，一起坐上她家的馬車，到家以後，關照車伕送羅四姐回去。

到了晚上十點多鐘，古應春與胡雪巖相偕從寶善街妓家應酬而回。胡雪巖知道七姑奶奶這天陪羅四姐去算命，是特為來聽消息的。

「這個吳鐵口，實在有點本事。說得連我都相信了。」

要說羅四姐非「做小」不可，原是七姑奶奶對吳鐵口的要求；自己編造的假話，出於他人之口，居然信其為真，這吳鐵口的一套說法，必是其妙無比。這就不但胡雪巖，連古應春亦要先聞為快了。

「想起來都要好笑。吳鐵口的話很不客氣，開口剋夫，閉口做小，羅四姐動真氣了；那知到頭來，你們曉得怎麼樣？」

「你不要問了。」古應春說：「只管你講就是。」

「到頭來，她私底下要我問吳鐵口，應該配甚麼命好？吳鐵口說，自然是金命。我說土命呢？」七姑奶奶說：「這種地方就真要佩服吳鐵口，他懂我的意思倒不稀奇；厲害的是脫口而出，說土生金，更加好。」

「小爺叔，」古應春笑道：「看起來要好事成雙了。」

「都靠七姐成全。」胡雪巖笑嘻嘻地答說。

「你聽見了？」古應春對他妻子說：「一切都要看你的了。」

「事情包在我身上！不過急不得。羅四姐的心思，比哪個都靈，如果拔出苗頭來，當我們在騙她，那一來，她甚麼話都聽不進去了。所以，這件事我要等她來跟我談；不能我跟她去談，不然，只怕會露馬腳。」

「說得不錯。」胡雪巖深深點頭，「我不急。」

「既然不急，小爺叔索性先回杭州，甩她一甩，事情反倒會快。」

胡雪巖略想一想答說：「我回杭州，過了節再來。」

「對！」七姑奶奶又說：「小爺叔，你不妨先預備起來，先稟告老太太。」

「老太太也曉得羅四姐的，一定會答應。」

「嬸娘呢？」

「她原說過的，要尋一個幫手。」

「小爺叔，你一定要說好。」七姑奶奶鄭重叮囑，「如果嬸娘不贊成，這件事我不會做的。多年的交情，為此生意見，我划不來。」

七姑奶奶能跟胡家上下都處得極好，而且深受尊敬，就因為在這些有出入的事情上，極有分寸。胡雪巖並不嫌她的話率直，保證跟嬸娘說實話，絕不會害她將來為難。

「那麼，我等你的信。」

「好的。我大概過三、四天就要走了。」胡雪巖說：「你看，我要不要再跟她見一次面？」

「怎麼不要？不要說一次，你天天去看她也不要緊。不過千萬不要提算命的話。」

一直不大開口的古應春提醒他妻子說：「『滿飯好吃，滿話難說。』你也不要自以為有十足的把握。如果羅四姐對她的終身，真的有甚麼打算，一定也急於想跟你商量；不過，她不好意思移樽就教，應該你去看她，這才是體諒朋友的道理。」

七姑奶奶欣然接受了丈夫的建議，第二天上午坐車去看羅四姐；到得那裡，已經十點多鐘，只見客堂中還坐著好些繡戶，卻只有老馬一個人在應付。

「你們東家呢？」

「說身子不舒服，沒有下樓。」老馬苦笑著說：「我一個人在抓瞎。」

「我來幫忙。」

七姑奶奶在羅四姐平日所坐的位子上坐了下來；來過幾次，也曾參與其事，發料發錢、驗收貨色，還不算外行。有疑難之處，喚小大姐上樓問清楚了再發落。不過半個鐘頭，便已畢事。

「我上樓去看看。」七姑奶奶問小大姐：「哪裡不舒服。」

「不是身子不舒服。」小大姐悄悄說道：「我們奶奶昨天哭了一晚上，眼睛都哭腫了。」

七姑奶奶大吃一驚，急急問道：「是啥緣故？」

「不曉得，我也不敢問。」

七姑奶奶也就不再多話，撩起裙幅上樓，只見羅四姐臥室中一片漆黑；心知她是眼睛紅腫畏光，便站住了腳，這時帳子中有聲音了。

「是不是七姐？」

「是啊！」

「七姐，你不要動。等我起來扶你。」

「不要，不要！我已經有點看得清楚了。」七姑奶奶扶著門框，慢慢舉步。

「當心，當心！」羅四姐已經起來，拉開窗帘一角，讓光線透入，自己卻背過身去，「七姐，多虧你來。不然老馬一個人真正弄不過來。」

「你怕光。」七姑奶奶說：「仍舊回到帳子裡去吧！」

羅四姐原是如此打算，不獨畏光，也不願讓七姑奶奶看到她哭腫了眼睛，於是答應一聲，仍舊上床；指揮接續而至的小大姐倒茶、預備午飯。

「你不必操心。我來了也像回到家裡一樣，要吃啥會交代他們的。」七姑奶奶在床前一張春凳上坐了下來，悄聲說道：「到底為啥囉？」

「心裡難過。」

「有啥放不開的心事？」

羅四姐不作聲，七姑奶奶也就不必再往下問，探手入帳去，摸她的臉，發覺她一雙眼睛腫得有杏子般大，而且淚痕猶在。

「你不能再哭了！」七姑奶奶用責備的語氣說：「女人家就靠一雙眼睛，身子要自己愛惜；哭瞎了怎麼得了？」

「哪裡就會哭瞎了？」羅四姐顧而言他地問：「七姐，你從哪裡來？」

「從家裡來。」七姑奶奶喊小大姐：「你去倒盆熱水，拿條新手巾來；最好是新的絨布。」

這是為了替羅四姐熱敷消腫。七姑奶奶一面動手，一面說話；說胡雪巖要回杭州去過節，就在這兩三天要為他餞行，約羅四姐一起來吃飯。

「哪一天？」

「總要等你眼睛消了腫，能夠出門的時候。」

「這也不過一兩天事。」

「那麼，就定在大後天好了。」七姑奶奶又說：「你早點來！早點吃完了，我請你去看戲。」

「我曉得了。」剛說得這一句，自鳴鐘響了，羅四姐默數著是十二下，「我的鐘慢，中午已經過了。」接著便叫小大姐：「你到館子裡去催一催，菜應該送來了。」

「已經送來了。」

「那你怎麼不開口。菜冷了，還好吃？」

羅四姐接著便罵小大姐。七姑奶奶在一旁解勸，說生了氣虛火上升，對眼睛不好。羅四姐方始住口。

「你把飯開到樓上來。」七姑奶奶關照，「我陪你們奶奶一起吃。」

等把飯開了上來，羅四姐也起來了，不過仍舊背光而坐，始終不讓七姑奶奶看到她的那雙眼睛。

「你到底是為啥傷心？」七姑奶奶說：「我看你也是滿爽快的人，想不到也會這樣想不開。」

「不是想不開，是怨自己命苦。」

「你這樣的八字，還說命苦？」

「怎麼不苦。七姐，你倒想，不是守寡，就要做小。我越想越不服氣！我倒偏要跟命強一強。」

「你的氣好像還沒有消，算了，算了。後天我請你看戲消消氣。」

「戲我倒不想看，不過，我一定會早去。」

「只要你早來就好。看不看戲到時候再說。」七姑奶奶問道：「小爺叔回杭州，你要不要帶信帶東西？」

「方便不方便？」

「當然方便。他又有人、又有船。」七姑奶奶答說：「船是他們局子裡的差船；用小火輪拖的，又快、又穩當。」

羅四姐點點頭，不提她是否帶信帶物，卻問到胡雪巖的「局子」。七姑奶奶便為她細談「西征」的「上海轉運局」。

「克復你們杭州的左大人，你總曉得囉？」

「曉得。」

「左大人現在陝西、甘肅當總督，帶了好幾萬軍隊在那裡打仗。那裡地方苦得很，都靠後路糧台接濟；小爺叔管了頂要緊的一個，就是『上海轉運局』。」

「運點啥呢？」

「啥都運。頂要緊的是槍炮，左大人打勝仗，全靠小爺叔替他在上海買西洋的槍炮。」

「還有呢？」

「多哩！」七姑奶奶屈著手指說：「軍裝、糧食、藥——。」

「藥也要運了去？」羅四姐打岔問說。

「怎麼不要？尤其是夏天，藿香正氣丸、辟瘟丹，一運就是幾百上千箱。」

「怪不得。」羅四姐恍然有悟。

「怎麼？」

「那天他同我談，說要開藥店。原來『肥水不落外人田』。」

「肥水不落外人田的生意還多。不過，他也不敢放手去做。」

「為啥？」羅四姐問。

「要幫手。沒有幫手怎麼做？」

「七姐夫不是一等一的幫手？」

「那是外頭的。內裡還要個好幫手。」七姑奶奶舉例以明，「譬如說，端午節到了，光是送節禮，就要花多少心思，上到京裡的王公大老倌，下到窮親戚，這一張單子開出來嚇壞人。漏了一個得罪人；送得輕了也得罪。」

「送得重了也要得罪人。」羅四姐說：「而且得罪的怕還不止一個。」

「一點不錯。」七姑奶奶沒有再說下去。

到了為胡雪巖餞行的那一天，七姑奶奶剛吃過午飯，羅四姐就到了。一到便問：「七姐，你有沒有功夫？」

「啥事情？」

「有功夫，我想請七姐陪我去買帶到杭州的東西。還有，我想請人替我寫封家信。」

七姑奶奶心想，現成有老馬在，家信為甚麼要另外請人來寫？顯見得其中另有道理；當時便不提購物，只談寫信。

「你要尋怎樣的人替你寫信？」

「頂好是——，」羅四姐說：「像七姐你這樣的人。」

「我肚子裡這點墨水，不見得比你多，你寫不來信，我也寫不來。」七姑奶奶想了一下說：「這樣，買東西就不必你親自去了，要買啥你說了我叫人去辦。寫信，應春就要回來了，我來抓他的差。」

「這樣也好。」

於是，七姑奶奶把她的管家阿福叫了來，由羅四姐關照；吃的、用的，凡是上海的洋廣雜貨，在內地都算難得的珍貴之物，以至於阿福不能不找紙筆來開單子。

「多謝管家。」羅四姐取出一張五十兩的銀票，剛要遞過去，便讓七姑奶奶攔住了。

「不必。我有摺子。」

阿福不肯接，要看主婦的意思。七姑奶奶已猜到她所說的那個取貨的摺子，必是胡雪巖所送。既然她不肯用，又不願要別人送，那就不必勉強了。

「好了，隨你。」

有她這句話，阿福才接了銀票去採辦。

恰好古應春亦已回家，稍微休息一下，便讓七姑奶奶「抓差」，為羅四姐寫家信。

「這樁差使不大好辦。」古應春笑道：「是像測字先生替人寫家信，你說一句我寫一句呢？還是你把大意告訴我；我寫好了給你看，不對再改。」

「哪種方便？」

「當然是說一句寫一句來得方便。」

「那麼，我們照方便的做。」

「好！你請過來。」

到得書房裡，古應春鋪紙吮筆，先寫下一句：「母親大人膝下敬稟者」，然後抬眼看著坐在書桌對面的羅四姐。

「七姐夫，請你告訴我娘，我在上海身子很好，請她不要記罣。她的肝氣病好一點沒有？藥不可以斷。我寄五十兩銀子給她，吃藥的錢不可以省。」

「嗯、嗯。」古應春寫完了問：「還有。」

「還有，託人帶去洋廣雜物一網籃，親戚家要分送的，請老人家斟酌。糖食等等，千萬不可讓阿巧多吃——。」

「阿巧是甚麼人？」古應春問。

「是我女兒。」

「託甚麼人帶去要不要寫？」

「不要。」

「好。還有呢？」

「還有。」羅四姐想了一下說：「八月節，我回杭州去看她。」

「還有？」

「接到信馬上給我回信。」羅四姐又說：「這封信要請烏先生寫。」

「古月胡，還是口天吳？」

「不是。是烏鴉的烏。」

「喔。還有呢？」

「沒有了。」

古應春寫完唸了一遍，羅四姐表示滿意，接下來開信封，他問：「怎麼寫法？」

「請問七姐夫，照規矩應該怎麼寫？」

「照規矩，應該寫『敬煩某某人吉便帶交某某人』下面是『某某人拜託』。」

「光寫『敬煩吉便』可以不可以？」

當然可以。古應春是因為她說不必寫明託何人帶交，特意再問一遍，以便印證。現在可以斷定，她是特意不提胡雪巖的名字。何以如此，就頗耐人尋味了。

羅四姐一直到臨走時，才說：「胡大先生，我有一封信，一隻網籃，費你的心帶到杭州，派人送到我家裡。」她將信遞了過去。

「好！東西呢？」

「在我這裡。」七姑奶奶代為答說。

「胡大先生哪天走？」

「後天。」

「那就不送你了。」羅四姐說。

「不客氣，不客氣。」胡雪巖問：「要帶啥回來？」

「一時也想不起。」

「想起來寫信給我。或者告訴七姐。」

等送羅四姐上了車，七姑奶奶一走進來，迫不及待地問她丈夫：「羅四姐信上寫點啥？」

「原來是應春的大筆！」胡雪巖略顯驚異地說：「怪不得看起來字很熟。」

「我做了一回測字先生。」古應春說：「不過，我也很奇怪，這樣一封信，平淡無奇，她為甚麼要託我來寫。平常替她寫家信的人到哪裡去了？」

「當然有道理在內。」七姑奶奶追問著，「你快把信裡的話告訴我。」

那封信，古應春能背得出來；背完了說：「有一點，倒是值得推敲的，她不願意明說，信和網籃是託小爺叔帶去的。」

「她有沒有說，為啥指明回信要託烏先生寫？」

「沒有。」

胡雪巖要問的話，另是一種，「她還有個女兒？」他說：「她沒有告訴過我。」

「今天就是告訴你了。不過是借應春的嘴。」

「啊，啊！」古應春省悟了，「這就是她故意要託我來寫信的道理。」

「道理還多呢！」七姑奶奶接口，「第一，要看小爺叔念不念舊？她娘，小爺叔從前總見過的；如果念舊，就會去看她。」

「當然！」胡雪巖說：「我早就想好了，信跟東西親自送去。過節了，總還要送份禮。」

「這樣做就對了。」七姑奶奶又說：「小爺叔，她還要試試你，見了她女兒怎麼樣？」

「嗯！」胡雪巖點點頭，不置可否。

「還有呢？」古應春這天將這三個字說慣，不自覺地滑了出來。

「指明信要託烏先生寫，是怕測字先生說不清楚，寫不出來，馬馬虎虎漏掉了，只有烏先生靠得住。」

胡雪巖覺得她的推斷，非常正確，體味了好一會，感嘆地說：「這羅四姐的心思真深。」

「不光是心思深，還有靈。我說送禮送得輕了得罪人，她說送得重了，也要得罪，而且得罪的不止一個。」七姑奶奶接下來說：「小爺叔，你要不要這個幫手；成功不成功，就看烏先生寫信來了。」

胡雪巖心領神會，回到杭州先派人去辦羅四姐所託之事；同時送了一份豐厚的節禮。然後挑了個空閒的日子，輕裝簡從，瀟瀟灑灑地去看羅四姐的母親。胡雪巖仍舊照從前的稱呼，稱她「羅大娘」；但羅大娘卻不大認得出他了。陌生加上受寵若驚、惶恐不安；胡雪巖了解她的心情，跟她先談羅四姐的近況，慢慢地追敘舊事，這才使得羅大娘的心定了下來；這心一定下來，自然就高興了，也感動了，不斷地表示，以胡雪巖現在的身分，居然紆尊降貴，會去看她，是她想都不敢想的事。

6 曲折情關

十天以後，羅四姐接到了家信；羅大娘照她的話，是請烏先生代寫的。這烏先生是關帝廟的廟祝，為人熱心，洞明世事，先看了羅四姐的來信，心頭有個疑問，何以回信要指定他來寫。再聽羅大娘眉飛色舞地談胡雪巖來看她的情形，恍然大悟，羅四姐大約不能確定，胡雪巖會不會親自來看羅大娘，所以信中不說信件等物託何人所帶。不過胡雪巖的動靜，在她是很關心的；既然如此，就要詳詳細細告訴她。她之指明要自己替羅大娘寫回信，也正是這個道理。

這完全猜對了羅四姐的心思，因此，她的信也就深符她的期待了。烏先生的代筆，淺顯明白；羅四姐先找老馬來唸給她聽過，自己也好好下了一番功夫，等大致可以看得懂了，才揣著信去看七姑奶奶。

「七姐，」她說：「我有封信，請你給我看看。」

「哪個的信？」

「我娘的信。我一看信很長，當中好像提到胡大先生，我怕有要緊話在裡頭，不方便叫老馬給我看。」

「我比你也好不了多少，你看不明白，我也未見得看得懂。不過，不要緊，一客不煩二主，當初你是託應春替你寫的；現在仍舊叫他來看好了。」

「七姐夫在家？」

「在家。」七姑奶奶答說：「有個洋人要來看他，他在等。」

於是將古應春找了來，拿信交了給他；他一面看，一面講：「東西都收到了，胡大先生還送了一份很厚的禮，一共八樣，火腿、茶葉、花雕——。」

「這不要唸了。」七姑奶奶插嘴問道：「你信裡稱小爺叔，是叫胡大先生？」

「是啊！杭州人之中，尊敬小爺叔的，都是這樣叫他的。」

「好！你再講下去。」

「五月初七胡大先生去看你母親，非常客氣，坐了足足有一個時辰，談起在上海的近況——。」

講到這裡，古應春笑笑頓住了。

「咦！」七姑奶奶詫異地問：「啥好笑？」

「信上說，你母親知道你認識了我們兩個，說是『欣遇貴人』。」古應春謙虛著，「實在不敢當。」

「我娘的話不錯。你們兩位當然是我的貴人。」羅四姐問道：「七姐夫，信上好像還提到我女兒。」

「是的。你母親說，胡大先生很喜歡你女兒，問長問短，說了好些話。還送了一份見面禮，是一雙絞絲的金鐲子。」

「你看！」羅四姐對七姑奶奶說：「大先生對伢兒們，給這樣貴重的東西，不過，七姐，我倒不大懂了，大先生怎麼會將這雙鐲子帶在身邊？莫非他去之前，就曉得我有個女兒？」

「不見得。」七姑奶奶答說：「我們小爺叔應酬多、金錶、雜七雜八的東西很多，遇到要送見面禮，拿出來就是。」

「原來這樣子的。」羅四姐的疑團一釋，「七姐夫，請你再講。」

「你娘說，你說要回去，她也很想念你；如果你抽不出功夫，或者她到上海來看你。」

羅四姐還未開口，七姑奶奶先就喊了出來，「來嘛！」她說：「把你娘接了來歇夏，住兩三個月再回去。」

「上海是比杭州要涼快些。」羅四姐點點頭：「等我來想想。」

「後面還有段話，是烏先生『附筆』，很有意思！」古應春微笑著，「他說，自從胡大先生親臨府上以後，連日『廟中茶客議論紛紛』，都說胡大先生厚道。照他看，胡大先生是你命中的『貴人』，亦未可知。」

這話觸及羅四姐心底深處，再沉著也不由得臉一紅；七姑奶奶非常識趣，故意把話扯了開去，「甚麼『廟中茶客』？」她問：「甚麼廟？」

「關帝廟，就在我家鄰近。替我娘寫這封信的烏先生，是那裡的廟祝，靠平常擺桌子賣茶、說大書，關帝廟的香火才有著落。」

正談到此處，洋人來拜訪古應春了。在他會客時，羅四姐與七姑奶奶的話題未斷，她也很想接她母親來住，苦無便人可以護送。七姑奶奶認為這根本算不了一回事，寫信給胡雪巖就是。

「不好！」羅四姐只是搖頭，卻不說為何不好，及至七姑奶奶追問時，她才答說：「我欠他的情太多了。」

「已經多了，何妨再欠一回。」

「我怕還不清。」

「那也有辦法——。」

七姑奶奶想一想，還是不必說得太露骨。羅四姐也沒有再問，這件事就暫且擱下來了。談了些閒話，到了上燈時分，七姑奶奶提議，早點吃晚飯；飯後去看西洋來的馬戲。羅四姐答應在她家吃飯，但不想去看馬戲；因為散戲已晚，勞她遠送回家，於心不安。

「那還不好辦？你住在我這裡好了。我們還可以談談。」

羅四姐想了一下，終於接受邀約。飯後看馬戲回來，古應春也剛剛到家。

「阿七，請你替我收拾收拾行李。」他說：「今天來的洋人，是德國洋行新來的總管。他說要專程到杭州去拜訪小爺叔，順便逛逛西湖，我只好陪他走一趟。」

「怎麼？」七姑奶奶高興的說：「你要到杭州！好極，好極！你把羅四姐的老太太帶了來。」

古應春楞了一下，想到羅大娘信中的話，方始會意，欣然答說：「好、好！我一定辦到。」

他們夫婦已經這樣作了決定，羅四姐除了道謝，別無話說。接著便談行程；古應春計算，來去約需半個月。七姑奶奶便又出了主意。

「你索性搬到『大英地界』來住，我們來去也方便。」她說：「尋房帶搬家，有半個月儘夠了。」

「嗯，嗯。等我想一想。」

「你不必想。等我來替你想。」七姑奶奶是在想，有甚麼熟人的房子，或租，或買，一切方便；思索了一回，想到了，「老宓不是在造『弄堂房子』？」她問：「完工了沒有？」

「老早完工了。」

「他那條弄堂，一共二十四家，算是條很長的弄堂。我想一定有的。」

「那好。」七姑奶奶轉臉對羅四姐說：「老宓是阜康的工夥，現在也發財了。是他的房子，只要一句話，就可以搬進去住。」

「看看，看看！」羅四姐急忙否定，「我想另外尋，比較好。」

「為啥呢？」

羅四姐不答，只是搖頭，七姑奶奶終於想到了，在此她跟胡雪巖的關係，正當微妙的時刻，她是有意要避嫌疑，免得太著痕跡。

七姑奶奶覺得羅四姐人雖精明能幹，而且也很重義氣交情，但不免有些做作。她是個心直口快的人，遇到這種情形，有她一套快刀斬亂麻的手法，是羅四姐所做不到的。

「我不管你那顆玲瓏七巧心，九變十轉在想點啥？總而言之，言而總之一句話，你搬家是搬定了。房子呢，或租、或典、或買下來，我替你作主，你不必管。」

羅四姐反到服貼了，「七姐，」她說：「我就聽你的話，一切不管，請你費心。」

於是七姑奶奶獨斷獨行，為她買了阜康錢莊二夥老宓新造的「弄堂房子」。這條弄堂名叫富厚里，二十四戶，望衡對宇，兩面可通，七姑奶奶挑定的一戶，坐北朝南，樓下東西廂房，大客廳；後面是「灶披間」、下房、儲藏室。扶梯設在中間，樓上大小五個房間，最大的一個，由南到北，直通到底，是個套房，足供藏嬌。另外四間，一間起坐、一間飯廳、兩間客房，家具擺飾，亦都是七姑奶奶親自挑選，布飾得富麗堂皇，著實令人喜愛。

前後不過十天功夫，諸事妥貼，七姑奶奶自己也很得意。第十一天早上，派馬車將羅四姐接了來，告訴她說：「房子我替你弄好了。現在陪你去看看。」

一看之下，羅四姐又驚又喜，興奮之情，溢於言表，不斷地說：「太好了，太好了。只怕我沒有福氣，住這麼好的房子。」

七姑奶奶不理她這話，光是問她還有甚麼不滿意之處，馬上可以改正；羅四姐倒也老實說了，還應該加上窗簾。

「窗簾已經量了尺寸，叫人去做了，明天就可以做好。」七姑奶奶接著又問：「你哪天搬？」

「慢點！」羅四姐拉著她並排坐下，躊躇了一下說道：「七姐，說實話，房子我是真歡喜。不過，我怕力量辦不到，房子連家具，一起在內，總要四千銀子吧？」

「四千不到。我有細帳在那裡。」七姑奶奶說：「你現在不必擔心買不起。這幢房子現在算是我置的，白借給你住；到你買得起了，我照原價讓給你。」

「世界上有這樣的好事嗎？」

「你不相信，我自己都不相信呢！」七姑奶奶笑道：「看起來，吳鐵口的話要應驗了。」

羅四姐記得很清楚，吳鐵口斷定她要「做小」；如果「偏要做大」就會「嫁一個剋一個」。假使不願「做小」，又不能「做大」，本身就會遭殃，性命不保。倘或如此，八字中前面那四個字的「財」、「官」、「印」，自然都談不到了。所以只有心甘情願「做小」，才會有福氣。這樣一想，七姑奶奶話中的意思，也就很明顯了。

話雖如此，羅四姐卻不願表示承認；可也不願表示否認。這一來，唯一的辦法便是裝作未聽清楚而忽略她的紘外餘音，故意言他。

「七姐，搬家是件麻煩的事；恐怕——。」

「你用不著顧前想後。這裡家具擺設都有了；你那裡的木器，能送人的送人，沒人可送，叫個收舊貨的來，一腳踢。收拾收拾衣服、首飾、動用器具，不過一天的功夫，有啥麻煩？」

「我那班客戶呢？」

「這倒比較麻煩。」七姑奶奶沉吟了一會說：「我勸你也不必再做了——。」

「不！」羅四姐搶著說道：「不光是為我自己。人家也是養家活口的一項行當，我不能不管。」

「那也容易，你找個能幹的人，做你的替手。說不定，還可以要一筆『頂費』。」七姑奶奶又說：「新舊交替，難免接不上頭，老馬可以慢慢搬過來。或者老馬投了新東家，你就更加省事了。」

聽七姑奶奶為她的打算，簡捷了當卻又相當周到，羅四姐實在無話可說了，「七姐，我真服了你了。」她說：「如今只剩下一件事：挑日子。」

「對。」七姑奶奶說：「到我那裡去，一面挑日子；一面再好好商量。」

回到古家，略為息一息，七姑奶奶叫人取了黃曆來挑日子。很不巧，一連八、九天都不宜遷居；最快也得十天以後。

「那時候老太太已經來了。」七姑奶奶說：「我的想法是，頂好這三、四天以內就搬停當，老太太一來就住新房子，讓她老人家心裡也高興；而且也省事得多，四姐，你說呢？」

「話自然不錯。不過，日子不好，沒有辦法。」

七姑奶奶想了一下說：「有辦法。俗語道得好：揀日不如撞日。撞到哪天是哪天，你說好不好？」

「怎麼撞法？」

「以老太太到上海的那天，就算你撞到的日子。老太太到了，先在我這裡歇一歇腳，馬上進屋；你也把要緊東西先搬運了來，晚上擺兩桌酒，叫一班髦兒戲，熱鬧熱鬧，順便就算替老太太接風，不是一舉兩得。」

羅四姐覺得這樣安排也很好，便即問道：「七姐夫不曉得哪天回來？」

「快了。大概還有四、五天功夫。」

古應春回來了。使得羅四姐深感意外的是：她的母親沒有來，倒是烏先生來了。

那烏先生有五十多歲，身材矮胖，滿頭白髮，長一個酒糟鼻子，形容古怪，但那雙眼睛極好，看人時，眼中兩道光芒射過來，能把人吸引住，自然而然地覺得此人可親且可信賴。因此，七姑奶奶一會便對他有好感。

在古應春引見以後，自然有一番客套；七姑奶奶問到羅四姐的母親何以不來，烏先生乘機道明了來意。

「羅四姐的娘因天氣太熱，又是吃『觀音素』，到上海來作客，種種不方便，所以不來。不過她娘倒有幾句要緊話，要我私下跟她說，所以沾古先生的光，攜帶我到上海來開開眼界。」

「蠻好，蠻好。」七姑奶奶說：「羅四姐，我跟她一見如故，感情像親姊妹一樣；烏先生是她敬重的人，到了這裡，一切不必客氣。現在烏先生看，是把羅四姐接了來呢？還是你去看她。」

「她娘還有點吃的、用的東西給羅四姐，還是我去好了。」

「那麼，我來送你去。」

「不敢當，不敢當，絕不敢當。」

「烏先生，你不要客氣。為啥要我親自送你去呢？這有兩個緣故。」說到這裡，七姑奶奶轉眼看著丈夫說：「你恐怕還不曉得，羅四姐搬家了，是老宓的房子；我一手替她料理的。」

「好快！」古應春說了這一句，便又對烏先生說：「羅四姐的新居在哪裡，我都不知道，那就非內人送你去不可了。」

「我送了烏先生去，順便約一約羅四姐，今天晚上替烏先生接風，請她作陪。」

聽得這麼說，烏先生除了一再道謝以外，再無別話；於是捨車坐轎，一起到了羅四姐那裡。七姑奶奶把人帶到，又約好羅四姐晚上陪烏先生來吃飯，隨即匆匆忙忙趕回家，因為她急於要聽古應春談此行的經過。

「他是女家的『大冰老爺』——。」

原來胡雪巖一回杭州，略得清閒，便與老母妻子談羅四姐的事。本來娶小納妾，胡雪巖原是自己可以作主的，但羅四姐的情形不同，好些有關係的事，都要預先談好，最要緊的，第一是虛名；第二是實權。杭州官宦人家的妾侍，初進門稱「新姑娘」，一年半載親黨熟悉了，才會稱姓，假如姓羅，便叫「羅姑娘」；三年五載以後，才換稱「姨奶奶」的稱呼。至於熬到「姨太太」總要進入中年，兒女成長以後。可是胡雪巖卻為羅四姐提出要求，一進門就要稱「太太」。

「那麼，」胡老太太問道：「你的元配呢？這個也是『太太』，那個也是『太太』，到底是叫哪個？」

「一個叫『二太太』好了。」

胡老太太沉吟了一會道：「她怎麼說呢？」胡老太太用手遙指，這「她」是指胡太太。

「我還沒有跟她談到這上頭。先要娘准了，我再跟她去說。」

胡老太太知道，媳婦賢惠而軟弱，即使心裡不願，亦不會公然反對；但她作為一家之主，卻不能不顧家規，所以一時不便輕許，只說：「我要好好兒想一想，總要在檯面上說得過去才可以。」

「檯面上是說得過去的。為啥呢？」胡雪巖正好談「實權」，他說：「目下這種場面，裡頭不能沒有一個人來『抓總』，媳婦太老實，身子又不好；以至於好些事，還要老太太來操勞；做兒子的心裡不安。再說句老實話，外頭的情形，老太太並不清楚，有時候想操心，也無從著力。我想來想去，只有把羅四姐討了來當家。既然當家，不能沒有名分；這是所謂『從權辦理』。檯面上說得過去的。」

「你要她來當家，這件事，我就更加要好好想一想了。你總曉得，當家人是很難做的。」

「我曉得。羅四姐極能幹，這個家一定當得下來。」

「不光是能幹。」胡老太太說：「俗語說：『不癡不聾，不做阿家翁。』做當家人要吃得起啞巴虧。ㄚ頭老媽子、廚子轎班，都會在背後說閒話，她有沒有這份肚量，人家明明『當著和尚罵賊禿』，她只當沒有聽見，臉上有一點懊惱的神氣都沒有？」

「這一點——，」胡雪巖說：「當然要跟她說清楚，她一定會答應的。」

胡老太太大搖其頭，「說歸說，答應歸答應，到時候就不同了。」她說：「泥菩薩都有個土性，一個忍不住鬧了起來，弄得家宅不和，那時候你懊悔嫌遲了。」

這是各人的看法不同。胡老太太以前也見過羅四姐，但事隔多年，是何面貌都記不清楚了，當然只就一般常情來推測；胡雪巖心想，這不是一下子可將老母說服的。惟有多談一談羅四姐的性情才具，漸漸地讓母親有了信心，自然水到渠成。

就在這時候，古應春陪著洋人到了杭州，談妥公事，派人陪著洋人去逛六橋三竺，古應春才跟胡雪巖詳談羅四姐所託之事，以及烏先生代筆信中的內容，認為事機已成熟，可以談嫁娶了。

「我們老太太還有顧慮。」胡雪巖說：「老太太是怕她只能任勞，不能任怨。」

「那麼，小爺叔，你看呢？」

「這要先看我們怎樣子待人家，」胡雪巖說：「羅四姐不肯拉倒，如果肯了，她總也知道，我不能拿元配休了，討她做大太太，而只有做小。做小稱太太，又讓她掌權；她只要這樣想一想，就算有閒言閒語難聽，一口氣嚥得下去，自然心平氣和了。」

「小爺叔的話很透澈。」古應春自告奮勇，「我來跟老太太說。」

說當然有個說法，根本不提胡雪巖，只談七姑奶奶跟羅四姐如何投緣，以及羅四姐如何識好歹，因為七姑奶奶待她，情如同胞姊妹，所以言聽計從。

胡老太太很尊重患難之交的古應春夫婦，對七姑奶奶更有份特殊的感情與信心；當時便說：「七姐中意的人，一定不會錯的。這個媒要請七姐來做；我也要聽了七姐的話才算數。」

一樁好事，急轉直下，看來成功在望了。但古應春心思細密，行事謹慎，覺得樂觀的話以少說為宜。

「老太太也不要太高興，人家肯不肯，還在未知之數。」

古應春接下來細談七姑奶奶陪羅四姐去算命，幾乎與吳鐵口吵架的趣事；當然，他絕不會透露，這是他們夫婦事先跟吳鐵口說通了的祕密。

胡老太太聽得很仔細，而且越聽笑意越濃，「原來她有這樣一副好八字，看來真是命中注定了。」她接著又說：「這種人的脾氣是這樣的，要嘛不肯；要肯了，說的話，一定有一句、算一句。」

「小爺叔，」古應春又想到一件事：「不知道嬸娘的意思怎麼樣？」

「她肯的。」胡老太太接口，「我跟她談過了，她要我作主，現在，七姐夫，這樁事情，我就拜託你了。」

「只要老太太作主，嬸娘也不會埋怨；我同阿七當然要盡心盡力把這件事辦圓滿來。」

於是古應春為胡雪巖策畫，男家的媒人是七姑奶奶，女家的媒人不妨請烏先生承乏。胡雪巖自然同意，便發了一份請帖，請烏先生吃飯。

這在烏先生自有受寵若驚之感，準時到胡家來赴宴；做主人的介紹了古應春與其他的陪客，敬過一杯酒，託辭先離席了。

席間閒談，不及正事；飯罷到客座喝茶，古應春才將烏先生邀到一邊，笑著說道：「烏先生，你我神交已久。」

烏先生愕然，及至古應春提到彼此為羅四姐一家代筆的事，烏先生方始明白，人雖初識，筆跡早熟，這就是神交，因為如此，一切都好談了。

「照此看來，事情已經定局了。」七姑奶奶很高興地說：「這烏先生看起來很關心羅四姐，不曉得他看了她的新房子，心裡是怎麼想？」

烏先生等七姑奶奶一走，從房子看到擺飾，在他心目中無一不新，無一不精，想不到她如此闊氣，只因有七姑奶奶這個初會面的堂客在，不便現於形色，怕人家笑話他沒有見過世面；此時就不再需要任何矜持了，毫不掩飾地顯出豔羨驚異的神態。

「羅四姐，我真沒有想到，你年紀輕輕一個女人家，會闖出這樣一個場面來！上海我也來過兩回，說實話，這樣漂亮的房子，我還是頭一回見。」他緊接著又說：「古家當然是有身分的人家，房子雖比你的大，不過沒有你的新；擺飾家具也比你多，可惜有細有粗，有好有壞，不比你的整齊。」

聽他這樣誇讚，羅四姐心裡有種說不出的舒服；人生得意之事，無過於從小相親的熟人，看到此人肯爭氣、有出息、青雲直上，刮目相看。她此時的心情，亦大有衣錦還鄉之感，不過緊接著而來的感覺，卻是美中不足的空虛。

「房子、家具都不是我的；我哪裡就到得了能這樣子擺場面的地步？」

這話在烏先生並不覺得全然意外；略想一想說道：「就算是胡大先生替你置的，即使用了，就算是你的了。」

「也不是他，是七姑奶奶的。」

「七姑奶奶？」烏先生詫異，「你們羅家哪裡跑出來這樣一位姑奶奶？」

「烏先生你纏到哪裡去了？」羅四姐笑道：「就是古太太，娘家姓尤，行七，大家都叫她七姑奶奶，我叫她七姐。」

「啊，啊，原來是她。」烏先生眨著眼想，越想越糊塗，「那麼，古家兩夫婦，怎麼叫胡大先生『小爺叔』？上海人叫叔叔叫『爺叔』，胡大先生怎麼會是他們的小叔叔？」

「其中有個緣故，我也是前幾天才聽七姑奶奶談起，她的哥哥行五——。」

羅四姐告訴他說，尤五是松江漕幫的當家。尤五的師父跟胡雪巖是朋友，交情很厚。漕幫中人，極重家規，所以尤五年齡雖比胡雪巖大，卻尊他為長輩，七姑奶奶和古應春亦都跟著尤五叫胡雪巖為小爺叔。

「照七姑奶奶說，松江漕幫稱為『疲幫』。他們這一幫的漕船很多，是大幫，不過是個空架子；所以當家的帶幫很吃力，虧得胡大先生幫他們的忙。為此，胡大先生在杭州到上海的這條水路上很吃得開，就因為松江漕幫的緣故。」

烏先生聽得很仔細，一面聽，一面在心裡想他自己的事。他雖受託來作媒，但仔細想想，不是甚麼明媒正娶，他這個媒人也沒有甚麼面子；所以一路上抱定一個主張，如果羅四姐本人不甚願意，或者胡雪巖的為人，在杭州以外的地方，風評不佳，那就說不得打退堂鼓了。此刻看來，自己一路上的想法，似乎都不切實際了。

既然如此，就不妨談正事了。「羅四姐，」他說：「你曉不曉得，我這趟為啥來的？」

這樣問法，羅四姐不免有些發窘，不過這是自己的終身大事，不能因為羞於出口，以致弄成誤會；所以很沉著地說：「是不是我娘有甚麼話，請烏先生來跟我說。」

「是的。我原來的意思，你娘即使不能來，寫信給你，也是一樣；你娘不贊成。她的話也有道理，寫信問你，等你的回信，一來一去個把月，倒不如我來一趟，直接問個明白。」

「娘要問我的是甚麼話？」

「問你對胡大先生怎麼樣？」

這一下，羅四姐的臉有些紅了，「甚麼怎麼樣呢？」她用埋怨來遮掩羞澀。「烏先生你的話，說得不清不楚，叫我怎麼說？」

烏先生在關帝廟設座賣茶，一天見過三教九流的人不知多少，閱歷甚豐，不過做媒人卻是第一次，因而有時不免困惑，心想，大家都說「媒人的嘴」是最厲害的，成敗往往在一句話上；到底如何是一言喪邦、一言興邦，卻始終無法模擬。不想，此時自然而然就懂了——他在想：只要答一句：「胡大先生要討你做小。」羅四姐必然既羞且惱，一怒回絕，好事就難諧了。

如果烏先生對胡雪巖的印象不佳，他就會那樣說；但此刻已決心來牽這根紅線，便要揀最動聽的話來說：「羅四姐，胡大先生要請你去當家。」

這話讓她心裡一跳，但卻不大敢相信，「哪裡有這回事？」她說：「大家都叫胡大先生是『財神』，他家那樣大的排場，我怎麼當得了他的家。」

「羅四姐，我勸你不要客氣。你的能幹，從小就看得出來的；胡大先生向來最識人，他說要請你去當家，當然看準了你挑得起這副擔子。」

看來不像是隨口玩笑的話；羅四姐不由得回一句：「真的？」

「當然是真的。沒有這句話，我根本不會來。」烏先生說：「名分上你已經吃虧了，沒有別的東西來彌補，你想我肯不肯來做這個媒？」

烏先生的話說得很巧妙，用「名分上已經吃虧了」的說法，代替聽著刺耳的「做小」二字，羅四姐不知不覺便在心裡接受了。

「你的意思到底怎麼樣？」烏先生催問著，「如果你沒有話，晚上我就要跟古太太去談了。當然，我是女家的媒人，一定會替你爭。」

「怎麼？為啥要跟七姑奶奶去談？」羅四姐問：「莫非她是——？」

「她是男家的媒人。」

「我娘的意思呢？」

「你娘情願結這門親的。」

羅四姐心潮起伏，思前想後，覺得有些話是連在烏先生面前都難出口的；考慮了好一會說：「烏先生，你曉得的，七姑奶奶跟我像同胞姊妹一樣；我看，我自己來問問她。」

「讓我做個現成媒人，那再好都沒有了。」烏先生說：「不過，羅四姐，你娘是託了我的；你自己跟古太太談的辰光，不要忘記了替你娘留一條退路。」

何謂「退路」？羅四姐不明白，便即問說：「烏先生，我娘是怎麼跟你說的？」

烏先生有些懊悔，「退路」的話是不應該說的。所謂「退路」是以羅四姐將來在胡家的身分，她母親不會成為「親家太太」，也就不會像親戚那樣往來；這樣，便須為她籌一筆養老的款子，才是個「退路」。但看目前的情形，且不說羅四姐，即便是胡雪巖也一定會想到，他那句話便是多餘的了。

因此，他就不肯再說實話，只是這樣回答：「你娘沒有說甚麼，是我想到的，養兒防老，積穀防飢，你要替你娘打算、打算。」

「原來是這一層！」羅四姐很輕鬆地答說：「我當然有打算的。」

「那好，我也放心了。等下到了古家，你自己跟古太太去談好了。」

為了替烏先生接風，古應春稍微用了些心思。烏先生既是生客，跟七姑奶奶可是第一次見面，應該照通常的規矩，男女分席，但主客一共四個人，分做兩處，把交情都拉遠了，而且說話也不方便，因此古應春決定請烏先生「吃大菜」。

在人家家裡「吃大菜」，烏先生還是第一回。幸好做主人的想得很周到；「吃大菜」的笑話見得多，刀子割破舌頭雖是誇大其詞，拿洗手指的水當冷開水喝，卻非笑話。至於刀叉亂響，更是司空見慣之事，所以古應春除了刀叉以外，另備一雙筷子。選的菜，第一，避免半生的牛排；第二，凡是肉類都先去骨頭；第三，調味少用西洋的作料。不過酒是洋酒，也不分飯前酒、飯後酒；黃的、白的、紅的，擺好了幾瓶，請烏先生隨意享用。

「烏先生！」七姑奶奶入座時就說：「自己人，我說老實話，用不慣刀叉，用筷子好了。」

「是！是！恭敬不如從命。我就老實了。」烏先生欣然舉箸。

「烏先生看見羅四姐的新房子了？」

七姑奶奶有意將「子」字唸得極輕，聽去像「新房」。在她是開玩笑，烏先生卻誤會了，以為將來羅四姐會長住上海，她目前的新居，將來便是雙棲之處。心想，如果是這樣子，又怎麼讓羅四姐去當家？

心裡有此疑問，卻不暇細思；因為要回答七姑奶奶的話，「好得很。」他說：「我聽羅四姐說，是古太太一手經理的。」

「烏先生，」羅四姐不等他說完，便即說道：「你叫七姐，也叫七姑奶奶好了。」

「好！七姑奶奶，真是巾幗英雄！」

「怎麼會想出這麼一句話來？」羅四姐笑道：「恭維嘛，也要恭維得像才是。七姐又不是『白相人嫂嫂』，怎麼叫巾幗英雄？」

烏先生自己也覺得擬於不倫，便即說道：「我來之前，『大書』說岳傳，正說梁紅玉擂鼓破金兵，『巾幗英雄』這句話聽得多了，才會脫口而出。」

「烏先生喜歡聽大書，明天我陪你。」古應春愛好此道，興致勃勃地說：「城隍廟的兩檔大書，一檔『英烈』；一檔『水滸』，都是響檔。烏先生不可錯過機會。」

「蘇州話，」羅四姐說：「烏先生恐怕聽不懂。」

「聽得懂，聽得懂。」烏先生接著用生硬的蘇白說道：「陰立，白坐。」

大家都笑了。

「烏先生不但懂，」古應春說：「而且是內行。」

原來「陰立，白坐」是「英烈，白蛇」的諧音；是書場裡挖苦刮皮客人的術語，有的陰陰地站在角落，不花一文聽完一回書，名為「陰立」；有的大大方方坐在後面，看跑堂的要「打錢」了，悄悄起身溜走，名為「白坐」。

由於彼此同好，皆有喜遇知音之感，大談「大書」，以及說書人的流派。羅四姐見此光景，輕輕向七姑奶奶說道：「烏先生這頓酒會吃到半夜，我們離桌吧！」

七姑奶奶亦正有此意，找個空隙，打斷他們的談鋒，說了兩句做女主人應有的門面話，與羅四姐雙雙離席。

七姑奶奶將她帶到樓上臥室。這間臥室一直為羅四姐所欣賞，因為經過古應春設計，改成西式，有個很寬敞的陽台，裝置很大的玻璃門，門上加兩層帷幕、一層薄紗、一層絲絨；白天拉開絲絨那一層，陽光透過薄紗，鋪滿整個房間，明亮華麗，令人精神一爽。晚上坐在陽台上看萬家燈火，亦別有一番情趣；尤其是像這種夏天，在陽台上納涼閒談，是最舒服不過的一件事。

「你是喝中國茶，還是喝洋茶？」

所謂「喝洋茶」是英國式的奶茶。七姑奶奶有全套的銀茶具，照英國規矩親自調製，而且親自為客人倒茶，頗為費事；羅四姐此刻要談正事，無心欣賞「洋茶」，便即說道：「我想吃杯菊花茶。」

黃白「杭菊花」可以當茶葉泡來喝，有清心降火之功；七姑奶奶笑著問道：「你大概心裡很亂？」

「也不曉得啥道理，心裡一直煩躁。」

「我們到陽台上來坐。」

七姑奶奶挑到陽台上去密談，是替羅四姐設想，因為談到自己的終身大事，她難免靦腆，陽台上光線幽暗，可以隱藏忸怩的表情，就比較能暢所欲言了。

等小大姐泡了菊花茶來，背光坐著的羅四姐幽幽地嘆口氣說：「七姐，只怕我真的是命中注定了。」

「喔，」七姑奶奶問道：「胡家託烏先生來作媒了；他怎麼說？」

「他說的話也不曉得是真是假？說胡大先生的意思，要我去替他當家。」

「不錯，這話應春也聽見的。」

「這麼說，看起來是真的！」羅四姐心裡更加踏實；但心頭的疑慮亦更濃重，「七姐，你說，我憑啥資格去替他當家？」

七姑奶奶心想，胡雪巖顧慮者在此；羅四姐要爭者亦在此，足見都是厲害角色，不開口則已，一開口必中要害。不過，她雖然已從古應春口中摸透了「行情」，卻不願輕易鬆口，因為不知道羅四姐還會開甚麼條件，不能不謹慎行事。

於是她試探地問道：「四姐，你自己倒說呢？要啥資格，才好去替他當家。」

「當家人的身分；身分不高，下人看不起，你說的話他左耳進、右耳出，七姐，你說，這個家我怎麼當？」

「是的。這話很實在。我想，我們小爺叔，不會不懂這個道理，他總有讓下人敬重你的辦法。」

「啥辦法？」羅四姐緊接著問：「七姐夫怎麼說？」

「他說，胡老太太託我來作媒。不過，我還不敢答應。」

羅四姐又驚又喜，「原來是胡老太太出面？」她問：「胡太太呢？」

「他們家一切都是老太太作主。胡太太最賢慧不過，老太太說啥就是啥，百依百順的。」

聽得這一說，羅四姐心頭寬鬆了些，不過七姑奶奶何以不敢答應作媒？這話她卻不好意思問。

「我為啥不敢答應呢？」七姑奶奶自問自答地說：「因為我們雖然一見如故，像同胞姊妹一樣；到底這是你的終身大事，你沒有跟我詳詳細細談過，我不曉得你心裡的想法，如果冒冒失失答應下來，萬一作不成這個媒，反而傷了我們感情。」

「七姐，這一層你儘管放心。不管怎麼樣，你我的感情是不會傷的。」

「有你這句話，我的膽就大了。四姐，除了名分以外，還有啥？請你一樣一樣告訴我。看哪一樣是我可以答應下來的；哪一樣我能替你爭的；哪一樣是怎麼樣也辦不到的。」

「怎麼樣辦不到的事，我也不會說。」羅四姐想了一下說：「七姐，我頂為難的是我老娘。」

她老娘何以會成為難題？七姑奶奶想一想才明白，必是指的當親戚來往這件事。以她的看法，這件事是否為難，主要的是要看羅四姐自己的態度；倘或她堅持要胡老太太叫一聲「親家太太」，這就為難了！否則胡家也容易處置。

談到這裡，話就要明說了，「四姐，你的意思我懂了。」她說：「還有啥，你一古腦兒說出來，我們一樣一樣來商量。」

「還有，你曉得的，我有個女兒。」

「你的女兒當然姓她老子的姓。」七姑奶奶說：「你總不見得肯帶到胡家去吧？」

「當然，那算啥一齣？」

「既然不帶到胡家，那就是你自己的事；不管你怎麼安排，胡家都不便過問的。這件事可以不必談；還有啥？」

「還有，我只能給老太太一個人磕頭。」

「是不是！」七姑奶奶馬上接口，「我不敢答應，就是怕你有這樣的話，叫我說都不便去說的。」

羅四姐自己也覺得要求過分了一些；不過話既已出口，亦不便自己收回，因而保持沉默。當然，在七姑奶奶看，這就是不再堅持的表示，能商量得通的。

「四姐，我現在把人家的意思告訴你：第一是稱呼，下人都叫你太太；第二進門磕一個頭，以後都是平禮；第三生了兒子著紅裙。這三樣，是老太太交代下來的。」

羅四姐考慮了一會，覺得就此三事而言，再爭也爭不出甚麼名堂來，不如放漂亮些，換取對方在他處的讓步。

於是她說：「七姐這麼說，我聽七姐的。不過，我進他家的門，不曉得是怎麼個進法？」

七姑奶奶心想，這是明知故問。妾侍進門，無非一乘小轎抬進門，在紅燭高燒之下，一一磕頭定稱呼。羅四姐問到這話，意思是不是想要坐花轎進門呢？

當然，照一般的辦法，是太委屈了她，但亦絕無坐花轎之理。七姑奶奶覺得這才真的遇見難題了。

想了又想，七姑奶奶只能這樣回答：「這件事我來想辦法，總歸要讓你面子上看得過去。你明天倒問問烏先生，看他有啥好辦法？」

正事談到這裡，實在也可以說是很順利了。作媒本來就要往返磋商，一步一步將雙方意見拉近來；羅四姐明白事緩則圓的道理，因而很泰然地答說：「事情不急，七姐儘管慢慢想。」

「你是不急，小爺叔恐怕急著要想做新郎倌。」七姑奶奶笑著將她的臉扳向亮處，「不曉得你裝扮成新娘子，是個啥樣子？」

這話說得羅四姐心裡不知是何滋味？說一句：「七姐真會尋開心。」一閃站起身來，「烏先生不知道吃好了沒有？」

「我們一起下去看看。」

兩人攜著手復回樓下，只見古應春陪著烏先生在賞鑒那些西洋小擺設。七姑奶奶少不得問些吃飽了沒有之類的客氣話，然後問到烏先生下榻之處。

「客棧已經定好了。」古應春問道：「不知道羅四姐今天晚上，是不是還有事要跟烏先生談？」

「今天太晚了。」羅四姐答說：「有事明天也可以談。」

「那麼，我送烏先生回客棧。明天一早我會派人到客棧陪了烏先生到羅四姐那裡。下午我陪烏先生到各處逛逛。」

等古應春送客回來，七姑奶奶還沒有睡，等著要將與羅四姐談論的情形告訴他：最後談到羅四姐如何「進胡家的門」。

「一頂小轎抬進門，東也磕頭，西也磕頭，且不說羅四姐委屈，我們做媒人的也沒有面子。」

「為小爺叔，沒有面子也就算了。」古應春說：「你不要把你的想法也擺進去；那一來事情就越發擺不平了。」

「好！那麼羅四姐，總要讓她的面子過得去。」

「這有點難辦。又有裡子，又要面子，世界上恐怕沒有那麼便宜的事。」七姑奶奶也覺得丈夫的話不錯，不過已經答應羅四姐要讓她「面子上過得去」，所以仍在苦苦思索。「睡吧！我累了。」

古應春旅途勞頓，一上床，鼾聲即起；七姑奶奶卻無法闔眼，最後終於想到了一個辦法，而且自己覺得很得意，很想喚醒古應春來談，卻又不忍，只好悶在心裡。

第二天一早，古應春正在漱洗時，七姑奶奶醒了，掀開珠羅紗的帳子，探頭說道：「不要緊了！我有法子了。」

沒頭沒腦一句話，說得古應春楞在那裡，好一會才省悟，「你是說羅四姐？」他問。

「對。」七姑奶奶起床，倦眼惺忪，但臉上別有一種興奮的神情，「他們的喜事在上海辦，照兩頭大的辦法，一樣可以坐花轎、著紅裙。」她問：「你看呢？」

「小爺叔在杭州有大太太的，無人不知；人家問起來怎麼說？」

「兼祧！」七姑奶奶脫口回答：「哪個去查他們的家譜？」

「這話倒也是。不知道小爺叔肯不肯？」

「肯不肯是他自己的事，我們做媒人的，是有交代了。」七姑奶奶又說：「我想他也不會不肯的。」

古應春考慮了一會，同意了她的辦法，只問：「回到杭州呢？」

「照回門的辦法，先到祖宗堂磕頭，再見老太太磕頭。」

「這不是啥回門的辦法，是『廟見』，這就抬舉羅四姐的身分了。」古應春深深點頭：「可以！」

「你說可以就定規了。下半天，你問問烏先生，看他怎麼說。」

「能這樣，烏先生有甚麼話說？至於你說『定規』，這話是錯了；要小爺叔答應了才能定規。」

「你這麼說，那就快寫信去問。」

古應春覺得不必如此匆促。不過，這一點他覺得也不必跟愛妻去爭；反正是不是寫了信，她也不會知道，所以答應著說：「我會寫。」

烏先生上午去看了羅四姐；下午由古應春陪著他，坐了馬車去觀光，一圈兜下來，烏先生自己提出要求，想到古家來吃晚飯，為的是談羅四姐的親事。

「我跟她談過了，她說她的意思，七姑奶奶都曉得。不過，既然我是媒人，她說有些話，要我跟七姑奶奶來商量。」

「是的。烏先生你說。」

「第一件，將來兩家是不是當親戚來往，現在暫且可以不管。不過，她的女兒，要胡太太認做乾女兒；將來要到胡家來的，下人要叫她『乾小姐』。」

「胡太太的兒女，還要叫她妹妹。」七姑奶奶補充著，極有把握地說：「這件事包在我身上。」

「第二件比較麻煩，她說七姑奶奶答應了她的，要我請問七姑奶奶，不曉得是啥辦法？」

「辦法是想到一個，不過，還不敢作主。這個辦法，一定要胡大先生點了頭才能算數。」

「是的，作媒本來要雙方自己願意，像七姑奶奶這樣爽快有擔當，肯代胡大先生作主，真是難得。」烏先生可說：「不過，先談談也不要緊。」

這件事很有關係，七姑奶奶心想，倘或自己說錯了一句話，要收回或更改就不漂亮了，不如讓她丈夫去談，自己在一旁察言觀色，適時加以糾正或者補充，比較妥當。

於是古應春便在她授意之下，講他們夫婦這天清早商量好的辦法。講到一點不錯，七姑奶奶認為無須作何修正。倒是烏先生的態度，讓她奇怪；只見他一面聽、一面鎖緊眉頭——她不知道這是烏先生在用心思索一件事時，慣有的樣子，只當他對這樣的辦法還不滿意，心裡不免大起反感。

於是等古應春講完了，她冷冷地問：「烏先生覺得這個辦法，還有啥欠缺的地方？」

「不是欠缺，我看很不妥當。」

這就連古應春都詫異了，「烏先生，請你說個道理看。」他問：「何以不妥當。」

「胡大先生現在是天下聞名的人，佩服他、贊成他的人很多；妒忌他、要他好看的人也不少。萬一京裡的御史老爺參上一本，不得了。」

「參上一本？參胡大先生？」

「這我就不懂。」七姑奶奶接著也說：「犯了啥錯？御史要參他。」

「七姑奶奶，請你耐耐心，聽我說——。」

原來烏先生的先世是杭州府錢塘縣的刑房書辦，已歷四代，現在由烏先生的長兄承襲；「大清律例」是他的家學，對「戶婚律」當然亦很熟悉，所以能為古應春夫婦作一番很詳細的解釋。

他說，以「兼祧」為娶「兩頭大」的藉口，是習俗如此，而律無明文；不過既然習俗相沿，官府亦承認的，只是兼祧亦有一定的規矩，如俗語所說的「兩房合一子」，方准兼祧，這在胡雪巖的情形，顯然不合。

「你們兩位請想，既稱『胡大先生』就有『胡二先生』；好比合肥李家，有『李大先生』李瀚章，就一定有『李二先生』李鴻章。胡大先生既然有兄弟，就可以承繼給他無子的叔伯，何用他來兼祧？」

「這話說得有道理，『胡大先生』稱呼，就擺明了他是有兄弟的。」古應春對他妻子說：「兼祧這兩個字，無論如何用不上。」

「用不上就不能娶兩房正室。一定要這麼辦，且不說大清律上怎麼樣，論官常先就有虧了，這叫做『寵妾滅妻』，御史老爺一本參上去，事實俱在，逃都逃不了的。」

一聽這話，七姑奶奶嚇出一身冷汗，「真是虧得烏先生指點，」她說：「差點做錯了事情，害我們小爺叔栽個觔斗。」

「觔斗倒也栽不大，不過面子難看。」烏先生又說：「講老實話，胡大先生還在其次，我先要替羅四姐想一想；倘或因為她想坐花轎、穿紅裙，弄出來這場麻煩，胡老太太、胡大先生一定很不高興，說風涼話的人就會說：『一進門就出事，一定是個掃帚星。』七姑奶奶你倒想，羅四姐以後還好做人？」

「烏先生，你想得真周到，見識真正高人一等。」七姑奶奶由衷的佩服，「而且人家本來不知道羅四姐是啥身分，這一來『妾』的名聲就『賣朝報』了。」

「賣朝報」是句杭州的俗話，還是南宋時候傳下來的，老百姓的名字忽然在「朝報」上出現，一定出了新聞，「賣朝報」的人為廣招徠，必然大聲吆喝，以至於大街小巷，無人不知。

如果胡雪巖因為「寵妾滅妻」而奉旨申斥，上諭中就會有羅四姐的名字——清朝的「宮門鈔」就是南宋的「朝報」；所以七姑奶奶的這個譬喻，十分貼切。

「是啊！」烏先生說：「那一來，不但杭州、上海，到處都知道了，真正叫做『求榮反辱』。我想我只要一說明白，羅四姐一定也懂的。」

「是，是！」古應春急忙接口，「那就拜託先生跟羅四姐婉言解釋。只要這一層講通了，我想我們的這個媒就做成功了。」

羅四姐自然能夠體諒其中的苦衷，但總覺得怏怏有不足之意；不過對七姑奶奶極力幫她講話出主意，非常感激，因而也就更覺得可以說知心話，所以反而拿烏先生向她解釋的話，來跟七姑奶奶商量。

「四姐，我想勸你一句話，英雄不怕出身低，一個人要收緣結果好，才是真正的風光。你不是心胸不開闊的人，不要再在這上頭計較了。」七姑奶奶又說：「我當你陪嫁的奶媽，送了你去，你看好不好？」

江浙風俗，富家小姐出閣時，貼身的侍女、哺育的乳母，往往都陪嫁到夫家，而且保留著原來的稱呼；羅四姐聽七姑奶奶用這樣的說法，表示就算委屈，她亦願意分擔這份情意，求之於同胞姐妹，亦未見得必有，應該能夠彌補一切了。

「七姐，」羅四姐眼圈紅紅地說：「我也不知道前世敲破了多少木魚，今生才會認識你。」

「認識我沒有啥了不得，倒是你嫁我們小爺叔，真是前世修來的。」七姑奶奶說：「做個女人家，無非走一步幫夫運；天大的本事，也是有限制的，丈夫是個阿斗太子，哪怕你是諸葛亮，也只好嘆口氣。我們小爺叔的本事，現在用出來的，不過十之二、三，你能再把他那六、七分挖出來，你就是女人家當中第一等人物。何必在乎名分上頭？」

聽這一說，頓時激起羅四姐的萬丈雄心，很興奮地說：「七姐，我同你說心裡的話，我自己也常在想，我如果是個男的，一樣有把握創一番名堂出來；只可惜是個女的。如今胡大先生雖說把個家交給我，我看他倒也並非一定只限制我把家當好了就好了；在生意上頭，如何做法，他也會聽我的，我倒很想下手試一試。」

「是的。」七姑奶奶很婉轉地說：「不過，這到底在其次，你出了主意，是好的，他一定會聽，那就等於你自己在做，並不定要你親自下手。照我看，你的頂大的一樁生意是開礦：開人礦。這話你懂不懂？」

「不懂。七姐，」羅四姐笑道：「你的花樣真多。」

「我是實實在在的話，不是耍花樣。我剛剛說道，你要把我們小爺叔沒有用出來的六、七分本事，把它挖出來。如果你做得到，你就是開著了一座金礦！別的都算小生意了。」

羅四姐先當七姑奶奶是說笑話，聽完了細細思量，方始領悟，莊容說道：「七姐，你的這番道理我懂了。不過，以前我沒有想到這一點，只想到要逞自己的本事；現在才曉得，我要逞本事，一定要從胡大先生身上去下功夫。」

「對啊！」七姑奶奶高興地拍著手說：「你到底聰明，想得透，看得透。」

除了「親迎」的花轎以外，其餘儘量照「六禮」的規矩來辦，先換庚帖，然後下聘；聘禮是兩萬現銀，存在杭州阜康錢莊生息，供羅四姐為老娘養老之用；當然還有一座房子，仍舊置在螺螄門外。羅四姐在上海的新居，亦已過戶在她名下；七姑奶奶所墊的房價及其他費用，自然是由胡雪巖結算。

聘禮最重首飾，只得四樣，不過較之尋常人家的八樣，還更貴重，新穿的珠花、金剛鑽的鐲子、翡翠耳環、紅玉簪子，其實是羅四姐自己挑的——胡雪巖關照古應春，請七姑奶奶陪羅四姐去選定了，叫珠寶店直接送到上海阜康錢莊，驗貨收款。

「四姐，應春昨天跟我說：你們情同姐妹，這一回等於我們嫁妹子，應該要備一份嫁妝。這話一點都不錯。」七姑奶奶說：「我想，仍舊你自己去挑；大家的面子，你儘管揀好的挑，不要客氣。說老實話，幾千兩銀子，應春的力量還有。」

羅四姐心想，只要嫁到胡家，將來一定有許多機會幫古應春的忙，藉為補報，所以不必說客氣話。不過，也不好意思讓他們多破費，因而這樣答說：「七姐跟姐夫這番意思，我不能不領。不過，東西也不在乎貴重，只要歡喜就好，你說是不是？」

「正是。」七姑奶奶說：「先挑木器。明天你空不空？」

「空。」

「那就明天下半天。仍舊到昌發去好了。」

昌發在南市，是上海最大的一家木器行；羅四姐新居的家具，就是在那裡買的，「好！就是昌發。」羅四姐說：「今天家裡會有客人來，我要走了。」

等七姑奶奶用馬車將她送到家，羅四姐立即關照老馬，另雇一輛馬車，要帶小大姐到南市去辦事。

到得南市在昌發下車；老闆姓李，一見老主顧上門，急忙親自迎了出來招呼：「羅四小姐，今天怎麼有空？請裡面坐，裡面坐。」

「我來看堂木器。」

「喔，喔！」李老闆滿臉堆笑，「是哪裡用的？」

「房間裡。」

所謂「房間裡」是指臥房，首要的就是一張床，但既稱「一堂」，當然應該還有几椅桌凳之類，李老闆便先問材料，「羅四小姐喜歡紅木，還是紫檀？」

「當然是紫檀。」

「羅四小姐，你既然喜歡紫檀，我有一堂難得的木器，不可錯過機會。」

「好！我來看看。」

李老闆將她領入後進一個房間，進門便覺目眩，原來這些步檀木器，以螺甸嵌花，有耀眼的反光，以致目眩。

細細看去，華麗精巧，實在可愛，「這好像不是本地貨色。」羅四姐說：「花樣做法都不同。」

「羅四小姐，到底是頂瓜瓜的行家，」李老闆說：「一眼就識透了。這堂木器是廣東來的，廣東叫酸枝，就是紫檀。光是廣東來的不稀奇，另外還有來歷；說出來，羅四小姐，你要嚇一跳。」

「為啥？」

「這本來是進貢的——。」

「進貢？」羅四小姐打斷他的話說：「你是說，原來是皇帝用的。」

「不錯。」

「李老闆，」羅四姐笑道：「你說大話不怕豁邊？皇帝用的木器，怎麼會在你店裡？」

「啱，羅四小姐，你不相信是不是？其中當然有個道理，你請坐下來，等我講給你聽。」

李老闆請羅四姐在一張交椅上坐了下來，自己在下首相陪。他很會做生意，用的夥伴、徒弟亦很靈活，等羅四姐剛剛坐定，現泡的蓋碗茶與四個高腳果碟，已經送了上來。羅四姐存心要來買木器，生意一定做得成，所以對昌發的款待，坦然接受，連道聲謝都沒有。

「羅四小姐，請你先仔細看看東西。」

她原有此意。因為所坐的那張交椅，小巧玲瓏，高低正好，靠背適度，一坐下來雙肘自然而然地搭在扶手上，非常舒服，本就想仔細看一看，所以聽得這話，但低頭細細賞鑒，工料兩精，毫無瑕疵。

看完交椅，再看椅旁的長方套几，一共三層，推攏了不占地位；拉開了頗為實用，一碗茶、四隻果碟擺在上面，一點都不顯得擠。

「東西是好的。」羅四姐說：「不過花樣不像宮裡用的；宮裡用的應該是龍鳳，不應該是『五福捧壽』。」

「羅四小姐，你駁得有道理；不過你如果曉得用在哪裡，你就不會駁了。宮殿有各式各樣的宮殿，停止三宮六院？看地方、看用場，陳設大不相同，統統是龍鳳的花樣，千篇一律，看都看膩了。你說，是不是呢？」

「話倒也不錯。那麼，這堂木器是用在哪裡的呢？」

「是要用在圓明園的——。」

「李老闆，你真當我鄉下人了！哪個不曉得，洋鬼子把圓明園燒掉了。」

「燒掉了可以重造啊。當然，真的重造了，這堂木器也不會在我這裡了。」

據李老闆說，有班內務府的人，與宮中管事的太監，因為洪楊之亂已經平定；捻匪亦都打敗了，不足為患，因而慫恿慈禧太后說：「再過三、四年，皇帝成年，『大婚』、『親政』兩樁大典一過，兩宮太后應該有個頤養天年的地方，大可以將圓明園恢復起來。太后『以天下養』，修個花園，不為過分。」

慈禧太后心動了，十二、三歲的小皇帝更為起勁；風聲一傳，有個內務府出身、在廣東幹了好幾任肥缺的知府，得風氣之先，特製酸枝嵌螺甸的木器進貢，而在由海道北運途中，事情起了變化。

原來這件事，在私底下已經談了好幾個月，當政的恭親王大不以為然，不過不便說破，只是在兩宮太后每天例行召見時，不斷表示，大亂初平，百廢待舉，財政困難，意思是希望慈禧太后自動打消這個念頭。

哪知恭王正在下水磨功夫時，忽然聽說有這樣一個知府，居然進貢木器，準備在圓明園使用，不由得大為光火，授意一個滿洲的御史，臚列這個知府貪汙有據的劣跡，狠狠參了一本；恭王面請「革職查辦」，慈禧太后不便庇護，准如所請，那知府就此下獄。貢品自然也就不必北運了，押運的是那知府的胞弟，將木器卸在上海變賣，是這樣歸於昌發的。

「木器一共三堂，一堂客廳，一堂書房，都賣掉了。現在剩下這一堂，前天有個江西來的候補道來看過，東西是歡喜得不得了，銀子帶得不夠，叫我替他留十天；他沒有下定洋，我就不管他了。羅四小姐，你要中意，我特別克己。」李老闆又說：「我再說句老實話，這堂木器，也沒有啥人用得起；你們想，房間裡用這樣子講究的木器，大廳、花廳、書房應該用啥？這就是我這堂木器，不容易脫手的道理。」

羅四姐心想，照他的話看這堂木器似乎也只有胡雪巖家用得起。不想居然也還有那麼一個闊氣的江西候補道，轉念又想，胡雪巖也是江西候補道，莫非是他叫人來看過？

於是她問：「那個江西候補道姓啥？看來他倒也是用得起的。」

「姓朱。」李老闆又說：「朱道台想買這堂木器也不是自己用；是打算孝敬一位總督的老太太的。」

羅四姐心中一動；隨即問說：「你這堂木器啥價錢？」

「照本賣，一千五百兩銀子。其實照本賣，已經把利息虧在裡頭了。好在另外兩堂，我已經賺著了；這一堂虧點本也無所謂。」

「李老闆，我還你一個整數。」

「羅四小姐，」李老闆苦笑著說：「三分天下去其一，你殺價也殺得太凶了。」

「本來漫天要價，就地還錢；『對折攔腰摜』的生意還多得是。」

「羅四小姐，聽你口音是杭州人？」

「不錯。你問它作啥？」

「你們杭州人殺價厲害，『對折攔腰摜』四分天下去其三。世界上哪裡有這種生意。羅四小姐，你總要高升、高升吧？」

高升又高升，講定一千二百兩銀子。羅四姐是帶了銀票來的，取了一張四百兩的，捏在手中，卻有一番話交代。

「李老闆，你要照我的話，我們這筆交易才會成功，明天我帶個人來看，問你啥價錢，你說八百兩銀子。」

「這為啥？」

「你不要管。」羅四姐說：「你要一千二百兩，今天我付你四百；明天再付你八百，一文不少。」羅四姐又說：「你要在收條上寫明白，一定照我的話；不照我的話，交易不成，加倍退定洋。」

「是，是！我照辦。」

於是李老闆收下定洋，打了收條。等羅四姐走後不久，又來了一個老主顧。

「唷，唷！古太太，我財神又臨門了。今天想看點啥？」

「看了再說。」

李老闆領著她一處一處看，看到那堂螺甸酸枝木器，站住腳問：「這堂木器啥價錢？」

「對不起，古太太，剛剛賣掉了——。」

七姑奶奶大失所望，卻未死心，「賣給哪個？」她說：「哪有這麼巧的事？」

見此光景，李老闆心裡在轉念頭，他原來的話，還有一句：「就是羅四小姐買的。」哪知話未說完，讓「古太太」截斷了；看她的樣子，有勢在必得之意，如果說破「羅四小姐」，她一定會跟人家去商量情讓，那一來事情就尷尬了。「羅四小姐」人很厲害，少惹她為妙。

打定了這個主意，便不答腔；七姑奶奶卻是越看越中意，就越不肯死心，「你賣給人家多少錢？」她問。

「既然賣掉了，古太太也就不必問了。」

「咦，咦！」七姑奶奶放下臉來，「當場開銷，」她說：「問問怕啥，李老闆你是生意做得大，架子也大呢？還是上了年紀，越老越糊塗？做生意哪有你這個做法的，問都問不得一句！」

「古太太你不要罵我。」李老闆靈機一動，頓時將苦笑收起，平靜地問道：「我先請教古太太兩句話，可以不可以？」

「可以啊！有甚麼不可以？」

「古太太想買這堂木器，是自己用，還是送人？」

「送人。」

「送哪個？」

「你不要管。」

「古太太，你告訴我了，或許有個商量。」

「好。」七姑奶奶說：「喏，就是上回我同她來過的那位羅四小姐。」

這下，李老闆會意了，「羅四小姐」所說要帶個人來看；此人就在眼前。於是他笑著說道：「古太太，你說巧來真是巧！剛剛那個買主，就是羅四小姐。」

七姑奶奶大感意外，「她來過了？」

她急急問說：「買了你這堂木器？多少錢？」

「八百兩。」

七姑奶奶點點頭，「這個價錢也還公道。」她又問：「付了多少定洋？」

「沒有付。」

「沒有付？」七姑奶奶氣又上來了：「沒有付，你為啥不賣給我？」

「做生意一句話嘛！羅四小姐是你古太太的來頭，我當然要相信她。」

七姑奶奶覺得他這兩句話很中聽，不由得就說了實話；「李老闆，我老實跟你說了吧！羅四小姐要做新娘子了，我買這堂木器陪嫁她，她大概不願意我花錢，所以自己來看定了。這樣子，明天我陪她來，你不要收她的銀子；要收我的。」

「是，是！」

「還有，你答應她八百兩，當然還是八百兩，不過我要殺你的價。殺價是假的，今天我先付你二百兩，明天我殺價殺到六百兩，你就說老主顧沒辦法，答應下來。這樣做，為的是怕她替我心痛，你懂不懂？」

「懂啊！怎麼不懂？羅四小姐交到你這種朋友，真正前世福氣，買木器陪嫁她，還要體諒她的心。這樣子厚道細心的人，除了你古太太，尋不出第二個。」

七姑奶奶買了這堂好木器，已覺躊躇滿志，聽了他這幾句話，越發得意，高高興興付了定洋回家，將這樁稱心如意的事，告訴了古應春。

第二天，羅四姐來了；七姑奶奶一開口就說：「你昨天到昌發去過了？」

羅四姐不知她何以得知？沉著地答說：「是的。」

「你看中了一堂木器，價錢都講好了？」

「是的。講定八百兩銀子。」

「那再好都沒有。」七姑奶奶說：「你真有眼光！我們走。」

於是一車到了昌發；老闆早已茶煙、水果、點心都預備好了。略坐一坐，去看木器。

「羅四小姐說，價錢跟你講好了，是不是？」

「是的。」

「那是羅四小姐買，現在是我買。」七姑奶奶說：「李老闆，我們多年往來，你應該格外克己，我出你六百兩銀子。」

「古太太，我已經虧本了。」

「我曉得你虧本，無非多年往來的交情，硬殺你二百兩。」

「下回我一定講交情。這一回。」李老闆斬釘截鐵地說：「我的價錢，講出算數，絕不能改。」

如此絕情，七姑奶奶氣得臉色發白：真想狗血噴頭罵他一頓，但一則是喜事，不宜吵架；二則也是捨不得這堂好木器，只好忍氣吞聲，連連冷笑著說；「好，好！算你狠。」說完，取出八百兩銀子的銀票，往桌上一摔。

「古太太，你請不要生氣，我實在有苦衷，改天我到府上來賠罪。」

「哪個要你來賠罪。我告訴你，這回是一悶棍的生意。」

說完掉頭就走，李老闆追上來要分辯，七姑奶奶不理他，與羅四姐坐上馬車回家，一路氣鼓鼓的，話都懶得說；羅四姐也覺得好生無趣。

一到家，在起坐間中遇見古應春。他一看愛妻神色不怡，便含笑問道：「高高興興出門；回來好像不大開心，為啥？」

「昌發的李老闆不上路！」七姑奶奶的聲音很大，「以後再也不要做成他生意了。你說要帶洋人到他那裡定家具，省省！挑別家。」

「怎麼不上路？」

「他，」七姑奶奶想一想說：「硬要我八百兩銀子。」

「你照付了沒有呢？」

「你倒想！」

七姑奶奶預先付過「差價」，是告訴過古應春的；他心裡在想，李老闆的生意做得很大；而且人雖精明，卻很講信用，似乎不至於硬吞二百兩銀子，其中或者另有緣故，只是當著羅四姐，不便深談，只好沉默。

於是羅四姐便勸七姑奶奶：「七姐，東西實在是好的；八百兩銀子是真正不貴。你先消消氣；我要好好跟你商量，這堂木器有個用法。」

七姑奶奶正要答話，讓小大姐進來打斷了。她是來通報，李老闆來了，要見七姑奶奶。

「不見。」

「我見。」古應春接口，「等我來問他。」

去了不多片刻，古應春笑嘻嘻地回進來，手裡拿著個紅封套；七姑奶奶接過來一看，封套籤條上寫「賀儀」二字，下面是李老闆具名；賀儀是一張二百四十兩的銀票。

「這算啥？」

「不是送你的。」古應春說：「你不是告訴他，羅四姐要做新娘子了，人家是送喜事的賀禮。」

聽這一說，七姑奶奶與羅四姐相顧愕然；事出突兀，都用眼色催古應春說下去，但古應春卻是一副忍俊不禁的神氣。

「你笑啥？」七姑奶奶白了丈夫一眼，「快說啊！」

「怎麼不要好笑？這種事也只有你們心思用得深的人，才做得出來。」古應春看了羅四姐一眼，向妻子說道：「你曉得這堂木器多少錢？一千二百兩。」

「唷！」羅四姐叫了起來，「七姐夫，李老闆告訴你了？」

「當然告訴我了，不然，他另外收了二百兩銀子的定洋，硬不認帳，這話怎麼交代呢？」

「啊？」羅四姐問說：「七姐，你已付過他二百兩？」七姑奶奶楞了一下，弄明白是怎麼回事了；反問一句：「你先付過他四百兩？」

「是的。」

「為啥？」

「我不願意你太破費。」

「兩個人走到一條路上來了。」七姑奶奶哈哈大笑，「我曉得你不願意我太破費，所以預先付了他二百兩。我道呢，哪裡有這麼便宜的東西！」

羅四姐也覺得好笑，「七姐夫說得不錯，心思用得太深，才會做出這種事來。你瞞我，我瞞你，大家都鑽到牛角尖裡去了。不過。」她說：「李老闆也不大對，當時他就讓二百兩好了，何苦害七姐白白生一場氣。」

「他也有他的說法。」古應春接口答道：「我拿李老闆的話照樣說一遍；他說：『那位羅四小姐，看起來是很厲害的角色，我不能不防她；收條上寫明白，報價只能報八百兩，改口的話，加倍退還定洋。萬一我改了口，羅四小姐拿出收條，一記「翻天印」打過來，我沒話說。所以我當時不鬆口，寧可得罪了古太太，事後來賠罪。』」

七姑奶奶前嫌盡釋，高興地笑道：「這個人還算上路；還多送了四十兩賀禮。」說著將紅封套遞給羅四姐。

「我不要。」羅四姐不肯接，「不是我的。」

「莫非是我的？」七姑奶奶開玩笑：「又不是我做新娘子。」

羅四姐窘笑著，仍舊不肯接；七姑奶奶的手也縮不回去，古應春說：「交給我。二百兩是退回來的定洋；四十兩送的賀禮，我叫人記筆帳在那裡。」

於是七姑奶奶將紅封套交了給古應春；接著便盛讚那堂酸枝嵌螺甸的家具，認為一千二百兩銀子，實在也不算貴。

由此便談到這堂木器的來歷；它之貴重，已經不能拿銀子多寡來論了。羅四姐因此有個想法，覺得自己用這堂木器，雖說出於「陪嫁」，亦嫌過分，難免遭人議論，因而私下跟七姑奶奶商量，打算把這堂木器，孝敬胡老太太。

「我這個念頭，是聽了李老闆的一句話才轉到的，他說：有個江西的朱道台，想買這堂木器孝敬一位總督的老太太。我心裡就在想，將來我用這堂木器；胡老太太用的不及我，我用了心裡也不安，倒不如借花獻佛，做個人情。七姐，你不會怪我吧？」

「哪裡，哪裡！」七姑奶奶異常欣慰地，「說實話，你這樣子會做人，我就放心了。胡家人多口雜，我真怕你自己覺得行得正、坐得正，性子太直了，會得罪人。」

「得罪人是免不了的。只要有幾個人不得罪就好了。譬如胡老太太，一定要伺候得好。」

七姑奶奶暗暗點頭，心裡在想，羅四姐一定懂「挾天子以令諸侯」的道理，不但會做人，還會做「官」，替她擔心，實在是多餘的。

7 幫夫運

自從羅四姐嫁到胡家，真是走了一步幫夫運，胡雪巖的事業，如《紅樓夢》上所形容的「鮮花著錦」一般興旺。當然，興旺的由來是他恃左宗棠為靠山；左宗棠視他為股肱，只要左宗棠西征，節節勝利，所請在朝廷無有不准，胡雪巖水漲船高，亦就事事順手了。

原來從道光年間開始，君闇臣愚，激出內憂外患，西北的回亂，亦是貪官汙吏激盪而成，其時所謂「甘回」共有西、南、北三大支，三大頭目，西面的叫馬朵之，盤踞在青海的西寧；南面的叫馬占鰲，以甘肅與青海的河州，也就是臨夏為根據地；北面叫馬化隆，是三大頭目中最狠的一個，勢力範圍在寧夏、靈武一帶，老巢名為金積堡，這個地方就是「黃河百害，惟富一套」的河套的起點，擅茶、馬之利以外，東面有個鹽池叫花馬池，更是一大財源。

金積堡周圍有五百多個寨子，眾星拱月般環衛著馬化隆的金積堡，此人狡詐百出，專門煽動善良的回民，與漢人為敵，但表面卻對寧夏將軍穆圖善很恭敬。左宗棠卻看穿了此人的底蘊，所以西征的第一目標就是攻下金積堡。

在攻金積堡之前，先要隔斷捻匪與甘回的勾結。捻匪分為兩大股，稱為「東捻」、「西捻」——曾國藩解釋捻匪之捻說：「捻紙燃脂，故謂之捻」，凡是用薄紙搓成條狀，如吸水煙用的紙煤等等，都叫做捻子，捻匪的特性在於易聚易散；但看起來像烏合之眾，而流竄不定，飄忽千里，令人疲於奔命，亦很厲害。僧格林沁的黑龍江馬隊，追奔逐北，捻匪見了就逃；但一停下來，周圍不知如何，就會冒出無數捻匪來，僧王就是這樣陣亡的。僧王打的是東捻；西捻的頭子叫張總愚，自河南至陝西，由河南橫渡黃河，直上延安、米脂，南北戰線拉長到一千多里，目的就是希望與馬化隆由西往東，也有千把里的這條戰線交會。

只要一接上頭，西捻不復可制，回亂亦不知何時才能平定？所以左宗棠西征的初步戰略，就在隔離西捻與甘回，不讓他們「會師」。羅四姐嫁到胡家時，正當西捻初平，兩宮太后召見左宗棠，天語褒嘉；左宗棠自陳五年可以平定回亂之時。

左宗棠最初駐軍西安，然後往西北逐步推進，大營先移乾州，再移甘肅境內的涇川，然後往北打，克復鎮原、慶陽，收容降眾及飢民十七萬人，行屯墾之法，種子、農具，都由胡雪巖的轉運局採辦好了，運到甘肅。

及至左宗棠的前鋒逼進靈武，馬化隆看老巢有被剿之虞，於是又施狡計，「上書乞撫」，撫是安撫，表示願意投降，但部眾或者收編為官軍、或者遣散、或者為他們謀個生計，戡亂剿匪，有此化干戈為玉帛的結果，本來是最理想的辦法，但造反作亂的，狡詐者多，誠實者少，平洪楊那幾年，土匪乘機竊起，就撫而又反覆者，不知多少。左宗棠閱歷極豐，而馬化隆又有善於翻覆的名聲，他可以玩弄穆圖善，而左宗棠絕不會受他的愚，所以置之不理，備妥三月行糧，進攻金積堡。

指揮此役的大將是劉松山。此人是曾國藩的小同鄉，行伍出身，積功升至總兵；咸豐十年，英法內犯，僧格林沁提兵勤王，東南沒有這一支剽悍的馬隊，戰局大受影響，那時太平軍李秀成，剛開始為洪秀全所重用，在蕪湖召集軍事會議，分道進兵，李秀成本人自率大軍，由蕪湖南下，攻占皖南黟縣；另外太平軍悍將李世賢、黃文金、李繼遠等，相繼陷寧國、下徽州；又占江西浮梁、都昌、饒州，駐節祁門的曾國藩，西面則來自湖北的接濟，因江西糧道中斷而絕，東面則有二李親領的驕兵相逼，重重圍困，一籌莫展，最後聽從幕賓建議，反攻徽州以期打通浙江的運道。於是曾國藩移軍祁門以北、徽州以西的江寧，有一天太平軍夜襲，諸營皆潰，只有劉松山在月下列隊迎敵，太平軍不敢相逼；其餘潰散各營，月夜看不真切，以為太平軍攔截，掉頭要逃，及至劉松山打出旗號，大家才知道大營未失，「老帥」無恙，驚魂始定，祁門一役，是曾國藩靖江兵敗，投水遇救以後另一次的大危機，他連遺書都寫好了，結果轉危為安，都由劉松山之功，從此以國士相待。

及至左宗棠受命西征，這是一場大戰役，非地方性的軍務可比，各軍理當協力，曾國藩將他最重視的劉松山一軍，交給左宗棠指揮。左宗棠本由曾國藩所提攜，以後由於爭餉而存意見，復以曾國荃破金陵，縱容洪秀全之子逃遁，直言訐奏，因而失和，不通音問已久；到這時，左宗棠才知道：「謀國之忠，知人之明，自愧不如元輔」。將劉松山一軍交他節制，比作曾國藩「嫁女」；對劉松山的重用，自不待言。

劉松山真亦不負曾國藩的知遇及左宗棠的期許，打西捻、平甘回，幾乎戰無不勝、攻無不克。他從軍以前，在家鄉就已定下親事，聘而未娶，在軍中十幾年，只因招兵，回過一次家鄉；直到西捻既平，方在洛陽成婚，新郎新娘都三十多歲了。

蜜月只得十天，劉松山便即入陝，肅清榆、延、綏、鄜四州以後，進軍靈武，一戰而克；馬化隆驚恐萬狀，一面再次求撫，一面四處求援，但西寧、河州、臨洮、靖遠各地的回子，震於劉松山的威名，都坐視不顧，於是劉松山大舉進攻；同治九年正月，攻金積堡外圍一個寨子，中炮墜馬，因而陣亡；所部由他的姪子劉錦棠率領，同年十一月終於克復了金積堡。

西征軍能夠勝多敗少，著著進展，是因為器械利、士氣旺、紀律好。胡雪巖得古應春之力，西洋凡有新式槍械，以及其他精巧的軍事裝備，只要能用得上的，不必向左宗棠請示，先就辦了來；加以補給適時，從無糧餉不繼之虞，士氣自然就旺盛了。這是西征軍將士都佩服，也感激胡雪巖的；但紀律好亦應歸功於胡雪巖，就只有左宗棠最明白了。

從咸豐末年，同治皇后阿魯特氏的祖父賽尚武喪師失律，浪擲了一筆發自部庫的二百萬兩銀子的軍餉以後，仗都是地方上自己在打，因此有楚軍、湘軍、淮軍、浙軍、粵軍等等名號，都稱之為「官軍」；這些官軍，來源不一，「回鄉招募」的子弟兵固占多數，但也不少是土匪或者太平軍投過來的，出身不同，隊官的作風各異，軍紀大有區別。湘軍中以彭玉麟部下紀律最嚴；鮑超一軍最糟糕，這就是帶兵的看法不同之故，不過鮑超驍勇善戰，是曾國藩的「愛將」，所以諸事寬容。

左宗棠所部，亦是雜牌軍隊，但都能恪守紀律，一半是左宗棠治軍較嚴；一半亦由於心誠悅服，不忍違犯紀律。論心悅誠服之所起，就不能不推服胡雪巖了，「湖湘子弟滿天下」而無後顧之憂，都由於胡雪巖靠他廣設錢莊、通匯便利，按時得能接濟官兵家屬。至於陣亡將士，恤死養生，不用左宗棠關照，他就派人去做了，大家都道「侯爺」如此愛護部下，何忍犯他的軍紀？卻不知是胡雪巖在助「侯爺」維持紀律。

胡雪巖能夠公私兼顧，錢莊、典當、絲號一家接一家開張，生意越做越大，「財神」的名氣越來越響，從胡老太太起始，都認為是「螺螄太太」的功勞——原來為了避免用「二太太」之名，卻又想不出更合適的稱呼；有個通人說：「順治年間『江左三大家』之一的龔芝麓，娶了秦淮出身的顧眉生；龔芝麓的元配稱她為『顧太太』。仿照這個例子，拿『羅四姐』的『姐』字改為『太太』，有何不可？」於是，「羅四太太」就此叫開了。下人不明其理，只當她娘家住在螺螄門外的緣故，叫成「螺螄太太」。

但最為鄉黨稱道，而且使得胡雪巖自覺對螺螄太太有愧，既愛且敬的是，她有個「大賢大德」的名聲，為胡雪巖娶了十一房姨太太。

約莫嫁後一年，螺螄太太向到杭州三天竺來燒香的七姑奶奶訴苦。原來胡雪巖精力過人，只她一個人「當夕」，有些力不從心，因而也就覺得樂不敵苦了。

於是胡雪巖不免留連花叢；本來歡場中應酬，在胡雪巖幾乎是每天的例課，以前僅止於「吃花酒」，漸漸地以勾欄為行館，經常整夜不歸，甚至在「堂子」裡接見賓客，料理公事，這件事就可憂了。

「七姐，」螺螄太太說：「他現在正在風頭上，這步桃花運走不得，第一，傷身體；第二，耽誤正事；第三，名聲不好聽；還有第四，夥伴們看東家的樣，個個狂嫖濫賭，怎麼得了？就算不學他的樣，也會灰心；辛辛苦苦幫他創業，哪知道他是這樣子不成材！」

七姑奶奶知道最後兩句話，是她「夫子自道」的牢騷；不過，她也有些懷疑，「小爺叔對這個『色』字看不破，是大家都曉得的。不過，」她問：「又何至於『好』到這個程度呢？」

「喏，」螺螄太太不免有些怨言，「都是我們那位劉三叔！」

原來胡雪巖決定開辦藥店。他本早有此心，恰好又受了氣──去年夏天胡老太太受暑發痧；土法子是拿銅錢刮痧，刮出一條條鮮紅的血痕，病勢頓去。胡老太太的痧刮得很透，本來已經不要緊了；只是胡雪巖不放心，請「郎中」來看了以後，開方打藥，一再關照下人「要快」！仍舊去了兩個時辰才回來，胡雪巖對有關老母的事異常認真，當下大發了一場難得一見的脾氣。

下人等他罵完，方始聲訴：原來這年時疫流行，打藥的人排著隊等，一等等了個把時辰，他忍不住擠上前去，像看病「拔號」似地，要求先配他的方子。

「請你快點。我們老太太等在那裡要吃呢！」

「哪家沒有老太太？」藥店夥伴答說：「你要快，不會自家去開一爿藥店？」

挨了罵的那人，一股怨氣發洩在藥店夥伴頭上，加油添醬地形容了一番，將胡雪巖的火氣挑撥了起來，當時頓一頓足說：「好！我就開一爿給他看。」

於是劉不才受命籌備，即日北上到直隸去採辦藥材；順便帶回來幾百帖「狗皮膏藥」，供胡雪巖試用。

這「狗皮膏藥」是「房中藥」的一種。劉不才在採買藥材時，由於他的豪爽風趣，結識了好些朋友；酒酣耳熱之際，少不得談談風月。其中有個蘇州人，談起上一科的狀元，現任河北學政的洪鈞，說他最近寫信回蘇州，託人買妾，信中說得很坦率，娶妾無非及時行樂，用不著找甚麼理由，沒有兒子，一定說是「不孝有三，無後為大」；單身在外，說是沒有人照料起居，這些話，無非自欺欺人而已。他說：及時行樂，這句話，要分做兩面來談，一面是及時，娶妾就要娶得早；人到中年，漸形衰頹，美色當前，力不從心，不但自誤，而且誤人。一面是行樂，當然要娶美妾，才有樂趣可言。大家聽他說得誠懇，亦以誠懇相待，終於替他覓到了一個上海的名妓，國色天香的賽金花作妾。

於是另有一人感嘆：說少年創業，精力過人，就是沒有錢；及至創業已成，錢是有了，精力卻嫌不足，姬妾滿眼，廣田自荒，說不定還會戴上綠帽子，人生憾事，莫過於此。

這些話提醒了劉不才，想起胡雪巖或許亦有此憾。因而打聽，有沒有好春藥，只壯陽，不傷身。當時便有人指點，北京鼓樓有一家小藥店，可以買到外用的「狗皮膏藥」，藥性王道，不似內服的春藥，竭澤而漁那樣霸道。不過這家小藥店的主人，頗以製售此藥為恥，須有跟他交情很深的人介紹，而且只特製，不零售。劉不才的人緣不錯，居然找到了適當的介紹人，出重金訂製了一批。胡雪巖試用之下，床笫之間，便就此放縱了。

「這是沒法子的事。」七姑奶奶說：「除非你想得開。」

這意思是，螺螄太太可能容許胡雪巖另外納妾來分她的寵？她心裡在想，自己是半正半側的身分，老太太固然寵信有加，大太太也能相安無事，但做當家人難免為下人憎厭，倘或娶進一房姨太太來，為人厲害，又為下人攛掇，聯絡大太太，不顧「先進門為大」這個規矩，明槍暗箭，處處作對，雖不見得怕她，但免不了常常生氣，這卻是不可不慮的事。

正在沉吟之時，七姑奶奶又開口了：「去年秋天，應春生了一場傷寒，病好調養，不能出門，在家也實在無聊不過，請了個說書的『出堂會』來解悶，每天下半天兩個鐘頭；說的一部書叫做《兒女英雄傳》，講女人家吃醋，實在有點道理。」

「喔！」螺螄太太問道：「說書的怎麼說？」

「他說：吃醋分會吃、不會吃兩種；每種又分三等。不會吃醋的，吃得可笑、可憐、可怕；譬如——。」

「七姐，」螺螄太太打斷她的話說：「不會吃的，就不要去談它了。」

「好，講會吃的，也分三等：叫做常品、能品、神品。常品，也不必談；先說能品，譬如說像你，一等一的人才，小爺叔再娶了一個來，就算能勝過你；只要你寬宏大量，聲色不動，而且照樣處處關心小爺叔的飲食起居，他心裡存了個虧欠你的心，依舊是你得寵。這就是會吃醋的能品。」

螺螄太太在想，照此說來，大太太就是個能品。只不知神品又是如何？心裡轉著念頭，口中便問了出來。

「你問神品，說穿了也沒有啥稀奇，像你這樣能幹，做起來也不費事，一句話：恩威並用！她安分守己，是好的，你比小爺叔還要寵她；她有不守規矩的地方，你儘管說她、管她。將來有了兒女，你比她生母還要知痛癢，還要會教訓。那一來，上上下下哪個不服你？哪個不說你賢慧？這樣子吃醋，真吃得神了！」

七姑奶奶的話，句句打入螺螄太太心坎，而且別有領會；如今一家的主人，第一是「老太太」；第二是「老爺」；第三是「太太」；第四才輪到她，除了下人，只有管她的，而沒有她管的。倘或親自經手挑選，替胡雪巖多娶幾房姨太太，照七姑奶奶所說的，拿「恩威並用」四個字來調教，叫她們心服口服，那時才真正顯得出當家人的威風氣派。

這樣想著，不自覺地在臉上綻開了笑容；七姑奶奶便也笑道：「怎麼樣？四姐，你也想吃一吃這種看不出來是吃醋的醋？」

「只怕我不會吃。」螺螄太太說：「七姐，你也幫我留意、留意。」

一聽這話，七姑奶奶知道她決心照她的話去做了。本來是閒談，即令有為她策畫的意思，亦須從長計議，不道她從善如流，立刻就聽信了！實在出人意外。

轉念到此，她頓感肩頭沉重，俗語說的「若要家不和，娶個小老婆」，像螺螄太太這樣的情形，實在少而又少；再說羅四姐是胡雪巖自己看中的，即令進門以後不如意，也怪不到她頭上。現在不同了，竟完全像是她出的主意，將來倘有風波，從胡老太太起，都會怨她。因而不能不好好替螺螄太太想一想。

「四姐，」她想到就說：「凡事想得蠻好，做起來不太容易。小爺叔如果要討堂子裡的人，你不可以許他；堂子裡的人有習氣，難管。」

「是的。要討總要討好人家的女兒。」螺螄太太又說：「我要先同大先生說明白，他儘管自己去物色，人一定要讓我看過。」她緊接著又說：「其實用不著他自己去物色，我先託人替他去挑。」

螺螄太太說到做到，三、四年功夫，陸續物色，加上胡雪巖自己選中的，一共娶了十一房姨太太，連她自己在內，恰好湊成十二金釵之數。

眷屬一多，又加上生意發達，不斷添人，原有的房子雖然一再擴充，始終不敷所需；到後來基地所限，倘非徹底翻造，就得另闢新居。胡雪巖便與螺螄太太商量，打算另外覓地建一所住宅，將他的兩個胞弟，連同各式辦事人等一起遷了出去，空出來的房子拆掉，改做花園，另外要造一座「走馬樓」，將「十二金釵」集中一起。

螺螄太太對造一座走馬樓，倒頗贊成；但對另建新宅卻有異議。

「請二老爺、三老爺搬出去，會傷老太太的心；親戚也會說閒話。這件事，老爺還要斟酌。」

聽說會傷老母之心，胡雪巖立即打消了原議，不過，「房子不夠住，總要想法子。」他說：「你有啥好主意？」

「我聽說間壁劉家的房子要賣；後門口米店老闆死掉了，兩個兒子分家爭產，米店歸那個管，一直在吵，也想賣了房子分現款，不如拿這兩家的地皮買過來，打通圍牆，不是可以聯在一起？」

這下又激起了胡雪巖好擺排場的意興，恰好這年絲價大漲；胡雪巖操縱「洋莊」，結算下來三個月的功夫，賺了四十萬銀子，決定大治園林。

「譬如我沒有掙到這筆款子，」他這樣對螺螄太太說：「我照你的意思來做；不過範圍要做得大，前後左右都要臨街，方方整整一大片，像王府的氣派才好。」

這是有面子的事，螺螄太太當然高興。於是胡雪巖派人到周圍人家去游說，動以厚利；其中除了兩家，都願意遷讓。

這兩家一家是酒棧，說存酒搬運不便，無法出讓，態度雖然堅決，說話卻很客氣；另一家就不同了。

這一家是個極小的剃頭店，位置恰好在元寶街與望仙橋直街轉角之處，為出入所必經，整片房子，在此交通要道上缺了一塊，而且是家破破爛爛的剃頭店，就像絕色美人，瞎了一隻眼那樣令人難以忍受。

「她是啥意思？」胡雪巖說：「她如果想賣好價錢，儘管說，要多少就多少好了。」

她，是指剃頭店的「崔老太婆」。老闆是她的兒子，脾氣雖然也很僵，但禁不住胡家下人三天兩頭去說好話，又看在錢的分上，意思倒有些活動了；可是崔老太婆執意不允。原來她是年輕守寡，孤苦無依，好不容易將兒子撫養成人，也只是個剃頭匠，她不怨自己當初不該叫兒子去學了這一行，只說老天無眼；慢慢養成了乖僻的脾氣，最恨有錢人；越有錢越恨，因此，胡雪巖說到「要多少就多少」這句話，恰恰犯了她的忌。

「你同你們東家去說，他是財神，我們是窮鬼，打不上交道。他發財是他的；他又不是閻王、判官，我也用不著怕他。」

去打交道的是胡雪巖門下的一個清客，名叫張子洪，以脾氣好出名，此時也忍不住生氣，說了一句：「他雖不是閻王判官，不過是個道台。」

「道台莫非不講王法？」崔老太婆答說：「我們娘兒兩個兩條命，隨便他好了。」

這番話傳到胡雪巖耳朵裡，氣得一天沒有吃飯。門下清客、帳房、管事，還有聽差打雜的，議論紛紛，而且出了好些主意，有的說請縣裡的差役來跟她說話；有的說放火燒掉她的房子再說；有的說造張假契約跟她打官司，但胡雪巖終覺不忍，螺螄太太也怕逼出人命案子來，約束下人，不准胡來。以至於一直到巨宅落成，元寶街也重新翻修過，那家剃頭店始終存在。

落成之日，大宴賓客，共分三日，第一天是「三大憲」，杭州府、仁和、錢塘兩縣，以及候補道；邀約在籍的紳士作陪，入席之前，主人親自引導遊園，曲曲折折，轉過假山，只見東南方樹木掩映之中，矗起一座高樓，華麗非凡；令人不解的是，四周雕欄，金光閃耀，遠遠望去，誰也猜不透是何緣故。

「雪翁，」巡撫楊昌濬問道：「那是個甚麼所在？」

「是內人所住的一座樓。」

聽說是內眷住處，楊昌濬不便再問；私下打聽，才知道那座樓名為「百獅樓」。欄杆柱子上，用紫檀打磨出一百個獅子，突出的獅目，是用黃金鑄就，所以映日耀眼，令人不可逼視。

「太太們住的地方，怎麼叫百獅樓，莫非『河東獅吼』這句話，他都不懂。」

「不是。因為那位太太稱為螺螄太太，所以胡大先生造了這座樓給她住。」

楊昌濬再問「螺螄太太」之名如何而起，是何出身。打聽清楚了覺得未免過分，便悄悄寫了一封信給在肅州的左宗棠，頗有微詞。

哪知左宗棠對他的看法，頗不以為然，只是不便明言；恰巧他的長子來信，亦批評了胡雪巖，正好借題發揮，說一個人的享用，求其相稱，胡雪巖的功勞，世人不盡了解，他很清楚，西征軍事之能有今日，全虧得有胡雪巖，享用稍過，自可無愧。他又提到他的兒女親家，也是平生第一知己的陶澍，在兩江總督任上時，他的女婿胡林翼，以翰林在江寧閒住，每天選歌徵色，花的都是老丈人的「養廉銀」；內帳房有一次向陶澍表示，胡林翼揮霍無度，是否應該稍加節制？陶澍告訴他說：「儘管讓他花！他將來要為國家出力，有錢亦沒有功夫去花。」胡雪巖跟胡林翼的情形雖有不同，但個人的享用，比起為國家所謀的大利來，即令豪奢亦不足道。

這話輾轉傳到浙江，胡雪巖感激在心，對左宗棠自然越發盡忠竭力；但螺螄太太卻心生警惕；與七姑奶奶私下談起來，都認為「樹大招風」，應該要收斂了。可是胡雪巖只問一句：「怎麼收法？」螺螄太太卻又無詞以對。因為胡雪巖所憑藉的是信用；信用是建立在大家對他的信心上面；而信心是由胡雪巖的場面造成的，場面只能大，不能小；否則只要有人無意間說一句：「胡大先生如今也不比從前了。」立刻就會惹起無數猜測；原來有仇恨的、無怨無仇或是由於妒嫉的，就會推波助瀾，大放謠言，那一來信用就要動搖，後果不堪設想。

8 壽域宏開

因為如此，螺螄太太的心境雖然跟胡雪巖一樣，不同往年，還是強打精神，扮出笑臉，熱熱鬧鬧地過了一個年。接著便又要為胡老太太的生日，大忙特忙了。

生日在三月初八，「潔治桃觴，恭請光臨」的請帖，卻在年前就發出去了。到得二月中旬，京中及各省送禮的專差，絡繹來到杭州，胡府上派有專人接待；送的禮都是物輕意重，因為胡雪巖既有「財神」之號，送任何貴重之物，都等於「白搭」，惟有具官銜的聯幛壽序，才是可使壽堂生色的。

壽堂共設七處，最主要的一處，不在元寶街，而是在靈隱的雲林寺。鋪設這處壽堂時，胡雪巖帶著清客，親自主持，正中上方高懸一方紅地金書的匾額，「淑德彰聞」，上銘一方御璽：「慈禧皇太后之寶」，款書：「賜正一品封典布政使銜江西候補道胡光墉之母朱氏」。匾額之下，應該掛誰送的聯幛，卻費斟酌了。

原來京中除了王公親貴，定制向不與品官士庶應酬往來以外，自大學士、軍機大臣以下，六部九卿，都送了壽禮，李鴻章與左宗棠一樣，也是一聯一幛，論官位，武英殿大學士李鴻章，久居首輔，百僚之長，應該居中。但胡雪巖卻執意要推尊左宗棠，便有愛人以德的一個名叫張愛暉的清客，提出規勸。

「大先生，朝廷名器至重，李合肥是首輔；左湘陰是東閣大學士，入閣的資格很淺，不能不委屈。這樣的大場面，次序弄錯了，要受批評；如果再有好事的言官吹毛求疵，說大先生以私情亂綱紀，搞出啥不痛快的事來，也太無謂了。」

「你的話不錯。不過『花花轎兒人抬人』，湘陰這樣看得起我，遇到這種場面，我不捧他一捧，拿他貶成第二，我自己都覺得良心上說不過去。」

「話不是這麼說。大先生，你按規矩辦事，湘陰一定也原諒的。」

「就算他原諒，我自己沒法子原諒。張先生，你倒想個理由出來，怎麼能拿湘陰居中。」

「沒有理由。」張愛暉又說：「大先生，你也犯不著無緣無故得罪李合肥。」胡雪巖不作聲，局面看著要僵了；那常來走動的烏先生忽然說道：「有辦法，只要把下款改一改好了。」

「怎麼改法？」胡雪巖很高興問。

「加上爵位就可以了。」

原來左宗棠送的壽幛，上款是「胡老伯母六秩晉九榮慶」；下款是「禿頭」的「左宗棠拜祝」，平輩論交，本來是極有面子的事；烏先生主張加上左宗棠的爵位，變成「恪靖侯左宗棠拜祝」；這一來就可居李之上了，因為李鴻章的下款上加全銜「武英殿大學士北洋大臣直隸總督部堂肅毅伯」，伯爵次侯爵一等，只好屈居左宗棠之次。

那烏先生是個廟祝，只為他是螺螄太太的「娘家人」；胡雪巖愛屋及烏，將他側於清客之列，一直不大被看得起，此時出此高明的一著，大家不由得刮目相看了。

「不過大先生，我倒還要放肆，胡出一個主意。如果左湘陰居中，李合肥的聯幛只好掛在東面板壁，未免貶之過甚；是不是中間掛一幅瑤池祝壽圖，拿左、李的聯幛分懸上下首，比較合適？」

胡雪巖看烏先生善持大體，便請他專管靈隱這個最主要的壽堂，而且關照他的一個外甥張安明，遇事常找烏先生來商量；張安明是胡府做壽綜攬全局的大總管。

張安明自然奉命唯謹，當天就請烏先生小酌誠意請教，「有件事，不曉得烏先生有啥好主意？」他說：「壽堂雖有七處，賀客太多，身分不同，擠在一起，亂得一場糊塗，一定要改良。」

「壽堂是七處，做壽是不是也做七天？」

「不錯。大先生說，宮裡的規矩『前三後四』，要七天。」張安明輕聲答說：「不過，這話對外面不便明說；只說老太太生日要『打七』，所以開賀也是七天。」

「打七」便是設一壇水陸道場，是佛門中最隆重的法事，稱為「水陸齋儀」，亦名「水陸道場」，俗稱「打水陸」。齋儀又有繁簡之分，諷經禮懺七七四十九日稱為「打水陸」；為了祝釐延壽，通常只須七日，叫做「打七」。

「有七處壽堂，又分七天受賀，大可分門別類，拿賀客錯開來，接待容易，而且酒席也不至於糟蹋。」

「這個主意好。我們來分他一分。」於是細細商量，決定第一天請官場，三品以上文武大員；五品以下文武職官，占了四個壽堂，此外是現奉差委的佐雜官，與文武候補人員各一；留下一處專供臨時由外地趕到的官員祝壽之用。

第二天請商場，絲、茶、鹽、典、錢、藥、綢各行各業的夥友，分開七處。第三天是各衙門的司事，以及吏戶禮兵刑工六科的書辦；第四天是出家人的日子；第五天、第六天請親戚朋友，一天「官客」一天「堂客」。第七天是壽辰正日，自然是自己人熱鬧、熱鬧。

這樣安排好了去，請示胡雪巖；他不甚滿意，「自己人熱鬧、熱鬧，用不著七處壽堂，而且光是自己人，也熱鬧不起來。」他說：「我看還要斟酌。而且我的洋朋友很多，他們來了，到哪裡去拜壽？」

「這樣好了，專留一天給洋人。」烏先生說：「一到三、四月裡，來逛西湖的很多，大先生索性請個客，這一天的洋人，不論識與不識，只要來拜壽，一律請吃壽酒。」

「洋人捏不來筷子。」胡雪巖說：「要請就要請吃大菜。」

「這要請古先生來商量了。」

請了古應春來籌畫。由於洋人語言不盡相同；飲食習慣，亦有差異，好在有七處壽堂，決定英、法、德、美、日、俄、比七國，各占一處。

「應春，」胡雪巖說：「這七處接待，歸你總其成。大菜司務，歸你到上海去請。」

「好。」古應春說：「要把日子定下來，我到上海，請《字林西報》的朋友登條新聞，到時候洋人自然會來。」

「妙極！」張安明笑道：「外婆生日，洋人拜壽；只怕從古以來的老太太，只有外婆有這份福氣。」

果然，胡老太太聽了也很高興。胡家的至親好友，更拿這件事當作新聞去傳說，而且都興致勃勃地要等看見洋人拜壽。

這年杭州的春天，格外熱鬧，天氣暖和，香客船自然就到得多，這還在其次；主要的是胡老太太做生日，傳說如何如何豪華闊氣，招引了好些人來看熱鬧。何況光算外地來拜壽的人，起碼也增加了好幾千人。

到得開賀的第一天，城裡四處，城外三處，張燈結綵，「清音堂名」細吹細打的壽堂周圍，車馬喧闐，加上看熱鬧的閒人、賣熟食的小販，擠得寸步難行。只有靈隱是例外，因為三大憲要來拜壽，仁錢兩縣的差役以外，「撫標」亦派出穿了簇新號褂子的兵丁，九里松開始，沿路布哨彈壓，留下了極寬的一條路，直通靈隱山門。

從山門到壽堂，壽聯壽幛，沿路掛滿；壽堂上除了胡雪巖領著子姪，等在那裡，預備答謝以外，另外請了四位紳士「知賓」。一位是告假回籍養親的內閣學士陳怡恭，專陪浙江巡撫劉秉璋；一位是做過山西臬司，告老回鄉的湯仲思；另外兩位都是候補道，三品服飾，華麗非凡，是張安明受命派了裁縫，量身現做奉贈的。

近午時分，劉秉璋鳴鑼喝道，到了靈隱，藩臬兩司，早就到了，在壽堂前面迎接；轎子一停，陳怡恭搶上前去，抱拳說道：「承憲台光臨，主人家心感萬分。請，請！」

肅客上堂，行完了禮，劉秉璋抬頭先看他的一堂壽序，掛在西壁前端，與大學士寶鋆送的一副壽聯，遙遙相對；這是很尊重的表示，他微微點頭，表示滿意。

這時率領子姪在一旁答禮的胡雪巖，從紅氈條上站起身來，含笑稱謝：「多謝老公祖勞步，真不敢當。」

這「老公祖」的稱呼，也是烏先生想出來的。因為胡雪巖是布政使銜的道員，老母又是正一品的封典，自覺地位並不下於巡撫，要叫一聲「大人」，於心不甘；如用平輩的稱謂，劉秉璋字仲良，叫他「仲翁」，又嫌太亢。這個小小的難題跟烏先生談起，他建議索性用「老公祖」的稱呼；地方官是所謂父母官，仕紳縣官稱「老父母」，藩臬兩司及巡撫則稱「老公祖」，這樣以部民自居，一方面是尊重巡撫，一方面不亢不卑反而留了身分。

劉秉璋自然稱他「雪翁」，說了些恭維胡老太太好福氣的話，由陳怡恭請到壽堂東面的客座中待茶，十六個簇新的高腳金果盤，映得劉秉璋的臉都黃了。

稍坐一坐，請去入席。壽筵設在方丈之西的青猊軒；這座敞軒高三丈六尺，一共六間，南面臨時搭出極講究的戲台，台前約兩丈許，並排設下三席，巡撫居中，東西藩臬；大方桌前面繫著平金繡花桌圍，貴客面對戲台上坐，陳怡恭與胡雪巖左右相陪；後面另有四席，為有差使的候補道而設。偌大廳堂，只得七桌，連陪客都不超過三十個人，但捧著衣包的隨從跟班，在後面卻都站滿了。

等安席既罷，戲台上正在唱著的《鴻鸞禧》暫時停了下來，小鑼打上一個紅袍烏紗、玉帶圍腰、口啣面具的「吏部天官」，一步三擺地，走到台前「跳加官」。這是頌祝貴客「指日高昇」、「一品當朝」，照例須由在座官位最高的人放賞；不過只要劉秉璋交代一聲就行了，主人家早備著大量剛出爐的制錢，盛在竹筐中，聽得一個「賞」字，便有四名健僕，抬著竹筐，疾步上前，合力舉起來向台上一潑，只聽「嘩喇喇」滿台錢響，聲勢驚人。

接下來便是戲班子的掌班，戴一頂紅纓帽，走到筵前，一膝屈地，高舉著戲摺子說道：「請大人點戲。」

「點戲」頗有學問。因為戲名吉祥，戲實不祥，這種名實不副的戲文很多，不會點會鬧笑話；或者戲中情節，恰恰犯了主人家或者哪一貴賓的忌諱，點到這樣的戲，無異公然揭人隱私，因而成不解之仇者，亦時有所聞。劉秉璋對此外行，決定藏拙；好在另有內行在，當下吩咐：「請德大人點。」

他指的是坐在東面的藩司德馨，他是旗人，出身紈袴，最好戲曲；當下略略客氣了兩句，便當仁不讓地點了四齣不犯忌諱而又熱鬧的好戲，第一齣是《戰宛城》，飾鄒氏的朱韻秋，外號「羊毛筆」，是德馨最賞識的花旦，演到「思春」那一段，真如用「羊毛筆」寫趙孟頫字，柔媚宛轉，令人意消。

正當德馨全神貫注在台上時，有個身穿行裝的「戈什哈」悄悄走到他身旁，遞上一封信說：「師爺派專人送來的。」

陳師爺是德馨的親信，此時派專人送來函件，當然是極緊要的事；因而當筵拆閱，只見他面現詫異之色，揮一揮手遣走「戈什哈」，雙眼便不是專注在「羊毛筆」身上，而是不時朝劉秉璋那邊望去。

他是在注意胡雪巖的動靜，一看他暫時離席，隨即走了過去，將那封信遞了過去，輕聲說道：「剛從上海來的消息。」

劉秉璋看完信，只是眨眼在思索；好一會才將原信遞給陳怡恭：「年兄，你看，消息不巧；今天這個日子，似乎不宜張揚。」

「是！」陳怡恭看完信說：「這一來，政局恐不免有一番小小的變動。」

「是的。」劉秉璋轉臉問德馨說：「請老兄在這裡綳住場面，我得趕緊進城了。」

德馨也想回衙門，聽劉秉璋如此交代，只能答應一聲：「是。」

於是劉秉璋回身招一招手，喚來他的跟班吩咐：「提轎。」接著向陳怡恭拱一拱手，正待託他代向主人告辭時，胡雪巖回來了。

「怎麼？」他問：「老公祖是要更衣？」

「不是！」劉秉璋歉意地說：「雪翁，這麼好的戲、好的席，我竟無福消受；實在是有急事，馬上得回城料理。」

「呃、呃。」胡雪巖不便多問；只跟在劉秉璋後面，送上轎後方始問德馨：「劉中丞何以如此匆匆？到底是甚麼急事？」

「此處不便談。」德馨與胡雪巖的交情極厚，以兄弟相稱：「胡大哥，有個消息，不便在今天宣揚，不過，消息不壞。」

胡雪巖點點頭不作聲，回到筵前，直待曲終人散；才邀德馨到他借住的一間禪房中，細問究竟。

「為甚麼今天不便宣揚呢？」德馨說道：「李太夫人在武昌去世了。」

去世的是李瀚章、李鴻章兄弟的老母。胡老太太做生日，自然不便宣布這樣一個不吉利的消息。但這一來，李氏兄弟丁憂守制，左宗棠暫時去了一個政敵，對胡雪巖來說，當然是有利的，亦可說是喜事，不過只能喜在心裡而已。

「一下子兩個總督出缺，封疆大吏要扳扳位了。不曉得哪個接直隸，哪個接湖廣？」

這一問，恰恰說中德馨的心事。總督出缺，大致總是由巡撫調升；巡撫有缺，藩司便可競爭，劉秉璋與德馨，各有所圖，所以都急著要趕進城去打聽消息。不過德馨既有巡撫囑咐，又有胡家交情在，不便就此告辭，心想何不就跟胡雪巖談談心事。

「湖廣，我看十之八九是涂朗軒接；直隸就不知道了。」涂朗軒就是湖南巡撫涂宗瀛，他替曾國藩辦過糧台，與李瀚章昔為同事，今為僚屬，由他來接湖廣總督，倒是順理成章的事。

「那麼湖南巡撫呢？」胡雪巖笑著掉了句文：「閣下甚有意乎？」

「只怕人家捷足先登了。」

「那也說不定。」胡雪巖想了一下說：「你先要把主意拿定了，才好想辦法；倘或老大哥根本沒有這個意思，也就不必去瞎費心思。」

「水往低處流，人往高處爬，豈能無意。不過鞭長莫及，徒喚奈何。」

「謀事在人，成事在天。」胡雪巖說：「等我來打個電報給汪惟賢，要他去尋森二爺探探『盤口』。」

此事不便假手於人，胡雪巖又拿不起筆，因而由他口述，讓德馨執筆，電報中關照汪惟賢立即去覓寶森，託他向寶鋆探探口氣，藩司想升巡撫，該送多重的禮。

德馨字斟句酌，用隱語寫完，看了一遍說：「寶中堂他們兄弟不和，森二爺或許說不上話。是不是請汪掌櫃再探探皮硝李的口氣。」

「好！我贊成。」

於是德馨改好了電報稿子；胡雪巖叫進貼身小跟班阿喜來，他專替主人保管一個一離家就要帶著的西洋皮鞄，內中有個密碼電報本，胡雪巖與德馨親自動手，將密碼譯好，夕陽已經銜山了。

「我未來不打算進城，現在非回去一趟不可了。」胡雪巖說：「電報要送到上海去發，我派一個妥當的人去，叫他在上海等回電；如果是兩個三萬銀子，我先替你墊。多了就犯不上了。」

「是，是。一切拜託，承情不盡。」

於是胡雪巖與德馨一起進城，兩人品秩相同，但胡雪巖曾賞穿黃馬褂，所以儀從較現任藩司的德馨，更為煊赫；只是他的「高腳牌」只作陳列之用，出行只是前面一匹頂馬、後面四匹跟馬、八抬大轎的轎班，一共三班，輪流換肩——胡雪巖的轎班，在家亦是「老爺」；一回家就會聽見丫頭在喊：「老爺回來了，趕快打水洗腳。」不過替胡雪巖抬轎雖是好差使，卻很難當，因為既要快、又要穩，快到能跟著頂馬亦步亦趨；穩到轎中靠手板上的茶水不致潑出來。因此，兩人雖是同時動身，胡雪巖的轎子起步就領先，很快地將德馨在身後拋得老遠了。

回到元寶街，老遠就看到張燈結綵，燈燭輝煌；但壽堂中卻頗安靜，因為既已排定賀壽的日期，除了極少數的至親以外，不會有人貿然登堂。胡雪巖下了轎，在壽堂中略作寒暄，隨即著手處理德馨謀官之事。

正喚來得力的家人在交代時，只見螺螄太太扶著一個小丫頭的肩，悄然而至；看到胡雪巖有事，她遠遠地在一張絲絨安樂椅坐了下來。

「你明天一大早就動身，在上海等消息，等北京的回電一到，馬上趕回來。越快越好。」

等家人答應著走了，螺螄太太一面起身走近來，一面問道：「你不在靈隱陪老太太，怎麼回城來了？」

「出了兩個總督的缺，連帶就會出兩個巡撫的缺，德曉峰想弄一個，我只好進城來替他料理。」說到這裡，胡雪巖發覺螺螄太太神色有異，定睛看了一下問道：「怎的，你哭過了？」

「不要亂說！老太太的好日子，我哭甚麼？」

螺螄太太緊接著問：「客人來得多不多？」

「該來的都來了。」胡雪巖說：「三品以上的官，本來沒有多少，從明天起就要一天比一天忙了。我最擔心後天，大家都說要去看熱鬧，不曉得會不會有啥笑話鬧出來？」

原來賀壽的日期，已經重新安排，第三天輪到外賓。「洋人拜壽」這四個字聽起來，就會逗人好奇，都說不知道洋人拜壽是怎麼個樣子，是磕頭還是作作揖？吃壽麵會不會用筷子；不會用用啥？叉子叉不住，只怕要用手抓。諸如此類等著看笑話的議論，不免使胡雪巖不安，怕鬧出笑話來失面子。

「喔，」螺螄太太倒被提醒了，「有份禮在這裡，你倒看看。」說著，便向窗外喊一聲：「來人！」

進來的是螺螄太太的親信大丫頭瑞香；她已經聽到了螺螄太太的話，所以進門便說：「洋人送的那份禮，送到老爺書房裡去了。」

胡雪巖心想，這個把月來，所收的壽禮，不知凡幾？獨獨這份禮送到他書房，可知必有來歷，便即問說：「是哪個送的？」

「我也不清楚。」螺螄太太說：「是拱宸橋海關送來的，我想大概不是洋行裡的人，是個洋官，所以叫他們送到書房裡，等你來看，有份全帖在那裡，你一看就曉得了。」

「好！我到書房裡去看。」

「對！外面要開席了，我也要去照個面，敷衍敷衍。你呢？在哪裡吃？」

「太累，吃不下甚麼；吃點粥吧。」

「老太太的壽麵不能不吃。」螺螄太太轉臉吩咐：「瑞香，你關照小廚房下碗雞湯銀絲麵，雞湯太濃，要把浮油撇乾淨。」

於是主僕三人各散，胡雪巖一個人穿過平時就沿路置燈、明亮好走的長長的甬道，來到他的書房鏡檻閣。

這鏡檻閣是園中一勝，前臨平池、後倚假山，拾級而上時，那扶手是以鐵桿為芯，外套在景德鎮定燒的，朱翠相間，形如竹節的磁筒；閣中有一面極大的鏡磚，將閣外平池、池中鴛鴦、池上紅橋、池畔垂楊，一齊吸入鏡中，這是仿北京玄武門外，什剎海畔恭親王的別墅鑑園的規模所造，而精巧過之。

胡雪巖進得閣來，在鏡磚面前站了一回，看遠處樓閣、近處迴廊，都掛著壽慶的燈綵，倒影入池，復又重生於鏡，鏡中有鏡、影中有影，疑真疑幻，全不分明了。正看得出神時，聽得有個嬌嫩的聲音：「老爺，房門開了。」

胡雪巖抬頭看時，這個小丫頭彷彿見過，便問：「你叫甚麼名字？」

「我叫小梅。」

「喔，你是新派過來的嗎？」

「不！我老早就在這裡了。」

「老早在這裡？為啥不常看到你？」胡雪巖一面說，一面踏進書房，觸目一大堆禮物；便顧不得跟小梅說話，先找全帖來看。

全帖的具名是「教愚弟赫鷺賓。」原來是總稅務司英國人赫德。此人在華二十多年，說得一口極好的京腔，也識漢文；仰慕中華文化，兼且是朝廷的有頂戴的客卿，所以用他的英文名字的發音，自己起了一個中國名字叫做「赫鷺賓」。

全帖以外還有禮單。壽禮一共四樣，全喜精瓷茶具、一個裝糖果的大銀碗、整匹的呢料，另外一個老年人用的紫貂袖筒。

「來啊！」

他心目中使喚的是專管鏡檻閣的兩個大丫頭，巧珠、巧珍兩姊妹；但來的卻是小梅。

「兩巧一巧都不巧。」小梅答說：「都跟老太太到靈隱去了。」

胡雪巖看她語言伶俐，料想也能辦事，便即說道：「你也一樣。你去尋兩個人來，把這四樣東西搬到外面，叫人馬上送到靈隱給老太太看。說是——。」

這要說赫鷺賓就是赫德，這位「洋大人」戴的也是紅頂子，那就太嚕嗦了，怕傳話的人說不清楚，所以停了下來。

「老爺要啥！」

「我要寫字。」

小梅聽說，立刻走到書桌前面，掀開硯蓋，注了一小杓清水，細細研墨。胡雪巖便坐了下來，提筆蘸墨，很吃力地在全帖上批了六個字：「即總稅司赫德」。

小梅因為墨瀋未乾，便拿起全帖，嘟起小嘴朝字上吹氣。正吹得起勁時，瑞香來了。見此光景，她先是一楞，接著便呵斥小梅：「出去！這地方也是你來得的？」

原來胡家也學了一套豪門世家的規矩，下人亦分幾等，像小梅這種「做粗生活」的小丫頭，是走不到主子面前的，否則便是僭越。

這瑞香平日自恃是螺螄太太的心腹，目中無餘丫，人緣不好，小梅不大服她；此時無辜受責，大感委屈，她人小嘴利，當即反脣相稽，「巧珠、巧珍不在，老爺來了，莫非我就不伺候？這又不是我瞎巴結差使，何用你來吼我？」她說：「大家都是低三下四的人，擺你千金小姐的威風，擺給哪個看？」

「啊！」瑞香臉都氣白了，「你在嚼甚麼嘴？」說著，奔上去就要打。

小梅毫不示弱，又快又急地說：「今天老太太的好日子，你敢打人？」

瑞香被嚇阻住了，一隻手好不容易放了下來，咬牙切齒地罵道：「不看老太太的好日子，看我不撕爛你的小嘴！你等在那裡，看我不收拾你。」

這下小梅害怕了，瑞香的威風，她自然識得，情急之下，向胡雪巖雙膝跪倒，「老爺，你看。」她說：「請老爺作主。」

「好了，好了！」胡雪巖勸解著：「原是我叫她磨墨的。不看僧面看佛面，不必告訴你太太。」

主人出面說情，瑞香總算扳回面子，出了口氣，當下喝道：「你還跪在這裡想討賞是不是，賞你一頓『毛筍炒臘肉』！滾！」看見小梅盈盈欲淚，瑞香便又警告：「今天是老太太的好日子，你敢哭出來！」

小梅果然不敢哭，噙著兩泡眼淚，退了出去。胡雪巖好生不忍，卻不便當著瑞香去撫慰小梅。不過，眼前恰有一條現成的調虎離山之計，便是安排那份壽禮，送到靈隱。

等瑞香下閣子去喚人時，胡雪巖便走到廊上，輕聲說道：「小梅，你不要怕，不要難過，明天我跟太太說，提拔你。」

胡雪巖對下人說太太，多半是指螺螄太太，「我不要。」小梅答說：「在瑞香手下，哪有好日子過？」

胡雪巖正待再問時，不想瑞香來得好快，原來她一下閣子，就看到胡家四大管家婆之一，專管稽察花園出入的楊二太，親自打一盞宮燈，領著古應春來見主人。於是瑞香便跟她換了差使，各自回頭，一個去找人來料理赫德的禮；一個便領著古應春入閣。

「你怎麼回來了？」胡雪巖問。

古應春原是預定留在靈隱，預備第二天接待來拜壽的英國人；只為得到赫德忽然到了杭州的消息，特為趕了來探問究竟。

「我也是剛剛看了拜帖才曉得是赫德，喏，」胡雪巖指著那四樣禮物說：「正預備送到靈隱，請老太太去過目呢。」

於是古應春賞玩了禮物，點點頭說：「照洋人來說，這份禮送得很重了。」

這自然是人家看重的緣故，胡雪巖不免得意，想了一下說：「他不曉得住在哪裡？今天晚了，來不及了，明天一大早，我同你先去拜訪。這也是我們做主人該盡的道理。」

「他住在梅藤更那裡。」

梅藤更是個英國教士，也是醫生，到杭州傳教，在中城大方伯開了一家醫院；大方伯這個地方有一座橋，在宋朝叫廣濟橋，因此這家醫院題名就用了雙關的「廣濟」二字。

梅藤更開設廣濟醫院時，胡雪巖捐過一大筆錢，所以他跟梅藤更亦算是老朋友，當即說道：「既然是住在梅藤更那裡，我派人去通知一聲，請他轉告赫德，說我們明天一早去看他，請他問一問赫德甚麼時候方便。」

「不必叫人去。好在晚上去看醫生，不算冒昧，我自己去一趟，比較穩當。」

「也好！辛苦，辛苦。」胡雪巖問道：「你吃了飯沒有？」

「忙得肚子餓都忘記了。實在也不餓。」

「我也不餓；我等你回來一起吃。」

「好！」

「瑞香，你送古老爺下去。」胡雪巖忽又問道：「這禮是啥辰光送來的？」

「未末申初。」瑞香答說：「梅院長派人送來的。」

「那個時候！」胡雪巖蹙著眉說：「照道理要送席。」

「席是沒有送。」瑞香接口，「送了個一品鍋、四樣點心，還有一簍水蜜蟠桃。太太叫我包了一個賞封，打發來人，請他告訴梅院長，我們老爺在靈隱，所以不曉得這位洋大人的身分，不過總歸是我們老爺的好朋友。梅院長是像自己人一樣的，請他費心代為款待，明天我們老爺回來了，再當面同他道謝。」

瑞香咭咭呱呱一口氣說下來，事情交代得清清楚楚；胡雪巖覺得螺螄太太處置得頗為得體，很滿意地說：「虧得我不叫她到靈隱去。不然，沒有人料理得來。」

「也虧得強將手下無弱兵。」

瑞香聽出來是在誇讚她，向古應春嫣然一笑，隨即把頭別了開去。古應春也笑，笑得眼角露出兩條魚尾紋。

等瑞香送了古應春回來，向胡雪巖說道：「麵想來不要了。我已經關照小廚房，弄幾樣精緻爽口的菜；請老爺的示，在哪裡開飯？」

「就在這裡好了。」胡雪巖又說：「我倒不曉得你這麼凶！女人厲害，可以；凶，不可以，自己吃虧。」

「太太當家，總要有個人來替她做惡人。莫非倒是太太自己來做惡人，我們在旁邊替人家說好話？」

胡雪巖覺得她的話竟無可駁；想了一下說：「就做惡人也犯不著撒蠢；甚麼小嘴不小嘴，難聽不難聽？」

瑞香漲紅了臉，欲待分辯，卻又實在沒有理由，以至於僵在那裡有些手足無措的模樣。

胡雪巖便又掉了一句文：「『人必自侮而後人侮之。』」他說：「如果人家回你一句：我『小』你『大』！你一個大青娘，臉上掛得住、掛不住。」

杭州人叫妙年女郎為「大青娘」，是最多愁善感的時候；瑞香又羞又悔，眼圈紅紅的，要哭出來了。

「咦，咦，咦！」胡雪巖大為詫異，「你叫人家不准哭，自己倒要哭了，為啥？莫非我的話說得重了。」

一聽這話，瑞香頓時收淚，抽出腋下的一方白紡綢繡一枝瑞香花的手絹，一　鼻子答說：「哪個哭了？」

「不哭最好。你把牙牌拿來；再前面看看，坐席坐到啥光景了？」

瑞香答應著，取出一盒牙牌，倒在紅木方桌上，然後下了閣子。胡雪巖一個人拿牙牌「通五關」打發辰光，連著幾副不通，便換了起數問前程。

於是照牙牌神數的歌訣：「全副牙牌一字開，中間看有幾多開，連排三次分明記，上下中平內取裁。」頭一次得了十六開，第二次更多，竟有二十一開，第三次卻只得一副對子，一副分相，共計六開。

胡雪巖是弄熟了的，一算是「上上、上上、中下」。詩句也還約略記得，但「解」與「斷」，卻須找書來看。

找到《蘭閨清玩》的〈牙牌神數〉，翻開來一看，那首詩是「一帆風順及時揚，穩度鯨川萬里航，若到帆隨湘轉處，下坡駿馬早收韁。」

一面唸，一面心想：「有點意思。」再往下看，「解曰：謀為勿憂煎，成全在眼前，施為無不利，到處要周旋。」

看到最後一句，不由得驀然裡一拍桌子，大聲自語：「今天這個數起得神了！」

語聲剛終，有人接口：「你在作啥？」抬眼看得，前面螺螄太太手扶小丫頭的肩，正踏進門來，後面跟著瑞香。

「客散了？」

「還沒有。不過每桌都有人陪。」螺螄太太說：「我是聽說七姐夫來又出去了，不知道是不是有啥要緊的事，所以我特別來看看。」

「他到梅藤更那裡去了，說一句話就回來的。」胡雪巖接著又往下看「解」了以後的「斷」。

「斷曰：黃節晚香，清節可貴，逝水回波，急流勇退。」最後這四個字，胡雪巖是懂的；而且這也正是內則老母，外則良友在一再勸他的。此刻不自覺地便仔細想了下去。

螺螄太太也常看他起數，但都不似此刻這麼認真，而且是上了心事的模樣，當然深感關切。

「瑞香，去調一杯玫瑰薄荷露來，我解解酒。」說著，在胡雪巖對面坐了下來問道：「你起的數，倒講給我聽聽。」

「今天起的這個數，我越想越有道理。」胡雪巖說：「先說我一帆風順，不過到時候要收篷。啥時候呢？『帆隨湘轉處』，靈就靈在這個『湘』字上，是指左大人；到左大人不當兩江總督了，我就要『下坡駿馬早收韁』了。」

「還有呢？」

「還有這兩句，也說得極準：『施為無不利，到處要周旋。』拿銀子鋪路，自然無往不利路路通了。」

「還有呢？」

「那就是『急流勇退』。」

螺螄太太點點頭，喝了一大口玫瑰薄荷露說：「我看只有『急流勇退』四個字說得最好。又是『下坡』又是『駿馬』，你想收韁都收不住。」

胡雪巖正要回答，只聽外面人在報：「古老爺回來了。」

「瑞香，」螺螄太太一面站起來，一面說：「帶人來開飯。」

「講妥當了？」胡雪巖也站了起來，迎上去問。

「講好了。明天上午八點鐘去看赫德。然後他料理公事完畢，中午到靈隱去拜壽。」

「吃飯呢？」螺螄太太急忙問說。

「這就要好好商量了。」

「對，對，好好商量。」胡雪巖揚一揚手，「我們這面來談。」古應春跟到書桌旁邊坐定了說：「我不但見了梅藤更，還見了赫德，他說他這一次一則來拜壽；二則還有事要跟小爺叔約談。」

「甚麼事？匯豐的款子，應付的本息還早啊！」

「是繭子的事。」

「這個，」胡雪巖問：「怡和的大老闆怎麼不來呢？」

「已經來了；也住在梅藤更那裡。」

「這樣說，是有備而來的。我們倒要好好兒想個應付的辦法。」

「當然。」古應春又說：「小爺叔，你哪天有空？」

「要說空，哪一天都不空。」胡雪巖答說：「他老遠從北京到這裡，當然主隨客便，我們只有看他的意思。」

「既然小爺叔這麼說，明天中午等他到靈隱拜了生日，請他到府上來吃飯，順便帶他逛逛園子。」

「我也是這麼想。」胡雪巖問：「吃西餐，還是中國菜。」

「還是西餐吧。」古應春說：「我這回帶來的六個廚子，其中有一個是法皇的御廚，做出來的東西，不會坍台的。」

「來，來！」螺螄太太喊道：「來坐吧！」

「來了！」胡雪巖走過來說道：「明天中午總稅務司赫德要來吃飯，吃西餐；廚子應春帶來，席擺在那裡方便，要預備點啥，頂好趁早交代下去。」

「有多少人？」

「主客一共四位。」古應春答說。

「應春，」胡雪巖問：「你是說，怡和的大老闆也請？」

一聽這語氣，古應春便即反問：「小爺叔的意思呢？」

「我看『陽春麵加重，免免』了！」

「我看預備還是要預備在那裡。」螺螄太太插進來說：「說不定赫德倒帶了他來呢？」洋人沒有挾帶不速之客的習慣。螺螄太太對這方面的應酬規矩不算內行；不過多預備總不錯，或許臨時想起還有甚麼人該請，即不至於捉襟見肘。因此，胡雪巖點點頭說：「對，多預備幾份好了。」

說著，相將落座，喝的是紅葡萄酒；古應春看著斟在水晶杯中、紫光泛彩的酒說：「這酒要冰了，味道才出得來。」

「那就拿冰來冰。」

原來胡家也跟大內一樣，自己有冰窖。數九寒天，將熱水倒在特製的方形木盒中，等表裡晶瑩，凍結實了，置於掘得極深、下鋪草荐的地窖，到來年六月，方始開窖取用。此時胡雪巖交代，當然提前開窖。

這一來不免大費手腳，耽誤功夫，古應春頗為不安；但已知胡雪巖的脾氣越來越任性，勸阻無用，只好聽其自然。

趁這功夫，胡雪巖與古應春將次日與赫德會談，可能涉及的各方面，細細研究了一番。其時螺螄太太已回到前面，等席散送客；鏡檻閣中，鑿冰凍酒，檢點肴饌，都是瑞香主持，只見她來往俏影，翩翩如蝶，不時吸引著古應春的視線移轉。

胡雪巖看在眼裡，越發覺得剛才胸中所動的一念，應該從速實現。等入了座，他先看一看桌上的菜，問道：「還有啥？」

「還有錦繡長壽麵、八仙上壽湯。」瑞香答說：「古老爺跟老爺還想吃點啥？我去交代。」

「夠了，夠了。」古應春說：「兩個人吃八樣菜，已經多了；再多，反而看飽了吃不下。」

「甚麼叫八仙上壽湯？」

「就是八珍湯。」瑞香笑道：「今天是老太太的好日子，所以我拿它改個名字。」

「好，曉得了。」胡雪巖答說：「我想吃點甜的，你到小廚房去看看，等弄好了帶回來。」

這是胡雪巖故意遣開瑞香，因為他要跟古應春說的話，是一時不便讓瑞香知道的。

「老太太說，這回生日樣樣都好，美中不足的，就是七姐沒有來。」

「要美中不足才好。」古應春答說：「曾文正公別號叫『求闕齋』，特為去求美中不足，那才是持盈保泰之道。醇親王從兒子做了皇帝以後，置了一樣骨董，叫做『欹器』，盛水不能滿，一滿就翻倒了。」

胡雪巖並未聽出他話中的深意，管自己問道：「七姐現在身子怎麼樣？」

「無非帶病延年。西醫說：中風調養比吃藥重要；調養第一要心靜，她就是心靜不下來。我怎麼勸也沒用。」

「為啥呢？」胡雪巖問：「為啥心靜不下來？」

「小爺叔，你曉得她的，凡事好強。自從她病倒以後，家裡當然不比從前那樣子有條理了，她看不慣，自己要指揮，話又說不清楚，丫頭老媽子弄來總不如她的意。你想，一個病人一天到晚操心，還要生氣，糟糕不糟糕？」說到這裡，古應春嘆口氣，將酒杯放了下來。

提起不愉快的事，害得他敗了酒興，胡雪巖不免歉然，但正因為如此，更要往深處去談。

「還有呢？」

「還有，就是她總不放心我；常說她對不起，因為她病在床上，沒法子照料我的飲食起居。我說，你千萬不要這樣想，這是沒法子的事；再說，有丫頭老媽子，我自己會指揮。她說：沒有體己的人，到底不一樣。又說：『中年喪妻大不幸，弄個半死不活的老婆在那裡，你反而要為我操心，是加倍的大不幸。』當時談得她也哭，我也哭。」說著，古應春又泫然欲涕了。

「應春，你說得我也想哭了。你們真正是所謂伉儷情深，來世也一定是恩愛夫妻。不過，既然七姐是這樣子的情形，我的想法倒又改過了。」

「小爺叔，你有啥想法？」

「我在想，要替你弄個人。這個人當然要你中意，要七姐也中意。人，我已經有了，雖說有把握，你們都會中意，不過，女人家的事情，有時候是很難說的，尤其是討小納妾，更加要慎重，所以我想過些日子，叫羅四姐到上海去一趟，當面跟七姐商量，照現在看，我想這件事，可以定局了。」

一番話說得古應春心亂如麻，不知是喜是懼？定定神，理出一個頭緒，先要知道，胡雪巖心目中「已經有了」的那個人是誰？

等他一問出來，胡雪巖答道：「還有那個，自然是瑞香。」

古應春又驚又喜，眼前浮起瑞香的影子，耳邊響起瑞香的聲音，頓時生出無限的遐思。

「應春，」胡雪巖問說：「你看怎樣，七姐會不會中意她？」

「我想，應該會。」

「你呢？」

古應春笑笑不答，只顧自己從冰箱中取酒瓶來斟酒。

「我說得不錯吧！這個人你們夫妻倆都會中意。」

「話也不能這麼說。」古應春將七姑奶奶得病以來說過的話，細細搜索了一遍，有些悲傷地說：「小爺叔，有件事，我不能不提出來。阿七從來沒有提過，要替我弄一個人的話。」

這使得胡雪巖一楞，心中尋思，七姑奶奶既然因為無法親自照料丈夫的飲食起居而深感抱歉；同時也覺得沒有一個得力的幫手替她治家，那麼以她一向看得廣、想得深的性情，一定會轉過替古應春納妾，兼作治家幫手的念頭。有過這樣的念頭，而竟從未向古應春提過，這中間就大可玩味了。

「應春，」他問：「你自己有沒有討小的打算？」

古應春仔仔細細地回憶著，而且在重新體認自己曾經有過的感想以後，很慎重地答說：「如果說沒有，我是說假話。不過，這種念頭只要一起，我馬上就會丟掉，自己告訴自己：不要自討苦吃。」

「這種心境，你同七姐談過沒有？」

「沒有。」

「從來沒有談過？」

「從沒有。」

「有沒有露過這樣的口風呢？」

見他這樣「打破沙鍋問到底」，古應春倒不敢信口回答了，復又想了一下，方始開口：「沒有。」

「好！我懂了。」胡雪巖說：「討小討得不好，是自討苦吃；討得，另當別論。我料七姐的心事，不是不想替你弄個人，是這個人不容易去覓。又要能幹，又要體貼，又要肯聽她的話；還要相貌看得過去，所以心裡雖有這樣的念頭，沒有覓著中意的人之前，先不開口。七姐做事向來是怎樣的。我曉得。」

古應春覺得他的話也不無道理，倒不妨探探妻子的口氣。旋即轉念，此事絕不能輕發！倘若妻子根本不願，一說這話，豈非傷了感情？

「能幹、體貼、聽話、相貌過得去，這四個條件，頂要緊是聽話。七姐人情、世故熟透，世界上總是聽話的老實無用；能幹的調皮搗蛋，她一個病人，躺在床上，如果叫人到東，偏要到西，拿她有啥法子？那一來，不是把她活活氣死？七姐顧慮來，顧慮去，就是顧慮這個。應春，你說對不對！」

「是的。」古應春不能不承認：「小爺把阿七的為人，看得很透。」

「閒話少說，我們來談瑞香。四個條件，她貼了三個；體貼或許差一點，不過那也是將來你們感情上的事，感情深了，自然會體貼。」

「哪裡就談得到將來了？」古應春笑著喝了口酒說：「這件事要慢慢商量。」

「你說談不到將來，我說喜事就在眼前。」胡雪巖略略放低了聲音：「賢慧，瑞香當然還談不到；不過，我同羅四姊兩個人一起替你寫包票，一定聽七姐的話。你信不信。」

古應春何能不信，亦何能不喜，但總顧慮著妻子如果真的有妒意，這件事就弄巧成拙了。看他臉上忽喜忽憂的神情，胡雪巖當然也能約略猜到他的心事。但夫妻之間的這種情形，到底只有同床共枕的人，才能判斷。所以他不再固勸，讓它冷一冷，看古應春多想一想以後的態度，再作道理。

於是把話題扯了開去，海闊天空地聊了一陣，瑞香親自提來一個細篾金漆圓籠，打開來看，青花瓷盤中，盛著現做的棗泥核桃桂花奶酥；是醇親王府裡的廚子傳授的。

接著，小廚房另外送來壽麵跟「八仙上壽湯」；壽麵一大盤，炒得十分出色，但胡雪巖與古應春都是應應景、淺嘗即止。

「多吃點嘛！」瑞香勸道：「這麼好的壽麵，不吃真可惜。」

「說得不錯。」古應春答說：「我再來一點。」

於是她替他們各自盛了一小碗，古應春努力加餐，算是吃完了。胡雪巖嘗了一口說道：「吃剩有餘！」

「糟蹋了實在可惜。」瑞香向外喊道：「小梅，你們把這盤壽麵拿去，分了吃掉；沾沾老太太的福氣。」說著，親自將一盤炒麵捧了出去。

胡雪巖看在眼裡，暗自點頭。等飯罷喝茶時，螺螄太太亦已客散稍閒，來到鏡檻閣休息；當然還有許多雜務要料理，走馬換將，都交給瑞香了。

「我剛剛跟應春談了一件大事，現在要同你商量了。」

商量的便是嫁瑞香之事；不等胡雪巖話畢，螺螄太太便即說道：「我早就有這個意思了。七姐夫，只要七姐一句話，我馬上來辦。」

「就是這句話為難。」古應春答說：「我自己當然不便提；就是旁人去提，也不大妥當。」

「何以見得？」

「人家去說，她表面上說不出不願意的話來，心裡有了疙瘩，對她的病，大不相宜。」

「我看七姐不會的。」胡雪巖對螺螄太太說：「下月我到上海，你同我一起去，當面跟七姐談這件事。」

「那一來，她怎麼樣不願意，也裝得很高興。」古應春大為搖頭：「不妥，不妥！她絕不肯說真心話的。」

「我倒有個辦法，我要由七姐自己開口。」

此言一出，古應春、胡雪巖一齊傾身注目，倒要聽聽她是何好辦法，能使得七姑奶奶自願為丈夫納妾。

「辦法很容易。」螺螄太太說：「我把瑞香帶了去。只說我不放心她的病，特為叫瑞香去服侍她，幫她理家的。只要瑞香服侍得好，事事聽她的話。她自然會想到，要留住瑞香只有一條路，讓她也姓古。」

「此計大妙！」胡雪巖拍著手說：「準定這麼辦。」

古應春也覺得這是個很妥當的辦法；但螺螄太太卻提出了警告：「七姐夫，不過我勸你不要心急，你最好先疏遠瑞香一點。」

「人逢喜事精神爽」，古應春這一夜只睡了兩個時辰，一覺醒來，天還沒有亮透，看自鳴鐘上一直線，恰好六點鐘響。他住的是胡家花園中的一處客房，名叫鎖春院，花木甚盛，揭開重簾，推出窗去，花香鳥語，令人精神一振，心裡尋思，這天洋人拜壽，是他的「重頭戲」，寧可趕早去巡查，看有甚麼不妥的地方，須先改正，庶幾不負至交所託。

於是漱洗早餐，隨即帶了跟班，坐著胡家替他預備的轎子，先巡視了設在城裡的六處壽堂，一一檢點妥當，然後出錢塘門到靈隱，不過九點剛過。

這靈隱的壽堂，原規定了是英國人來拜壽的地方，只是洋人鬧不清這些細節，有的逛了天竺、靈隱，順便就來拜壽，人數不多，倒是看的人多，指指點點，嘻嘻哈哈，亂得很熱鬧。

不久，胡雪巖到了；拉著古應春到一邊說道：「我看原來請到我那裡吃西餐的辦法行不通了。」

「怎麼呢？」

「赫德到杭州來的消息，不知道怎麼傳出去了。德方伯派人通知我，說要來作陪，他是好意，我怎麼好擋駕？」胡雪巖又說：「這一來，邀赫德到家，似乎不太方便。」

古應春想了一下說：「不要緊，中午在這裡開席；晚上請他到府上好了。」

「只好這樣。」

剛說完，已隱隱傳來鳴鑼喝道之聲，料想是德馨到了。胡雪巖迎出去一看，方知來的是赫德，原來此人極其醉心中國官場的氣派，特為借了巡撫的綠呢大轎，全副「導子」，前呼後擁，趁機會大過了一番官癮。

他穿的自然是二品補服。紅頂花翎的大帽子後面，還裝了根烏油油的大辮子；胡雪巖是見過的，不足為奇，其他遊客閒人，何曾見過洋人有這樣的打扮？頓時都圍了上來，好在胡家的下人多，兩面推排，留出一條路來，由胡雪巖陪著，直驅壽堂。

於是「清音堂名」，況哩嗎啦地吹打了起來；赫德甩一甩馬蹄袖，有模有樣地在紅氈條上跪了下去，磕完頭起身，與陪禮的胡雪巖相互一揖，方始交談。

「恭喜，恭喜。」赫德說得極好的一口京片子，「老太太在那裡，應該當面拜壽。」

胡雪巖略有些躊躇，有這麼一個戴紅頂子的洋大人去見老母，實在是件很有趣的事；但一進去了，女眷就得迴避，不免會有屏風後面，竊竊私議，失禮鬧笑話就不妙了，因而答說：「不敢當，我說到就是了。」

赫德點點頭，回身看見古應春說：「昨天拜託轉達雪翁的話，想必已經說過。」

「是的。」古應春開門見山地答說：「雪翁的意思，今天晚上想請閣下到他府上便飯，飯後細談。」

「那就叨擾了。」赫德向胡雪巖說：「謝謝。」

於是讓到一邊待茶。正在談著，德馨到了；他是有意結納赫德，很敷衍了一陣。中午一起坐了麵席，方始回城。

這天原是比較清閒的一天，因此來拜壽洋人，畢竟有限。到得下午三點鐘，古應春便已進城；略息一息親自去接赫德，順便邀梅藤更作陪，這是胡雪巖決定的。

到時天還未黑，但萃錦堂上的煤油打汽燈，已點得一片燁燁白光。那萃錦堂是五開間的西式洋樓，樓前一個大天井，東面有座噴水池；西面用朱漆杉木，圍成一個圓形柵欄，裡面養著雌雄一對孔雀，一見赫德進來，冉冉開屏，不由得把他吸引住了。

「這隻孔雀戴的是『三眼花翎』。」赫德指著雀屏笑道：「李中堂都沒有牠闊。」於是入座以後，便談李鴻章了。赫德帶來最新的消息，直隸總督是調兩廣總督張樹聲署理；湖廣總督果然是由湖南巡撫涂宗瀛升任。

「那麼，兩廣呢？」

「現在還不知道。」赫德答說：「聽說曾九帥很有意思謀這個缺。」

「湖南，」胡雪巖又問：「湖南巡撫不曉得放的哪個。」

「這倒沒有聽說。」

就這時候，瑞香翩然出現，進門先福一福，攏總請了一個安；然後向胡雪巖說道：「太太要我來說，小小姐有點發燒，怕是出痧子，想請梅先生去看一看。」

「喔，」胡雪巖皺著眉說：「梅先生是來作客的，皮鞄聽筒也不曉得帶了沒有？」

「帶了，帶了。」梅藤更是一口杭州話，「聽筒是我的吃飯傢伙，隨身法寶，哪裡會不帶。」說著，從口袋中掏出一副聽筒，向瑞香揚一揚說：「我們走。」

「小小姐」是螺螄太太的小女兒，今年七歲，胡雪巖愛如掌珠；聽說病了，不免有神思不屬的模樣，幸而有古應春陪著赫德閒談，未曾慢客。

「怎麼樣？」一見梅藤更回來，胡雪巖迎上去問：「不要緊吧？」

「不要緊，不要緊。」

當梅藤更在開藥方，交代胡家的管家到廣濟醫院去取藥時，赫德已開始與古應春談到正事，剛開了一個頭，因為入席而將話題打斷了。

進餐當然是照西洋規矩。桃花心木的長餐桌，通稱「大餐桌」，胡雪巖與古應春分坐兩端主位，胡雪巖的右手方是赫德，左手方是梅藤更。菜當然很講究，而酒更講究；古應春有意為主人炫耀，命侍者一瓶一瓶地將香檳酒與紅葡萄酒取了來，為客人介紹哪一瓶為法國那一位君王所御用；哪一瓶已有多少年陳，當然還有英國人所喜愛的威士忌，亦都是英國也很珍貴的名牌。

這頓飯吃了有一個鐘頭，先是海闊天空地隨意閒談，以後便分成兩對，梅藤更跟胡雪巖談他的醫院，說診務越來越盛，醫院想要擴充，苦於基地不足，胡雪巖答應替他想想辦法；又說門前的路太狹，而且高低不平，轎馬紛紛，加以攤販眾多，交通不便，向胡雪巖訴了許多苦，胡雪巖許了替他修路，但梅藤更請他向杭州府及錢塘縣請一張告示，驅逐攤販，胡雪巖卻婉言謝絕了。

另一對是赫德與古應春，繼續入席以前的話題，而是用英語交談；談的是廣東絲業的巨頭陳啟沅。

這陳啟沅是廣州府南海縣人，一直在南洋一帶經商，同治末年回到家鄉，開了一家繅絲廠，招牌叫繼昌隆，用了六、七百女工，規模很大，絲的品質亦很好，行銷歐美，很受歡迎。

「他的絲好，是因為用機器，比用手工好。」赫德說：「機器代替人工，是世界潮流。我在中國二十年，對中國的感情，跟對英國一樣，甚至更為關切，因為中國更需要幫助；所以，我這一回來，想跟胡先生談怡和絲廠開工一事，實在也為中國富強著眼。」

「是的。我們都知道你對中國的愛護，不過，英國講民主，中國亦講順應民情，就像繼昌隆的情形，不能不引以為鑒。」

原來陳啟沅前兩年改用機器，曾經引起很大的風潮；陳啟沅不能不設法改良，製造一種小型的繅絲機，推廣到農村，將機器之利，與人共享。赫德在宣揚機器的好處；古應春承認這一點，但隱然指出，想用機器替代人手，獨占厚利是行不通的。

及至席散，梅藤更告辭先行，赫德留下來；與胡雪巖正式商談時，赫德的話又不同了。

「雪翁！」他用中國官場的稱呼，「你能不能跟怡和合夥？」

胡雪巖頗為詫異，怡和洋行是英國資本，亦等於是英國官方的事業，何以會邀中國人來合夥？事情沒有弄清楚以前，他不願表示態度，只是含蓄地微笑著。

「我是說怡和洋行所辦的絲廠。」赫德接下來說：「他們願意跟你訂一張合同，絲都由你供應；市價以外，另送佣金。」

還是為了原料！原來怡和絲廠，早在光緒元年便已開設，自以為財大勢雄，派人到鄉下收購繭子，價錢雖出得不壞，但挑剔得也很厲害，軟的不要，溼的不要，每每與客戶發生爭執，甚至大起糾紛，惱了自浙江嘉興與蘇州一帶，絲產旺地的幾家大戶，相約有絲不賣與怡和，有機器、無原料，被迫停工，閒置的機器，又因保養不善，損壞的損壞，生鏽的生鏽，只好閉歇。

但就這兩三年，日本的機器繅絲業，大為發達，怡和絲廠在去年重整旗鼓，新修廠房，買了義大利造的新機器，準備復業。此外，有個澄州人叫黃佐卿，開一家公和永絲廠，向法國買的機器，亦已運到；另有公平洋行，亦打算在這方面投資。這三家絲廠一開工，需要大量原料，絲價必定上漲，胡雪巖早就看準了。

可是，他是站在反對絲廠這方面的，因為有陳啟沅的例子在，機器馬達一響，不知道有多少養蠶做絲的人心驚肉跳。

9 千絲萬縷

江浙的養蠶人家，大部分是產銷合一的。繭子固然亦可賣給領有「部帖」的繭行，但繭行估價不高，而且同行公議，價格畫一，不賣繭則已，賣繭子一定受剝削；再則收繭有一定的日子，或者人等不及，急於要錢用；或者繭子等不及，時間一長蠶蛾會咬破繭子，所以除非萬不得已，或者別有盤算，總是自家養蠶、自家做絲，這就要養活許多人了，因為做絲從煮繭開始，手續繁多，繅絲以後「撚絲」、「拍絲」，進練染房練染，緯絲捻成經絲，還有「掉經」、「牽經」等等名目，最後是「接頭」，到此方可上機織綢。

一旦出現了機器繅絲廠，繭子由機器這頭進去，絲由那頭出來，甚麼「拍絲」、「牽經」都用不著了，這一行的工人，亦都敲破飯碗了。更為嚴重的是，江浙農村，幾乎家家戶戶都有繅絲的紡車，婦女無分老幼，大都恃此為副業；孤寒寡婦的「棺材本」，小家碧玉的「嫁時裝」，出在一部紡車上的，比比皆是，如果這部紡車一旦成為廢物，那就真要出現「一路哭」的場面了。

因此，早就不斷有人向胡雪巖陳情，要求他出面控制機器繅絲廠；就因為他的力量太大，手頭經常握有價值三百萬兩銀子的一萬包絲在手裡，可以壟斷市場，所以怡和洋行竟搬動了「二品大員」的赫德來談條件。

條件是很好。所謂「市價以外，另送佣金」，便是兩筆收入，因為「市價」中照例每包有二兩五錢的佣金，由介紹洋行買絲的中間人與紅縱棧對分；如果「另送佣金」，每包至少亦有一兩，坐享厚利，在他人求之不得；而胡雪巖卻只好放棄。

麻煩的是，赫德的情面不能不顧；至少要想個雖拒絕而不傷赫德面子，讓他能向怡和洋行交代的說法。轉了轉念頭，決定採取拖延的手段。

「鷺翁，」他從從容容地答道：「中國人有句話，叫做『在商言商』，怡和這樣好的條件，在我求之不得。不過，鷺翁總也曉得廣東的情形，繅絲的機器都打壞了；如果我同怡和訂了合同，起了風潮，不是我一個人的損失，地方上亦要受害。鷺翁，請你想一想，外到我們浙江巡撫，內到軍機處、總理衙門，豈不都要怪我？『都老爺』的厲害，鷺翁在京多年，總也曉得，他們會饒得了我？」看看是水都潑不進去了，不道胡雪巖突然一轉，「不過，」他的語聲很重，「鷺翁，你不是替怡和做說客，你是為了我們中國富強，這件事情，一定要弄它成功；等我同各方面籌畫出一個妥當辦法來，只要不起風潮，不弄壞市面，原來靠養蠶繅絲的人家有條生路，我一定遵鷺翁的吩咐，只跟怡和一家訂約。至於額外的佣金，是鷺翁的面子，絕不敢領。」

這番話說得很漂亮，但赫德有名的老奸巨猾，對中國的人情世故，摸得透熟；心想不起風潮，不壞市面，還要養蠶人家有生路，要避免這三點的「妥當辦法」，花十年的功夫也未見得能籌畫得出來。然則甚麼「只跟怡和一家訂約」，額外佣金「不敢領」，無非是有名無實的「口惠」而已。

話雖如此，他仍能體諒胡雪巖的苦心，明明是辦不到；或者說他不肯抹殺良心，不顧厲害去做的事，有他剛才前半段的話，也就夠了，而還有後半段「不過」以下的補充，是一種很尊重客人的表現。其意還是可感的。

因此，他深深點頭，「雪翁真是明理的人，比京中那幾位大老，高明得太多了。」他說：「我總算也是不虛此行。」

「哪裡，哪裡！」胡雪巖答說：「都像鷺翁這麼樣體諒，甚麼都好談。」

侍者上菜，暫時隔斷了談話。這道菜是古應春發明的，名為「炸蝦餅」，外表看來像炸板魚，上口才知味道大不相同，是用蝦仁搗爛，和上雞胸肉切碎的雞茸，用豆腐衣包成長方塊，沾了麵包粉油炸，做法彷彿杭州菜中的「炸響鈴」，只是材料講究得太多了。

赫德的牙齒不太好，所以特別讚賞這道菜。這就有了個閒談的話題，赫德很坦率地說，他捨不得離開中國，口腹之欲是很大的一個原因。

「董大人常常請我吃飯。」他不勝神往地說：「他家的廚子，在我看全世界第一！」

「董大人」是指戶部尚書董恂，在總理衙門「當家」；他是揚州人，善於應酬，用了兩個出身於揚州「八大鹽商」家的廚子，都有能做「全羊席」、「全鱔席」的本事。董恂應酬洋人，還有一套揚州鹽商附庸風雅的花樣，經常來個「投壺」、「射虎」的雅集。有時拿荷馬、拜倫的詩，譯成「古風」或「近體」。醉心中國文化的赫德，跟他特別投緣。

「白樂天在貴處杭州做的詩：『未能拋得杭州去，一半勾留為此湖』；我倒想改一改，『未能拋得中華去，一半勾留是此，此——，』」赫德有點抓瞎，搔著花白頭髮「此」了好一會，突然雙眉一掀，「看！一半勾留是此肴。」

胡雪巖暗中慚愧，不知道他說的甚麼。古應春倒聽懂了一半，便即問道：「聽說赫大人常跟董大人一起做詩唱和，真是了不起！」

「唱和還談不到，不過常在一起談詩、談詞。」赫德又說：「小犬是從小讀漢文，老師也是董大人薦來的；現在已經開手做八股了，將來想在科場裡面討個出身，董大人答應替我代奏，不知道能准不能准？」

這番話，胡雪巖是聽明白了。「洋娃娃」讀漢文、做八股，已經是奇事；居然還想赴考，真是聞所未聞了。

「一定會准。」古應春再回答：「難得賢喬梓這樣子仰慕中華，皇上一定恩出格外。」

「但願能准。」赫德忽然說道：「我想起一件，趁現在談，免得回頭忘記。雪翁，有件事，想請你幫忙，怡和洋行派人到湖州去買絲，定洋已經付出去了；現在有個消息，說到新絲上市，不打算交貨了。將來真的這樣子，恐怕彼此要破臉了。」

胡雪巖隱約聽說過這回事，其中還牽涉到一個姓趙的「教民」，但不知其詳，更不知誰是誰？不過赫德話中的分量，卻是心已經掂到了。

「雪翁，」他問：「你要我怎麼幫怡和的忙，請你先說明了，我來想想辦法。」

「雪翁一言九鼎。既然怡和付了定洋，想請雪翁交代一聲，能夠如期交貨。」

胡雪巖心想赫德奸滑無比，他說這話，可能是個陷阱，如果一口應承，他回到京裡說一句，養蠶做絲的人家，都只憑胡某人一句話，他們的絲，說能賣就賣；說不能賣，誰也不敢賣。那一來總理衙門就可能責成他為了敦睦邦交，一定要讓怡和在鄉下能直接買絲，這不是很大的難題。

於是胡雪巖答說：「一言九鼎這句話，萬萬不敢當。絲賣不賣，是人家的事，我姓胡的，不能干預；干預了他們亦未必肯聽。不過交易總要講公道，收了定洋不交貨，說不過去；再有困難，至少要還定洋。鷺翁特為交代的事，我能不盡心盡力去辦。這樣，」他沉吟了一下說：「聽說其中牽涉到一個姓趙的，在教堂做事；我請應春兄下去，專門為鷺翁料理這件事。」

「承情之至。」赫德拱拱手道謝。

「請問赫大人，」古應春開口問道：「能不能讓怡和派個人跟我來接頭。」

「怡和的東主艾力克就在杭州。」赫德用英語問道：「你們不是很熟嗎？」

「是的，很熟。而且聽說他也到杭州來了，不知道甚麼地方可以找得到他。」

「你到我這裡來好了。」梅藤更插進來說。

「好。」古應春答說：「我明天上午到廣濟醫院去。」

送走了客人，胡雪巖跟古應春還有話要談。酒闌人散，加以胡家的內眷，都在靈隱陪侍老太太，少了二、三十個丫頭，那份清靜簡直就有點寂寞了。

「難得，難得！今天倒真是我們弟兄，挖挖心裡話的辰光。應春！今天很暖和，我們在外面坐。」

「外面」指的鏡檻閣的前廊，因為要反映閣外的景致，造得格外寬大，不過憑欄設座，卻在西面一角，三月十一的月亮也很大了，清光斜照，兩人臉上都是幽幽地一種肅散的神色。

「應春，」胡雪巖說：「我這幾天有個很怪的念頭，俗語說『人在福中不知福』，這句話不曉得對不對？」

古應春無從回答，因為根本不知道他為甚麼有這樣一個「很怪的念頭」。

「我們老太太常說要惜福；福是怎麼個惜法？」

「這——，」古應春一面想，一面說：「無非不要太過分的意思，福不要享盡。」

「對，不過那一來就根本談不到享福了。你只要有這樣子一個念頭在心裡，喝口茶，吃口飯都要想一想，是不是太過分？做人做到這個地步，還有啥味道？」

古應春覺得他多少是詭辯，但駁不倒他，只好發問：「那麼，小爺叔，你說應該怎麼樣呢？」

「照我想，反倒是『人在福中不知福』。才真是在享福。」

「小爺叔，你的意思是一個人不必惜福？」

「不是，我不是這個意思。我是說：享福歸享福，發財歸發財，兩樁事情不要混在一起，想發財要動腦；要享福就不必去管怎麼樣發財。」

「小爺叔，」古應春笑道：「你老人家的話，我越聽越不懂。」

胡雪巖付之一笑，「不但你越聽越不懂，我也越想越不懂。」他急轉直下地說：「我們來想個發財的法子——不對，想個又能發財，又要享福的法子。」

古應春想了一會，笑了，「小爺叔，」他說：「法子倒有一個，只怕做不到；不過，就算能夠做到了，恐怕小爺叔，你我也絕不肯去做。」

「說來聽聽，啥法子？」

「『嫖能倒貼，天下營生無雙。』那就是又發財、又享福的法子。」

「這也不見得！」胡雪巖欲語不語，「好了，我們還是實實惠惠談生意。今天我冒冒失失答應赫德了，你總要把這個面子繃起來。」

「那還要說！小爺叔說出去了，我當然要做到。好在過了今天就沒有我的事；明天上半天去看艾力克，下半天來開銷我帶來的那班人，幾天就可以動身。」

「要帶甚麼人？」

古應春沉吟一會說：「帶一個絲行裡的夥計就夠了。要人，好在湖州錢莊典當，絲行裡都可以調動；倒是有一樣東西不可不帶。」

「是啥？」

「藩司衙門的公事——。」

「為啥？」胡雪巖迫不及待地追問。

「這道公事給湖州府，要這樣說：風聞湖州教民趙某某，仗勢欺人，所作所為都是王法所不容，特派古某某下去密查，湖州府應該格外予以方便。」

「古某某」是古應春自稱。他捐了個候補通判的職銜，又在吏部花了錢，分發到浙江。實際上他不想做官，又不想當差，只是有了這樣一個銜頭，有許多方便；甚至於還可以撿便宜，這時候就是用得到的時候了。

「我有了這個奉憲命查案的身分，就可以跟趙某人講斤頭了，斤頭談不攏，我再到湖州府去報文，也還不遲。」

「這個法子不壞！」胡雪巖說：「明天上午我們一起去見德曉峰。」

「上午我約好要去看艾力克，是不是下午看德藩台？」

「只怕公事當天趕不及。」胡雪巖緊接著，「晚一天動身也不要緊。」

「好，那就準定後天動身。」

「應春，」胡雪巖換了個話題，「你明天見了艾力克，要問他要帳，他到底放出去多少定洋，放給甚麼人，數目多少，一定要他開個花名冊。」

「這——，」古應春遲疑著，「只怕他開不出來，帳都在他洋行裡。」

「不要緊，等他回上海再開。你告訴他，只要花名冊開來，查過沒有花帳，一定如數照付，叫他放心好了。」

「小爺叔，」古應春鄭重警告：「這樣做法很危險。」

「你是說風險？」胡雪巖問：「我們不揹風險，叫哪個來揹？」

古應春想了一說：「既然如此，何不索性先把款子付了給他，也買個漂亮。」

「我正是這個意思，也不光是買個漂亮，我是要叫他知難而退；而且這一來，他的那班客戶都轉到我手裡來了。」

「還是小爺叔厲害。」古應春笑道：「我是一點都沒有想到。」

談到這裡，只見瑞香翩然而至，問消夜的點心開在何處？胡雪巖交代：「就開到這裡來！」

古應春根本就吃不下消夜，而且也有些疲累，很想早早歸寢，但彷彿這一下會辜負瑞香的一番殷勤之意，怕她會覺得掃興，所以仍舊留了下來。

不過一開了來，他倒又有食欲了，因為消夜的只是極薄的香粳米粥，六樣粥菜，除了醉蟹以外，其他都是涼拌筍尖之類的素肴。連日飽沃肥甘，正思清淡食物，所以停滯的胃口又開了。

盛粥之先，瑞香問道：「古老爺要不要來杯酒？」

「好啊！」古應春欣然答說：「我要杯白蘭地。」

「有我們太太用人參泡的白蘭地，我去拿。」說著，先盛了兩碗粥，然後去取來浸泡在水晶瓶裡的藥酒，取來的水晶杯也不錯，是巨腹矮腳，用來喝白蘭地的酒杯。

這就使得古應春想到上個月在家請客，請的法國的一個家有酒窖的鉅商，飯前酒、飯後酒，甚麼菜配紅酒，甚麼菜配白酒，都有講究。古應春原有全套的酒杯，但女僕不懂這套規矩，預備得不周全；七姑奶奶不知道怎麼知道了，在床上空著急。如果有瑞香在，她便可以不必操心了。

這樣想著，不自覺抬頭去看瑞香，臉上自然是含著笑意；瑞香正在斟酒，不曾發覺，胡雪巖冷眼旁觀，卻看得很清楚。

「湘陰四月裡要出巡，上海的製造局是一定要去看的；那時候我當然要去等他。應春，我想等老太太的生日一過，讓羅四姐先去看七姐；到時候我再跟他換班，那就兩頭都顧到了。你看好不好？」

「怎麼不好？」古應春答說：「這回羅四姐去，就住在我那裡好了。」

「當然，當然，非住你那裡不可的；不然就不方便了。」

古應春覺得他話中有話，卻無從猜測；不過由左宗棠出巡到上海，卻想到了好些事。

「湘陰到上海，我們該怎麼預備？」

「喔，這件事我早想到了，因為老太太生日，沒有功夫談。」胡雪巖答說：「湘陰兩樣毛病，你曉得的，一樣是好虛面子；一樣是總想打倒李二先生。所以我在想，先打聽打聽李二先生當年以兩江總督的身分到上海，是啥場面？這一回湘陰去了，場面蓋罩李二先生，他就高興了。」

「我記得李二先生是同治四年放江督的，十幾年的功夫，情形不大同了。當年是『常勝軍』，算是他的部下，當然要請他去看操；現在各國有兵艦派在上海，是人家自己的事，不見得會請他上船去看。」

「提起這一層，我倒想到了。兵艦上可以放禮炮；等他坐船到高昌廟的時候，黃浦江裡十幾條外國兵艦一齊放禮炮，遠到崑山、松江都聽得到，湘陰這個面子就足了。」

「這倒可以辦得到，外國人這種空頭人情是肯做的。不過，俄國兵艦，恐怕不肯。」

這是顧慮到伊犁事件中，左宗棠對俄國採取敵對態度之故。但胡雪巖以為事過境遷，俄國兵艦的指揮官，不見得還會記著這段舊怨。

「應春，這件事你要早點去辦，都要講好。俄國人那裡，可以轉託人去疏通；俄國同德國不是蠻接近的嗎？」

「好。我會去找路子。」

「我想，來得及的話，羅四姐跟你一起去，倒也蠻好。」

胡雪巖說了這一句，眼尖瞥見瑞香留心在聽，便招招手將她喚了過來，有話問她。

「瑞香，」他說：「太太要到上海去看七姑奶奶，你要跟了去。」

「是。」

「我再問你一句話，太太有這個意思，想叫你留在上海，幫七姑奶奶管家，你願意不願意。」

「要說管家，我不敢當。七姑奶奶原有管家的。」

「那麼，照應七姑奶奶的病呢？」

「這，當然是應該的。」瑞香答說：「只要老爺、太太交代，我當然伺候。」

「伺候不敢當。」古應春插進來說：「不過她病在床上，沒有個人跟她談得來的，心裡難免悶氣，病也不容易好了。我先謝謝你。」說著，站了起來。

「不敢當，不敢當。」瑞香想按他的肩，不讓他起立，手伸了出去，才想到要避嫌疑，頓時臉一紅往後退了兩步，把頭低著。

「好！這就算說定規了。」胡雪巖一語雙關地說：「應春，你放心到湖州去吧！」

胡家自己有十二條船，最好的兩條官船，一大一小；古應春一行只得四個人，坐了小的那一條，由小火輪拖帶，當天便到了湖州以北的南潯。

這個位於太湖南岸的市鎮，為東南財賦之區的精華所聚，名氣不大，而富庶過於有名的江西景德鎮、廣東佛山鎮，就因為這裡出全中國最好的「七里絲」。古應春對南潯並不陌生，隨同胡雪巖來過一回，自己來過兩回，這一次是一年之中，再度重臨，不過去年是紅葉烏桕的深秋；今年是草長鶯燕的暮春。

船是停在西市梢，踏上石埠頭，一條青石板鋪的「緯路」，卻有一條很寬的死巷子，去到盡頭才看到左首有兩扇黑油銅環，很氣派的大門，門楣上嵌著一方水磨磚嵌字的匾額，篆書四字：「蓮池精舍」。

「這裡就是了。」古應春向跟著身後的同伴雷桂卿說：「如果我一個人來，每回都住在這裡。」說著，找到門上有個扣環，拉了兩下，只聽門內琅琅鈴響，不久門開；應門的是二十來歲的女子，穿著淡青竹布僧袍，卻留著一頭披到肩下的長髮。

雷桂卿在船上就聽古應春談過「蓮池精舍」這座家庵，與眾不同；他處家庵大多是官宦人家老主人的姬妾，年紀有比「少爺」、「少奶奶」還輕的，老主人下世，既不能下堂求去，又嫌在家拘束，往往由小主人斥資造一座家庵，置百十畝良田，供她長齋禮佛，帶髮修行。惟獨這座蓮池精舍的「住持」，原是蘇州自立門戶的一個名妓，只為先後結過兩個已論嫁娶的恩客，一個病故，一個橫死，勘透情關，造了這座蓮池精舍，奉蓮池大師的「淨土宗」，懺悔宿業。

這法名悟心的住持，在家時便以豪爽善應酬，馳名於十里山塘；出了家，本性難改，有談得來的男客，一樣接待在庵裡住，但不能動綺念。倘不知趣，她有王熙鳳收拾賈瑞的手段，叫人吃了啞巴虧而無可奈何。

古應春是當她在風塵中時，便曾有一面之緣，第一回到南潯來，聽人談起，特地來訪。古應春文雅而風趣，肚子裡的「雜貨」很多，談甚麼都能談出個名堂來，加以善於體貼，在花叢中是到處受歡迎的客人；到了「方外」，亦復如是，悟心跟他很投緣，第一次作客蓮池以後，堅約以後到南潯來，一定要以她這裡為居停，不過這一回卻有負悟心的好意了。

「小玉，」古應春向應門的女子說：「這位是雷三爺。」

「雷三爺請。」小玉一面關門，一面問道：「古老爺，怎麼不先寫封信來？」

「臨時有事才決定到湖州來一趟。」古應春問道：「你師父呢？那隻哈巴狗怎麼不見？」

悟心有條善解人意的哈巴狗，每回聽到古應春的聲音——哪怕是腳步聲，都會搖著頸下的金鈴，蹣蹣跚跚地跑來向他搖尾巴大吠；此時聲息全無，所以他詫異地問。

「師父讓黃太太請了去了。」小玉答說：「大概也快回來了，請到師父的禪房裡坐。」

悟心的禪房是一座五開間的敞軒，正中鋪著佛堂，東首是兩間打通的客座，收拾得纖塵不染。小玉肅客落座，隨即便有一個十二三歲，與小玉一般打扮的小姑娘，走來奉茶。

「是你的師弟？」古應春說：「去年沒有見過。」

「今年正月裡來的。」接著便叫：「阿文，這位古老爺，這位雷三爺。」

阿文靦靦腆腆地叫了人；向小玉說道：「三師兄，老佛婆說師父今天在黃家，總要吃了齋才回來，她也要回家看孫子去了。」

古應春知道這裡的情形，所以懂她的意思，老佛婆燒得一手好素菜；這天不在庵裡，回頭款客的素齋，便無著落，特意提醒小玉。

因此，古應春不等小玉開口，先搶著說道：「我們不在這裡吃飯。船菜還多得很，天氣熱了，不吃壞掉也可惜。喔，還有，這一回我不能住在你們這裡，我同雷三爺回船去睡。」

「古老爺，」小玉微笑答道：「都等我師父回來了再說。」

古應春點頭，問些庵中近況。不一會阿文來上點心；家庵中的小吃，一向講究質地，不重形式，端出來的棗泥方糕，不甚起眼，但上口才知道香甜無比，本以初次作客，打算淺嘗即止的雷桂卿忍不住一連吃了三塊。

吃得一飽，正待告辭。悟心翩然而歸，一見便有驚喜之色；等古應春引見了雷桂卿，少不得有一番客套。雷桂卿看她三十五、六年紀，丰神淡雅，但偶爾秋波一轉，光如閃電，別有一股懾人的魔力，雷桂卿不由得心旌搖搖。

及至悟心與古應春說話時，開出口來，讓雷桂卿大感驚異，悟心竟是直呼其名：「應春！」她問：「你不說二月裡會來嗎？何以遲到現在？」

「原來是想給胡老太太拜壽以前，先來看看你。哪知道一到杭州就脫不了身。」

「這話離奇。」悟心說道：「胡老太太做生日，前後七天，我早就聽說了。今天還在七天當中，你怎麼倒脫身了呢？」

「那是因為有點要緊事要辦。」古應春問道：「有個人，不知道聽說過沒有？趙寶祿。」

「你跟我來打聽他，不是問道於盲嗎？」

「聽你這麼說，我大概是打聽對了。」古應春笑道：「你們雖然道不同，不過都是名人，不應該不知道。」

「我算甚麼『名人』？應春，你不要瞎說！讓雷先生誤會我這蓮池精舍，六根不淨。」

「不，不！」雷桂卿急忙分辯：「哪裡會誤會。」

「我是說笑話的，誤會我也不怕。雷先生，你不必介意。」悟心轉臉問道：「應春，你打聽趙寶祿為點啥？」

「我也是受人之託。為生意上的事。」古應春說：「這話說起很長；你如果對此人熟悉，跟我談談他的為人。」

「談到他的為人，最好不要問我。」接著便向外喊道：「小玉，小玉！」等把小玉喚了來，她說：「你倒講講，你家嬸娘信教的故事。」

小玉一時楞住了，不知如何回答；古應春便提了一個頭：「我是想打聽打聽趙寶祿。」

「喔，這個吃教的！」小玉鄙夷不屑地說：「開口耶穌，閉口耶穌，騙殺人，不償命。」

「騙過你嬸娘？」

「是啊。說起來丟醜——。」

看小玉有不願細談的模樣，古應春很知趣地說：「醜事不必說了。小玉，我想問你，他是不是放定洋，買了好些絲？」

「定洋是有，沒有放下來。」

「這話是怎麼個說法？」

「他說，上海洋行裡託他買絲，價錢也不錯，先付三成定洋，叫人家先打收條，第二天去收款子。」小玉憤憤地說：「到第二天去了，他說要修改教堂，勸人家奉獻；軟的硬的磨了半天，老實的認了；厲害的說：沒有定洋沒有絲。到時候打官司好了。話是這麼說，筆據在他手裡，到時候還不知道怎麼樣呢？」

「那應該早跟他辦交涉啊！夜長夢多，將來都是他的理了。」

「古老爺，要伺候『蠶寶寶』啊。」

其實，不必她說，古應春便已發覺，話問錯了，環繞太湖的農家，三、四月間稱為「蠶月」，家家紅紙黏門，不相往來，而且有許多禁忌。因為養蠶是件極辛苦的事，一個照料不到，生了「蠶瘟」或者其他疾病，一年衣食就要落空了。所以明知該早辦交涉，也只好暫且拋開。

「應春，」悟心問道：「你問這件事，總有緣故吧？」

「當然，我就是為此而來的，他受上海怡和洋行之託，在這裡收絲；放出風聲去，說到時候怕不能交絲，說不定有場官司好打，鬧成『教案』。人家規規矩矩做生意的外國人，不喜歡鬧教案，想把定洋收回，利息也不必算了。我就是代怡和來辦這件事的。」

「難！人家預備鬧教案了，存心耍賴，恐怕你弄他不過。」

「他不能不講道理吧？」

悟心沉吟了一回說道：「你先去試試看。談不攏再說。」

看這情形，悟心似乎可以幫得上忙，古應春心便寬；向雷桂卿說：「我們明天一早進城；談得好最好，如果他不上路，我們回來再商量。」

「好！」悟心接口：「今天老佛婆不在庵裡；明天我叫她好好弄幾樣素菜，請雷先生。」

話雖如此，由小玉下廚整治的一頓素齋，亦頗精緻入味；加以有自釀的百果酒，色香俱佳，雷桂卿陶然引杯，興致極好。古應春怕他失態，不讓他多喝；匆匆吃完，告辭回船。

到了第二天清晨，正待解纜進城時，只見兩乘小轎，在跳板前面停住，轎中出來兩個書生，仔細看時，才知是悟心跟小玉。

由於她們是易裝而來的，自以不公然招呼為宜，古應春只擔心她們穿了內裡塞滿棉花的靴子，步履維艱，通過晃蕩起伏的跳板會出事，所以親自幫著船伕，把住伸到岸上，作為扶手之用的竹篙，同時不斷警告：「慢慢走，慢慢走，把穩了！」

等她們師徒戰戰兢兢地上了船，迎入艙中，古應春方始問道：「你們也要進城？」

「對！」悟心流波四轉，「這隻船真漂亮；坐一回也是福氣。小玉，你把紗窗簾拉起來。」

船窗有兩層窗簾，一層是白色帶花紋的外國紗，一層是紫紅絲絨，拉起紗簾，艙中仍很明亮，但岸上及別的船卻看不清艙中的情形了。

於是悟心將那頂帽後綴著一條假辮子的青緞質皮帽摘了下來，頭晃了兩下，原來藏在帽中的長髮便都披散下來；然後坐了下來，脫去靴子，輕輕捏著腳趾。

這樣的行徑，不免予人以風流放誕的感覺。古應春不以為奇，雷桂卿卻是初見，心中不免興起若干綺想。

「你知道我進城去做甚？」悟心問說。

「我也正要問你這話。」古應春答說：「看你要到哪裡，我叫船老大先送你。」

「我哪裡也不去。等下，我在船上等你們。」悟心答說：「你們跟趙寶祿談妥當了最好。不然，我替你們找個朋友。」

原來是特為來幫忙的，雷桂卿越發覺得悟心不同凡俗，不由得說道：「悟心師太，你一個出家人，這樣子熱心，真是難得。」

「我也不算出家人。就算出了家，人情世故總還是一樣的。」

「是、是。」雷桂卿合十說道：「我佛慈悲！」

那樣子有點滑稽，大家都笑了。

說笑過了，古應春問道：「你要替我找個怎麼樣的朋友？」

「還不一定。看哪個朋友對你們有用，我就去找哪個。」

此言一出，不但雷桂卿，連古應春亦不免驚奇，看來悟心交遊廣闊，而且神通廣大。但這份關係是如何來的呢？

雷桂卿心裡也存著同樣的疑問，只是不便出口；悟心卻很大方，從他們臉上，看到他們心裡，笑笑說道：「你們一定在奇怪，我又不是湖州人，何以會認識各式各樣的人？說穿了，不足為奇，我認識好些太太，都跟我很談得來。連帶也就認識她們的老爺了。」

「喔，我倒想起來了。」古應春問：「昨天你就是到黃太太那裡去了？」

「是啊。」悟心答說：「這黃老爺或許就能夠幫你的忙。這黃老爺是——」

這黃老爺單名一個毅字，是個候補知縣，派了在湖州收竹木稅的差使。同治初年曾國藩派遣幼童赴美時，他是隨行照料的庶務，在美國住過半年，亦算深通洋務，所以湖州府遇到有跟洋人打交道的事，不管知府還是知縣都要找他；在湖州城裡亦算是響噹噹的一個人物。

「那太好了。」古應春很高興地說：「既然替湖州府幫忙辦洋務，教會裡的情形一定熟悉，趙寶祿不能不賣他的帳。悟心，你這個忙幫得大了。」

到了湖州城裡，問清楚趙寶祿的教堂在何處，就在附近挑個清靜之處泊舟。古應春與雷桂卿帶著一個跟班上岸；悟心在船上等，她帶來一個食盒，現成的素菜，在船上熱一下便可食用。正整治好了尚未動箸，不道古應春一行已經回船了。

「怎麼這麼快？」

「事情很順利。不過太順利了。」

「這是怎麼說？」悟心又說：「我總當你們辦完事下館子，我管我自己吃飯了，現在看樣子，你們也還沒有吃，要不要先將就將就？」

「我們也還有點船菜，不必再上岸了。我要把經過情形告訴你，看有甚麼法子，不讓趙寶祿耍花樣。」

原來古應春到得教堂，見到趙寶祿，道明來意，原以為他必有一番支吾，哪知他絕口否認有任何耍賴的企圖。

「做人要講信用，對洋人尤其重要，我吃了多年的教，當然很明白這層道理。兩位請放心，我收了怡和洋行的定洋，絲也定好了，到時候大家照約行事，絕無差錯。」

「可是，」古應春探詢似地說：「聽說趙先生跟教友之間，有些瓜葛？」

「甚麼瓜葛？」趙寶祿不待古應春回答，自己又說：「無非說我逼教友捐獻。那要自願，他不肯我不好搶他的；總而言之，到時候如果出了差錯，兩位再來問我。現在時候還早。」

明知道他是敷衍；也明知他將來會耍賴，但卻甚麼勁都用不上，直叫無可奈何。古應春從未遇到過這樣的對手，所以神色之間，頗為沮喪。

「你不要煩惱！」悟心勸慰著說：「一定有辦法，你先吃完了飯再說。」

古應春胃口不開，但禁不住悟心殷殷相勸，便拿茶泡了飯，就著悟心帶來的麻辣油燜筍，匆匆吞了一碗；雷桂卿吃得也不多，兩個都擱下筷子，看悟心捏著三寶鑲烏木筷，慢慢在飯中揀稗子，揀好半天才吃一口。

「這米不好，是船老大在這裡買的。」古應春歉意地說：「早知道，自己帶米來了。」

悟心也省悟了，「對不起，對不起。」她說：「我吃得慢，兩位不必陪我；請寬坐用茶。」

雷桂卿卻捨不得走，尤其是悟心垂著眼皮注視碗中時，是個恣意貪看的好機會，所以接口說道：「不要緊，不要緊，你儘管慢用。」

悟心嫣然一笑，對她的飯不再多挑剔，吃得就快了。

等小玉來收拾了桌子，水也開了，沏上一壺茶來，撲鼻一股杏子香，雷桂卿少不得又要動問了。

「那沒有甚麼訣竅。」悟心答說：「挑沒有熟的杏子，摘下來拿皮紙包好，放在茶葉罐裡，隔兩天便有香味了。不但杏子，別的果子，也可以如法炮製。」

「悟心師太，」雷桂卿笑道：「你真會享清福。」

悟心笑笑不作聲，轉臉問古應春：「你的心事想得怎麼樣了？」

古應春確是在想心事，他帶著藩司衙門的公文，可以去看湖州知府，請求協助；但如傳了趙寶祿到案，他仍舊是這套說法，那就不但於事無補，而且還落一個仗勢欺人的名聲，太划不來了。

等他說了心事，悟心把臉又轉了過去：「雷先生，要託你辦件事。」

「是、是。」雷桂卿一迭連聲地答應，「你說，你說。」

「我寫個地址，請你去找一位楊師爺；見了面，說我請他來一趟，有事求他。」悟心又加了一句：「他是烏程縣的刑名師爺。」

做州縣官，至少要請兩個幕友，一個管刑名、一個管錢穀，權柄極大。請烏程縣的刑名師爺來料理此案，不怕趙寶祿不就範。雷桂卿很高興地說：「悟心師太，你真有辦法！把這位楊師爺請了來對付趙寶祿，比甚麼都管用。」

「也不見得。等請來了再商量。」

於是悟心口述地址，請古應春寫了下來；船老大上岸雇來一頂轎子，將欣欣然的雷桂卿抬走了。

「你要不要去睡個午覺？」悟心說道：「雷先生要好半天才會回來。」

「怎麼？那楊師爺住得很遠，是不是？」

「不但住得遠，而且要去兩個地方。」

「為甚麼？」

悟心詭祕地一笑說道：「這位雷先生，心思有點歪，我要他吃點小苦頭。」

「甚麼苦頭？」古應春有點不安，「是我的朋友，弄得他慘兮兮，他會罵我。」

「他根本不會曉得，是我故意罰他。」

原來這楊師爺住在縣衙門，但另外租了一處房子，作為私下接頭訟事之用，為了避人耳目，房子租在很荒僻的地方，又因為荒僻之故，養了一條很兇的狗。雷桂卿找上門去，一定會撲空；而且會受驚。

「怎麼會撲空呢？」悟心解釋：「除非楊師爺自己關照，約在那裡見面；不然，他就是在那裡，下人也會說不在，有事到衙門去接頭。」

「撲空倒在其次，讓狗咬了怎麼辦？」

「不會！那條狗是教好了的，來勢洶洶把人嚇走了就好，從不咬人。」

聽這一說，古應春才放下心來；他知道悟心有午睡的習慣，便即說道：「我倒不睏，你去打個中覺。」

「好！」悟心問說：「哪張是你的鋪？」

「跟我來。」

後艙一張大鋪，中間用紅木槅子隔成兩個鋪位，上鋪洋式床墊，軟硬適度，悟心用手揿一揿床墊，又看一看周圍的陳設，不由得讚嘆：「財神家的東西，到底不同。」

「這面是我的鋪。」古應春指著右面說：「你睡吧，我在外面。有事拉這根繩子。」

悟心將一根紅絃繩一拉，前的銀鈴琅琅作響；小玉恰好進前艙，聞聲尋來，一看亦有驚異之色。

「真講究！」小玉撫摸著紅木槅子說：「是可以移動的。」

「索性把它推了過去。」古應春說：「一個人睡也寬敞些。」

小玉便依言將紅木槅子推到一邊。古應春也退了出去，在中艙喝茶閒眺，心裡在盤算，楊師爺來了，如果談得順利，還來得及回庵；倘或需要從長計議，是回庵去談呢？還是一直談下去，夜深了上岸覓客棧投宿，讓悟心師徒住在船上。

轉念未定，聽得簾掛鉤響動，是小玉出來了，「古老爺，」她說：「你請進去吧，我師父有事情商量。」

到得後艙，只見悟心在他的位上和衣側臥，身上半蓋著一條繡花絲被，長髮紛披，遮蓋了大半個枕頭；一手支頤，袖子褪落到肘彎，奇南香手串的香味，越發馥郁了。

「你有事？」古應春在這一面鋪前的一張紅木骨牌凳上坐了下來。

「楊師爺很晚才回來。」悟心說道：「恐怕要留他吃飯，似乎要預備預備。」

「菜倒是有。」古應春說：「船家一早就上岸去買了菜，只以為中午是在城裡吃了，你又帶了素菜來，所以沒有弄出來。你聞！」

悟心聞到了，是火腿燉雞的香味，「你引我動凡心了。」她笑著又說：「酒呢？」

「那更是現成，一罈花雕是上船以後才開的。我還有白葡萄酒，你也可以喝。」古應春又說：「倒是有件事得早早預備，今晚上你跟小玉睡在船上；我跟雷桂卿住客棧，得早一點去定妥當了它。」

「不！」悟心說道：「睡在船上不妥當，我還是回庵；不過船家多吃一趟辛苦。」

「那沒有甚麼。好了，說妥當了，你睡吧！」

「我還不睏，陪我談談。」說著，悟心拍拍空鋪位，示意他睡下來。

古應春有些躊躇，但終於決定考驗自己的定力，在雷桂卿的鋪位橫倒，臉對臉不到一尺的距離。

「古太太的病怎麼樣？好點了沒有？」

「還是那樣子。總歸是帶病延年了。」

「那麼，你呢？」悟心幽幽地說：「沒有一個人在身邊，也不方便。」

古應春想把瑞香的事告訴她，轉念一想，這一來悟心一定尋根究柢，追問不休，不如不提為妙。

「也沒有甚麼不便。多一事不如少一事。」

「甚麼事都好省，這件事省不得，除非——。」悟心忽然笑了起來。

這一笑實在詭祕；古應春忍不住問：「話說半句，無緣無故發笑，是甚麼花樣？除非甚麼？」

「除非你也看破紅塵，出家當了和尚，那件事才可以省，不然是省不了的。」

「這話也沒有啥好笑啊！」

「我笑是笑我自己。」

「在談我，何以忽然笑你自己。」古應春口滑，想不說的話，還是說了：「總與我有關吧？」

「不錯，與你有關。我在想，你如果出家做了和尚，不曉得是怎麼個樣子？想想就好笑了。」

「我要出家，也做頭陀，同你一樣。」

「啥叫頭陀？」

「虧你還算出家，連頭陀都不懂。」古應春答說：「出家而沒有剃髮，帶髮修行的叫做頭陀；豈不是跟你一樣。」

「喔，我懂了，就是滿頭亂七八糟的頭髮，弄個銅環，把它箍住，像武松的那種打扮？」

「就是。」

「那叫『行者』！不叫頭陀，我那裡有本《釋氏要賢》說得清清楚楚。」

原來她是懂的，有意相謔，這正是悟心的本性；古應春苦笑著嘆了口氣，無話可說。

「應春，我們真希望你是出家的行者。」

「為甚麼？」

「那一來，你不是一個人了嗎？」

古應春心一跳，故意問說：「一個人又怎麼樣了呢？」

「你不懂？」

「我真不懂。」

「不跟你說了。」悟心突然一翻身，背著古應春。

古應春心想，這就是考驗自己定力的時候了，心猿意馬地幾次想伸手去扳她的身子，卻始終遲疑不定。

終於忍不住要伸手了，而且手已快碰到悟心的身子了，突然聽得撲通一聲，是重物落水的聲音，古應春一驚縮手，隨即聽見有人大喊：「有人掉到河裡去了！」

悟心也嚇得坐了起來，推著古應春說：「你去看看。」

等他出去一看，失足落水的一個半大孩子，已經被救了起來。是一場虛驚。

回到後艙，略說經過，只見悟心眼神湛然，臉色恬靜，從容說道：「剛才『撲通』那一聲，好比當頭棒喝。」

綺念全消的古應春，亦有這樣的感覺，不過當悟心「面壁」而臥時，居然亦跟他一樣意馬心猿，卻使他感到意外。

「我在想一個人能不做壞事，也要看看運氣。」悟心一翻身拉開絲絨窗簾，指著透過紗窗，影綽綽看得到的一座貞節牌坊說：「我不相信守寡守了幾十年的人，真正是自始至終，冰清玉潔，沒有動過不正經的念頭，不過沒有機會，或者臨時有甚麼意外，打斷了『好事』而已。如果因為這樣子，自己就以為怎樣了不起，依我說，是問心有愧的。」

這番話說得古應春自慚不如。笑笑答道：「你睡吧！我不陪你『參禪』了。」

雷桂卿直到黃昏日落，方始回船，樣子顯得有些狼狽；一雙靴子濺了許多爛泥；古應春心知其故，也有些好笑，但不敢現於形色，只是慰勞地說：「辛苦，辛苦。」

「還好，還好！」雷桂卿舉起腳說：「路好難走，下了轎，過一頂獨木橋，又是一段爛泥路，好不容易找到那裡，說楊師爺在縣衙門。」

「那麼，你又到縣衙門？」

「當然。」雷桂卿說：「還好，這一回沒有撲空。人倒很客氣，問我悟心是不是有甚麼事找他？我說：請你來了就知道了。他說還有件公事，料理完了就來。大概也快到了。」

正在談著，悟心翩然出現，臉上剛睡醒的紅暈猶在，星眼微餳，別具一種媚態。雷桂卿一看，神情又不同了。

「交差，交差。」他很起勁地，但卻有埋怨地：「悟心師太，你應該早告訴我，楊家有條大狗——。」

「怎麼？」悟心裝得吃驚地，「你讓狗咬了？」

「咬倒沒有咬，不過性命嚇掉半條。」雷桂卿面有餘悸，指手劃腳地說：「我正在叫門，忽然發現後面好像有兩隻手搭在我肩膀上，回頭一看，乖乖，好大一條狗，拖長了舌頭，朝我喘氣。這一嚇，真正魂靈要出竅了。」

「唷，唷，對不起，對不起！」悟心滿臉歉意，「我是曉得他家有條狗，不曉得這麼厲害。後來呢？」

「後來趕出來一個人，不住口跟我道歉。問我嚇到了沒有？我只好裝『大好佬』，我說：沒有甚麼，我從前養過一條狗，比你們的狗還大。」

「好！」古應春大笑，「這牛吹得好。」

悟心也笑得伏在桌上，抬不起頭來；雷桂卿頗為得意，覺得受一場虛驚，能替他們帶來一場歡樂，也還值得。

「你看！」他指著遠遠而來的一頂轎子，「大概楊師爺來了。」

果然，轎子停了下來，一個跟班正在打聽時，雷桂卿出艙走到船頭上去答話。

「是不是楊師爺？」

於是楊師爺下轎；古應春亦到船頭上去迎接，進入艙內，由悟心正式引見。那楊師爺是紹興人，年紀不大，只有三十四、五歲，不過紹興師爺一向古貌古心，顯得很老成的樣子，所以驟看竟似半百老翁了。

彼此請教名字，那楊師爺號叫蓮坡，古應春便以「蓮翁」相稱，寒暄了一會，悟心說道：「你們喝酒吧！一面喝，一面談。」

於是擺設杯盤，請楊蓮坡上坐；悟心不上桌，坐在一旁相陪。

話題當然也要她開頭，「老楊！」她說：「雷老爺我是初識；應春是多年的熟人，他有事請你幫忙。他的事就是我的事。」

「我曉得。」楊蓮坡答說：「四海之內皆兄弟，你就不說，我也要盡心盡力，交個朋友。」

「多謝、多謝！」古應春敬了一杯酒，細談此行的來意，以及跟趙寶祿見面的經過。

楊蓮坡喝著酒，靜靜聽完，開口問道：「應翁現在打算怎麼辦？」

「這要問你啊！」悟心在一旁插嘴，「人家無非要有個著落。」

「所謂著落有兩種，一是將來要他依約行事；一是現在就有個了斷。不知道應翁要哪一樣？」

「這個人很難弄，將來一定會有麻煩，不如現在就來個了斷。」古應春說：「此刻要他退錢，不知道辦得到，辦不到？」

「不怕討債的凶，只怕欠債的窮。如果他錢已經用掉了，想退也沒法子。」

這是實話，不過古應春亦並不是要趙寶祿即時退錢不可，怡和洋行那方面，只要將與趙寶祿所訂的契約轉過來，胡雪巖已承諾先如數退款，但將來要有保障，趙寶祿有絲交絲，無絲退還定洋。只是要如何才有保障，他就不知道了。

「最麻煩的是，他手裡有好些做絲人家寫給他的收據，一個說付過錢了，一個說沒有收到，打起官司來，似乎對趙寶祿有利。」

「不然。」楊師爺說：「打官司一個對一個，當然重在證據，就是上了當，也只好怪自己不好。如果趙寶祿成了眾矢之的，眾口一詞說他騙人，那時候情形就不同了。不過上當的人，官司要早打，現在就要遞狀子進來。」

「你也是。」悟心插嘴說道：「這是啥辰光，家家戶戶都在服侍蠶寶寶！哪裡來的功夫打官司？」

楊師爺沉吟了一回說道：「辦法是有，不過要按部就班，一步一步都要走到。趙寶祿有沒有『牙帖』？」

交易的介紹人，古稱「駔儈」，後漢與四夷通商，在邊境設立「互市」；到唐朝，「互市」擴大，且由邊境延伸到長安，特設「互市監」，掌理其事，「互市」中有些「互郎」，即是「駔儈」，互市之物，孰貴孰賤，孰重孰輕，只憑他一句話，因而得以操縱其間，是個很容易發財的行業，不過第一、須通番語；第二、要跟互市監拉得上關係。所以胡人當互郎的很多，如安祿山就是。不過胡人寫漢字，筆畫不真切，互字不知如何寫成「牙」字，以訛傳訛，稱為「牙郎」；後世簡稱為「牙」，一個字叫起來不便，就加一個字，名之為「牙行」。

「牙行」是沒本錢生意，黑道中人手裡握一桿秤，在他的地盤上強買強賣，兩面抽佣，甚至於右手買進、左手賣出，大「戴帽子」。所以有句南北通行的諺語：「車船店腳牙，無罪也該殺」，車伕、船老大、店小二、腳伕，無非欺侮過往的陌生旅客；只有牙行欺侮的不是旅客而是本地人。

當然也有適應需要，為買賣雙方促成交易、收取定額佣金的正式牙行，那要官府立案，取得戶部或者本省藩司衙門所發的執照，稱為「牙帖」，方能從事這個行當。趙寶祿不過憑藉教會勢力，私下在做牙行，古應春推測他是不可能領有牙帖的。

「我想他大概也不會有。」楊師爺說：「怡和洋行想要有保障，要寫個稟帖來。縣衙門把趙寶祿傳來，問他有沒有這回事？他說『有』；好，叫他拿牙帖出來看看。沒有牙帖，先就罰他。」

「罰過以後呢？」

「要他具結，將來照約行事。」楊師爺說：「這是怡和跟他的事，將來要打官司，怡和一定贏。」

「贏是贏了，就是留下剛才所說的，不怕討債的凶，只怕欠債的窮，他如果既交不出絲，又還不出定洋，莫非封他的教堂？」

「雖不能封他的教堂，可以要他交保。那時如果受騙上當的人，進狀子告他，就可以辦他個『詐偽取財』的罪名。」楊師爺又說：「總而言之，辦法有的是。不過『凡事豫則立』；刑名上有所謂『搶原告』，就是要搶先一步，防患未然。你老兄照我的話去做，先叫怡和洋行寫稟帖來，這是最要緊的一著。」

「是，是！多承指點；以後還要請多幫忙。」

正事談得告一段落，酒也差不多了。楊師爺知道悟心還要趕回庵去，所以不耽誤她的功夫，吃完飯立即告辭；古應春包了個大紅包犒賞他的僕從，看著楊師爺上了轎，吩咐解纜回南潯。

歸寢已是三更時分，雷桂卿頭一著枕，突然猛吸鼻子，發出「嗤、嗤」的響聲，古應春不由得詫異。

「怎麼？」他問：「有甚麼不對？」

「我枕頭上有氣味。」

「氣味？」古應春更覺不解，「甚麼氣味？」

「是香氣。」雷桂卿說：「好像悟心頭髮上的香氣。你沒有聞見？」

「我的鼻子沒有你靈。」

古應春心想，這件事實在奇怪，悟心並沒有用他的枕頭，何以會沾染香味？這樣想著，不免側臉去看，一看看出蹊蹺來了。雷桂卿的枕頭上，有一根長長的青絲，可以斷定是悟心的頭髮，然則她真的用過雷桂卿的枕頭？

「不對！」雷桂卿突然又喊：「這不是我的枕頭，是你的。」他仰起身子說：「我記得很清楚，這對鴛鴦枕，你的繡的花樣是鴛；我的是鴦，現在換過了。」

古應春恍然大悟，點點頭說：「不錯，換過了。你知道不知道，是哪個換的？」

「莫非是悟心？」

「不錯，一定是她。她有打中覺的習慣；原來睡的是我的枕頭，現在換到你那裡了。」

「這——，」雷桂卿驚喜交集地，「這，這是啥意思？」說著將臉伏下去，細嗅枕上的香氣。

古應春本來不想「殺風景」，見此光景不能不掃他的興了，「『賈氏窺簾韓掾少，宓妃留枕魏王才』，桂卿，」他說：「你要想一想，兩樣資格，你有一樣沒有？」

「我不懂你的意思。」

古應春的意思是說，除非雷桂卿覺得在年輕英俊，或者博學多才這兩個條件占有一個，就難望獲得悟心的青睞。而悟心一向好惡作劇，他去請楊師爺所吃的苦頭，就是悟心對他的輕佻所予的懲罰。如今將留有香澤的枕頭換給他，是一個陷阱，也是一種考驗；雷桂卿倘或再動綺念，後面就還有苦頭吃。

雷桂卿倒抽一口冷氣，對悟心的感覺當然受過了；不過那只是片刻之間的事，古應春所說的話，到底不及他腦中「美目盼兮、巧笑倩兮」的印象來得深刻，所以仍為枕上那種非蘭非麝，似有似無的香味，攪得大半夜六神不安。

第二天醒來，已是陽光耀眼，看表上是九點鐘，比平時起身，起碼晚了兩個鐘頭；出艙一看，古應春靜靜地在看書喝茶。

「昨晚上失眠了？」他問。

雷桂卿不好意思地笑一笑，顧而言他地問：「我們怎麼辦？」

「你先洗臉。」古應春說：「悟心一早派人來請我們去吃點心，我在等你。」

雷桂卿有點遲疑，很想不去，但似乎顯得心存芥蒂，氣量太小；又怕自己沉不住氣，臉上現出悻悻之色，因而不置可否，慢慢地漱洗完了，只見小玉又來催請了。

那就容不得他再多作考慮，相將上岸，到了蓮池精舍，仍舊在悟心禪房中的東間坐落；那隻小哈巴狗只往雷桂卿身上撲，他把牠抱了起來，居然不吠不動，乖乖地躺在他懷裡。

「牠倒跟你投緣。」

雷桂卿抬頭一看，悟心含笑站在門口；哈巴狗看見主人，從雷桂卿身上跳了下來，轉入悟心懷中，用舌頭去舐主人的臉。

「不要鬧！」悟心將狗放了下來，「到外面去玩。」

狗通人性，響著頸下的小金鈴，搖搖擺擺地往外走去，雷桂卿笑道：「這隻狗真好玩。」

「你喜歡，送了給你好不好？」

雷桂卿大感意外，不知道她這話是真是假，更不知道她說這話的用意；由於存著戒心之故，就算她是真話，他亦不敢領受這份好意。

「謝謝，謝謝！君子不奪人之所好。」

「我是真的要送你。」

「真的我也不敢領。」雷桂卿說：「而且狗也對你有感情了。」

這時點心已經端出來，有甜有鹹，頗為豐盛；一直未曾開口的古應春便說：「悟心，我想趕回去辦事，中午的素齋，下次來叨擾。好在吃這頓點心，中飯也可以不必吃了。」

「喔，」悟心問道：「你總還要回來，哪一天？」

這就問到古應春為難之處了。原來他在來到湖州之前就籌畫好了的，在湖州的交涉辦得有了眉目，未了事宜由雷桂卿接下來辦，以便他能脫身趕到上海，安排迎接左宗棠出巡。如今照原定計畫，應該由雷桂卿在怡和洋行與楊師爺之間任聯絡之責；可是這一來少不得還是要託悟心居間，他怕雷桂卿綺念未斷，與悟心之間發生糾紛，因而不知如何回答。

「咦！」悟心問道：「你怎麼不開口？」

「我在想。」

「怎麼到這時候你才來想？」

這樣咄咄逼人的姿態，使得古應春有些發窘，只好再想話來搪塞。

「這件事很麻煩，我要跟桂卿回去以後，跟怡和商量以後再說。」

「以我說也不必這麼費事。」

「你有甚麼好辦法？」

「依我說，你回去辦怡和洋行的稟帖，雷老爺不妨留下來，『蠶禁』馬上要過了，做絲雖忙，說幾句話的功夫總有，哪個收了趙寶祿多少定洋，大家算算清楚，說說明白，如果要進狀子告趙寶祿，裡面有楊師爺，外面有雷老爺，事情就好辦了。」悟心又說：「這是昨天晚上我跟小玉商量出來的辦法。她有好幾家親戚，我也有幾個熟人都跟趙寶祿有糾葛；難得你們替怡和來出面，大家是一條線上的。」

這個意外的變化，不但古應春想不到，雷桂卿更感意外，心裡有好些話要說，但照理應該由古應春先表示意見，所以默然等待。

古應春是完全贊成悟心的辦法，但先要說好一個條件，「不錯，內有楊師爺，外有雷老爺。」他說：「不過，你也不要忘記，中有悟心師太，都要靠你聯絡。」

「那當然。」

「你怎麼聯絡法？」古應春說：「雷老爺在這裡人生地不熟，再遇到那麼一條嚇壞人的狗，不是生意經。」

「不會了。」悟心答說：「我保險不會再遇到。」說罷嫣然一笑。這一笑又讓雷桂卿神魂飄蕩了；不過這一回古應春卻不再擔心，他擔心的是悟心會出花樣，既然她如此保證，而且要靠雷桂卿辦事，也不敢再惡作劇。至於雷桂卿這面，已經對他下過警告，倘或執迷不悟，那是他自己的事。

轉念到此，便向雷桂卿笑道：「這一來我也放心了。你雖不是曹植、韓壽；不過做了魯仲連，反而更吃香了。」

悟心不知道他為雷桂卿講過「賈氏窺簾韓掾少，宓妃留枕魏王才」這兩句詩的典故，便叩問說：「你在打甚麼啞謎。」

「不錯，是個啞謎；你要想知道，等我不在的時候，你問他好了。」

悟心這下大致可以猜到了，這個啞謎與她有關。此時當然不必再問，一笑置之。

「我們談談正事。」古應春說：「悟心，我準定照你的辦法，今天吃過中飯，我就回杭州，桂卿一半幫你們的忙，照應他的責任，都在你身上。」

「那當然。我庵裡不便住，我另外替雷老爺找個好地方借住，一定稱心如意。」

剛談到這裡，小玉來報，說船老大帶了個陌生人來覓古應春。此刻人在大殿上，請去相見。出去一看，才知道是胡雪巖特遣的急足來投信。信上說：左宗棠已自江寧起程，一路視察防務、水利，在鎮江、常州、蘇州都將逗留，大概十天以後，可到上海；在杭州所談之事，希望古應春即速辦理，可由湖州逕赴上海，省事得多。

這一來，計畫就要重新安排了，古應春吩咐來人回船待命；隨即拿著信報找悟心與雷桂卿去商量。

「左大人出巡到上海，胡大先生要替他擺擺威風；這件事我要趕緊到上海託洋人去辦。桂卿，我看，你要先回一趟杭州，把情形跟胡先生說清楚了再回來。」

「怡和的稟帖呢？」雷桂卿問：「你在上海辦妥了，不如直接寄湖州，似乎比寄到杭州多一個周折來得妥當。」

「好！湖州寄到那裡，是——。」

古應春的話猶未完，悟心搶著說道：「寄給楊師爺，請他代呈好了。」

「可是信裡說些甚麼，桂卿不知道啊！」

「楊師爺知道，莫非不能問他。你如果你再不放心，抄個底子寄我這裡轉，也可以。不過，光寄封信，你自己也不好意思吧？」

「你說，你說！你要啥，我給你寄了來。」

「敲你一個小竹槓，到洋行裡買一包洋糖給我寄來。」

「還有呢？」

「就這一樣。」

「好了。我知道了。」古應春對雷桂卿說：「你坐一會，我回船去寫了信再來。」

「何必回船上去寫？我這裡莫非連紙墨筆硯都沒有？」說著，悟心抬一抬手，將古應春帶到後軒，是她抄經做功課的所在。

「到上海往東走，回杭州往南走，船你坐了回去。」古應春向悟心說道：「能不能請你派人打聽一下，往上海的船是啥辰光有？」

「每天都有。幾點鐘開，我就不曉得了。我去問。」

等悟心一走，古應春向雷桂卿笑道：「這是意外的機緣。悟心似乎有還俗的意思，你斷絃也有兩年了；好自為之。」雷桂卿笑笑不作聲；不過看得出來，心裡非常高興。

「我只勸你一句，要順其自然，千萬不可心急，更不可強求。」

「我明白，你放心好了。」

胡雪巖替老母做過了生日，第二天就趕往上海，那是在古應春回家的第六天。

一到當然先去看七姑奶奶，絮絮不斷地談了好久，直到吃晚飯時，才能談正事，「左大人已經到蘇州了，預定後天到上海，小爺叔來得正是時候。」

「他來了當然住天后宮。轉運局是一定要來的，你看應該怎麼接待？」

「左大人算是自己人，來看轉運局是視察屬下，我看不必弄得太客氣，倒好像疏遠了。」

「太客氣雖不必，讓他高興高興是一定要的。」胡雪巖說：「我想挑個日子，請他吃飯，陪客除了我們自己官面上的人以外，能不能把洋人的總領事、司令官都請來。」

「這要先說好。照道理，請他們沒有不來的道理。」古應春又說：「放禮炮的事，已經談妥當了，不過，日子不曉得哪一天？」

「何不到道台衙門去問一問。」

古應春不作聲，胡雪巖看出其中別有蹊蹺，便即追問是怎麼回事？

「『排單』是早已來了，哪天到，哪天看那個地方，哪天甚麼人請客，都規定好了，就是我們轉運局去要排單，推說沒有。」

胡雪巖不由得生氣，「他們是甚麼意思呢？」他問：「我們轉運局一向也敬重他們的。明天我倒要去看看邵小村，聽他怎麼跟我說。」

古應春始而默然，繼而低聲說道：「小爺叔，你不要動意氣。我聽到一個說法，不曉得是真是假？據說李合肥已經派人通知邵小村，關照他跟盛杏蓀聯絡，不許左湘陰的勢力伸到上海。有人在邵小村面前獻計，說左湘陰容易對付；就是胡某人不大好惹。要防左，先要防胡。」

胡雪巖聽完，不大在意這話，「他們防我也不止今天一天了。」他說：「見怪不怪，其怪自敗，你不必把這件事看得太認真。」

看他這種掉以輕心的態度，古應春不免興起一種隱憂，但此時不便再多說甚麼，自己私下打了一個主意，要為胡雪巖作耳目，多方注意李鴻章與左宗棠在兩江明爭暗鬥，倘或有牽涉及於胡雪巖的可能時，更要預先防備，弭禍於無形。

由於古應春的極力活動；同時也由於左宗棠本身的威望，上海英、法兩租界的工部局，以及各國駐滬海軍，都以很隆重的禮節致敬；經過租界時，派出巡捕站崗、儀隊前導，尤其是出吳淞口閱兵時，黃浦江上的各國兵艦，都升起大清朝的黃龍旗，鳴放十三響禮炮，聲徹雲霄，震動了整個上海，都知道左宗棠到上海來了。

行館設在天后宮，上海道邵友濂率領松江知府及所屬各縣庭參；接著是江海關稅務司及工部局的董事拜會；在上海的文武官員謁見。然後是邵友濂聯合在上海有差使的道員，包括胡雪巖、盛宣懷在內，「恭宴爵相」，散席時，已經起更了。

胡雪巖與古應春當然留在最後，「大人今天很累了，」胡雪巖說：「請早早安置，再來請安。」

「不、不！」左宗棠搖著手說：「我明天看了製造局，後天就回江寧了。有好些事情跟你談談，不忙走。」

胡雪巖原是門面話，既然左宗棠精神很好，願意留他相談，自是求之不得，答應一聲，坐了下來。

「陸防、海防爭了半天，臨到頭來，還是由我來辦，真是造化弄人。」說道，左宗棠仰空大笑，聲震屋瓦。

這一笑只有胡雪巖明白，是笑李鴻章。原來同治十一年五月，俄國見新疆回亂，有機可乘，出兵伊犁；十三年三月，日本藉口琉球難民事件，派軍入侵台灣，一時陸防、海防，相繼告警，因而出現了陸防與海防孰重的爭論；相爭兩方的主角，正就是左宗棠與李鴻章。

左宗棠經營西北；李鴻章指揮北洋，各有所司，亦各有所持，朝廷認為茲事體大，命各省督撫，各抒所見。其時湖南巡撫王文韶，正好回杭州掃墓，胡雪巖便問他：「贊成陸防，還是海防？」

王文韶反問一句：「你看呢？」

「你當湖南巡撫，自然應該幫湖南人講話。」

「不錯。為政不得罪巨室。」王文韶說：「我為這件事，一直躊躇不決，現在聽老兄一句話，算是定了主意。李大先生的交情，暫時要擱一擱了。」

原來王文韶跟李鴻章的關係很深，為了在湖南做官順利，王文韶決定贊成陸防，覆奏說道：「江海兩防，亟宜籌備，然海疆之患，不能無因而至，其關鍵則在西陲軍務，俄人據我伊犁，強有久假不歸之勢，我師遲一日，則俄人進一日，事機之急，莫此為甚。」

就因為這個奏摺，使得陸防論占了上風。不久同治駕崩，爭端暫息。光緒元年，爭議復起，慈禧太后命親郡王、大學士、六部九卿，會議海防事宜。李鴻章上摺請罷西征；左宗棠當然反對，最後是由於文祥的支持，派左宗棠以欽差大臣督辦新疆軍務，顯然的，海防論又落了下風。

不過陸防之議，實際上是由伊犁事件而來，及至曾紀澤使俄，解決了中俄糾紛，陸防論就不再有人提起。到得左宗棠西征收功，內召入軍機；不久又外放兩江，李鴻章舊事重提，這回大獲全勝，海防的計畫，朝廷完全同意，首先要辦的是三件事：一是在營口設營，編練新式海軍；二是籌款續造「鋼面鐵甲」兵輪，招商局原應歸還的官款、暫緩歸還，撥作購鐵甲船之用；三是南北洋各緊要海口修船塢，修炮台，同時並舉。

哪知正在幹得如火如荼之時，李太夫人病歿漢口，李鴻章丁憂回籍，調兩廣總督張樹聲署理直督，籌設海防一事，便暫時擱下來了。

「海防，北洋可管，南洋又何嘗不可管；而且經費大部分出在兩江，南洋來管，更覺名正言順。我現在想先從船塢、炮台這兩件事著手。已經派人去邀彭宮保了；我要趕回江寧，就因為他從長江上游巡閱下來，日內可到江寧，客臨主不在，未免失禮。」左宗棠一口氣說到這裡，突然叫一聲：「雪巖！」

「大人有甚麼吩咐？」

「福克在不在上海？」

「在。」胡雪巖答說：「他本來要回國了，因為聽說大人巡視上海，特為遲一班輪船走。明天一定會來見大人。」

「喔，他回德國以後，還來不來？」

「來，來。」

「那好。正好趁他回國之便，我們再商量商量，看有甚麼新出的利器，託他採辦。」

胡雪巖正待回答，只見一名戈什哈掀簾而入，手裡持著一個卷夾，走到左宗棠面前，一言不發，只將卷夾打了開來，裡面有張紙；左宗棠拿起來看完，隨手便遞了給胡雪巖。

接過來一看，是一份密電的譯文：「申局探呈左爵相，（亨密）沅帥督粵，即明發。」署名是一個「雲」字，胡雪巖知道，是徐用儀發來的密電。

這「沅帥」當然是指號沅甫的曾國荃，胡雪巖笑道：「兩廣是好地方。曾九帥這回不會像去年那樣，陝甘總督當不到半年，就因為太苦而一定要求去了。」

左宗棠點點頭，沉吟了一回，抬起頭來，徐徐說道：「叫曾老九到兩廣，可見張振仙是不會回任，要真除直督了。雪巖，我要乘此機會，大加整頓，南洋的歸南洋；北洋的歸北洋，把李少荃那隻看不見的『三隻手』清除出去。」

「是。」胡雪巖心想李鴻章在南洋的勢力，已有根深柢固之勢，要清除不容易；但真的辦到了，將來另有一番局面，這件事值得出一番大氣力。

「明天我去看製造局，你最好跟我一起去，看看有甚麼可以改良的地方。」

「是。我明天一早來伺候。」

辭出行轅，不過九點多鐘，十里洋場正是熱鬧的時候；上車時，古應春的車伕悄悄說道：

「老爺，七小姐那裡的約會是今天。」

「你倒比我記得還清楚。」古應春說道：「是不是七小姐特為關照，要你到時候提醒我。」

那車伕笑嘻嘻地不作聲，只揚鞭驅車，往南而去。

「七小姐是哪個？」胡雪巖問。

「愛月樓老七。」古應春答說：「剛從蘇州來的。」

「人長得怎麼樣？」

「不過大方而已。應酬功夫可是一等。」

「看樣子不止於應酬功夫。」胡雪巖笑道：「枱客人的功夫也是一等。」

「小爺叔看了就知道了。」

轉眼之間，馬車在寶善街兆榮里停了下來，愛月樓老七家就在進弄堂右首第二家，相幫高喊一聲：「後廂房。」即時便有一名娘姨迎了出來。

古胡二人便站在天井中等，只見那名娘姨插了滿頭紅花，擦一臉白粉，醜而且怪，真是所謂鳩盤茶，但開出口來，那一口嬌滴滴的吳儂軟語，恰如十七八女郎，這就是蘇州人所說的「隔壁西施」！

「喔唷，古老爺，耐那哼故歇才來介？七小姐等是等得來。」及至發現胡雪巖，越發大驚小怪，「喔唷唷唷，難末事體大格哉！啥叫財神老爺還請得來哉介？」

她這一喊不打緊，樓上紛紛開窗，探出好幾張俊俏面龐，往天井中探望；其中有一個大聲喊道：「胡老爺，胡老爺，耐阿記得我介？奴是湘雲老四，晏歇到倪搭來坐。」

胡雪巖涉歷花叢，閱人甚多，記不得有這麼一個湘雲老四，只連聲答應：「好！好！」

當下隨著娘姨上樓，只見後廂房門口，有個花信年華的女子，打起門簾，含笑等待；等一進門，古應春說道：「老七，你大概沒有見過胡老爺？」

「估叫勠見過歇？奴見過格。」說著檢衽見禮，口中說道：「胡老爺，耐發福哉。」

「喔，」胡雪巖問道：「七小姐，我們在哪裡見過？」

「山塘畹！是大前年年腳邊浪格事體哉。格日子是勒撫台格大少爺請客。胡老爺還轉過奴一個局，耐末貴人多忘事，奴是一直記好勒心裡浪問。」說著，便上前來替胡雪巖解鈕扣，卸馬褂。

胡雪巖聞到她頭髮上的香味，記起有這麼一回事，那年年底路過蘇州，江蘇巡撫勒方錡的長子，在上海便是稔友；特地在虎邱一家書寓中請客，彷彿是在席間轉過局，面貌依稀，但名字卻記不起，但絕不是三個字。

「那時候你不叫愛月樓吧？」

「伊個辰光叫惜芳。」

「怪不得了。」胡雪巖笑笑寒暄，「這幾年還好吧？」

「為仔好嘞，混到上海灘來格。」愛月樓老七向古應春瞟了一眼，「自從古老爺來捧仔場，慢慢叫好起來格哉。」

「今朝日腳，勿殼張財神菩薩駕到，格末加二要好格哉畹！」

插嘴的是那鳩盤茶，胡雪巖與古應春是聽慣了這種奉承話，不以為意；倒是愛月樓老七聽得刺耳，當即說道：「耐閒話那哼介多介？」說著，又使個眼色，讓她退了出去。

這時果盤已經擺上來了，等胡雪巖與古應春坐了下來，愛月樓老七一面敬瓜子、敬茶，一面寒暄。

「胡老爺是落裡一日到格介？」

「來是來了兩三天了。」古應春代為回答：「不過今天頭一回出來吃花酒。」

「啊唷！頭一轉就到奴搭，格是看得起奴啘！多謝、多謝。」

「早知道你們是老相好，我昨天就請我們小爺叔來了。」

「那哼叫小爺叔？古老爺，耐姓半個胡啘，啥叫是叔姪輩子？」

「妙！」胡雪巖笑道：「應春，我還是頭一回聽說，你姓半個胡。」

古應春也笑了，回顧一班小大姐說：「你們以後就叫我半胡老爺好了。」

「格就嘸趣哉！」愛月樓老七接口道：「吃酒末吃半壺；碰麻雀末一和還勿和。阿要作孽？」

胡雪巖看她心思靈活、口齒便給，頗有好感；古應春看出他的心思，便即說道：「小爺叔，今天這個客，你來請了吧？」

胡雪巖跟他走馬章台，已歷多年，間或也有這種「讓賢」之舉；正在考慮是否接受此番美意時，愛月樓老七卻開口了。

「勿作興格！古老爺，耐今朝格檯酒那哼好賴？停吃得有興末，翻檯到前廂房；胡老爺耐看阿好？」

「前廂房？」胡雪巖問：「是湘雲老四那裡。」

「滿準！」

既然人家都已畫好道了，逢場作戲慣了的胡雪巖毫無異議，只問古應春：「請哪些人？」

「小爺叔想看哪些人？」

於是胡雪巖隨口報了四、五個名字，都是青樓中善會湊趣的人物；古應春下筆如飛，寫好了請柬，點一點主客一共七人，便即說道：「我們來個八仙過海。」說著，又寫一張請柬：「飛請三馬路長發棧，沙大爺印一心，惠臨一敘。」贅上名字以後，另外又用小字註了一行：「有貴客介見，千請勿卻。」

巧得很，偏偏就是這個特邀的客人，因病未能赴約。不過今雨不來舊雨來，有個胡雪巖與古應春都認識的兵部司官林茂先，外放福建的知府，路過上海也住在那家客棧，得知古應春請吃花酒；這是照例可以闖席的，逆旅無聊，便做了不速之客。

「好極，好極！」古應春頗為歡迎，因為這林茂先也是很有趣的人，談鋒極健，肚子裡掌故很多，聲色場中宴飲，必得要有這樣一個人，席面上才不會冷落。

檯面鋪設好了，名為「雙檯」，其實仍是一張圓桌；愛月樓老七拿一方簇新的白洋布，裹著一把鑲銀象牙筷，走到古應春面前問道：「客人可曾齊？」

「還差一位。不過開席吧！」

這時胡雪巖便發話了，因為勾欄雖非官場，但席次也講身分地位；胡雪巖名正言順是首座，他不等人家來請，搶著前面遜謝。

「今天這個首座，林茂翁推都推不掉的——。」

「雪翁，雪翁！」

「足下聽我說完，如果不在道理上，你再駁我。」胡雪巖揮手攔住他說：「第一、你是遠客；第二、你有喜事；第三除我跟應春以外，其餘跟足下都是初會，理當客氣。」

話一完，大家都說道理很通，林茂先便拱拱手說道：「有僭、有僭。」等愛月樓老七安了席，首先落座。

次席當然胡雪巖，其餘都是稔友，不分上下；只留了主位給古應春，等他一坐下，小大姐立即捧上一個黑木盤，內中筆硯以外，便是一疊局票。

「茂翁，你叫哪位？」

「這裡我是外行，而且昨天剛到，今天是第一回來觀光，請你舉賢吧！」

「叫湘雲老四好了。」胡雪巖說：「我記得她那張嘴很能說，跟茂翁的談鋒倒相配。」

古應春略想一想，寫了下來，便又問道：「小爺叔你自己呢？」

胡雪巖的相識可是太多了，笑笑說道：「你替我作主好了。」

古應春點點頭說：「我替小爺叫兩個，一個是好媛老九；一個是——。」

「不，不！我想起來。」胡雪巖說：「另外一個叫嬌鳳老五。」

「何必叫她呢？」古應春皺著眉說。

「你不要管，我找她有事。」

於是一一寫好局票，發了出去；首先來的是近在前廂房的湘雲老四，小足伶仃，扶著十三四歲的一個小大姐的肩膀，進門問道：「落裡一位是林老爺？」

「喏、喏！」胡雪巖指著說道：「就是這位京裡來的林老爺，現任的知府大人。老四，我特為給你做這個媒！」

湘雲老四因為胡雪巖沒有叫她，心裡老大不悅；現在才知道是有意把她推給別人，越發生氣：「謝謝耐！」她說得極快，同時將一雙杏兒眼往旁邊一瞟，誰都看得出來，她是生氣了。

原來這也是胡雪巖待客的一番苦心，這林茂先在京中亦是一個嫖客，但喜歡逛「茶室」。因為「八大胡同」的「清吟小班」，猶如上海的「長三」，而「茶室」則相當於「么二」，前者號稱「賣嘴不賣身」，非花錢花到相當程度，不能為入幕之賓；後者則比較乾脆，哪怕第一次「開盤子」，只要條件談攏了，便可滅燭留髡。林茂先走馬章台，喜歡圖個痛快，這就是他常逛茶室的緣故。

因為如此，他舉薦湘雲老四，因為她在長三中以「褲帶鬆」出名。胡雪巖心想難得與林茂先客途相逢，要為他謀一夕之歡，所以作此安排；但湘雲老四未必明白其中的委屈，索性向她說明了吧。

打定主意，自以趁好媛、嬌鳳未來以前，速辦為宜。因此，等湘雲老四照例一一敬酒、交代門面話，繞圈子下來最後到次席的胡雪巖時，他便含笑問道：「我轉你一個局好不好？」

「隨便耐！奴是啥人介？高興來，招招手就來；不高興來，一腳踢到仔東洋大海。」

胡雪巖笑一笑，向林茂先說道：「茂翁，對不起，老四跟我為了別人的事，有點誤會，我轉個局跟她說清楚了，完璧歸趙。如何？」

「啊唷唷！」有個慣在花叢中混，除非大年三十不回家的「洋行小鬼」江羅勃，學著蘇白說道：「格是出新聞哉！啥叫我伲湘雲老四是清倌人畹！」

大家都知道這是故意曲解「完璧」取笑湘雲老四；她不懂這個典故，但知道是在開她的玩笑，卻是看得出來，索性老一老面皮，學四馬路「野雞」的口吻，回敬江羅勃：「不錯，阿拉是的的刮刮的清水貨。『醬蘿蔔』，你來啥！」

就在滿座轟笑聲中，胡雪巖將湘雲老四拉到一邊，促膝密語，「老四，」他說：「我替你做這個媒，你看怎麼樣？」

「奴那哼好說弗好？耐胡老爺又看我弗起；吃仔格碗把勢飯來，有啥辦法？」

胡雪巖原來欠了她一個情——有一回答應捧她的場，結果忘掉了；這天恰有機會補這個情，也應酬了林茂先，所以此時開門見山地問：「林老爺要福建去上任，只怕沒有功夫到你那裡『做花頭』，你能不能陪陪他。」

「那哼陪法？」

「這還要說嗎？」

湘雲老四臉一紅，「嘸撥格號規矩格！」她說：「傳仔出去末，奴落裡還有面孔見人介？」

「當然也不是一個花頭都不做，等下翻檯過去，是我做主人；明天下午，他到你那裡碰和，晚上擺個雙檯，下來『借乾鋪』。你看好不好？」

「借乾鋪」是長三中對恩客的一種掩耳盜鈴的手法，意思只是客人喝醉了，或者路太遠，天時突變，臨時借宿一宵，規矩是開銷六兩銀子。當然，到底是乾是濕，是沒有人問的。

湘雲不作聲，看意思是有點活動了；胡雪巖便趁機補情，「老四，」他說：「林老爺是我的朋友，你就算委屈一回，林老爺人很爽快的，出手不會太小氣。另外，你到大馬路方九霞去挑一副金鐲頭，算是我送你的。」

聲色場中，向來黃金能買美人心，湘雲老四想一想說道：「胡老爺，耐為朋友，格能操心法子，實頭少見篤。不過格是胡老爺的想法，你興俚到看奴不入眼呐？我啊弗能摀上去畹。」

胡雪巖懂她的意思，是怕萬一好事不成，金鐲落空，當即答說：「總歸我是心盡到了，只要林老爺今天上船到福建，明天你就到方九霞去挑鐲頭。好了，就這樣說定。」話完，胡雪巖先站起來回席。

其時鶯鶯燕燕，陸續來到，而且都帶了「烏師先生」，笙歌嗷嘈，熱鬧非凡。就在這時候，聽得樓下「相聲」高喊：「後廂房客人。」

「必是沙一心趕來了。」古應春連忙起身，迎出門外，果然就是沙一心。

「應春兄，」沙一心在樓梯口拉住他說：「我的行李已經下長江輪船了，天亮就要上船。因為你說要替我引見一位朋友，所以特為趕了來；不知道是甚麼朋友？倘或本來是住在上海的，等我半個月以後，從廣州回來再見面，好不好。」略停一停，他接著又說：「實不相瞞，我還要回去過癮。」

古應春考慮了一下說道：「我要替你引見的這位朋友，就是胡雪巖胡大先生。這樣，你進去先見個面，跟大家招呼一下，然後，我替你說明緣故，放你回長發棧，等你從廣州回來，如果胡大先生還在上海，我們再暢敘如何？」

「這倒行。」

於是古應春將他引到筵席，一一介紹，其中一大半是初識。這沙一心三十多年紀，丰神俊朗，說一口帶川音的京腔，音吐清亮，頗予人好感。胡雪巖很喜歡這個新朋友。

他是候補同知的班子，所以彼此以官銜相稱，「胡觀察名滿天下，今天才能識荊，可見孤陋。不過，到底也拜見了一尊大菩薩，幸何如之。」他舉杯說道：「借花獻佛。」說完，一飲而盡照一照杯。

「不敢，不敢。」胡雪巖聲明：「第一回，我不能不乾。」

「胡觀察吃花酒是有規矩，向不乾杯。」江羅勃說道：「今天是沙司馬的面子。來，來，大家都乾一杯。」

沙一心人本謙和，看面子十足，趕緊站起來說：「承各位抬愛，實在不敢當，理當我來奉敬。」說著，自己滿斟一杯，乾了酒不斷地說：「謝謝！」

這時寫局票的木盤又端上來了；古應春便看著沙一心問：「仍舊是小金鈴老三，如何？」

「不，不！應春兄，我今天豁免了吧！你知道的，我今天的情形不一樣。」沙一心又說：「而且偷此片刻之暇，不向胡觀察好好討教一番，虛耗辰光，也太可惜。」

「也好。」古應春點點頭，「回頭我另作安排。」

「我已經有安排了。」胡雪巖接口說道：「等一等我們翻到前廂房，替林太尊、沙司馬餞行。」

「不敢當，不敢當。」林茂先、沙一心異口同聲地說。

古應春已經知道胡雪巖要為林茂先與湘雲老四拉攏的本意；而他的另作安排是看胡雪巖與沙一心頗為投緣，要勻出功夫來讓他們能作一次深談，這一下正好合在一起來辦，當即說道：「各位聽見了。我代胡大先生做主人。老四，你現在就回去預備吧。」

湘雲老四喜孜孜地站身來，先含笑向胡雪巖說：「格末奴先轉去，撥檯面先端整起來。」接著，提高了聲音說：「各位老爺，晏歇才要請過來，勿作興溜格噢！江大少，格椿事體末，我拜託仔耐哉畹！」

「包拉我身浪，一個覅缺。不過，老四，耐那哼謝謝我呐？」

「耐講！」

「香個面孔阿好？」

「瞎三話四，講講就嘸淘成哉！」說著白了江羅勃一眼，翩然而去。

林茂先久居北方，見慣了亢爽有餘，不解蘊藉的北地胭脂，這天領略了嬌俏柔媚、妖嬈多變的南朝金粉，大為著迷。大家都知道，這天的主客的是林沙二人，同時也從古應春「代做主人」

的宣布中，意會到胡雪巖與沙一心，或許有事要談，便趁機起鬨，都道不如此刻就翻檯過去。

「這樣吧！」古應春正好重新安排，「一心兄，你就請在這裡過癮；胡大先生陪你談談。我先陪大家過去，回頭過足了癮再請過來。」說著，站起身來；客人因為就在前廂房，倒省了一番穿馬褂、點燈籠，出門進門的麻煩。

愛月樓老七卻仍守著她送客的規矩，站在房門口一一招呼；等該走的客人都走了，回身向胡雪巖說道：「胡老爺搭沙老爺請過來吧！」

後面是愛月樓老七的臥室，靠裡一張大銅床，已在床中間，橫置了一個煙盤，兩條繡花湖縐面的被子，疊成長條，上面擺了兩隻洋式枕頭。胡雪巖雖不抽鴉片，卻知道抽煙的人向左側臥，為的是右手在上，動作方便，因而道聲「請」，讓沙一心躺了下來，自己在煙盤對面相陪。

「沙老爺！」愛月樓老七手上持著一隻明角煙盒，走來說道：「嘸撥啥好個煙膏請耐，只有『雲土』，覅曉得阿好遷就？」說著，拖張小凳子在床前坐了下來。

「蠻好、蠻好。七小姐，我自己來，不敢勞動。」

「嘸撥格號規矩格畹！」

「老七，」胡雪巖便說：「你就不必客氣了。我曉得你打煙也不怎麼在行。既然沙老爺這麼說，你就讓沙老爺自己來。」

「格末奴也只好恭敬勿如從命哉。」說著，將煙盒放下，檢點了煮熱茶、糖果，又去削了一盤水果來；然後說道：「有啥事體末，招呼一聲末哉。奴就來浪前頭。」

等她放下門簾離去時，沙一心已揭開盒蓋，自己拿煙籤子在水晶「太谷燈」上開始打煙泡了，右手煙籤、左手象牙小砧，一面打、一面捲，擒法乾淨俐落，不一會打成一個「黃、高、鬆」三字俱全的大煙泡，裝在斗門上，又轉過來、轉過去，一面烘、一面捏，裝好了用熱煙籤在煙泡中間打個到底的眼子，然後側過來將煙槍伸向胡雪巖。

「請，請。」胡雪巖急忙搖手，「我沒有享『福壽膏』的福氣。」

聽此一說，沙一心便不再客套，對準了火「沙、沙、沙」地一口氣抽完，拿起燙手的山茶壺嘴對嘴喝一口熱茶，眼睛閉了一下，才從鼻孔中噴出淡白色的煙霧來。

這一筒煙下去，沙一心才有談話的精神——實在是興致。談起胡雪巖很熟的一個人；為人罵作「漢奸」的龔孝拱。

此人是道光年間大名士龔定庵的兒子。龔家是杭州世家，龔定庵的父祖都是顯宦，他本人才氣縱橫，做得極好的詩，而又不僅辭章；幼年受他外祖父金壇段玉裁之教，於「小學」——文字之學，亦有極深的造詣。但中舉以後，會試不利，幾番落第；原來宣宗的資質性情，很像明朝的末代皇帝思宗，他倒是有心做個英主，但才具甚短，而又缺乏知人之明，信任的宰相曹振鏞，是個妨賢妒能、瞞上欺下的庸才，專門勸宣宗吹毛求疵，察察為明，所以政風文風，兩皆不振；試卷中的文章好壞在其次，最要緊的是格式不能錯，錯了就是違犯「功令」，文章再好，亦遭摒棄。龔定庵幾次名落孫山，都是為此。

好不容易會試中了，大家都說他必點「翰林院庶吉士」，哪知殿試卷子因為書法不佳，不與翰林之選。龔定庵牢騷滿腹，無可發洩，叫他的姨太太、丫頭都用「大卷子」練書法，真有寫得「黑、大、光、圓」四字俱全，極好的「館閣體」的，每每向人誇耀，說「此舉如能赴試，必點翰林。」

其時有個滿洲才女，叫「西林太清春」，做的詞與納蘭性德齊名。她是貝勒奕繪的側福晉，住宅在京城西南角的太平湖，就是後來的醇王府，也就是光緒皇帝出生的「潛邸」；龔定庵因為在宗人府當差，又因為深通文字音韻之學，會說滿洲話及蒙古話，所以不但為了「回公事」，經常出入親貴府邸；而且亦頗得若干親貴的賞識。奕繪人很開通，不禁西林太清春與朝貴名士唱和，龔定庵就是與西林太清春詩箋往還最密的一個人。

龔定庵因為科名晚，到了四十多歲，還只是一個「司官」，前程有限，俸祿微薄，便動了解官之念。那時江淮的鹽商還很闊；而鹽商又多喜附庸風雅，像龔定庵這樣名動公卿的人，「打秋風」亦可以過很舒服的日子。主意一定，毅然而行，不道京城裡已起了謠言，說他解官是迫不得已，因為與西林太清春之間，有一段不可告人的祕密，倘不辭官出京，便有不測之禍，不幸的是，辭官不久，就了一個書院的出長，一夕暴斃，實在是中風，而傳說他是被毒死的。

龔孝拱是龔定庵的長子，名字別號甚多，晚年自號「半倫」，據說他自己以為君臣、父子、夫婦、兄弟、朋友這五倫之中，無一可取，不過有一個愛妾，勉強好說尚存「半倫」。由這個別號，可以想見是個狂士。

龔孝拱天資甚高，由於遺傳及家學，亦精通滿洲、蒙古文字，比他父親更勝一籌的是，還會英文。咸豐年間，龔孝拱住在上海，由一個姓曾的廣東人介紹，得識英國公使威妥瑪；英法聯軍之役，威妥瑪北上，帶了龔孝拱治文書、備顧問。及至英法聯軍破京城，火燒圓明園，傳說是龔孝拱領的頭，而且趁火打劫，盜取了一批珍寶，在上海租界上做寓公，揮霍無度，窮困而死，這就是他為人罵作「漢奸」的由來。

「這是冤枉他的。」胡雪巖答說：「我同他很熟。狂是有的，不過還不至於做漢奸。」

「說得是。此人很可惜！」沙一心說：「現在講究洋務，真正能夠摸透洋人性情的並不多，龔孝拱是其中之一；他如果不是自暴自棄，在現在可以替那班有心學洋人長處，或者真想做一番事業的督撫，幫許多忙。」

「那麼照一翁看，當今督撫之中，哪幾位是真想做一番事業的？」胡雪巖隨口問說。

「像張振軒就是。」

10 力爭上游

張振軒便是現署直隸總督的張樹聲。提到此人，胡雪巖不能不關心；因為左宗棠既然有意要驅逐李鴻章在兩江的勢力，眼前就會跟張樹聲直接發生利害衝突，有機會倒要打聽打聽這個人。

「聽說張制軍是秀才的底子，由軍功起家。現在京裡一班清流，架子大得不得了，行伍出身的老粗，能吃得消他們？」胡雪巖又說：「以前在廣東，還可說是天高皇帝遠，現在駐紮天津；南來北往由海道經過那裡的翰林不知多少，他這個總督恐怕很頭痛吧！」

「張振軒倒不算老粗。他是廩生出身——。」

「原來是廩生。」胡雪巖覺得說張樹聲是行伍出身的老粗，未免失言；因為他知道廩生在秀才之中，僅僅次於拔貢，一縣之中只有幾個，在縣衙門裡可以領一份錢糧，童生進學，亦須廩生作保，照例亦須送一份謝禮，所以資深的秀才，不但要有真才實學，而且品行也要端正，否則學政是不肯將這個有限名額而有豐富收入的廩生，輕易畀予的。

「張振軒這個廩生出身，後來占了很大的便宜。」沙一心繼續談張樹聲的經歷，「他起先在李合肥的淮軍中，名氣不但比不上程學啟、劉秉璋、郭松林、劉銘傳，甚至還不及潘鼎新。可是由軍功保到五品，改了同組，由武入文，這就占便宜了。同治四年夏天署理淮海道；劉六麻子是直隸總督，官拜一品，可是他情願不要這個一品官員，回合肥老家去吃閒飯。雪翁，你知道不知道，這是甚麼道理？」

這道理胡雪巖懂。「劉六麻子」是劉銘傳的外號，他的故事，胡雪巖也聽人談過。原來一省綠營兵的最高武官是提督，通稱「軍門」，在軍隊裡很神氣；一遇見督撫就矮了半截，因為總督掛兵部尚書銜，巡撫掛兵部侍郎銜，都算是兵部的「堂官」，也都是提督的上司，一品的提督要受二品的巡撫的節制；而且正式見禮時，要用「堂參」的大禮。劉銘傳自命為儒將，刻過一部《大潛山房詩集》，認為武官即使一品亦不值錢，所以告病開缺，潛居在他的「山房」中。

「是的，武官不值錢。張振軒那時雖只是一個道員，可是一升直隸臬司，一帆風順，同治十年就以漕運總督署理兩江總督。他之得意，李合肥自然很提攜他；關係交情不同泛泛，所以這回李合肥丁憂開缺，特保張振軒署理，自然是有作用的。」

「啊，啊，我懂了。」胡雪巖恍然大悟，「原來他是替李合肥暫且看家。」

「正是。不過，李合肥不知道，昔日部屬，已非吳下阿蒙，張振軒跟清流結交上了，那是大前年──。」

大前年──光緒五年十一月，兩江總督沈葆楨病歿在任上，朝命以兩廣總督劉坤一調任兩江；留下來的缺，由張樹聲以廣西巡撫升任。

廣州是八旗駐防之地，廣州將軍叫長善，出身滿洲八大貴族之一的他他拉氏。此人很風雅，樂予獎掖後進，尤其是沒有滿漢的畛域之見。將軍署的後花園，頗有花木之勝，長善常常邀請廣州的一班少年名士作文酒之會。前年庚辰科會試，闈中由工部尚書翁同龢主持，實學真才多能脫穎而出，其中廣東的梁鼎芬，廣西的于式枚，便常常作長善座上客，而且都點了翰林。

在廣州，張樹聲的兒子張華奎，亦常受長善的招邀，所以跟于式枚、梁鼎芬，還有一個文名盛於于、梁，但廩生會試不幸落第的江西人文廷式，都是極熟的朋友。這時張華奎隨父到直隸總督任上，便經常進京，與于、梁、文等三人盤桓。雖說他鄉遇故，舊雨情深，但張華奎卻是另有企圖。

原來這幾年言路的勢力極大，尤其是一班兼講官的翰林，一言九鼎，連慈禧太后及恭王都不能不聽，這班人就是「清流」，其中最有名的四個人，號為「翰林四諫」。于式枚、梁鼎芬雖是翰林後輩，但文名久著，所以亦常與清流有往還；而張華奎便是憑藉了于、梁的關係，得以上交張佩綸、盛昱這一班響噹噹大清流。

這張華奎是個舉人，年紀雖輕，人很能幹，而且賦性謙和可親，加以「北洋公所」積存的「公款」很多，凡是應酬京官，無不可以報銷，使得張華奎越發長袖善舞，清流們集會，不論是在松筠庵，還是「畿輔先哲寺」，或者陶然亭、崇效寺這些名勝之處，乃至於八大胡同「相公」的下處，筵宴所需，都是他來備辦，有事需要奔走聯絡，張華奎更是義不容辭，因而得了個「青牛腿」的外號。

「青牛」是清流的諧音。民間家家有「青牛圖」，春為東、東為木、木色青，所以「青牛」

也就是春牛。畫春牛圖時，頭、身、角、耳、腹、尾、脛、蹄，部位分明，因而好事者，用青牛的各部分，來形容清流中人，牛頭是同治皇帝的師傅李鴻藻，他門下兩張——張之洞、張佩綸是牛身、牛腹。也有人說，李鴻藻是驅牛的勾芒神，張佩綸才是牛頭，因為他頭上的一對角厲害不過，凡被觸及，必受巨創。

張華奎因為替清流效奔走之勞，所以名之為「腿」；但也有人說，他連「清流腿」都不夠資格，只是「清流靴子」為「清流腿」服務而已。

不管是「清流腿」還是「清流靴子」，張華奎很受人矚目是事實。不過因此而引起了李鴻章門下的敵視，認為他「圖謀不軌」，第一是因為他常巴結翁同龢，而翁同龢一向是與李鴻章不睦，同時清流多為北派領袖李鴻藻門下，而翁同龢是南派巨擘，對政事的見解，一向是有差異的；第二，張華奎拚命拉攏清流，顯然是在為他父親培養聲名，目的是想取李鴻章而代之。

這些加油添醬的讒言，不斷傳到合肥，在「閉門讀禮」的李鴻章不由得也動了疑心。他的一班徒黨，因而開始謀畫逐張迎李之計，不久便找到了可乘之機。

原來張佩綸滿腹經綸，頗有用世之志，張華奎便向他父獻計，仿照當年左宗棠奏調袁葆恆來提高本人聲望的辦法，不妨奏調張佩綸「幫辦北洋事務」，專門督辦水師。張樹聲同意以後，張華奎極力向張佩綸遊說；那時北洋的水師，已擁有好幾艘鐵甲兵輪，規模壯闊，前程無量，張佩綸怦然心動，終於同意了。

於是天津、保定等處，很快地傳出消息，還說張佩綸幫辦北洋軍務後，將大加整頓，「四道八鎮」，一律要參。直隸總督屬下，有四名道員，八名總兵，總兵駐防之地稱為「鎮」；四道八鎮便是直隸文武官員的經制，當然全部都是李鴻章所派的。

不道在此要緊關頭，張樹聲父子一則操之過急；二則不明京朝掌故，以至於走錯了一步。原來封疆大吏，准許奏調京官到省任職，但不准奏調翰林，這個禁例在乾隆年間更為嚴格。因為翰林如兼日講起居注官，隨侍在皇帝身邊，一言一動，無不深知；而且有機會看到各種奏章，參與國家機密，如為疆吏所奏調，便有洩密之虞，因而有此厲禁。

到得洪楊以後，禁例雖不如以前之嚴，但第一要看請奏調的人，夠不夠分量？第二、要看奏調的時機，是否確有需要。當年左宗棠是封侯拜相的勛臣；奏調袁葆恆總理糧台，又有正當大舉西征，用兵深資倚賴的理由，自然容易照准。如今張樹聲的資格遠不如左宗棠，且亦非軍務所必需，因而請奏調張佩綸的摺子一到軍機處，竟奏旨駁斥。這一下不但張樹聲以封疆大吏碰這個硬釘子，大傷威望，張佩綸的面子更加難看。

照張佩綸的想法，他應該是「諸侯之上客」，張樹聲應該北面以師禮相事，如今答應幫辦北洋軍務，已嫌委屈；張樹聲果然有心延攬，應該設法疏通軍機，用「特旨」派他到北洋，才夠面子。如今上諭中責備張樹聲「冒昧」，確是太冒昧了。

李鴻章一系的北洋官僚，看到張樹聲碰釘子，自然高興；又聽說張佩綸對張家父子有不滿的表示，更是大喜過望，認為挑撥離間的良機，絕不可失。恰好張樹聲上奏的那天有「考差」——兩榜出身的京官，須經考試合格，才能放出去當鄉試主考；一任考官，所得可以維持一兩年的生活，所以絕少有人放棄考差；但張佩綸因為有喪服在身，不能派任考官，考差自然不必參加。這個原故，外人不會知道，因而別有用心者，就可以造他一個謠言，說他故意避考，在家等待准為張樹聲所請的上諭，以便走馬上任。這個中傷的謠言，傳布很快、也很廣；張佩綸的清譽大損，不免惱羞成怒，自然是遷怒到張家父子身上。

「豐潤學士的氣量小是大家都知道的，他一定會復仇，張振軒弄巧成拙，直督一定保不住。」沙一心說：「現在只是在一個可以讓李合肥奪情回任的理由；這個理由一找到，張振軒就要交卸。」

這段內幕，對胡雪巖很有用；原以為李鴻章即會回任，也是父母之喪二十七個月以後的事。不過只要有理由，隨時可以回任。照此看來，左宗棠想驅逐李鴻章在兩江的勢力，應該加速推行才是。

其時沙一心的癮已過足，便由胡雪巖陪著到湘雲老四妝閣中，飛觴醉月地鬧了一回酒；沙一心起身告辭，餘客亦知，胡雪巖與古應春第二天一早要陪左宗棠巡視製造局，都說要走。只有林茂先在湘雲老四那裡「借乾鋪」。

「沙一心這個人很有用，」在歸途中，胡雪巖對古應春說：「你以後不妨跟他多聯絡聯絡，他對淮軍及北洋的情形很熟，有事可以請他打聽。」

「我的原意就是如此。小爺叔放心好了，我會安排。」

江南製造局在上海縣城外，瀕臨黃浦江的高昌廟，本來是一片荒地，自從曾國藩奏請設製造局以後，人煙日起，造一條石子馬路，東通縣城南門。不過左宗棠這天仍舊是在天后宮行轅前面下船，沿黃浦江直達製造局的專用碼頭，製造局的總辦，候補道李勉林用他的綠呢大轎，將左宗棠接到大堂，然後引見屬員，一一參謁。接下來請示：先看哪一處？

「先看船塢吧！」左宗棠說：「我去年陛辭出京，上頭特別交代，洋防要緊，要我分外留意。製造局的船塢，規模雖不及福建，到底是中國第二個造船廠，能人盡其用、地盡其用、物盡其用，對洋防亦頗有裨益。」

這一段開場白，便有些教訓的意義，李勉林聽入耳中，當然不很舒服；臉上不免有尷尬之色，見此光景，胡雪巖便在一旁替李勉林說好話，總算將場面圓過來了。

船塢中亂糟糟一片，看不出一個名堂來，左宗棠只好問了：「彭宮保整年巡閱長江海口、江防、洋防的形勢，周覽無遺，寫信給我，以兵船不敷調度為慮，說至少要添造小火輪十號，照我看，十號亦還不夠，最好再能仿造新式快船五艘，你看你這裡能不能造？」

「小火輪能造，新式快船，限於機器，力所不逮。」

「那麼，造小火輪每一號要多少錢呢？」

「這要估起來看。」

話又有些碰僵了，幸好左宗棠沒有在意，只問：「要多少日子才能估得出來？」

「估價欲求精確，還得找福建船政局，他們那裡圖說全備，材料的行情也比較準。大人如果決意要造，局裡馬上派人到福建，大概有一個月的功夫，細帳就可以出來了。」

「好！請你馬上就辦。」

船塢旁邊就是槍炮廠，左宗棠對這裡很感興趣，因為西征得力就在器械精良；尤其是對洋槍，他已經很內行了，但看得多，用得多，洋槍如何製成，卻還是初次見識，所以從鍊鋼廠看起，每一部門都看得很仔細。

最後到了檢驗處，附設有個靶場，乒乓乒乓的聲音很熱鬧。左宗棠一踏了進去，坐在高凳上的一個老頭子跳了下來，躲到一邊；李勉林便喊：「姚司務，見見左大人！」

這姚司務面紅似火，髮白如銀，一雙眼一大一小，大的那隻右眼，炯炯有神；手臂亦是一粗一細，侔不相倫。左宗棠平生閱歷甚富，看過不少異人；一看這姚司務形相古怪，不由得便加了幾分注意。

等姚司務磕過一個頭起身，李勉林便看著左宗棠說：「這姚司務是製造局一寶，不管甚麼槍，經他手裡出去的，『準頭』一定好。」

「喔，」左宗棠對軍械的興趣最濃，當下抬起頭來，看了一下問：「這就是你驗槍的所在？」

「是。」李勉林代為回答。

「怎麼驗法？」

「說起來大人恐怕不信，他只是瞄一眼、開一槍就知道了。」

「這倒是神乎其技了。」左宗棠欣然說道：「我倒要見識見識。」

「是。」李勉林轉臉對姚司務說：「你演練、演練給大人看。」

姚司務似乎很木訥，連一聲「是」不會答應，只點一點頭去掇開那張高凳，意思是站著驗槍。

「不，不！」左宗棠急忙阻止，「你照平常一樣。平常坐著，現在還是坐著。」

姚司務不敢答應，仍舊須李勉林說一聲：「你照大人的吩咐。」

姚司務這才又將高凳搬回原處，踩著凳上所附的踏級，坐了上去。他面前是用牆砌出來的，狹長的一條弄堂，盡頭處是個六個同心圓的靶子，中心彈痕纍纍；姚司務便大聲喊道：「換個靶！」

槍靶後面有人在照料，頓時換了新靶。左宗棠看他左面擺著兩個長木箱；右面又有兩個大籮筐，裡面亂堆著槍枝。長木箱中是剛修好的槍，有個人在照管。

「來！」

聽得姚司務這一聲，那人便取一枝槍，拋了上去，姚司務左手接住，交到右手，瞇起眼睛看了一下，便即聽得「砰」地一聲；接著又聽得「彭」地一聲，那枝槍已為他扔在前面那個籮筐裡了。

左宗棠根本沒有看清楚，他是如何單手在扣扳機，不過新靶上正中紅心有個小洞，卻看得很清楚。

聽這時又是「砰砰彭彭」好一陣，有的槍丟在外面籮筐；有的槍丟在裡面籮筐，不過外面少，裡面多。

「是這樣，」李勉林為左宗棠解釋，「丟在外面的，沒有修好，拿回去重修；丟在裡面的，是修好了的。」

左宗棠有些不大相信，「就這麼看一眼、放一槍，就能聽得出來？」他說：「似乎有點不可思議。」

「是！是有點不可思議。不過確實如此。」

「我倒有點不明白。」左宗棠便趁空隙喊道：「姚司務！姚司務！」

那姚司務文風不動，恍若未聞，李勉林趕緊又解釋，「他重聽，耳鼓讓槍聲震壞。平時說話，只看人的嘴。」接著，他走上前去，拍一拍姚司務的身後，讓他下來。

「姚司務，」左宗棠問：「你今年多大？」

「六十六歲。」

「你玩槍玩了多少年了？」

姚司務屈指算了一下：「四十八年。」

左宗棠也在心裡略為算了一下說：「這麼說，你在道光年就幹這一行了？」

「是。」

「你跟誰學的？」

「先是德國人，後來是英國人。」

「喔！」左宗棠問：「你說德國的槍好，還是英國槍好？」

「德國。」

聽這一說，左宗棠便回身去看，胡雪巖知道是找他，便從一大堆官員中擠上前去。

「雪巖，」左宗棠問道：「福克來了沒有？」

「沒有。」胡雪巖問：「大人有甚麼吩咐？我馬上告訴他。」

「我是要找一枝『溫者斯得』的槍——。」

「呃，」胡雪巖答說：「我已經分派給新兵，在用了。」

「好、好！拿一枝來。」

這枝槍交到姚司務手裡，問他見過沒有？答說沒有。不過他只略為看了一下，便轉開一個螺絲，接著一樣一樣拆了下來，不過幾分鐘的功夫，一枝新槍成了一堆零件。

這顯出真功夫來了，左宗棠不能不服他，當下問道：「這槍好不好？」

那姚司務竟不回答，只看著李勉林。左宗棠不知是怎麼回事；胡雪巖卻看出來了，姚司務一說好，左宗棠說不定馬上就會交代，購買哪一枝。那一來，豈不斷了採購委員的財路。

因此，胡雪巖便說一句：「只怕不見得好。」

誰知李勉林恰好相反，連連說道：「好、好，好得很。」

表面彼此客氣，實際上已等於短兵相接，也是彼此猜忌。本來江南製造局是李鴻章的禁臠，不管自造也好，外購也好，都輪不到胡雪巖來插手，所以他之說「怕不見得好」，便有不願跟製造局「搶生意」的意味在內；反過來說，他如果要「搶生意」，唾手可得。這就使李勉林深深感到，勁敵當前，必須小心了。

這筆買「溫者斯得」來福槍的生意，自然還是歸了胡雪巖，但大發利市的卻是福克。

原來這種槍的在華代理權，屬於福克洋行，第一批進了五百枝，四處兜銷，只賣去一百多，起初亦並未想到左宗棠，因為他知道西征軍中來福槍極多，左宗棠甚至還送了一批給醇王，供神機營使用。及至聽說胡雪巖要到上海，心想左宗棠的「小隊」，也許要用這種比較精良的新槍，送了二十枝當樣品，估量著，即使能做到這筆生意，充其量也不過百把枝，庫存還有一半，不知銷場何在？

哪知由胡雪巖轉來的消息，說要買兩千五百枝，預備分發江南各防營使用。福克喜出望外，卻又發愁，因為能夠供應的現貨，連個零頭都不足。

「胡先生，」福克透過古應春的翻譯，向胡雪巖說：「我拿庫中存貨先交，其餘的，準備三個月內交齊；我回國去一趟，專門辦這件事。」

胡雪巖便跟古應春商量，他亦看出李勉林對他深具戒心；認為不宜一開始就樹敵，免得以後的障礙越來越多。這筆軍火是左宗棠親自交代，不能不辦；正愁著李勉林會「吃味」，難得福克供應不足，恰好打消了這筆生意，避免得罪李勉林。

他將他的意思告訴了給古應春，又說：「我看就此推掉為妙。你跟他說，馬上要用，要現貨，沒有現貨就免談了。」

「這話他不會相信的。」古應春說：「小爺叔在左大人面前講話的分量，他不是不知道；那一次買軍火都是先送樣品，看中意了再下定單，如今說全部都要現貨，不是明明為難他？」

「這話倒也是。」胡雪巖躊躇了一會說：「這樣，你叫他自己去看左大人。而且我們要避嫌疑，你叫他先到製造局去看李觀察，請李觀察帶他去見左大人。生意成不成，看他自己的運氣。」

「這辦法！行得通嗎？」古應春不免懷疑，「我們犯不著把自己的路子，交給人家。」

「不！現在他們怕我們，防得厲害，犯不著為這點小事，做成個死對頭。不如現在大方一點，以後辦事，反而順手。」

古應春心想，這是欲取姑與的手法，亦未嘗不可用。兩千五百枝槍的佣金，雖至少有五千佣金，別人看來是個大數目，但在胡雪巖眼中，卻是小事；既然他要「大方」，就照他的意思辦好了。

但胡雪巖的顧慮與打算，福克是怎麼樣也無從知道的，因此一聽古應春的話，大感困惑，多年合作得好好地，何以有這種見拒的態度？莫非胡雪巖在左宗棠面前，說話已經沒有力量了；還是另有其他原因？

當下率直向古應春發問。古應春當然不能跟他說實話，只說胡雪巖是尊重江南製造局。這話在福克半信半疑，他在華多年，官場中的情形，亦相當了解，向來是誰有辦法，誰就可以爭權奪利；權責並不分明，尊重更是假話。

福克做事很老練，先去打聽胡雪巖在左宗棠那裡的「行情」，所得到的答覆是絕未失寵。這一來，他就不能不懷疑，另有人在鑽軍火生意的路子，想取他而代之；胡雪巖是一種讓他知難而退的態度。

去問古應春；古應春絕口否認。這一下，福克釋然了，中國官場不足跟外人道的花樣很多，不必去多打聽。反正自己仍舊抱定利益均霑的宗旨，將胡雪巖拉緊了，保持多年合作的關係，總是不錯的。

於是福克便帶了一名翻譯到製造局求見李勉林。那時的官場，對洋人都是另眼看時，何況福克是上海洋商領袖之一，所以名刺一報進去，正在花廳中會客的李勉林，丟下他人，在簽押房接見福克。

動問來意，福克透過翻譯說道：「左大人要買兩千五百枝溫者斯得來福槍，可是我現貨只有三百多枝；其餘準三個月內交足。胡觀察說不行，要我來見李觀察，請你帶我去見左大人當面談。」

聽得這話，李勉林不免詫異，訂購西洋軍火，向來都是期貨；目前內外無事，又不是打仗遇到勁敵，急需精良武器才足以克制，何必一定非現貨不可？

仔細想一想，顯然是胡雪巖不願意經手這件事。但又為甚麼不願意呢？唯一的原故是左宗棠已非西征統帥，而是兩江總督、南洋大臣，兩個頭銜中一「江」、「南」，就彰明較著地表明了，這一案應該由江南製造局主辦。

對於胡雪巖的能守分際，李勉林頗為佩服，胡雪巖的手腕很厲害，但還是「上路的」。當下欣然答應：「可以、可以！左大人明天動身回江寧，我本來就要去見他；我們一起去好了。」

於是約定當天下午三點鐘，在天后宮行轅見面。到時候會齊李勉林先遞奏本謁見，然後找個談話的空隙，說福克在外，等候接見，有事面稟。

左宗棠已經接到胡雪巖的報告，認為胡雪巖所說，此案由江南製造局承辦，一切簽約、付款等等手續，都比較方便的看法不錯。所以聽得李勉林的話，立即接見福克。

他跟福克很熟，也很欣賞福克的有條理，溫言相接，頗假以詞色；談到買槍一事，也很爽快地答應了，先交若干現貨，餘數立定限期，陸續解交。價格方面，由福克與李勉林細談。

「這兩千五百枝槍是交綠營用的。」左宗棠交代李勉林：「你收到槍，馬上交給李朝斌好了。」李朝斌的官銜是江南提督，綠營的最高長官。

「是。」

「聽說你回國。」左宗棠轉臉問福克：「甚麼時候動身，甚至時候回來？」

「十天以後動身，兩個月就回來。」

「我現在要整頓水師；水師的利器，是魚雷不是？」

「是的。」

「我想買一批魚雷，你有沒有？」

「有、有。」福克答說：「左大人知道的，東西洋各國凡有新出的利器，一定把樣品跟說明書，送到我洋行裡來的。尤其是這趟我回德國，可以親自打聽到最新式的運了來。」

「能不能連技師一起請了來。」

「當然。凡是採購中國從前所沒有的新式武器，一定由技師派來，教導如何演放。這是必有的規矩，不會錯的。」

「喔，你沒有弄清我的意思，我是說能製造魚雷的技師。」

「那也有。」福克答說：「不過要先看製造局，有沒有能造魚雷的機械。」

「你跟李觀察商量。」左宗棠又問：「還有種『碰雷』，作何用處？」

「是——，」福克向翻譯弄清楚了「碰雷」二字的意思，方始回答：「那叫水雷，是專門為了防備對方兵艦用的。譬如一個港口，不願意對方兵艦闖進來，就可以在港口海面上布下水雷，船一碰到就會爆炸。」

「自己的船呢？」

「自己的船，一樣也會爆炸。」福克又說：「水雷的威力很大，麻煩是不長眼睛，所以非遇到與外國交鋒，打算斷絕水路交通，不用水雷。」

「事後呢？」

「事後要清理。專門有種船叫掃雷艇。」

「照此說來，這件事牽涉很廣，暫作罷論，你只管替中國採購最新式的魚雷好了。細節你跟李觀察去商議。」

「是！」

看看沒有話了，福克在翻譯示意之下，起身告辭。李勉林雖被留了下來，但從頭到底沒有能容他說一句話，內心萬分不悅。

至於左宗棠將李勉林留了下來，是要談半公半私的事。不過私事倒也不是他的個人之私，是為了曾國藩的小女婿聶棨緝。

原來曾國藩的歐陽夫人，共生三子六女，長子及五女，自幼夭折；在的有兩子五女，長子紀澤，文章政事俱是第一流，而且由自修而通英文，為國藩所看重，後來襲封侯爵，以欽差大臣，出使西洋，與郭嵩燾都是真正懂洋務的大才。

次子紀鴻中舉以後，會試一直不利；曾國藩也知道「場中莫論文」，考試要碰運氣，但功名之念，橫亙胸中；期望亦未免過切，總說他的次子不用功。偏偏運氣也真壞，直到曾國藩去世，始終是個舉人，以後也一直沒有能夠中進士，與長兄相較，境遇大不相同，以至於在京鬱鬱以終，身後還是左宗棠替他料理的。

比起曾紀鴻來，他的姐妹們的境遇，又更不如他了，有的婆婆太凶，有的丈夫沒出息。曾國藩持家極嚴，說他見過許多名門之女，貪戀母家富貴，往往不肯在夫家盡子婦之道，到後來都無好結果；因此他的女兒們雖都遇人不淑，但因曾國藩不許她們歸寧，只好在夫家受罪，個個都是終日以淚洗面。其中四小姐嫁得不錯，偏又青年守寡，所以曾國藩生前常說，他的「坦運不佳」。

六小姐是最小的女兒，湖南人稱為「滿小姐」，名叫曾紀芬，她是曾國藩去世後才嫁的。本來由她叔叔「九帥」作媒，許婚於衡山聶家，定在同治十一年出閣：不意就在這年二月初，曾國藩中風歿於兩江總督任上；到得服滿已是光緒年間。

曾紀芬的女婿聶緝槼，字芸台，他家是衡山世家，先世以行善出名。但聶緝槼卻連個舉人都沒有考上，以至於只能混個小差使；他有個姊夫為先前的兩江總督劉坤一委為「籌防局總辦」，聶緝槼單身跟到江寧，在籌防局當差，只得八兩銀子的車馬費，但卻要接眷；原來聶緝槼到了江寧，才知道曾國藩真是門生故吏滿天下，將他妻子以「曾文正的滿小姐」這個「頭銜」搬出來，在裙帶上著實能拖出來一點好處，這就是他接眷的打算。

果然，曾紀芬照她丈夫的囑咐，由湖南坐船經武昌時，特為去拜見湖廣總督李瀚章的夫人，稍為談一談丈夫的境況，聶緝槼立即被委為湖南督運局駐江寧的委員、月支津貼五十兩，日子過得很舒服了。

及至左宗棠接劉坤一的手，到了江寧不久，便將曾紀芬接到總督衙門敘舊。曾國藩生在嘉慶十六年辛未，左宗棠生在壬申小一歲，因而以叔父自居。左宗棠在曾國荃克江寧後，與曾國藩失和，有三四年不通音問，但當左宗棠奉命西征，曾國藩命湘軍劉松山相助，大為得力，使得左宗棠大為感動，而況平生功名，關鍵所在是曾國藩知道他的才具，派他獨當一面，收復浙江，與曾氏兄弟同時封爵。拜相封侯，位極人臣，飲水思源，亦不能不感激曾國藩；所以表面上倔強如昔，仍舊處處要批評曾國藩，私底下的態度，卻已大為改變，曾國藩歿後，他致送的輓聯，道是「謀國之忠，知人之明，自愧不如元輔」，這等於認輸，以左宗棠的性情來說，是很難得的事。

至於照應曾國藩的後人，是為了要證實他的輓聯中的下一句：「同心若金，攻錯若石，相期無負平生」，與曾國藩是為國事而爭，私交絲毫無損。特別是老年人，往往有一種將朋友的女兒看作自己掌上珠的通性，愛屋及烏，對聶棐緝亦就另眼相看，派了他營務處的差使，每天中午會食，一定找聶棐緝；對他的肯說實話，留心西學，頗為贊許，有心要培植他。

這回左宗棠出省閱兵，聶棐緝作隨員，李勉林跟他是熟人，左宗棠故意相問：「勉林，你跟聶糧台熟不熟？」

李勉林各州興銳，早年曾替曾國藩辦過糧台，當即答道：「他是曾文正的滿女婿，我當然很熟。」

「那就再好沒有。我看你也很忙，我想派他來當你的會辦。」

「大人眷念故人，要調劑調劑聶仲芳，這番至意，我們當然要體仰；我想，每個月送他五十兩銀子薪水，仍舊在大人那裡當差好了。」

左宗棠一聽愕然，「怎麼，勉林，」他問：「你不歡迎聶仲芳？」

「不敢欺大人，聶仲芳在大人那裡，親自教導督責，他不敢越軌；到了我這裡，也許會故態復萌。他是曾文正的滿女婿，我不便說他，耽誤了公事，大家不好。」

這一說，原來有些生氣的左宗棠，心平氣和地問說：「你說他『故態復萌』，請問，是甚麼故態？」

「聶仲芳是紈袴，他比滿小姐小三歲，光緒元年成婚；到光緒四年，才二十四歲，已經娶了姨太太。」

「這件事我知道，他的那個早就遣走了。」左宗棠問：「還有呢？」

「還有，曾劼剛那年奉派出使英、法兩國，二小姐的姑爺陳松生跟聶仲芳都想跟去當隨員，結果劼剛帶了陳松生，沒有帶聶仲芳。劼剛路過上海的時候，我問他同為妹婿，何以厚此薄彼。劼剛說：我帶了他去是個累。又說：你看了我的日記就知道了。」李勉林又說：「他們郎舅至親，尚且如此，大人倒想，我怎麼敢用他？」

「喔，」左宗棠問：「你看了劼剛的日記沒有呢？」

「看了。」

「日記中怎麼說？」

「我錄得有副本，回頭送來給大人看。」

「好！請你送來我看看。」

李勉林答應著，一回去馬上將曾劼剛日記的副本，專程送到天后宮行轅。左宗棠燈下無事，細細看了一遍，其中有兩條對聶槼緝的批評不好，一條記於光緒四年二月十三日：「接家報，知聶仲芳乖張已甚，季妹橫被凌折，憂悶之至。」

這是家務，清官難斷，另外有一條記於當年九月十五日，說他不用聶仲芳的原因：「午飯後，寫一函答妹婿聶仲芳，阻其出洋之請，同為妹婿，挈松生而阻仲芳，將來必招怨恨，然而萬里遠行，又非余之私事，勢不能徇親戚之情面，苟且遷就也。松生德器學識，朋友中實罕其匹，同行必於使事有益。仲芳年輕而紈袴習氣太重，除應酬外，乃無一長，又性根無定，喜怒無常，何可攜以自累，是以毅然辭之。」

左宗棠心想，這不是甚麼不可救藥的毛病。如果當時聶緝槼如曾紀澤所言，現在看來卻無此毛病，正好說明此人三四年以來，力矯前失，肯求上進。李勉林在製造局有許多毛病，怕落在聶緝槼眼中，故而拿曾劼剛作擋箭牌，不必理他。

主意雖定，但因第二天便須啟程江寧，無法與李勉林面談，因而親自執筆寫了一封信說：「曾文正嘗自笑坦運不佳，於諸婿中少所許可，即紀鴻亦不甚得其歡心，其所許可者，祇劼剛一人，而又頗憂其聰明太露，此必有所見而云然。然吾輩待其後昆，不敢以此稍形軒輊。上年弟午在京寓，目睹紀鴻苦窘情狀，不覺慨然，為謀藥餌之資，殯殮衣棺及還喪鄉里之費，亦未嘗有所歧視也。劼剛在倫敦致書言謝，卻極拳拳，是於骨肉間不敢妄生愛憎厚薄之念，亦概可想。茲於仲芳，何獨不然。日記云云，是劼剛一時失檢，未可據為定評。」

寫到這裡，自覺有些強詞奪理；以他的地位，便是仗勢欺人，所以凝神細想了一會，想出一番說得過去的道理。

「傳曰『思其人猶愛其樹，君子用情，惟其厚焉』，以此言之，閣下之處仲芳不難，局員非官僚之比；局務非政事之比，仲芳能則進之，不能則撤之，其幸而無過也容之，不幸而有過則攻之訐之，俾有感奮激勵之心，以生其鼓欣鼓舞、激勵震懼之念，庶仲芳有所成就，不致棄為廢材，而閣下有以處仲芳，即有以對曾文正矣。」

左宗棠自覺這段話說得光明正大，情理周至，但意思還不足，因而又添了一段：「弟與文正論交最早，彼此推誠相與，天下所真知；晚歲凶終隙末，亦天下所共見，然文正逝後，待文正之子若弟，及其親友，無異文正之生存也。閣下以為然耶否耶？」

送走了左宗棠，李勉林剛回製造局，便收到了左宗棠的信及送還的曾紀澤的日記。信上一篇大道理，不但堅持原意，而且隱隱責備他不肯照顧聶椝緝，反而離間人家郎舅至親的感情，對不起曾國藩生前栽培之德。李勉林自然很不高興。

沒有法子！他心裡在想，不怕官，只怕管；左宗棠要派聶椝緝來當會辦，是他的職權，寫信解釋，還是客氣的做法。接下來又想，左宗棠賞識聶椝緝，是因為他肯說實話，而且肯留心「西學」，不用說，製造局造船造槍械，他不會是外行；不是外行又肯說實話，製造局的許多見不得人的內幕，就瞞不住了。左宗棠派此人來當會辦，說不定就是專門來捉他的毛病的。

這樣轉著念頭，不免心事重重，但還是得強打精神來應付，當即將親信的文案、庶務都找了來，宣布聶椝緝即將來當會辦，關照文案備稟請派任的公事，措詞要客氣、要誇獎。然後交代庶務兩件事：第一、替會辦找個寬敞的公館，陳設布置，務求華美；第二、派專人攜帶三個月的薪水，到江寧去接「聶會辦」夫婦來上任。

這個庶務叫王伯炎，是李勉林的心腹，名為庶務，並不只管製造局的冗雜小事，他不但顧問可以干預工程及購料，甚至還是李勉林的智囊，隨時可以提出建議；當然，他也是李勉林的耳目，外界對製造局的批評，一直很注意的。

將李勉林交代的事，辦妥了來覆命時，王伯炎提到福克，「跟福克的那張合約，」他問：

「總辦是打算自己跟他談呢，還是等聶會辦來談？」

「你看呢？」

「這要看總辦的意思。」王伯炎說：「各有各的好處。等聶會辦來談，好處是左大人的面子十足，聶會辦也很高興；而且，聶會辦如果弄了好處，就有個把柄在總辦手裡，以後不怕他不就範。」

「嗯、嗯！」李勉林問：「壞處呢？」

「壞處就是他不要好處。公事上是開了個例，以後這種合約都歸他來談，總辦的大權旁落了。」

李勉林想了一下答說：「他剛剛來，絕不敢弄好處，不會有把柄在我們手裡；反而開了個惡例。」

「說得是。總辦的做法也很高明，儘量跟他客氣，敷衍得他舒舒服服；就是不給他實權，叫他少管公事。」

「對！怎麼把他敷衍得舒舒服服，就交給你辦了；大不了多花幾兩銀子，不要緊。」

「是！」王伯炎答說：「福克昨天來問道，甚麼時候談合約，我說這兩天左大人在這裡，總辦沒有功夫，等左大人走了再說。現在，我就通知他了，叫他馬上來談。」

「好！你跟他談。」

福克是早就預備好了的，品類、價格、交易期限，合約底稿；價格是照數量多寡決定，買得越多越便宜，但佣金卻照比例實足計算。

軍火的佣金，高低不等，但最少也得一個二八扣，不過福克開的佣金，只得一個折扣；王伯炎便向翻譯笑道：「福克先生在中國多年，怎麼說外行話？」

「是，是佣金的折扣不對？」

「不是佣金的折扣不對。」王伯炎又換了一個說法：「是拿我們當外行看。」

翻譯跟福克嘰哩咕嚕談了一陣，轉臉向王伯炎說道：「福克的意思是，這筆生意因為是面奉左大人交代，價錢格外克己，所以他是照成本開的，等於白當差；要請王老爺原諒。」

「言重、言重！」王伯炎說：「我們要請他原諒，這個數目，我怎麼向上頭交代？莫非他跟胡大先生做交易，也是這個折扣？」

「是的，」福克居然透過翻譯，這樣回答；不過他也有解釋，「以前如果跟胡先生自己談，甚麼話都好說；倘或是跟左大人自己談，胡先生是連一個回扣都不要的。」

「唏、唷！」王伯炎大驚小怪地，「照這樣說，他還算特為照應我們的？」

「話也不是這麼說。」翻譯答說：「據我們所知，回扣有多有少，看情形而定；好在以後還有生意，總有補報的時候。」

「我是頭一回，總要讓我有個面子。你跟他說，我下一回補報他。」

翻譯跟福克又是談了好半天，最後無可奈何地回覆王伯炎，「王老爺，」他說：「福克的意思，回扣多少都行，不過價錢要提高。」

「提高到多少呢？」

「這要看王老爺，要多少就是多少。」

「喔，他的意思是『戴帽子』？」

「是的。」

「那麼戴了帽子他承認不承認呢？」

「當然承認。不過——。」那翻譯吞吞吐吐地沒有再說下去。

王伯炎當然要追問：「不過甚麼？」他說：「大家頭一回做交易，要以誠相待。」

「那麼，我說老實話，價目表早就開出去了。」

「開給哪個？」

「胡大先生。」翻譯趕緊又補了一句：「不是這兩天的事。」

王伯炎一聽這話，大為光火；臉色青一陣、紅一陣地，最後吐出一句話來：「原來是個圈套！」

當下弄得不歡而散，王伯炎憤憤不平，再一打聽，還有氣人的事，原來福克決意跟胡雪巖保持良好的關係，所以在這筆軍火的佣金中，為他保留了一個折扣；雖然胡雪巖表示，不願不勞而獲，但福克還是照原來的計畫。買軍火兩成回扣，是最起碼的行情，還要平白為人分去一半，王伯炎覺得這件事對總辦實在很難交代。

李勉林本來就有上當的感覺，在他的判斷，胡雪巖將福克帶到左宗棠那裡，是以西征轉運局委員的身分，干預江南的軍火採辦事宜，京中的「都老爵」參上一本，連左宗棠的面子都不好看，因而叫福克來請他引見。事實上他們暗底下都談好了，只是利用他來擺個渡而已。因此，聽到王伯炎的報告以後，認為事態很嚴重，特意去找上海道邵友濂商量。

「李合肥遭丁憂，實在不湊巧，北洋是張振軒大有取而代之的意思；這裡左湘陰著著進逼，裡面一個聶仲芳臥底；外面一個胡雪巖花樣百出。製造局是北洋的基礎，看來要保不住了。」李勉林憂心忡忡地說：「小村兄，你一向足智多謀，總要看在大家都是曾文正一脈相傳這一點的情分上，幫幫我的忙才好。」

「言重，言重。」號「小村」的邵友濂說：「彼此休戚相關，我絕無坐視之理。胡雪巖在左湘陰面前的分量，也大不如前了，你先咬咬牙撐住，等我找個機會，好好來打他一悶棍，叫他爬不起來。」

「百足之蟲，死而不僵——。」

「即使不僵也不能有甚麼作為了。」邵友濂打斷他的話說：「勉林兄，目前最要緊的一件事，你要把聶仲芳敷衍好。」

「我明白。」

「至於福克的合約，你最好還是讓胡雪巖跟他去訂。」

「喔，這，這有甚麼講究嗎？」

「自然有講究。這筆經費，將來少不得要在江海關的收入之中開支；如果我這裡調度不開，不是害你受人家的逼？」

李勉林沉吟了一會，恍然大悟，江海關的稅收歸邵友濂管，將來該付福克的款子，他可以借故拖延；如果是胡雪巖跟福克簽的約，福克自然只能找胡雪巖去辦交涉，所以邵友濂的刁難福克，實際上便是與胡雪巖為難。

「好，好！」等想通了，李勉林滿口應承，「我回去就辦。」

李勉林的辦法是，命王伯炎備公事稟報左宗棠，說福克索價過高，合約談不攏，福克以前承辦西征軍火，只有胡雪巖能使他就範，所以為了大局著想，請左宗棠遴飭胡雪巖與福克簽訂合約，同時，福克原擬致送回扣一成，江南製造局絕不敢領這筆回扣，請在價款中扣除，庶符涓滴歸公之議。

這一份「稟帖」說得冠冕堂皇，到得兩江總督衙門，左宗棠認為言之有理；便將原稟錄了一個副本，一併寄交胡雪巖辦理。這樣由上海而江寧；由江寧而杭州；再由杭州而上海一個大圈子兜下來，函電往來，很快地兩個月過去，事情尚無結果，局勢卻有了重大變化。

原來東鄰朝鮮發生內亂，國王李熙闇弱，王妃閔氏當權；李熙的本生父叫李昰應，稱號是「大院君」，與王妃爭權，已非一日，這一次的內亂是大院君的黨羽，進攻王宮，傷及王妃，並殺大臣閔謙鎬等人。日本見有機可乘，出兵朝鮮；駐日公使黎庶昌急電署直隸總督張樹聲，建議北洋立派兵艦，與日軍抗衡。

張樹聲本就想有聲有色地大幹一番，接到黎庶昌告警的電報，決定一面出兵觀變，一面奏報朝廷。

朝廷對張樹聲能夠迅速應變，頗為嘉許，但因法國其時正在圖謀越南；朝鮮又有警報，怕張樹聲無法應付，所以決定命在籍守制的李鴻章，奪情復起，即日回津。

因而便有人勸張樹聲說：「朝中既已命令他主持此事，出兵似宜等合肥回任後再辦為宜。」張樹聲不聽，說兵貴神速，時機一誤，讓日本軍著了先鞭，中國要落下風。他既負北洋重任，不能因循自誤。

於是當第二道催李鴻章動身的電報，剛到合肥；李鴻章已覆奏即行就道，由上海轉天津時，張樹聲所派的軍隊，已經在「跨海征東」途中了。

張樹聲所派水陸兩員大將，一個是北洋水師記名提督丁汝昌；一個是廣東水師提督吳長慶，此人名在水師，實在是陸軍，他是淮軍宿將，駐紮山東登州；隨帶淮軍六營，由登州坐招商局的輪船出海，幕府中人材濟濟，總理前敵營務處的，是一個年方二十四歲的江淮世家子弟，就是翰林出身，官至戶部侍郎，曾為左宗棠辦過糧台的袁保恆的姪子袁世凱。

袁世凱從小不喜讀書，雖是世家子弟，行為無賴，不齒於鄉黨。在家鄉存不住身，異想天開，召集了無業少年十餘人，由河南項城到山東煙台，將同伴留在旅舍中，隻身去見吳長慶。

吳長慶當時以廣東水師提督辦理山東軍務，他跟袁世凱的嗣父袁保慶是八拜之交，對故人之子，當然要照應，首先動問來意。

袁世凱答說：「身為將門之子，投筆從戎。」又說他帶來的十幾個少年，都是難得的將才，

「請老伯全數錄用。」

吳長慶大為詫異，不好罵他荒唐，斥之為冒昧。當下派了一名軍官攜帶銀票，到旅舍裡，將他的同伴好言資遣。當然，袁世凱是被留下來了。

「你進了學沒有？」

「沒有。」

袁世凱連秀才都不是，不過捐了個監生，照例可應北闈——順天鄉試；吳長慶便叫他在營讀書。拜張謇為師；此人號季直，是南通的名士，他在吳長慶幕府中參贊軍務，同時也是吳長慶次子吳保初的業師。

既然要應考，張謇當然教他做八股文。袁世凱興趣缺缺；但陪著張謇談談時事，以及用人馭士的手段，卻頭頭是道，很得張謇的賞識。吳長慶幕府中，還有個朱銘盤，也是南通人，與張謇及另一個詩做得極好的范肯堂，號稱為「通州三生」；這朱銘盤對袁世凱亦頗有好感，因此，當張謇保薦袁世凱時，而朱銘盤在一旁幫腔以後，吳長慶便委袁為營務處幫辦，而且派了兩名勤務兵給他。這是前年——光緒六年四月間的事。

及至朝鮮發生內亂，張樹聲派丁汝昌特召吳長慶議事。吳長慶帶同張謇，在天津密商三日，定策平亂。這年壬午，「子午卯酉，大比之年」，袁世凱奉命入京鄉試，恰好也在天津；聽說要出兵朝鮮，便去見張謇，想棄文就武，不赴鄉試而赴朝鮮。張謇答應了，為他向吳長慶要求，如願以償。

到了煙台以後，吳長慶回登州去調兵遣將，在煙台派船徵糧，須備輜重，由張謇負責，事多且雜，張謇順理成章的找了袁世凱做幫手，由吳長慶下札子委為「前敵營務處」，居然獨當一面。

七月十二日黃昏，吳長慶帶領大隊人馬，由煙台抵達朝鮮仁川；可是日本海陸軍已經早一小時到達。只是天色已晚，中日兩軍都住在船上，預備天亮登陸。

哪知就在夜色蒼茫中，閔妃所遣的密使到了。原來朝鮮國王李熙，也像光緒皇帝一樣，是旁支入繼；李熙的生父「大院君」李昰應，便等於醇親王，所不同的是，「大院君」攝政。李熙成年以後，「大院君」歸政，而李熙懦弱，大權落入王妃閔氏手中；「大院君」自然看不過去，便與閔妃爭權。那閔妃像慈禧太后一樣，非常能幹，心想朝鮮是中國的藩屬，只要傾心結交中國官吏，自然就占上風。此時日本的野心日熾，看朝鮮兩派對立，各不相下，便蓄心要找機會，作為入侵的藉口。

機會終於來了。朝鮮內政不修，人民困苦，士兵的餉欠了好幾個月，一再「鬧餉」，發又發得不足數，於是便常有造反作亂之事，日本人便買通亂黨，故意讓他們搶劫日本領事館，日本便以保護領事館為名，醞釀出兵朝鮮。

閔慶妃得到消息，向中國官吏告密；駐日公使亦有急電到北洋，中日雙方軍隊都想搶個先著，但同時到達，不分先後，而閔妃的密使一來，情勢就不同了。

這個密使謁見吳長慶、丁汝昌，說日本與李昰應已有勾結。哪一個的軍隊先到朝鮮京城漢城，哪一國便控制了整個局勢。這就像楚漢相爭，先入咸陽為勝是一樣的道理。

「為今之計，我們勦天朝大軍，乘黑夜登陸，由間道入漢城，一晝夜可以抵達。這條間道捷徑是日本人所不知道的。」

「主意是很好，可是這一晝夜的供應呢？士兵不能不吃飯啊！」

「請放心。」閔妃的密使說：「沿途都設備好了。」

吳長慶大喜，立即召集張謇及馬建忠密議，決定接受閔妃的計畫，先派五百人連夜登陸；另派一千人在黎明下船，其餘守在船上待命。

密議既定，吳長慶在招商局輪船的大餐間點兵發令。

這本來應該是士氣昂揚，踴躍爭先的一個場面，不過吳長慶下達了命令，肅靜無聲，約有五分鐘之久；這一下氣氛便顯得很僵硬了。

終於有個姓劉的幫帶，湊到吳長慶面前低聲說道：「本營都是陸軍，從來沒有出過海，現在輪船剛停下來，弟兄暈船的很多，能不能請大帥體諒，讓大家休息一夜，到天亮再上岸。」

此言一出，吳長慶即時變色，偏偏另外還有同樣的請求，吳長慶勃然大怒，拍桌罵道：「這是甚麼時候，甚麼地方，你敢不遵我的命令，莫非不知道軍法？」說著，要拔令箭斬那個劉幫帶。

張謇在旁，不等他再開口搶著說道：「大帥，劉幫帶不宜再帶兵了；另外派人吧！」

「派誰呢？」

「我看袁世凱可以接替。」

「好！」吳長慶向左右說道：「把姓劉的先看管起來，等我辦完了大事再來處置。」

這時袁世凱已得到通知，進來行了禮；張謇說道：「大帥有差使派給你，你仔細聽著。」

吳長慶接口下令：「劉幫帶不遵命令，我已把他革職看管，現在派你為幫帶，接管他的隊伍；即刻預備，半點鐘以後，先領一營人，坐朝鮮派來的船登陸，由朝鮮嚮導帶領，連夜行軍。袁世凱，這個差使，你擔當得下來，擔當不下來？」

「能擔當。」

「好！你部下如有人不遵命，違反軍法，准你先斬後報。」說著，吳長慶將手中的令箭，往前一遞。

袁世凱接令在手，高聲答道：「遵大帥將令。」

半點鐘不到，袁世凱已紮束停當，草鞋短褲，乾淨俐落，進來向吳長慶稟報：「已經跟朝鮮的譯官商量決定，登陸後連夜行軍，天明到果山早飯，在那裡恭候大帥駕臨。」

辭行既畢，立即下船。到得天亮，吳長慶親統兩營，接續前進，中午抵達果山，袁世凱下馬迎謁，說已派先鋒五百人，由營官率領先走，他特為在此候駕。

「路上怎麼樣？」

「一路平安，朝鮮的供應很完備，一切請大帥放心。」

「好！」吳長慶又問：「還有甚麼事要報告的？」

「士兵的紀律不大好，搶民間的東西，還有對婦女無禮，王師戡亂，這樣子會讓人家看不起，世凱已遵大帥將令，就地正法了七個人。」

一聽這話，吳長慶放心了。原以為他不會帶兵，現在看來，倒真不愧將門之後，當下慰勉了一番，關照袁世凱繼續前進。

當天深夜，先鋒五百人到了漢城，在南門紮營。第二天上午十點多鐘，吳長慶親統的一千人，亦復疾馳而至，在距漢城七里的屯子山，紮下大營。其時「大院君」李昰應已經得到消息，派了他的兒子大將軍李載冕來見吳長慶，表示慰勞。吳長慶亦很客氣地敷衍了一番，等李載冕一走，立刻進城去拜訪李昰應，作禮貌上的周旋。

出城回大營以後，吳長慶召集高級將領及幕僚密商，馬建忠建議，擒賊擒王，等李昰應來回拜時，設法扣留，送往天津，以寒亂黨之膽。倘或亂黨不受安撫，再行進剿。

吳長慶認為此計大妙，其餘的人眾都同意，於是祕密部署，設下了陷阱只等李昰應來自投。

李昰應來回拜時，是在下午四點鐘，帶的衛隊有數十名之多；接入帳內，由張謇與馬建忠二人，與李昰應筆談，這樣交換親見，即令是泛泛的寒暄，一來一往，亦很費事。等營外李昰應的衛隊，被隔離開來，看看時候差不多了；吳長慶便即說道：「本人奉朝廷之命傳旨，著貴藩親自到北京，面陳亂黨的一切。」

說完，也不管李昰應聽得懂聽不懂，由馬建忠扶起李昰應出營；外面有一頂轎子，將他塞入轎內，抬起便走，健卒百餘人前後夾護，連夜冒雨急馳一百二十里，第二天一早到南陽港口，登上威遠兵輪，李昰應才知道是怎麼回事。

下一個目標是李昰應的長子，亦即韓王李熙的胞兄李載冕，據說，亂黨是由他指揮的。吳長慶派袁世凱領兵入城，逮捕了李載冕，而亂黨卻已逃散了。

當天晚上，吳長慶接到李熙的密報，亂黨屯駐在兩個地方，一個叫利泰院，一個叫枉尋里。枉尋里就在吳長慶大營附近，便由他親自出馬；利泰院的任務派了袁世凱，乘黑夜奇襲，抓了一百多人，其餘的烏合之眾，紛紛走避；枉尋里的情形亦差不多。等日軍三千人，沿大路開到漢城，局勢已經平定了。

這一來，日軍便沒有再進城的理由，為了避免與清軍衝突，駐紮在城外。日本駐韓公使花房義質亦回漢城，向韓國賠償的交涉，這不是吳長慶的事；他將大營移駐東門外關帝廟以後，隨即行文北洋，奏請論功行賞。

11 移花接木

這本來是件好事，但袁世凱卻懷著鬼胎，但亦無法，只好等紕漏出來以後再來想辦法——終於有一天，為吳長慶辦文案的幕僚，而且也教袁世凱讀過書的周家祿，將他找了去有話問。

「慰亭，」他問：「你是中書科中書？」

「怎麼樣？」袁世凱不置可否，先打聽出了甚麼事？

「你看！」

是北洋來的公事，說慶軍保獎一案，中書科中書袁世凱，保升同知，業已奉旨允准。惟本部遍查檔冊，中書科中書並無袁世凱其人；請飭該員申覆云云。

袁世凱一則以喜，一則以憂，喜的是平地起樓台，搞了個五品同知，這個職務是武職，故別稱「司馬」；但官卻是文官，前程無量，比二、三品的副將、參將還值錢；憂的是資歷上的中書科中書原是假冒的，這個底缺如果不存在，升同知的美夢也就落空了。

心裡七上八下，表面卻很沉著，「周先生，」他笑嘻嘻地說：「你倒猜上一猜。」

「用不著猜，你當初拿來的那張捐官的『部照』，姓不錯，是袁，名字不是，當然是借來的。」

「是，是，周先生明見萬里。這件事，」他打了個千說：「請周先生成全。」

「成全不用說，據實呈覆，連慶公都要擔個失察的處分。」周家祿緊接著說：「現在有兩個辦法，一個容易，一個麻煩，要你自己挑。」

「那請周先生指教，是怎麼樣的兩個辦法。」

「先說容易的，你改用部照上的名字。」周家祿說：「這個辦法，不但容易，而且方便。你方便，我也方便，只要一角公文，袁世凱為袁某某的改名，恢復原名即可。」

袁世凱不願用這個容易方便的法子，因為他在韓國已是知名人物；尤其有關係的是，朝中自慈禧太后、恭王到總理衙門章京，都知道有個在朝鮮立了功的袁世凱，一改名字，區區同知，有誰知道。

不過他拒絕的理由，卻不是這麼說：「周先生，實不相瞞，」他說：「原來的部照，是我一個堂姪子的，此人業已去世，恢復原名，有許多意外的糾葛。請說難的那個辦法吧！」

「難的那個辦法，就是你自己託人到吏部去活動。吏部那些書辦，花樣之多，意想不到，他們一定有辦法，不過『火到豬頭爛，錢到公事辦』，你這件事，只怕非千金莫辦。」

「是、是。我照周先生的意思去辦。」

「好！我暫且把公事壓下來，等你到吏部活動，看結果如何，再作道理。」

「是。多謝、多謝。」

「尉亭！」周家祿笑道：「我有一首打油詩送你。」

說完，拈起筆來，就桌上拿起公文的稿紙，一揮而就；袁世凱接過來念道：「本是中州歪秀才，中書借得不須猜。一時大展經綸手，殺得人頭七個來。」

等他念完，周家祿哈哈大笑；袁世凱也只好陪著乾笑幾聲，以示灑脫。

回到自己營帳，袁世凱自然而然想起了一個人，此人名叫徐世昌，是個舉人，辦事很扎實，託他去活動，萬無一失。只是照周家祿說，花費須一千兩銀子，款從何出，卻費思量。

想來想去，只好去找張謇。他兼管著支應所，糧餉出入，大權在握，只要他點頭，一千兩銀子就有著落了。

見面招呼，一聲「張先生！」張謇便是一楞，原來他稱周家祿是「周先生」，叫張謇一向只「老師」二字，如今不但改了「先生」，而且還加了姓，此又何故？

一時不便責問；只冷冷地答一聲：「有何見教？」

袁世凱也發覺自己錯了，但亦不願再改口，只婉轉地說明了自己的困難，請張「成全」。

「成全不敢當，不過既然是朋友，理當相助。支應所的款子是公款，我不便私下借給你；如今只有一個辦法，你的公費每月二百兩，你寫五張『領結』來，我把你的五個月公費先發給你。」

「好！請問領結如何寫法？」

本來「印結」之結，當作承認事情已經結束來解釋，辭句上不大好聽，沒有人去理會，只是袁世凱心裡有病，將張謇所開的印結式樣，拿回去一看，上面寫的大意是，領到某月份公費銀二百兩，當面點清，成色分兩，均未短缺；嗣後倘有短缺，絕不致提出任何補償的要求。

倒像防他會耍賴似地，心裡已經不大舒服；再翻一翻一部他當作做官祕訣來用的「六部成語」，其中「吏部」有一條常用的成語，叫做「甘結」，注解是：「凡官府斷案既定，或將財物令事主領回者，均命本人作一『情甘遵命』之據，上畫花押，謂之甘結。」頓時大為光火；原來所謂印結是這麼一種做低服小的表示，不過畫花押改為鈐印而已，他覺得支應所欺人太甚了。

再一想到，這回的保案中，張謇不過是以縣丞保用為七品的知縣；自己是同知，所謂「五品黃堂」，憑甚麼要向支應所具印結？

當時大發了一頓牢騷，但不具印結，領不到銀子，只好忍氣吞聲照辦。可是張謇雖然聽說他背後大罵「何物支應所」，覺得小人得志的那副臉嘴，令人齒冷；但還是很幫他的忙。

「慰亭，」他問：「你這銀子是要在京裡用？」

「是的。」

「那麼你要寄給誰呢？」

「我的一個總角之交。」袁世凱答說：「姓徐，大概已經是新科舉人了。」

張謇懂他的意思，他這姓徐的朋友應北闈鄉試，如今已經發榜，可能榜上有名，不過遠在異國，未得京師消息，所以用了「大概」二字。

「好！」張謇說道：「我當然不能發你現銀，用銀票呢，又怕寄遞中途失落了，也很麻煩。

我有一個辦法，不知道你願意不願意。」

「喔，請張先生說。」

又是「張先生」！聽慣了他口口聲聲叫「老師」，現在第二回聽見這個稱呼，實在有些刺耳。不過張謇還是很耐心地說：「本軍的餉銀，都是由天津『北洋公所』發的；我現在給你一張領據，你寄給你的朋友，由他直接到北洋公所去領，豈不方便。」

「好，好！費心張先生了。」

「你貴友的大名是哪兩個字？」張謇又說：「領據上指明由某人去領，比較保險。」

袁世凱覺得這話也不錯，點點頭說：「叫徐世昌。五世其昌的世昌。」

「哪裡人？」

「這也要寫在領據上？」

「不是這意思。我要寫明他的身分，赴北闈當然不是監生，就是生員，生員就要寫明哪一縣的生員，所以我問他是哪裡人。」

「他是生員。」袁世凱說：「他原來是浙江寧波人；乾隆年間遷居天津，他高祖是河南南陽知縣，歿在任上，葬在河南汲縣，他家以後就一直寄居在那裡，所以他又算浙江人，也算直隸人，或者河南人。」

「這樣說，他還是天津的生員，如果是汲縣進的學，就得在河南鄉試。」

張謇開了領據，指明由「原天津生員徐世昌」具領。等這張領據寄到徐世昌手裡，他已經是新科舉人了。

徐世昌是與他的胞弟徐世光，一起下科場的。三場考畢，在等候發榜的那一個月之中，功名心熱，得失之念，梗在胸中，有些食不甘味、寢不安枕；常常往來的一個好朋友，便勸他去求一支籤。

他這個朋友叫柯紹忞，字鳳笙，山東膠州人；告訴徐世昌說：「琉璃廠的呂祖祠，那裡的籤，最靈驗不過，有求必應，有應必中。你何妨去求一求看。」

徐世昌欣然樂從，到了琉璃廠呂祖祠，看香火比它西面的火神廟還盛，信心便又添了幾分。當下虔誠禱祝，抽了一支籤出來，上面寫的一首詩是：「八九玄功已有基，頻添火候莫差池，待看十二重樓透，便是丹成鶴到時。」

「這好像功夫還不到。」徐世昌說：「今科恐怕無望。」

「不然。」柯紹忞說：「照我看，這是指春闈而言，第二句『頻添火候莫差池』，是說你秋闈得意以後，要加緊用功，多寫寫『大卷子』，明年會試中式、殿試得鼎甲，那豈非『十二重樓透』出？」

徐世昌聽這一解，大為高興。再看詩後的「斷曰」：「光前裕後，昌大其門庭」，益發滿心歡悅了。

到得登榜那天，由半夜等到天亮，由天亮等到日中，捷報來了，不過徐世昌卻格外難堪，原來他的胞弟徐世光中了第九十五名舉人。

當下開發了喜封，在會館中亂過一陣，等靜下來不由得淒然下淚。

「大哥，我看你的闈墨比我強。」徐世光安慰他說：「一定是五經魁，報來還早呢！」

原來鄉試發榜，彌封卷子拆一名，寫一名，從前一天半夜，一直要寫到第二天晚上。向例寫榜從第六名開始，前五名稱為「五經魁」，留到最後揭曉，那時已是第二天晚上，到拆五經魁的卷子時，闈中僕役雜工，人手一支紅蠟燭，光耀如白晝，稱為「鬧榜」。其時黃昏未到，所以徐世光說是「報來還早呢」。

「報！」外面又熱鬧了，徐世昌側耳靜聽，報的是：「貴府徐大少爺郎世昌，高中壬午科順天鄉試第一百四十五名舉人。」

這是真的嗎？當然是真的，泥金報條上所寫的，還怕會眼花看錯，報子「連三元」來討賞，賞了二十兩還不肯，說是：「大少爺、二少爺，雙喜臨門，起碼得賞個一百兩銀子。」這總不是假的吧！

爭多論少，終於以四十兩銀子打發了「連三元」。不過這是「頭報」，接下來還有「二報」、「三報」，少不得還要破費幾兩銀子。這一夜會館中很熱鬧，徐氏兄弟棠棣聯輝，他們所住的那個院子，更是賀客接踵不斷，直到午夜過後，才得清靜下來；雖然人已經非常困倦了，但徐世昌的精神亢奮，一點睡意都沒有。

「二弟，好靈啊！」徐世昌突然跳起來，大聲嚷著，倒把徐世光嚇一大跳。

「大哥，甚麼東西好靈？」

「唷，二弟，你不能用『東西』這種字眼，我是說呂祖的籤好靈。你看，」徐世昌指著籤詞：「『光前裕後』，不明明道破，你的名次在前嗎？」

「呃！」徐世光也覺得有點道理，「真的，呂祖已經明示，我要沾大哥的光。」

「不過，二弟，你也別太得意。你將來的成就不及我。」

他以兄長的身分，用這樣的口吻說話，徐世光自然只有保持沉默。

「怎麼，」徐世昌說：「你不相信？」

「不是我不相信。我將來的成就不及大哥，也是可想而知的；不過剛剛是在談呂祖的籤，大哥一定在籤上有所領悟，而沒有說出一個究竟來，我就不便置喙了。」

「當然！當然是籤上透露的玄機，你看：『昌大其門庭』，不就是我徐世昌才能榮宗耀祖嗎？」

徐世光無話可答，只有連聲應說是。

「只有大哥才能昌大咱們徐家的門庭。」

「二弟，」徐世昌神情肅穆地說：「明天到呂祖祠去磕個頭，一則謝謝他老人家的指點；再則今後的行止，也要請他老人家指點。」

徐世光聽兄長的話，第二天又一起到呂祖祠告求籤。這回是各求一支，叩問行止，徐世光求得的籤，意思是不如回家讀書，明年春天會試再來；徐世昌的那一支是：「出門何所圖，勝如家裡坐，雖無上天梯，一步高一步。」

「二弟，你回去，我不能回去。」徐世昌說：「籤上說得很明白，出門勝似在家。我在京用功為妙。」

徐世光自是聽他作主，一個人先回家鄉；徐世昌卻尋得一個館地，是兵部尚書張之萬家，他們是世交，張之萬將他請了去陪他的兒子張瑞蔭一起讀書，附帶辦辦筆墨，住在張家後院。

後院很寬敞，徐世昌布置了臥室、書房以外，還有餘屋，打算著設一個神龕，供奉呂祖；主意將定未定之際，夜得一夢，夢見呂祖，告訴他說：「你果真有心供奉我的香火，事須祕密；我雲遊稍倦，需要小憩時，自會降臨，把你這裡作為一個避囂的靜室，不宜有人打攪。」

平時做夢，剛醒來時還記得，稍停一停，便忘得精光；只有這個夢，在他第二天起身漱洗時，還清清楚楚地記得。徐世昌認為呂祖託夢，非同小可，不過一定得遵照神靈指示辦事，所以一切親自動手，找一間最隱密的房間，悄悄置了一座神龕；白天門戶緊閉，晚上直到院門關緊門住，方開密室，在神前燒香膜拜，同時置了一副「呂祖神籤」，以便疑難不決時，得以請呂祖指點。

這天接到袁世凱的來信，少不得也要求支籤，問一問這件事能不能辦？籤上指示，不但可辦，而且要速辦；遲則不及。當下便向張瑞蔭打聽，吏部有沒有熟人？

「甚麼事？」

「是一個朋友袁慰亭，有點麻煩——。」徐世昌細說了緣曲。

「這是吏部文選司該管。」張瑞蔭說：「這種事找司官，不如找書辦。」

「正是，袁慰亭信中關照，也是要找書辦；我問有沒有熟人，就是說吏部書辦之中有沒有夠交情的？」

「我們這種人家，怎麼會跟胥吏有交情？」張瑞蔭說：「等我來問問門上老牛。」

徐世昌知道失言了，臉一紅說：「是，是，我說錯了。就拜託你找老牛問一問吧？」

將老牛找了來一問，他說：「我們熟識一個姓何的，在吏部文選司很吃得開。不過不知道在不在京？」

「怎麼？吏部的書辦不在京裡會有甚麼地方呢？」

「老何原籍山西蒲州，前一陣子我聽說他要請假回老家去上墳，不知道走了沒有？」

「你趕快去一趟。」張瑞蔭說：「看看何書辦在不在？在呢，就跟他說，有這麼一件事——。」

這件事的始末，由徐世昌告訴了老牛，請老牛去談。這是有回扣的事，老牛很巴結他，當時便去找何書辦接頭。

到晚來回話，「好險！」老牛說道：「只差一步，行李都上車了，明兒一大早就走。」

「喔，你跟他談了？」

「他們怎麼會沒辦法？」老牛笑道：「就怕『盤子』談不攏。」

「他開的『盤口』是多少？」張瑞蔭問。

「何書辦說，這件事一進一出，關係極大，如果袁老爺的中書還不出娘家，不但升同知不必談，還要追究他何以資歷不符，那就不是吏部的事了。」

「不是吏部的事，」徐世昌問：「是哪一部的事呢？」

「刑部。」

「好傢伙！」徐世昌大吃一驚，「還要治罪啊！」

「人家是這麼說，咱們也不能全聽他的。不過，袁老爺正好有這個短處非求他不可，那就只好聽他獅子大開口了。」

「要多少？」

「兩千。」

正好差了一半；徐世昌面有難色，將袁世凱的信，遞給了張瑞蔭看。

看完信，張瑞蔭問道：「老牛，他跟你說了沒有，是怎麼個辦法？」

「大少爺，你倒想，他肯跟我說嗎？我倒是盯著問了好半天，他只跟我說了一句：『事不難辦，不過就告訴了你，你也辦不到。』」

「好吧，跟他講盤子吧，最多給他一個八數。」張瑞蔭又說：「徐老爺的朋友，不是外人。」

這時是暗示老牛別從中亂戴帽子：「是！既然大少爺交代，我盡力去辦就是。」老牛又說：「我得連夜跟何書辦去談，不然，人家天一亮就走人了。」

連夜折衝，以一千二百兩銀子成交；先交一半，等辦妥了再交一半。徐世昌第二天到天津，去北洋公所將一千兩銀子領了出來，存在阜康錢莊，先打了一張六百兩的票子，交給張瑞蔭。

張瑞蔭辦事也很周到，將老牛喚了來說道：「你最好把何書辦約出來，大家當面鑼、對面鼓說明白。怕的萬一出了甚麼差錯，徐老爺對袁老爺也有個交代。」

「是。」

老牛便去約好何書辦，在一家飯館見面，部中胥吏的身分甚低，儘管衣著比紈袴子弟還講究，但見了張瑞蔭稱「大少爺」，對徐世昌叫「徐老爺」，站著說話，執禮甚恭。

等把銀票遞了過去，何書辦接到手中，擺在桌上，然後請個安說：「跟大少爺、徐老爺回，事情呢？一舉手之勞，不過要經過十三道關口，一關過不去就不成。銀票我暫時收著，也不會去兌，等事情辦妥了再說。」

「是的，你多費心。」

張瑞蔭問：「徐老爺應該怎麼回覆袁老爺？」

「請徐老爺告訴袁老爺，說當初捐中書的名字不假，只為將門之後，投效戎行，所以改名『世凱』。只要北洋這麼咨覆吏部，一准改名，袁老爺的同知就升定了。」

這個訣竅說穿了不稀奇，但如果不是在吏部打通了關節，一改名字就可能會把整個前程斷送掉，因為要刁難的話，隨便找個理由就可以折磨個一年半載，及至一關通過，又有另一關，非把錢花夠了數，不能領一張俗稱為「部照」的任官「文憑」，而在更名未確定以前，不能分發，不能赴任，只有閒等，先就是一大損失。所以考試發榜，吏部銓選，如果姓名弄錯，往往情甘委屈，將錯就錯，像袁世凱這樣順利的假「更名」，實在很少。

即令如此，公文往返，也得半年功夫。其時局勢又已有變化，李鴻章的回任已經定局了——

從張樹聲父子無意間得罪了張佩綸以後，李鴻章發覺張樹聲對北洋有「久假不歸」之勢，便利用時機，極力拉攏張佩綸，走李鴻藻的路子，搞出來一個與張樹聲各回本任的結果，但李鴻章母喪尚不滿一年，而朝鮮的內亂已經平定，不必再動用武力，就沒有「墨經從軍」而且「奪情」的理由，好在洋務上棘手之事甚多，以需要李鴻章與各國公使折衝的藉口，將李鴻章留了下來，等待適當的時機再回任之諭。

當李鴻章自合肥老家入京時，在上海住了好些日子，對左宗棠打算驅逐李鴻章勢力出兩江的情形，印象深刻。同時，對洋務、軍務的見解，大相逕庭，像中國與法國在越南的糾紛，李鴻章認為「彼欲難饜，我餉難支」，應該和平了解，絕不可用武；而左宗棠主張支持助越拒法的「黑旗軍」劉永福，不但以軍火接濟雲貴總督岑毓英轉以援劉，而且正式致書總理衙門，認為「主戰主和，不難一言而決」，目前的情勢，「不但泰西諸邦多以法為不然；逆料其與中國不協，必致事無結束，悔不可追」，就是法國亦何嘗不顧慮，真要與中國開戰，危險甚大，不過勢成騎虎，不能不虛張聲勢，如果中國動搖，適中其計。他說他「默察時局，惟主戰於正義有合，而於時勢攸宜，既中外人情亦無不順」。

就因為他一直有這種論調，所以朝廷特派李鴻章前赴廣東督辦越南事宜；這是一個名義，實際上李鴻章並不必赴廣東，在上海、在天津，都可以跟法國公使寶海談和。但如左宗棠不斷鼓吹武力干預，到最後恐終不免要到廣東去指揮對法戰事，那一來只怕非身敗名裂不可。

當然，總署亦很持重，不會輕信左宗棠的「正義」說，只是李鴻章跟寶海的交涉，因此而愈感困難。

對法如此，對英亦常使李鴻章傷腦筋。英商的海洋電報線希望由吳淞接一條旱線到上海，左宗棠堅持不許；英商希望減輕釐捐，左宗棠亦表反對。而最使李鴻章為難的是，左宗棠倡議洋藥土煙加釐一事。

「洋藥土煙」皆指鴉片，「加釐」便是加「通行稅」。左宗棠認為鴉片流毒無窮，主張寓禁於徵，奉旨允准後，會同李鴻章與英國公使威妥瑪交涉。

威妥瑪提出洋藥進口增加稅，行銷內地在各關卡所徵釐捐不增加；左宗棠也同意了，但每箱的進口稅，中國要一百五十兩，英國只願繳八十兩。相差太鉅，一直沒有成議。

以後左宗棠外放，交涉由李鴻章接辦，而威妥瑪奉調回國，希望此一交涉能如英國的條件談成功，增添他回國以後的面子，李鴻章有心幫忙，卻以左宗棠的不肯妥協，以江督的地位表示反對，搞得事成僵局。

但在事業上最大的衝突是，李鴻章原主「海防」，而張佩綸有個專設「水師衙門」創辦新式海軍之議，大為李鴻章所欣賞。但左宗棠一到兩江，巡閱過海口及長江以後，改變了他原來「陸防」的主張，特意將水師出身的彭玉麟請了來，商量造新式兵艦，而且已經開始在辦了。左宗棠首創福建船政，對此道不能說他是外行；因此可以預見的是，將來創辦新式海軍，左宗棠絕不容北洋單獨掌權。「海防」、「陸防」之爭，只要打倒了他的理論，便無他慮；如今左宗棠亦主張海防，那就變成彼此競爭著辦一件事，權不能獨專、事不能由心，是李鴻章最不能容忍的一件事。

因此，無論看眼前，算將來，李鴻章認為左宗棠是非拔除不可的眼中釘。這得從翦除左宗棠的羽翼著手。李鴻章手下的謀士，都有這樣一種見解；且認為第一個目標，應該是胡雪巖。

於是上海道邵友濂，便與盛宣懷等人，祕密商定了一個打擊胡雪巖的辦法，在洋債還款這件事上，造成胡雪巖的困窘。

其時胡雪巖經手，尚未清結的借款，還有兩筆，一筆是光緒四年八月所借的商款，華洋各計，總計六百五十萬兩；洋款不借商款，其中別有衷曲，原來光緒三年，由胡雪巖經手，向匯豐銀行借款五百萬兩，借還均用實銀，條件是月息一分二釐五，期限七年，連本帶利分十四期拔還。每期六個月，仍由浙、粵、江海、江漢四關出票，按期償還。此外有個附帶條件，即商定此項條件後，如果借方作罷，三個月內關票不到，則胡雪巖罰銀十五萬兩；匯豐如果三個月內不交銀，罰款相同。

這筆借款由於兩江總督沈葆楨的介入，一波三折，拖延甚久，其時西征軍事頗為順手，劉錦棠率軍自烏魯木齊南進，並分兵與陝西提督張曜會師吐魯番，一舉克復，回亂首腦之一的白彥虎倉皇西遁；劉錦棠亦推進至吐魯番盆地西端的托克遜，回眾投降者兩萬餘人。但回部首腦經和碩、焉耆，出鐵門關在庫爾勒地方，跟俄國軍方搭上了線，而西征軍卻因糧餉困難，無法西進，左宗棠著急得不得了。好不容易在五月裡談成功了這筆洋債，至少望梅止渴，軍心先是一振；同時在上海、湖北、陝西的三處糧台，借商款應急，亦比較容易措手了。

哪知在辦手續時，起了波折，原來英商滙豐銀行貸款，照例要由總理衙門出面，致英國公使一個照會，敘明借款條件等等，由英國公使再轉行總稅務司及駐上海領事，轉知滙豐銀行照辦。

這一來，如果貸款放出去收不回，便可由英國向中國交涉；這通照會實際上是中國政府所出的保證書，所以由滙豐銀行擬好稿子，交給胡雪巖，再經左宗棠咨請總理衙門辦理，而滙豐的稿子中，說明「息銀不得過一分」，然則左宗棠的奏摺中，何以說是月息一分二釐五？為此，其中處於關鍵地位的總稅務司赫德，表示這筆借款不能成立。

這當然要查。左宗棠根據胡雪巖的答覆回奏，說滙豐的息銀，只有一分，誠然不錯，但付款辦法是以先令計算，折付銀圓；這種銀圓，一向在東南各省通用，稱之為「爛番銀」，西北向不通用，所以仍舊須借以兩為單位的現銀。

但先令的市價，根據倫敦掛牌，早晚不同；到時候如果滙價上漲，胡雪巖便要吃賠帳，所以接洽德商泰來洋行，「包認先令」，這要承擔相當風險，泰來洋行得息二釐五，並不為多。

左宗棠表示，此案「首尾本屬一貫」，只是前次「未經聲敘明析」，又力言胡雪巖「息借洋款，實無別故」。很顯然的，這是左宗棠硬頂下來的，朝廷不能不賣他的老面子；左宗棠心裡卻覺得很不是味道，從此對胡雪巖的信用，便打了一個折扣，可是卻不能不用胡雪巖。

胡雪巖當然亦想力蓋前愆，於是而有借商款的辦法，這年——光緒三年年底，左宗棠寫給胡雪巖的覆信說：「今歲餉事，拮据殊常，非樞邸嚴催協餉，籌部款，大局已不可問。洋款枝節橫生，非閣下苦心孤詣，竭力維持，無從說起。

「現在年關滿餉，仍待洋款頭批速到，始夠支銷，除清還鄂欠外，尚須勻撥陝賑及甘屬災黎，所餘洋款，除清還滬局借款外，核計敷至明年夏秋之交而止，此後又不知何以為計？尊意以為兵事可慰，餉事則殊可憂，不得不先一年預為之地，洵切實確鑿之論，弟心中所欲奉商者，閣下已代為計之，非設身處地，通盤熟籌，不能道其隻字，萬里同心，不言而喻。」

原來胡雪巖早替左宗棠算過了，年底本應發餉；陝甘兩省旱災要賑濟，再還了湖北、上海兩處借款，到得明年夏秋之間，便又是青黃不接的時期了。借款籌餉要早一年便須著手。

可是洋款已不能借。借洋款是國家的責任，雖說由各省協餉，但災荒連年，各省情形都不好，欠解西征協餉，無法歸還欠款，仍須政府設法，所以根本不能再提洋款。而且左宗棠因為借洋款，要受赫德的氣，自己亦不大願意借洋款，尤其是英商的款子。

胡雪巖想到左宗棠說過，「息耗太重，如果是商款，楚弓楚得，倒還罷了。洋人賺了我們重利，還要多方挑剔，實在不甘。」同時又一再表示，「何必海關及各省出票？倒像是各省替陝甘來還債；其實還的還是陝甘應得的協餉。我主持西征，籌餉我有全權；協餉不到，先借款子來接濟，這就是所謂調度。商人如果相信陝甘相信我，由陝甘出票就可以了，何必勞動總署？」

因此他設計了一套借商款的辦法，往返磋商，終於定議，由胡雪巖邀集商股一百七十五萬兩；另由滙豐「認股」一百七十五萬兩，合共三百五十萬，組織一個乾泰公司負責借出，照左宗棠的計算，在七年之中，陝甘可得協餉一千八百八十萬以上。除還洋款以外，至少尚有千萬之多，所以借幾百萬商款，一定能夠清償；但協餉收到的日期不一，多寡不定，所以提出來一個

「機圓法活」的要求，第一，不出關票；第二，不定年限，可以早還，亦可以遲還；第三，有錢就還，無錢暫欠，利息照算，不必定為幾個月一期。

這是他一廂情願的想法，胡雪巖只能替他辦到不出關票，此外年限定為六年，期次仍是半年一期，利息是一分二。

當然借商款亦須奏准；左宗棠於光緒四年八月十六日出奏，一個月以後奉到廷寄：「借用商款，息銀既重、各省關每年除劃還本息外，京協各餉，更屬無從籌措，本係萬不得已之計。「此次姑念左宗棠籌辦各務，事在垂成，准照所議辦理。嗣後無論何項急需，不得動輒息借商款，致貽後累。」

所謂「京餉」，即是在京的各項開支，包括文武百官的俸給，八旗士兵的餉項，以及一年三次送入宮內，供兩宮太后及皇帝私人開支的「交進銀」在內，是最重要的一筆預算，由於左宗棠動輒借款之累，連京餉都「無從籌措」，這話說得很重了。

為此，一直到上年左宗棠奉召入京，為了替劉錦棠籌畫西征善後，才迫不得已，在近乎獨斷獨行的情況下，借了匯豐銀行招股所貸的四百萬兩。

這兩筆款子的風險，都在胡雪巖一個人身上。三百五十萬的商款，自光緒五年起分期拔還，幾乎已還了一半；而且每期本息約十來萬銀子，邵友濂亦知道，難不倒胡雪巖，要刁難他，只有在光緒七年所借的那一筆上。

這筆款子實收於光緒七年四月、年息九釐九毫五，前兩年只付息，不還本，第三年起每年拔本一百萬兩，分兩期給付；光緒九年四月付第一期、十月付第二期，每期各五十萬兩。以前各次洋債，雖由胡雪巖經手，但如何償還，不用他來操心，因為各省督撫加了印的「關票」，彙集於江海關後，稅務司還要簽押負連帶責任，如果各省的「關票」不能兌現、稅務司可以截留稅款，代為抵付。可是這最後一次的四百萬兩，在借款時為了替劉錦棠解除後顧之憂，左宗棠近乎獨斷獨行，只以為未來數年協餉尚多，不愁無法償還，所以大包大攬地說：本銀「如期由上海採運局經手交還；如上海無銀，應准其向戶部如期兌取。」

這一唯恐總理衙門及李鴻章策動赫德阻撓，但求成功，不惜遷就的承諾，無形之中便將全部風險都加了在胡雪巖的肩頭上，因為各省如果不解，匯豐銀行一定找胡雪巖，他們不必多費周折，請英國公使出面跟戶部打交道；以胡雪巖的財力、信用與擔當，每期五十萬兩銀子的本銀，亦一定挑得起來。

話雖如此，五十萬兩銀子到底不是一個小數目。邵友濂與盛宣懷祕密商定，到時候「擠他一擠」，雖未必能擠倒，至少可以打擊打擊他的信用。

其時——光緒九年春天，中法的關係復又惡化了。本來前一年十一月間，李鴻章與法國公使在上海談判，已經達成了和平解決在越南的糾紛的三點協議。但法國海軍部及殖民部，分別向他們的外交部表示，不滿寶海與李鴻章的協議，海軍方面且已增兵越南北部的海防。而又恰好法國發生政潮，新內閣的外交部長沙美拉庫，支持軍部的主張，推翻前議，而且將寶海撤任，另派特使德理固專程來華談判。

妙的是法國公使寶海，特為自上海到天津去看李鴻章，他勸李鴻章堅持前議，不妨指責法國政府違約；有了這種反對他們政府的法國公使，李鴻章覺得談和又有把握了，所以仍舊照原訂計畫，奏請准予給假回籍葬親。李還不肯回任，但為了開始建設旅順軍港，北洋大臣的差使是接下來了，既然請假，北洋大臣自然由張樹聲暫署。

但就在二月裡李鴻章在合肥原籍時，法軍在越南復又動武，不但攻占越南南定，而且直接侵犯中國在越南權益，招商局運米的船，在海防為法軍扣押；設在海防及順安的兩處倉庫，為法軍占領，其中的存糧及其他物品，當然也被沒收了。加以越南政府除行文禮部乞援外，並特派「刑部尚書」范慎遹來華，效「申包胥哭秦庭」，因此，朝中震動，清議昂揚，都主張採取強硬的對策；甚至駐英兼駐法公使一等毅勇侯曾紀澤，亦打電報回來，建議派軍援越，不可對法國讓步。

當時疆臣亦多主戰，雲貴總督岑毓英，備戰已有多時，但署理兩廣總督的曾國荃，卻不願輕啟戰端，清議深為不滿，因而主持總署的恭王，一面循外交途徑向法國抗議；一面奏准命李鴻章迅回直隸總督本任，接著降諭，派李鴻章以直隸總督的身分迅往廣東督辦越南事宜，所有廣東、廣西、雲南防軍，均歸節制。同時命左宗棠籌畫江南防軍待命南調援越。

這時胡雪巖恰好在江寧；便跟左宗棠說：「好像應該還有張制軍回兩廣本任的上諭；不然，李合肥一到天津，不就是有了兩位直隸總督？」

「妙就妙在沒有張振軒回本任的上諭。」左宗棠答說：「總署也知道李少荃絕不會到廣東；恐怕也不會回天津。」

「這，大人多指點指點，讓我們也開開茅塞。」

「李少荃看在曾文正分上，對曾老九一向是很客氣的。當年江寧之圍，師老無功，李少荃已經克復了常州，朝命赴援江寧，他按兵不動，為的是不願分曾老九的功。你想，如今他如果一到廣東，曾老九怎麼辦？」

「是，是。」胡雪巖想了一下說：「大人說李合肥也不會到天津，是怕一到了，張制軍就得回廣東，那一來不是又要把曾九帥擠走的嗎？」

「正是如此。」

「照此說來，京裡只說叫李某某回任，對於張曾兩位沒有交代；意思也就是要李合肥只領虛銜，暫時不必回任。」

「不錯，舉一反三，你明白了。」

「那麼，李合肥怎麼辦呢？」

左宗棠沉吟了好一會問說：「你看呢？」

「我看，他仍舊會到上海。」

左宗棠點點頭，「我想他也只能先駐上海。」他說：「而且他也不能忘情上海。」

胡雪巖當即說道：「我本來想跟大人辭了行，回杭州，以後再到上海；照現在看，似乎應該直接到上海的好。」

原來各省關應解陝甘，以便還本的協款，都交由江海關代轉；所以各省解繳的情況如何，非要胡雪巖到上海去查了才知道。

「好，你到上海首先辦這件事，看情形如何趕緊寫信來。看那裡還沒有解到，好及早去催。」

胡雪巖的估計很正確，李鴻章果然奏請暫駐上海，統籌全局，察酌南北軍情，再取進止。意思是江南防軍如果力量不足，無法南調，那就不一定用武，以求和為宜。恭王懂他的用意，奏請准如所請；於是李鴻章在三月底專輪到了上海，駐節天后宮行轅。

12 蕭瑟洋場

一見古應春的面，胡雪巖嚇一跳，他人都瘦得落形了。

「應春，你，你怎麼弄成這個樣子？」

「唉！」古應春長長地嘆口氣，「小爺叔，我的運氣太壞！也怪我自己大意。」

「你出了甚麼事？快告訴我。」

「我要傾家蕩產了。」古應春說：「都是聽信了徐雨之的話——。」

這徐雨之是廣東籍的富商，胡雪巖跟他也很熟。此人單名一個潤字，人很能幹，運氣也很好，在上海一家洋行學生意，深得洋人的器重，從二十二歲開始與人合夥開錢莊，開絲號，開茶棧，無不大發利市。同治二年二十六歲，已經積貲十來萬，在江南糧台報捐員外郎，加捐花翎，儼然上海洋場上有名的紳士了。

因此，同治十年得了個差使。那時兩江總督南洋大臣曾國藩，決定挑選幼童出洋留學；事先研究，這批幼童以在廣東挑選為宜，因為美國的華僑，絕大部分是廣東人，廣東風氣開通，做父兄的固不以幼年子弟，在萬里重洋之外而不放心；而此輩幼童在美國常有鄉音親切的長輩去看他們，亦可以稍慰思鄉之苦。

由於徐潤是上海「廣東幫」商人的領袖，所以曾國藩把這個差使交了給他。徐潤策劃得很周到，挑選了一百二十個資質很不錯的幼童，分四批出洋，每批三十人；第一批在同治十一年七月初上船，由容閎帶隊，大部分是廣東籍，廣東籍中又以香山為最多，因為徐潤就是香山人。

當然，也有其他省份的人，但為數極少，只得五個，兩個江蘇、一個山東、一個福建，還有一個是徽州人，不過是廣東招來的，這個十二歲，生在辛酉政變那一年的幼童，叫做詹天佑，他的父親叫詹作屏，在福建船政局當機器匠，家眷寄居廣州。詹天佑應募時，有人勸詹作屏讓他的兒子學法律，學成回國，可以做官；但詹作屏堅持他的兒子要學技藝，而且要學最新的技藝。

第二批是在同治十二年五月放洋的，由徐潤的親家黃平甫領隊。這回在挑選的官費生三十名以外，另有七名廣東少年，由他們的家長自備資斧，請黃平甫帶到美國——風氣到底大開了，已經有自費留學的了。

第三批是在同治十三年八月間派遣。這回與以前不同的是，除了兩個學技藝、一個學機器以外，其餘的都念普通學校，年長的念「中館」；年幼的念「小館」，但所謂年長，亦不過十三歲，如廣東香山的唐紹儀、江蘇常州的朱寶奎；而最年幼的，至少也要十歲。

第四批放洋在光緒元年九月，增加了十個名額，一共是四十名，這回一律念普通學校，到中學畢業，再視他們性之所近，決定學甚麼。同時外省籍的幼童也多了，但仍不脫江蘇、浙江、安徽三省。

幼童放洋是曾國藩所創議，但他不及見第一批幼童放洋，同治十一年二月歿於任上；以後便由李鴻章主持這件事，徐潤亦由此獲得李鴻章的賞識，由北洋札委為招商局的會辦，與盛宣懷同事。

在這七八年中，徐潤的事業蒸蒸日上，當然還遠不及胡雪巖，但亦算是上海「夷場」上的殷商。

胡雪巖跟他除了作善舉以外，別無生意上的往來，而古應春因為原籍廣東，又以跟洋商打交道時，常會聚在一起，所以跟徐潤走得很近，也有好些合夥的事業，其中之一是做房地產生意。徐潤的房地產很多，地皮有兩千九百多畝，建成的洋房有五十一所，市房更多，不下兩千間，照帳面上算，值到兩百二十幾萬，但積壓的資本太重，空地毫無收入，還要付稅；市房則只是收租金，為數有限。於是，他有一個英國朋友，名叫顧林，此人在英國是個爵士，本人熱心運動；交遊很廣，亦很懂生意經，他向徐潤建議，彼此合作。

顧林亦是古應春的朋友，因此，徐潤邀他跟顧林一起談合作，「我們組織一個大公司，投入資金，在空地上都蓋起房子來。」顧林說道：「造一批，賣一批；賣來的款子造第二批。空地用完了，把舊房子再來翻造，不斷更新，外國的大都市，尤其是美國，都是這樣建造起來的。」

這個周而復始蓋房子的訣竅，徐潤也懂，「可是，」他問：「這要大批現金，你能不能投資？」

「當然，我沒有這個意思，不會跟你談合作。不過，我也是要回國去招股。我們把合作的辦法，商量好了，拿章程在倫敦市場上傳了出去，相信不到三個月，就能把股本募足。」

「股本算多少呢？」

「這要看你的意思。你拿你的地產作價——當然是實價；看值多少，我就募多少股本。」

徐潤點點頭問古應春：「你看呢？」

「他這個法子可行，也很公平。不過，我認為我們這方面股份要多占些。」

徐潤想了一下，提出很明確的辦法，這中英合資的公司股本定為四百萬兩，華方占五成半，英方占四成半；華方以房地產核實作價，英方四成半計一百八十萬兩，由英國匯來現金。

於是，請律師撰文簽訂了草約，徐潤還送了一萬兩銀子給顧林，讓他回國去招股。但是徐潤的房地產，照實價只值一百五十萬兩；還要再買價值七十萬兩的地皮，才能湊足二百二十萬兩，合足五成半之數。

「應春兄，好朋友利益均沾，這七十萬兩，你來入股如何？」

古應春籌劃了一下，願意出五十萬銀子。這是去年年底的話；到這年二月裡，地皮買足數了，可是顧林卻出了事。

原來顧林回到倫敦不久，在一次皇室邀請的狩獵會中，馬失前蹄，人從馬上倒栽出去，頭先著地，腦子受了重傷，請了兩個名醫診治，性命雖已保住，但得了個癲癇症，合作設大公司的事，就此無疾而終。

這一來徐潤跟古應春大受打擊，因為中法在越南的糾紛，法國政府不惜推翻已經達成和解的協議，準備動武，且已派水師提督孤拔，率艦東來，同時國會通過，撥款五百萬法郎，作為戰費，因此上海謠言紛紛，流傳最盛的一個說法是，法國軍艦不斷巡弋在吳淞口外，決定要攻製造局。膽小的人已經開始逃難；在這種風聲鶴唳的情況之下房地產根本無人問津。

「我那五十萬銀子，其中三十五萬是借來的；現在銀根緊到極點，上海三十幾家錢莊，倒得心驚肉跳，只怕再來一個風潮，大家提升擠兌，一倒就是多少家。我借的款子，催得很急；實在是急！每天都有錢莊裡的夥計上門坐討，只好不斷同人家說好話。」古應春又說：「還有一層，我怕阿七曉得了著急，還要時時刻刻留心瞞住她。小爺叔，你想，我過的是啥日子？」

胡雪巖聽了他這番話，再看到他憔悴的形容，惻然心傷，「應春，你放心！」他拍一拍胸脯說：「我來替你了；都在我身上。」

古應春遲疑未答。胡雪巖倒奇怪了，照情理說，現有人替他一肩擔承，他應該高興才是，何以有此顯得困惑的神情？

「應春，」他問：「還有啥難處？我們這樣的交情，你還有啥在我面前說不出口的話？」

「小爺叔，」古應春頓了一下問道：「莫非上海的市面，你真的一點都不曉得？」

「怎麼？市面有好有壞，這也是常有的事。」

古應春楞住了，好一會方始開口：「看起來你老人家真的不曉得。我現在說實話吧，來催討欠款，催得最厲害的，就是老宓。」

此言一出，胡雪巖臉上火辣辣地發燒，真像上海人所說的「吃耳光」一樣，一時心裡七上八下，竟開不得口了。

原來古應春口中的「老宓」，就是他阜康錢莊的檔手宓本常。「自己人催欠款催得這麼厲害！豈有此理！」胡雪巖非常生氣；但轉念一想，連自己人的欠款都催得這麼厲害，可見得阜康的境況也很窘。

這一轉念間，驚出一身汗；定一定神說道：「應春，你曉得的，這幾年，阜康的事，我都交給老宓，難得問一問；照現在看，阜康的銀根好像比哪一家都緊，你倒同我說一說，到底是怎麼個情形？」

「小爺叔，你從江寧來，莫非沒有聽左大人跟你談上海的市面？」

「怎麼？上海市面，莫非——？」

「從來沒有這麼壞過。小爺叔，你曉得現在上海的現銀有多少？」

「有多少？」

「這個。」古應春伸一指相示。

「一千萬？」

「一百萬。」

胡雪巖大吃一驚，「真的？」他問。

「你問老宓就曉得了。」

胡雪巖仍舊有點不大相信，「市面這麼壞，應該有人告訴左大人啊！」他說：「我在江寧，跟左大人談起上海。他說因為法國興兵，上海市面多少受點影響，不過不要緊。」

「哼！」古應春冷笑一聲：「現在做官的，哪個不是瞞上欺下，只會做喜鵲，不肯當烏鴉。」

「走！」胡雪巖說：「我們一起到集賢里去。」

阜康錢莊設在英租界集賢里，與胡雪巖的公館，只隔一條馬路；他經常是安步當車走了去的。正要出門時，女管家陳嫂趕出來問道：「老爺，啥辰光回來？」

「現在還不曉得。」

「剛剛宓先生派徒弟來通知，他說曉得老爺已經來了，吃夜飯辰光他會來。」陳嫂又說：「今夜難得買到一條很新鮮的鯽魚，老爺回來吃夜飯吧！」

一聽宓本常要來，胡雪巖倒有些躊躇了；古應春便即說道：「既然如此，不如等老宓來，有些話也是在家裡談，比較方便。」

胡雪巖聽這一說，便從紗背心口袋中，掏出打簧表來看，已經四點半了，便點點頭說：「那就叫人去說一聲：請宓先生早一點來。」

於是重回客廳去密談。胡雪巖此時最關心的是要還滙豐銀行第一期的本銀五十萬兩。陝甘總督衙門出的「印票」，不過是擺個樣子，還款來源是各省交上海道衙門代收的協餉；數目如果不夠，他可以代墊，但銀根如此之緊，代墊恐有不能，需要及早籌劃。

「應春，」他問：「滙豐的款子，月底要交，你曉不曉得，邵小村那裡已經收到多少了？」

「前十來天我聽說，已經收到半數了。這幾天，總還有款子進來。差也不過差個百把萬，不過，現在全上海的現銀只有一百萬，」古應春吸著氣說：「這件事恐怕也是個麻煩。」

胡雪巖的心一沉，「我的信用，傷不得一點點。應春，」他說：「只有半個月的功夫了。你有沒有啥好主意？」

「一時倒還沒有。」古應春答說：「且等老宓來了再說。」

宓本常一直到天黑才來。據他說，一接到通知，本來馬上就要趕來，只為有幾個大客戶提存，調度費時，所以耽誤了功夫。

胡雪巖知道，所謂調度，無非先開出銀票，問客戶到何處提款；然後通知兌付的聯號。譬如客戶要提五萬銀子的存款，說要到江寧去提；便用最快的方法通知江寧的阜康。如果江寧「頭寸」不足，再查何處有多餘的「頭寸」——上海阜康是總號，各聯號存款進出的情形，都有帳可查；查清楚了，透過同行的匯劃，以有餘補不足。

不過這是近來的情形，早些日子說要提現銀，還要照付；胡雪巖便查問那些現銀都到哪裡去了？

「都分散到內地去了。」宓本常說：「不靠水路碼頭的聯號，存款都增加了。不過照我計算，轉到別處只占十之六七；還有十之三四，是擺在家裡了。這些現銀，要到市面平空了，才會派到市面上。」

「喔，」胡雪巖沉吟了好一會兒說道：「這十之三四的現銀，也要想個法子，早點讓它回到市面上。你開個單子給我，看那幾處地方，存款增加了。」

「我說過了，只要不是水路上的大碼頭，存款都比以前多。」

「那是怕中法一開仗，法國兵輪會到水路大碼頭。」胡雪巖問：「京裡怎麼樣？」

「加了很多，而且都是大數目。」宓本常說：「文中堂的三十萬都提走了。不過，北京存了四十六萬。」

文中堂便是前年升了協辦大學士的刑部尚書文煜；提三十萬存四十六萬，表示他對阜康的信心十足，胡雪巖自然深感安慰。

「難怪大家都想做官。」胡雪巖說：「他調到京裡，也不過三、四年的功夫，倒又積了十六萬銀子了。」

「不！」宓本常說：「其中十萬兩是他的本家的。」

「不管他了，總是他的來頭。」胡雪巖又問：「上海幾十家錢莊，現銀只有一百萬，大家是怎麼應付的呢？」

「全靠同心協力，在匯劃上要把戲。」

「喔，」胡雪巖從受知於左宗棠開始，一面要辦西征糧台；一面又創辦了好些事業，而且做生意的興趣，集中在絲上，對於錢莊的經營，差不多完全交給宓本常主持，錢莊的制度，有所改變，亦很隔膜，「匯劃」上能夠「要把戲」，卻不甚明白。在過去，他可以不求甚解，現在出現了危機，他就非問問清楚不可了。

「說穿了，一句話：等於常在一起打牌的朋友一樣，賭得再大，不過賭籌碼，今天我輸他贏；明天你贏他輸，聽起來很熱鬧，無非數數籌碼，記一筆帳，到時候結一結就軋平了。不過，這只好常常在一起的朋友這麼辦，夾一個外頭人進來，贏了一票，要拿現款走；這個把戲就耍不下去了。所以——。」

所以上海的錢莊，由阜康領頭，聯絡了十來家「大同行」，成立了一個「匯劃總會」，仿照日本在明治十二年所設立的「手形交換所」的辦法，用交換票據來代替現銀收解。

票據交換，不能私下辦理，一定要送總會；凡是匯劃錢莊，到期的銀票，一律先送總會，分門別類理齊，派老司務送到各錢莊「照票」。如果不誤，這家錢莊便將銀票收了下來，另外打出一張收據，名為「公單」，規定以五百兩為基數，不足五百兩，或用現金找補，或者記帳另外再算。

這些「公單」大概在下午三、四點鐘，都已集中到總會，算盤一打，立刻可以算出哪家該收多少，該付多少；譬如，阜康應收各莊銀票共計一百萬，本號開出的銀票只有八十四萬，有十六萬頭寸多。

有多就有少，由總會開出「劃條」交阜康向欠頭寸的錢莊先收現銀。時間規定是在第二天下午兩點鐘以前。

那麼，缺頭寸的錢莊怎麼辦呢？不要緊，第二天上午可以到公會，向有頭寸多的同行去拆進，利息以日計，稱為「銀拆」；這種一兩天的同業借款，不必打收據，由公會記一筆帳就可以了。

至於利息的計算，又分兩種，不打收據的拆借，稱為「活拆」，利息高低視銀根鬆緊而定。另外一種同業長期的拆借，稱為「呆拆」，要立票據，議定利息；在此期間，不受每天掛牌的「銀拆」的影響。

「這種打『公單』的法子，就好像賭錢發籌碼，所不同的是，第一，賭場的籌碼，只有頭家可以管；公單只要是匯劃錢莊，家家可開。第二，賭場的籌碼，不能拿到外面去用，公單可以化成本號的銀票，到處可用。說實了，無非無中生有，憑空生出幾千萬銀子來；所以現銀不過一百萬，市面上的大生意照樣在做。這就是耍匯劃的把戲。」

接下來便談到絲繭的情形。絲繭業下鄉收值，多仰賴錢莊放款，胡雪巖也就因為有錢莊在手裡，所以成為絲業領袖，這兩年因為抵制新式繅絲廠，收的繭子與絲更多。宓本常雖非胡雪巖經營絲業方面的檔手，但從各聯號存放款進出的總帳中，看出存貨有多少。

「大先生，」宓本常神情嚴肅地說：「現在存絲總有六七千包，繭子更多，我看用不著這麼多存貨。」

「你是說吃本太重？」

「是啊。」宓本常說：「粗估一估差不多有三百萬銀子的本錢壓在那裡。不是因為這樣子，古先生的十萬銀子，我也不好意思來討。」

「呃！」胡雪巖立即接口，「這十萬銀子轉到我名下。」他緊接著又轉臉對古應春說：「另外的，再想辦法。好在你有地皮在那裡，不過現金一時週轉不開而已。」

古應春滿懷憂慮一掃而空；但自己雖不愁了，又為胡雪巖發愁，「小爺叔，」他說：「現在三家纜絲廠都缺貨，你何妨放幾千包繭子出去；新式機器，做絲快得很，一做出來，不愁外洋沒有買主，那一來不就活絡了？」

「古先生這話一點不錯。」宓本常也說：「今年『洋莊』不大動，是外國人都在等，等機器做的絲，憑良心說，機器做的絲，比腳踏手搖土法子做的絲，不知道要高明多少。」

「我也曉得。」胡雪巖用低沉的聲音說：「不過，做人總要講宗旨，更要講信用，說一句算一句，我答應過的，不准新式纜絲廠來搶鄉下養蠶做絲人家的飯碗，我就不能賣繭子給他們。現在我手裡再緊一緊，這三家機器纜絲廠一倒，外國人沒有想頭了，自然會買我的絲，那時候價錢就由我開了。」

古應春與宓本常，都認為他打的是如意算盤。不過，古應春是好朋友的身分，而宓本常是夥計，所以只有古應春還可以勸他。

「小爺叔，如果那三家新式纜絲廠倒閉了，洋商當然只好仍舊買我們土法子做的絲；可是那三家廠不倒呢？」

「不倒而沒有貨色，跟倒了有啥兩樣？」

「還有一層，小爺叔要想到，繭子雖然烘乾了，到底也還是擺不長的。一發黃就賣不起價錢了。」

「這話是不錯。不過，你說上海現銀不到一百萬，我就放繭子出去，也換不出現銀。」

「有英鎊、有花旗票就可以了。」宓本常接口來個快，「譬如說，現在要還匯豐五十萬，如果大先生有賣繭子的外國錢在匯豐，就可以折算給他，收進五十萬現銀，周轉不就活絡了？」

胡雪巖沉吟了好一會說：「為了維持我的信用，只好拋繭子，這話我說得響的。明天我去看邵小村，看看這五十萬兩銀子，到底收得齊收不齊？如果銀數不夠，決定照你們的辦法，賣繭子來拿它補足。不然，我另有主意。」

「小爺叔，你是啥主意？」

胡雪巖笑笑，「天機不可洩漏。」他說：「是滿狠的一著。」

吃完了飯，宓本常告辭，古應春卻留了下來，因為胡雪巖剛到上海，尚未露面，到第二天消息一傳，應酬就會忙不過來，那時候就沒有工去細談了。

當然胡雪巖也要跟他談談近況，第一個關切的是七姑奶奶，「怎麼樣？」他問：「七姐好點了？」

「好得多了。」古應春的神氣不同了，顯得很有生氣的模樣，「本來右半身完全癱了，現在有點知覺了。」

「那好！說不定還會復元呢！」

這一說，使得古應春很不安，只好老實說了，「小爺叔，我心裡有個疙瘩，從瑞香一進門，沒有幾天就有消息。顧林在英國女皇的行宮外面，從馬上摔下來，把腦子摔壞了。」他遲疑著說：「我怕她跟我八字上不大相配。」

「唶！」胡雪巖大不以為然，「你滿洋派的人，怎麼也相信這個。要不然，你拿你們兩個人的八字，叫吳鐵口去合一合看。」

提到吳鐵口，不免令人失笑；當初羅四姐去合八字，原是七姑奶奶跟他串好的一齣雙簧。胡雪巖也知道其中的奧妙，竟真的相信吳鐵口是真的鐵口，豈非自欺欺人？

「你笑點啥？」胡雪巖說：「你當我荒唐？實在說一句：假的說成真的，『真的』真的是真的，那就是不折不扣的鐵口。」

聽他說得像繞口令似的，古應春不由得好笑，「好，好！我聽小爺叔的話，叫吳鐵口去合她的八字，不過，」他說：「她的八字我不曉得。」

「我來問她。」

「慢慢，總要等阿七有了表示以後。」

「當然。」胡雪巖說：「我明天去看了七姐，包你當天就有好消息。」

「怎麼？」古應春問：「小爺叔是打算當面跟她明說。」

「當面是當面，不是明說。你到明天就曉得了。」

「復元是辦不到，只望她能夠起床就好了。」古應春又說：「談到這一點，實在要謝謝瑞香。」

「對了！」胡雪巖談到他第二件關心的事，「七姐對瑞香怎麼樣？」

「那沒有話說，當她自己妹子一樣。當然這也一半是看羅四姐的面子。」

「照這樣說，應該是照她的錦囊妙計，一步一步走攏來；七姐對你有沒有表示？」

「有。不過我沒有答腔。」

「咦！」胡雪巖大為詫異：「為啥？」

「小爺叔，你看我現在弄得這樣焦頭爛額，哪裡還有討小的意思。」

「這倒也實話。」胡雪巖問：「阜康的十萬是不必再提了，你還差多少頭寸？」

古應春想了一下答說：「還差十二、三萬。」

「差的是現款，能夠變現就好。」胡雪巖說：「我再借五百包絲給你，你洋行裡的朋友多，總可以賣得掉。」

古應春打的正是這個主意，躊躇好久，難於啟齒，不想胡雪巖自己說了出來；心裡的那份感激與痛快，難以形容了。

「小爺叔，你真是杭州人說的，是我的『救命王菩薩』。」他說：「我把道契都抵給你──。」

「不必，不必，我們弟兄何在乎此？不過應春，你開價不能太低，不然，有個盤口在那裡，以後我就抬不高了。」

「是的。」古應春凝神想了一下說：「這樣，小爺叔，你索性再借兩百包給我：七百包絲抵押十四萬銀子，一定可以，那就甚麼都擺平了。」

「好！光押不賣，就不算把行情壓低。準定如此。」胡雪巖緊接著說：「你現在有心思想瑞香了吧？」

這一點，古應春還是不能爽爽快快地答覆；沉吟未答之際，胡雪巖少不得要追問了。

「這件事老太太都滿關心的。羅四姐更不用說，應春，你要曉得，不光是你，她對瑞香也要有個交代。」

第二天一大早，胡雪巖就到了古家。七姑奶奶已知道胡雪巖要來，叫瑞香替她櫛髮梳妝；又關照預備菜留胡雪巖吃飯，大為興奮。

胡雪巖一來，當然請到病榻前面，「七姐，」他很高興地說：「看起來精神是好得多了。」

「是啊，都要謝謝四姐。」

「為啥？」

「不是四姐派了瑞香來幫我的忙，我不會好起來，小爺叔你看！」七姑奶奶將右手提高了數寸，「現在手能夠動了，都是瑞香，一天給按摩多少遍。」

「喔！」胡雪巖看一看瑞香，想要說話，卻又住口，彷彿有難言之隱似地。

七姑奶奶雖在病中，仍舊神智清明，察言辨色的本事，一點也不差；殷殷地從胡老太太起，將胡雪巖全家大小都問到了。

直到瑞香離去，她才問道：「小爺叔，剛才提到瑞香，你好像有話沒有說出來。」

「是的。我有句話，實在不想說，不過又非說不可。」

「那麼，小爺叔，我們兩家是一家，你說嘛！」

「這句話是羅四姐要我帶來的。」胡雪巖說：「瑞香是好人家出身，她哥哥現在生意做得還不錯；想把他妹子贖回去。」

「贖回去？」七姑奶奶臉色都變了，「當初不是一百兩銀子賣到胡家的？」

「不是。羅四姐弄不清楚，我也記不起來，檢出老契來一看，才知道當初是典的一百兩銀子，規定八年回贖；今年正好是第八年。」

「那，四姐的意思呢？」

「四姐當然不肯，尤其聽說在你這裡還不錯，更加不肯了。」

「四姐待我好。」七姑奶奶用殷切盼望的眼色，看著胡雪巖說：「她曉得我離不開瑞香，應該替我想想辦法。」

「辦法何嘗不想。不過，她哥哥說出一句話來，四姐就說不下去了。」

「喔，一句甚麼話。」

「她哥哥說，要為她妹子的終身著想。意思是把瑞香贖回去，要替她好好尋個婆家。」

「真的？」

看七姑奶奶是不信的語氣，胡雪巖也就正好說活絡話，「哪曉得他是真是假？不過，」他又把話說回來：「男大當婚，女大當嫁，就算他是假話，也駁不倒他。三個人抬不過去一個理字。七姐，你說呢？」

「依我說，」七姑奶奶微微冷笑，「小爺叔，你手下那麼多人，莫非就不能派一個能幹的，去打聽打聽她哥哥的情形，是真的為瑞香著想呢，還是說好聽話，拿他妹子贖回去，另打主意？」

「打啥主意？」

「知人知面不知心。照瑞香這份人才，在她身上好打的主意多得很。」

胡雪巖不作聲，這是故意作出盤馬彎弓的姿態；好逼七姑奶奶在深處去談。

七姑奶奶此時心事如麻，是為瑞香在著急；盤算了好一會，方又開口說道：「小爺叔，你同四姐絕不可以讓瑞香的哥哥，把她贖回去。不然會造孽。」

「造孽？」胡雪巖故意裝出吃驚的神氣，「怎麼會造孽？」

「如果瑞香落了火坑，不就是造孽？」

「七姐，」胡雪巖急急問說：「你是說，她哥哥會把她賣到堂子裡？」

「說不定。」

胡雪巖想了一下說：「不會的。第一，瑞香不肯；第二，她哥哥也不敢。如說我胡某某家的丫頭，會落到堂子裡；他不怕我辦他一個『逼良為娼』的罪？」

「到那時候就來不及了。小爺叔，你既然想到你的面子，何不早點想辦法？」

「對！」胡雪巖很快地接口，「七姐，你倒替我想個法子看。」

「法子多得很。第一，同他哥哥去商量，再補他多少銀子，重新立個賣斷的契——。」

「不，不！這點沒有用。」胡雪巖說：「如果有用，羅四姐早就辦了。我不說過，人家生意做得蠻好，贖瑞香不是打錢的主意。」

「好！就算他不是打錢的主意，誠心誠意是為瑞香的終身；不過，他替他妹子到底挑的是甚麼人家？男家好不好要看一看；瑞香願不願意也要問一問。如果是低三下四的人家，瑞香又不願意，小爺叔，那就儘有理由不讓他贖回去了。」

「這話──，」胡雪巖不便駁她太武斷，急轉直下地說：「我看，只有一個辦法，他為瑞香好，我們也是為瑞香好，替瑞香好好找份人家，只要瑞香自己願意，她哥哥也就沒話說了。」

七姑奶奶想了一下說：「小爺叔，我想請四姐來一趟，請她來勸一勸瑞香。」

「勸啥？」胡雪巖答說：「莫非我就不能勸她？」

「我怕小爺叔說話欠婉轉；瑞香是怕你，就肯答應，也是很勉強的。這種事，一勉強就沒有意思了。」

「甚麼事要瑞香答應？而且要心裡情願？七姐，你何妨同我實說，你曉得的，我們家的丫頭都不怕我的，倒是對四姐，她們還有忌憚。」

「既然如此，我就實說吧！小爺叔，我在瑞香來的第二天，心裡就在轉念頭了，我一直想替應春弄個人，要他看得上眼，要我也投緣，像瑞香這樣一個拿燈籠都尋不著的人，四姐替我送了來，我心裡好高興；本想等小爺叔你，或者四姐來了，當面求你們，哪知道其中還有這麼一層曲折，真教好事多磨了。」

「七姐，你說實話，我也說實話。」胡雪巖很懇切地答道：「我們也想到，你要有個好幫手，凡事能夠放心不管，病才好得起來。不過你們夫妻的感情，大家都曉得的，這件事只有你自己來發動，我們絕不好多說。如今七姐你既然這樣說了，我同四姐沒有不贊成的。不過，這件事要三方面都願意——。」

「哪三方面？」七姑奶奶搶著問說。

「你，應春，還有瑞香。」胡雪巖緊接著說：「瑞香我來勸她；我想，她一定也肯的。」

「小爺叔，你怎麼曉得她一定肯？」

「我們家常常來往的女太太，不管是親戚，還是朋友，少說也有二、三十位，一談起人緣，瑞香總說：『要算七姑奶奶』，從這句話上，不就可以曉得了？」

胡雪巖編出來這套話，使得七姑奶奶面露微笑，雙眼發亮，顯然大為高興。

「七姐，」胡雪巖問說：「現在我要提醒你了，你應該問一問應春願意不願意。」

「他不願也要願。」七姑奶奶極有把握地，「小爺叔你不必操心。」

「不見得。」胡雪巖搖搖頭：「去年他去拜生日，老太太問過他；他說他絕不想，好好一個家，何苦生出許多是非？看來他作興不肯討小。」

七姑奶奶「哈」一聲笑了出來，「世界上哪個男人不喜歡討小？」她說：「小爺叔，你真當我阿木林？」

「阿木林」是洋場上新興起來的一句俗語，傻瓜之意。胡雪巖聽她語涉譏嘲，只好報以窘笑。

「倒是瑞香家裡，小爺叔怎麼把它擺平來。」

「我想——，」胡雪巖邊想邊說：「只有叫瑞香咬定了，不肯回去。她哥哥也就沒法子了。」

「一點不錯。小爺叔，請你去探探瑞香的口氣，只要她肯了，我會教她一套話，去應付她哥哥。」

於是，胡雪巖正好找個僻靜的地方，先去交代瑞香；原是一套無中生有的假話，只要瑞香承認有這麼一個哥哥，謊就圓起來了。

至於為古應春作妾，是羅四姐早就跟她說通了的，就不必辭費了。

等吃完了飯，胡雪巖與古應春一起出門，七姑奶奶便將瑞香找了來，握著她的手悄悄問說：「你們老爺跟你說過了？」

瑞香想了一下才明白，頓時臉紅了，將頭扭了過去說：「說過了。」

「那麼，你的意思怎麼樣呢？」

瑞香很為難，一則是害羞，再則是為自己留點身分，「願意」二字怎麼樣也說不出口；遲疑了好一會兒才想起一句很含蓄，也很巧妙的話：「就怕我哥哥作梗。」

七姑奶奶大喜：「這麼說，你是肯了。」她說：「瑞香，我老早就當你妹子一樣了，將來絕不會薄待你。」

「我曉得。」瑞香的聲音低得幾乎聽不見。

七姑奶奶是真的怕瑞香覺得作妾委屈，在胡雪巖跟她談過此事以後，便叫小大姐把她的首飾箱取了來，揀了一只翡翠鐲子、一只金剛鑽戒藏在枕下，此時便將頭一側說道：「我枕頭下面有個紙包，你把它拿出來。」

枕下果然有個棉紙包，一打開來，寶光耀眼，瑞香自然知道是怎麼回事了。當然，她要將首飾交到七姑奶奶手裡；「來！」七姑奶奶說：「你把手伸過來。」瑞香不肯，七姑奶奶便用另一隻不甚方便的手，掙扎著要來拉她的手；看那力不從心的模樣，瑞香於心不忍，終於將手伸過去了。

幫七姑奶奶的忙，翠鐲套上左腕；鑽戒套入右手無名指，瑞香忍不住端詳了一下，心頭泛起一陣無可形容的興奮。

「妹妹！現在真是一家人了——。」

「七姑奶奶，這個稱呼不敢當。」

「有啥不敢當，我本來就一直拿你當妹子看待。」七姑奶又說：「你對我的稱呼也要改一改了。」

「我，」瑞香窘笑道：「我還不知道怎麼改呢？」

「一時不改也不要緊。」七姑奶奶接下來說：「我們談正經。將來你哥哥、嫂嫂來，我們當然也拿他們夫婦當親戚看待。眼前，你有沒有想一想，怎麼樣應付他？」

「我還沒有想過。」瑞香遲疑地說：「我想只有好好跟他商量。」

「商量不通呢？」

「那，我就不曉得怎麼說了。」

「我教你。」七姑奶奶問道：「《紅樓夢》你看過沒有？」

瑞香臉一紅：「我也不認識多少字。」她說：「哪裡能夠看書？」

「聽總聽人說過？」

「是的。」瑞香答說：「有一回聽人說我們胡家的老太太，好比賈太君；我問我們大小姐賈太君是甚麼人，才知道出在《紅樓夢》上。」

「那麼賈寶玉你總也知道？」

「賈寶玉、林黛玉、薛寶釵、王鳳姐都聽說過的。」

「襲人呢？」

「不是怡紅院裡的丫頭？」

「不錯。襲人姓花，她的哥哥叫花自芳，也是要來贖他妹妹，襲人就說，當初是家裡窮，把我賣到賈家，既然如此，何苦現在又要把我贖回去？我想，你也可以這樣跟你哥哥說。如果他說，現在把你弄回去，是為你著想；你就問他當初又可以不為你著想！看他有甚麼話說？」

「嗯，嗯！」瑞香答應著，「我就這樣子同他說。」

「當然。我們還要送聘金——。」

「這一層，」瑞香搶著說：「奶奶同我們老爺談好了。」

無意中改了口，名分就算從此而定了。

胡雪巖去看邵友濂撲了個空，原來這天李鴻章從合肥到了上海，以天后宮為行館；邵友濂必須終日陪侍在側，聽候驅遣。

非常意外地，胡雪巖並未打算去看李鴻章；而李鴻章卻派人送了一封信到轉運局去邀胡雪巖，請他第二天上午相晤；信中並且說明，是為了「洋藥」進口加稅一事，有些意見想請他轉達左宗棠。

「洋藥進口加稅，左大人去年跟我提過。我還弄不清其中的來龍去脈。李合肥明天跟我談起來，一問三不知，似乎不大好。」胡雪巖問古應春：「我記得你有個親戚是土行大老闆，他總清楚吧？」

他所說的是古應春的遠房表叔，廣東潮州人，姓曾，開一家煙土行，牌號就叫「曾記」，規模極大，曾老闆是名副其實的「土財主」。古應春跟他不大有來往，但為了胡雪巖，特地到南市九畝地去向他請教。

「實不相瞞，你問我，我還要問人。我們帳房吳先生最清楚。」曾老闆說：「胡大先生，我久已仰慕了，不過高攀不上；應春，你曉得的，我一個月吃三回魚翅，今天碰得巧，能不能請胡大先生來吃飯，由吳先生當面講給他聽，豈不省事？」

「不曉得他今天晚上有沒有應酬？」古應春因為胡雪巖不大願意跟這些人來往，不敢代為答應，只說：「我去試試看。」

於是曾老闆備了個「全帖」交古應春帶回。胡雪巖有求於人，加以古應春的交情，自無拒絕之理，欣然許諾，而且帶了一份相當重的禮去，是一支極大的吉林老山人參。

曾老闆自是奉如上賓，寒暄恭維了好一陣，將帳房吳先生請了來相見，是個文質彬彬的中年人；談起來才知道是秀才，在這煙土行當帳房，似乎太委屈了。

「鴉片是罌粟熬煉出來的。罌粟，中國從古就有的，出在四川，蘇東坡四川人，他做的詩：『道人勸飲雞蘇水，童子能煎罌粟湯』，湯裡加蜜，是當調肺養胃的補藥服的。」

「到底是秀才。」胡雪巖說道：「一開口就是詩。」

「吳先生，」古應春說：「我們不必談得這樣遠；光說進口的鴉片好了。」

鴉片進口，最早在明朝成化年間；到萬曆年間，規定要收稅，是當藥材用的，鴉片治痢疾，萬試萬靈。

不過明末清初，吸食鴉片是犯禁的，而且當時海禁甚嚴，鴉片亦很少進口。到了康熙二十三年，放寬海禁，鴉片仍准當作藥材進口，收稅不多，每十斤徵稅兩錢銀子。以後吸鴉片的人慢慢多了，雍正年間，曾下禁令。有句俗語：「私鹽越禁越好賣」，鴉片亦是如此，越禁得嚴，走私的越多；從乾隆三十八年起，英國設立東印度公司，將鴉片出口貿易，當作國家的收入，走私的情形就更嚴重了。

走私的結果是「白的換黑的」，鴉片進口，白銀出口。

乾隆三十年前，進口的鴉片，不過兩三百箱，末年加到一千箱；道光初年是四千箱，十年功夫加到兩萬三千多箱。至於私運白銀出口，道光三年以前，不過數百萬兩，到道光十八年增加到三千萬兩，這還是就廣東而言，此外、浙江、山東、天津各海口亦有數千萬兩，國家命脈所關，終於引起了鴉片戰爭。

「至於正式開禁抽稅，是在咸豐七年。」吳秀才說：「當時是閩浙總督王懿德，說軍需緊要，暫時從權，朝廷為了洪楊造反，只好允許。第二年跟法國定約，每百斤收進口稅三十兩。鴉片既然當作藥材進口，所以稱做『洋藥』；在雲南、四川出產的，就叫『土藥』。不論洋藥、土藥，在內地運銷，都要收釐捐，那跟進口稅無關。」

但左宗棠卻認「稅」跟「釐」實際上是一回事，主張寓禁於徵，每百斤共收一百五十兩。胡雪巖拿這一點向吳秀才請教，是分開徵收的好，還是合併為宜。

「以合併為宜。」吳秀才說：「釐捐是從價徵稅，土藥便宜洋藥貴；如果拿洋藥冒充土藥，稅收就減少了。」

「不錯、不錯。這個道理很淺，也很透澈；不過不懂的人就想不到。」胡雪巖很高興地說：「多謝、多謝，今天掉句文真叫『獲益良多』。」

胡雪巖有個習慣，每到上海，一定要到寶善街一家叫渭園的茶館去吃一次茶；而且一定帶足了十兩六十兩的銀票——這是他本性仁厚、不忘老朋友的一點心意。他有許多老朋友，境況好的在長三堂子吃花酒見面；在渭園見到的，大致境況並不太好，問問近況，量人所需，捏兩張銀票在手裡，悄悄塞了過去；見不到的他會問，一樣也託人帶錢去接濟。所以他有好幾個老朋友，經常會到阜康或者轉運局去打聽：「胡大先生來了沒有？」

這天到渭園來的老朋友很多，大多是已經打聽好了來的，一一周旋，不知不覺到了十點鐘；古應春提醒他說：「小爺叔，你的辰光快到了，這個約會不能耽誤。」

李鴻章的約會怎好誤時？胡雪巖算好了的，約會是十一點鐘，從渭園到天后宮，不過一刻鐘的功夫，儘來得及。

「還早，還早！」

「不，小爺叔，我們先到轉運局坐一坐。」古應春說：「剛才我在這裡遇見一個朋友，打聽到一個蠻要緊的消息，要要先跟你談一談。」

「好！我本來要到轉運局去換衣服。」胡雪巖不再逗留，相偕先到轉運局，在他的「簽押房」中密談。

「我在渭園遇見海關上的一個朋友，據他告訴我，各省的款子大致都到了，就少也極有限。不過，聽說邵小村打算把這筆現銀壓一壓，因這一陣『銀拆』大漲，他想套點利息。」

胡雪巖點點頭，沉吟了一會說：「套利息也有限，邵小村還不至於貪這點小利；說不定另外有花樣在內。」

「不管他甚麼花樣，這件事要早點跟他去接頭。」

「不！」胡雪巖說：「他如果要耍花樣，遲早都一樣，我就索性不跟他談了。」

「那！」古應春詫異：「小爺叔你預備怎麼辦呢？」

「我主意還沒有定。」胡雪巖說；「到天后宮回來再商量。」

換了公服，到天后宮遞上手本。李鴻章關照先換便衣相見；他本人服喪，穿一件淡藍竹布長衫，上套黑布馬褂，形容頗為憔悴。

胡雪巖自然有一番慰問；李鴻章還記得他送了一千兩銀子的奠儀，特地道謝，又說禮太重，但又不便退回，只好捐了給善堂。寒暄了好一陣，方始談入正題。

「鴉片害人，由來已久。不過洋藥進口稅是部庫收入的大宗，要說寓禁於徵，不如說老實話，還是著眼在增加稅收上面，來得實惠。」

一開口便與左宗棠的宗旨相悖，胡雪巖無話可說，只能答應一聲：「是。」

「增加稅收，加稅不是好辦法；要拿偷漏的地方塞住，才是正本清源之計。」李鴻章又說：「同治十一年上海新行洋藥稅章程，普魯士的領事反對，說加釐有礙在華洋商貿易。這話是說不通，加釐是我們自己的事，與繳納進口稅的洋商何干？當時總署駁了他；不過赫德說過，釐捐愈重，走漏愈甚，私貨的來路不明，正當的洋商生意也少了。所謂加釐有礙在華洋商貿易，倒也是實話。」

「是。」胡雪巖答說：「聽說私貨都是香港來的。」

「一點不錯。」李鴻章說：「我這裡有張單子，你可以看看。」說著，從匟桌上隨手拿起一張紙，遞了過來。胡雪巖急忙站起，雙手將單子接了過來，回到座位上去看。

單子上寫明：從同治十三年至光緒四年，到香港的洋藥，每年自八萬四千箱至九萬六千箱不等，但運銷各口，有稅的只有六萬五千箱到七萬一千箱。光緒五年到港十萬七千箱，有稅的只有八萬六千箱，每年走私進口的，總在兩萬箱以上。

「洋藥進口稅每箱收稅三十兩，釐捐額定二十兩，地方私收的不算，合起來大概每箱八十兩。私貨有兩萬箱，稅收就減少一百六十萬。」李鴻章急轉直下地說：「赫德現在答應稅釐一起加，正稅三十兩以外，另加八十兩；而且幫中國防止走私，這個交涉也算辦得很圓滿了。」

「大人辦洋務，當今中國第一。」胡雪巖恭維著說：「赫德一向是服大人的。」

「洋人總還好辦，他們很厲害，不過講道理。最怕自己人鬧意氣，我今天請你來就是為此。」

顯然是這所謂自己人鬧意氣，是指左宗棠而言；胡雪巖只好含含糊糊地答應一聲，不表示任何意見。

「我想請你轉達左爵帥，他主張稅釐合徵，每箱一百五十兩。赫德答覆我說：如果中國一定要照這個數目徵，他也可以承認，不過他不能擔保不走私。雪巖，就算每年十萬箱，其中私貨兩萬五千箱，你倒算算這筆帳看。」

胡雪巖心算極快。十萬箱乘一百十兩，應徵一千一百萬兩銀子；照一百五十兩徵稅，七萬五千箱應徵一千一百二十五萬兩，仍舊多出二十五萬兩銀子。

「二十五萬兩銀子是小事，防止走私，關係甚大；有赫德保證，我們的主權才算完整。不然以後走私越來越多，你跟他交涉，他說早已言明在先，歉難照辦，你又奈他何。所以請你勸勸左爵帥，不必再爭。」李鴻章又說：「目前局勢不好，強敵壓境，我們但求交涉辦得順利，好把精力功夫，用到該用的地方。雪巖，你覺得我的話怎麼樣？」

「大人為國家打算真是至矣盡矣，左大人那裡我一定切切實實去勸，他也一定體諒大人的苦心的。」

「這就仰仗大力了。」

「言重、言重！」胡雪巖掌握機會，轉到自己身上的事：「不過，說到對外交涉上頭，尤其是現在我們要拉攏英國對付法國，有件事要請大人作主。」

「喔！」李鴻章問：「甚麼事？」

「匯豐的借款，轉眼就到期，聽說各省應解的協餉，差不多都匯到了，即使相差也有限。我想求大人交付小村，把這筆款子早點撥出來，如果稍為差一點，亦請小村那裡補足。現在上海市面上現銀短缺，只有請海關拿庫存現銀放出來調劑調劑。小村能幫這個忙，左大人一定也領情的。」

「我來問問小村。」李鴻章的話說得很漂亮，「都是公事，都是為國家，理當無分彼此。」

話漂亮，而且言行相符；當天下午，胡雪巖就接到邵友濂的信，說各省應解款項只收到四十七萬，不足之數奉諭暫墊，請他派人去辦理提款手續。

「還款是在月底。」宓本常很高興地說：「這筆頭寸有幾天可以用，這幾天的『銀拆』很高，小小賺一筆。」

「不必貪小。」胡雪巖另有打算，「你明天去辦個轉帳的手續，請他們打匯豐的票子，原票轉帳，掉回印票，做得漂亮點。」

宓本常是俗語說：「銅錢眼裡翻筋斗」的人物，覺得胡雪巖白白犧牲了利息，未免太傻。不過東家交代，惟有遵命。第二天一早就把轉帳的手續辦妥當，領回了蓋有陝甘總督衙門關防的印票。胡雪巖便將印票註銷，交代轉運局的文案朱師爺，寫信給左宗棠，報告還款經過以外，將李鴻章所託之事，切切實實敘明；最後特別指到，李鴻章很夠意思，請左宗棠務必也賣他一個面子。

這封信很要緊，胡雪巖親自看著，到下午四點多鐘寫完，正要到古家去看七姑奶奶，哪知古應春卻先來了。

「小爺叔，」他手裡持著一份請柬，「匯豐的『康白度』曾友生，親自送帖子來，託我轉交，今天晚上請小爺叔吃飯，特別關照，請小爺叔務必賞光。」

「喔！」胡雪巖智珠在握，首先問說：「他還請了哪個。」

「除了邀我作陪，沒有別人。」

「地方呢？」

「在虹口泰利。」

「那不是只有外國人去的館子？」

「不錯。」古應春說：「我想他為的是說話方便，特為挑這家中國人不去的法國菜館。」

「喔！」胡雪巖沉吟了一會，撚一撚八字鬍子微笑道：「看樣子不必我開口了。」

「小爺叔，」古應春說：「你本來想跟他開口談啥？」

「你想呢？」

古應春仔細想了想說：「我懂了。」

高陽作品集・胡雪巖系列
燈火樓台 新校版（上）

2020年5月三版
定價：新臺幣平裝380元
精裝500元

著者 高陽
叢書編輯 黃榮慶
校對 吳美滿
內文排版 極翔
封面設計 兒日

出版者 聯經出版事業股份有限公司
地址 新北市汐止區大同路一段369號1樓
叢書編輯電話 (02)86925588轉5307
台北聯經書房 台北市新生南路三段94號
電話 (02)23620308
台中分公司 台中市北區崇德路一段198號
暨門市電話 (04)22312023
台中電子信箱 e-mail：linking2@ms42.hinet.net
郵政劃撥帳戶第0100559-3號
郵撥電話 (02)23620308
印刷者 世和印製企業有限公司
總經銷 聯合發行股份有限公司
發行所 新北市新店區寶橋路235巷6弄6號2樓
電話 (02)29178022

副總編輯 陳逸華
總經理 陳芝宇
社長 羅國俊
發行人 林載爵

行政院新聞局出版事業登記證局版臺業字第0130號

本書如有缺頁，破損，倒裝請寄回台北聯經書房更換。
電子信箱：linking@udngroup.com
ISBN 978-957-08-5515-9（平裝）
ISBN 978-957-08-5518-0（精裝）

國家圖書館出版品預行編目資料

燈火樓台 新校版（上）/高陽著．三版．新北市．聯經．
2020年5月．480面．14.8×21公分（高陽作品集・胡雪巖系列）
ISBN 978-957-08-5515-9（上冊平裝）
ISBN 978-957-08-5518-0（上冊精裝）

863.57 109004612